EHM WELK Werke in Einzelausgaben

Ehm Welk

Der Nachtmann

Kein Roman

Geschichte einer Fahrt zwischen hüben und drüben

VEB HINSTORFF VERLAG 1987

ISBN 3-356-00115-9

10. Auflage 1987. Lizenz-Nr. 391/240/60/87
Printed in the German Democratic Republic
Schutzumschlag und Einband: Eberhard Binder
Gesamtherstellung: Karl-Marx-Werk Pößneck V 15/30
Bestell-Nr.: 522 033 0

01000

1

Der Zwiefache

April 1922.

Wie es gekommen ist, daß ich meine behagliche Wohnung in der schönen Stadt Dresden so fluchtartig verließ, nun hier in dieser tristen Hafenstadt im Norden Deutschlands bin und seit vierzehn Tagen bei schlechtem Wetter jeden Morgen um neun über den Außendeich gehe, äußerlich und innerlich ein anderer Mensch als zuvor, war mir bisher nicht bewußt geworden, denn mein ungewöhnliches Tun hatte mir wohlgefallen und auch in seiner Erfolglosigkeit keinen sogenannten vernünftigen Gedanken aufkommen lassen. Ich konnte abends vor dem Schlafengehen an mein bisheriges Leben denken wie an einen lieben Verstorbenen, von dem man weiß, daß der Tod ihn vor Siechtum bewahrt hat; so waren meine sechsunddreißig Jahre von mir eingesargt und begraben worden. Und ich konnte seither in meiner dürftigen Schlafstelle jeden Morgen aufwachen, die Glieder kraftvoll recken, in einem ungelüfteten Schankraum inmitten ungepflegter Männer mein Frühstück nehmen, bestehend aus zwei Scheiben Schwarzbrot und einem untertasselosen Topf Kaffee, konnte den leicht mißtrauischen Blick des Gastwirtes sich aufhellen sehen, wenn ich mein Logis bezahlte, und konnte mit den paar Habseligkeiten im Koffer über den regennassen Deich laufen, des beglückenden Gefühls voll, es liefe ganz aus sich mein gesunder Körper durch die ersten Stunden neuer sechsunddreißig Lebensjahre. So war es alle die Tage gewesen.

Bis gestern abend, oder richtiger, bis heute morgen.

Als ich gestern abend ziemlich spät, wie ich das gelegentlich schon getan, ins „Kap Hoorn" trat, um vor dem Schlafengehen einen Grog zu trinken, saßen da nur noch vier Männer an einem Tisch. Das „Kap Hoorn" ist eine der seltsamen kleinen Hafenkneipen, die äußerlich den Eindruck von trüben Spelunken machen, in ihrem Kern aber konzentriert jene kleinbürgerlichen Ehrbarkeitsbegriffe bewahren, die der sogenannte kleine Mittelstand gern in den Schlamm seiner zweifelhaften Geschäfte als Trittstein versenkt, um sich einen gangbaren Rückweg in das bessere Bürgerleben offenzuhalten.

Auf die Scheibe des niedrigen Schaufensters der Kneipe waren vor Jahren die Umrisse von Südamerika gemalt worden und darunter wilde Wogen, auf denen das Wrack eines Segelschiffes treibt. Aber die einst weiße Farbe war schon grauschwarz, und ganze Partien waren abgesprungen, so daß auch ein dicht am Fenster Vorbeigehender schwerlich eine Darstellung von Kap Hoorn, geschweige denn einen Sinn erkannt hätte. Was auffiel, war eine neu gemalte Doppelzeile: „ff. kalte und warme Speisen zu jeder Tageszeit." Ich war vor acht Tagen auch nur stehengeblieben, weil auf dem Fensterbrett, flankiert von zwei leeren braunen gläsernen Bierkannen, eine mäßig verstaubte weiße Literflasche lag, die das schönste Vollschiff barg, das ich jemals in einer Flasche gesehen hatte. Da ich eine solche Flasche seit langem suchte und außerdem annahm, der Wirt müsse ein alter Seemann sein und ein paar schöne sentimentale Geschichten vom Leben und Sterben am Kap Hoorn zu erzählen wissen – wie käme er sonst zu dem Bekenntnis auf der Schaufensterscheibe –, ging ich hinein. Die Flasche mit dem Vollschiff konnte ich mitnehmen, die Seemannsgeschichten nicht, denn der Inhaber des Lokals war nie Fahrensmann gewesen, sondern Bäckermeister, der, um das weitere Zerfließen seiner Ersparnisse zu verhindern, die Kneipe erworben hatte. Er wußte weder, wo Kap Hoorn liegt, noch was ein Vollschiff ist. Dagegen kannte er, wie sich beim Bezahlen der Flasche ergab, sehr gut die Dollarkurse. Die Flasche im Fenster ersetzte er anderntags durch einen verstaubten Kugelfisch.

Die Kneipe bestand aus nur einem Raum, zu dem drei ausgetretene Holzstufen hinabführten, deren Eisenbänder ebenfalls durchgetreten waren. Drückte man die zur Hälfte aus kleinen blauen, roten und grünen Glasscheiben bestehende Tür auf, horchte man verwundert: Ein einzelner heller Schiffsglockenton klang voll auf und verhallte ganz langsam; noch als die Tür wieder geschlossen war, blieb er eine Weile rein und erhaben über dem Kneipenlärm liegen und erstarb in leichtem Erzittern wie eine ferne Klage. Alles Gegenständliche in diesem Lokal war gewöhlich: der Raum, die Einrichtung, der Wirt, die Gäste, auch die Glocke war nur eine gewöhnliche alte Schiffsglocke; dennoch lebte hier viele Male am Tag und in der Nacht ein Unkörperliches zum seltenen Wunder eines vollkommenen harmonischen Seins auf. Um ebensooft und unbeachtet zu sterben, ein Stückchen Weltseele vielleicht, was weiß ich.

„Wollen Sie das alte Ding auch noch kaufen?" fragte der Wirt, als ich bei meinem zweiten Besuch die Glocke ein paarmal anschlagen ließ und dem warmen Klang nachsann. Er hätte sie mir auch gelassen, doch da ich allzu eifrig bejahte, witterte er einen verborgenen Wert und lehnte ab. Wohin auch sollte ich mit der schweren Glocke, da ich doch willens war, für die nächsten Jahre mein Hab und Gut in einem kleinen Koffer mit mir herumzutragen? Auch fehlte der Glocke der Klöppel, sie erklang hier nur, weil beim Öffnen der Tür ein kleiner eiserner Hammer gelöst wurde und fallend sie von außen traf. Freilich, wie mußte sie erst tönen, gab man ihr in einem wohlabgemessenen und geformten Klöppel den Rufer zurück, der ihr gebührte, und gar den Zweck, für den sie geschaffen. Wir schlossen bei einem Grog den Handel ab: daß ich sie mir bei meiner Rückkehr von drüben im Umtausch gegen eine richtige Ladenglocke und Zuzahlung von ein paar Dollar holen könnte. Ein Name schien eingegossen zu sein, ich stieg auf einen Stuhl und konnte ihn entziffern: *Agathe*. Seltsam, nun würde ich in der Ferne mitunter einen Ruf hören und vielleicht Sehnsucht nach einer Seele bekommen, deren ihr eigentümliche wirkliche Welt ich verlassen hatte.

Die Dielen des Fußbodens waren ölspeckig und fast schwarz, sie trugen acht Tische, die dazugehörenden Holzstühle, in einer Ecke ein Wachstuchsofa, in einer anderen ein kleines Lochbillard, in der dritten ein Orchestrion und an der dem Eingang gegenüberliegenden Wand den Tresen mit dem dahinterstehenden Büfett. Von der Decke hingen mehrere schlecht geschnitzte Hansekoggen, sie flankierten einen großen Schwertfisch, an dem drei elektrische Birnen baumelten. Es war sehr sauber in dem Lokal, alles Metall geputzt, und auf den Tischen lagen Decken. Wahrscheinlich wegen der neueingeführten ff. kalten und warmen Speisen zu jeder Tageszeit; obwohl ich noch nie jemand etwas anderes als ein Solei oder einen Brathering hatte verzehren sehen. An der linken Wand hing ein großes gedrucktes billiges Bild: vorstürmende deutsche Marine-Infanterie, der ein englischer Offizier die Richtung wies. Unter dem Bild stand: The Germans to the front! Als ich es das erstemal betrachtete, sagte der Wirt mit ferner Stimme: „Ja, das war noch 'n andres Deutschland!" Der Kummer um die verschwundene Sicherheit der vierprozentigen Preußischen Konsols war darin.

„Waren Sie dabei?" fragte ich und zeigte auf das Bild.

„Das nu nicht", antwortete er, „aber es is aus meinem Privatbesitz."

Die Logik des nie hinausgekommenen kleinen Bürgers verband ganz ehrlich den Besitz eines billigen Bildes mit der persönlichen Beteiligung am Sturm auf die Taku-Forts, verbreitete damit aber nur den trüben Geruch jenes abgestandenen deutschen Nationalstolzes, den ganze Volksschichten ausströmen, weil sie auch nach einem verlorenen Weltkrieg und einem Frieden wie diesem noch mit Genugtuung erfüllt sind darüber, daß eine schlechte Politik sie einst ins Feuer geschickt hat. Als ich meinem Wirt sein Bild von den Taku-Forts dahin deutete, sagte er beflissen: „Ich bin natürlich auch 'n Republikaner. Aber das müssen Sie doch zugeben: Solche Mistzeiten wie heut hatten wir früher nicht!" Von meinen schönen Ausführungen war also nicht ein Wort in ihm hängengeblieben.

Als ich gestern abend in das Lokal trat, saßen an dem Tisch vor dem Wachstuchsofa in der Ecke vier Personen und tranken Arrakgrog. Drei der Männer gehörten sicher zur Crew eines ausländischen Dampfers, eines Nordländers wohl. Der vierte war trotz abgetragener Seemannsmütze und kurzer Pfeife als einer jener Hafengeschäftsmänner zu erkennen, die von der Schiffahrt leben, entweder als Lieferanten oder als Käufer. Er spendierte, und sie tranken scharf. Als ich an dem Tisch vorbeiging, hörte der Mann auf zu sprechen und sah mir nach; und als ich saß, fing ich einen fragenden Blick an den Wirt auf. Die Antwort sah ich nicht, sie muß aber wohl beruhigend gewesen sein, denn der Mann fuhr, wenn auch gedämpfter, in seiner Rede fort.

Der Wirt begrüßte mich wie einen alten Bekannten und setzte sich, als er mir den Grog hingestellt hatte, zu mir. Das sah nach einer Auszeichnung aus, und ich beantwortete sie auch mit einer Einladung zu einem Grog; sein Platznehmen war aber nur ein diplomatisches Manöver, er wollte mich ablenken, auf den Nachbartisch zu achten. Denn dort stand, soviel hatte ich vernommen, ein Geschäft vor dem Abschluß, das nicht ganz stubenrein war; es handelte sich um altes Tauwerk, das der Mann mit der Seemannsmütze von den drei Nordländern kaufen wollte. Es war schon in meiner Jugendzeit auf den Schiffen so gewesen, daß gelegentlich der Erste Offizier hinter dem Rücken des Alten, der Steuermann hinter dem Rücken des Ersten und der Bootsmann hinter dem Rücken des Steuermanns auf eigene Rechnung Klarschiff gemacht hatte, warum sollte sich das gerade in der Inflationszeit geändert haben.

„Morgen geht die ‚President Wilson‘ raus“, lenkte der Wirt mich weiter ab.

„Ja“, nickte ich, „mit der will ich fahren.“

Er rückte näher, legte mir die Hand aufs Knie und sah mich von unten interessiert an. Ein Verlangen, das seinen Ursprung wahrscheinlich in einem zusammengeschrumpften Sparkonto hatte, zauberte auf sein bleiches Bäckermeistergesicht und auf die altbackene Stimme einen frischen romantischen Schimmer: „Amerika!“ Ein Seufzer folgte: „Haben manche Menschen es gut!“

„Welche Menschen?“

„Na, die Amerikaner! Und die Deutschen, die hinfahren können.“

Immer dasselbe Lied, seit Jahren nun schon. „Ich würde lieber nach Indien fahren“, sagte ich. „Oder nach China.“

„Nach Indien oder nach China?“ Er war richtig erschrokken. „Aber da ist doch nichts mehr zu holen, Mann!“

„Was ist denn in Amerika zu holen?“

„Sie sind gut. Warum fahren Sie denn hin? Alles ist da zu holen: Arbeit, Essen, Dollars, Freiheit – alles haben die doch im Überfluß. Unsereiner – nich mal 'n popliges Schiff haben wir Deutschen mehr."

„Ja", sagte ich, „alles haben die da drüben. Darum müssen wir jetzt auf fremden Steamern fahren. Oder sagen wir: auf deutschen Schiffen, die fremde Namen haben."

Er merkte die Ironie nicht und stimmte mir freudig zu. „Dafür freuen wir uns an Bildern, auf denen deutsche Soldaten auf fremden Befehl fremde Forts stürmen."

„Wieso?" Sein Blick war mißbilligend.

Ich zuckte mit dem Kopf zu den fremden Männern hin. „Glauben Sie, daß mich die Norweger da mitnehmen können?"

Der Wirt fuhr zurück und wendete den Kopf zum Tisch der vier. Dort nahm der Mann mit der Seemannsmütze gerade die Pfeife aus dem Mund und schüttelte dem einen der drei die Hand; sie waren sich in ihrem Handel wohl einig geworden, denn er drehte sich zum Wirt hin und bestellte laut und zufrieden noch vier Grogs.

Als der Wirt gegangen war, das Getränk zu bereiten, erhob sich der Mann, der da ein gutes Geschäft gemacht hatte, und lud mich ein, auch ein Glas mitzutrinken. Ich wollte gerade aufstehen, als hinter mir ein tiefer, gequälter Seufzer laut wurde. Fast im Dunkeln hatte da noch ein Gast gesessen, schlafend wohl, denn nun richtete er sich auf und zog die Arme vom Tisch zurück; mit ihnen die zerknüllte Tischdecke und ein leeres Glas, das auf dem Fußboden zerschellte. Der Mann stierte auf die Scherben, nickte ein paarmal und brummelte: „Es ist immer dasselbe: Wer da hat, dem wird gegeben, wer aber nicht hat, dem wird auch das noch genommen werden. Matthäus fünfzehn, zwölf." Worauf er sich das lange, verwahrloste Haar kraulte, mich ansah und fortfuhr: „Was im übrigen nicht nur unlogisch ist, sondern schon Unsinn. Oder etwa nicht, Herr Müller?"

„Wenn das mit Matthäus fünfzehn zutrifft", antwortete ich, „so ist anscheinend ein Religionsgrundsatz zu einer kapitalistischen Devise geworden."

Schwankend kam er an meinen Tisch, stützte die Hände auf die Platte und glotzte mich an. Dann lächelte er geringschätzig: „Entschuldigen Sie – aber davon verstehen Sie einen Dreck! Pardon, bitte um Verzeihung! Sie gestatten doch!“ Und er setzte sich an meinen Tisch. Seine rechte Hand langte sozusagen selbsttätig nach dem halbvollen Glas des Wirtes. Als er mich lächeln sah, schob er es wieder zurück. „Pardon, ich trinke keine Neigen. Ich bin übrigens schon betrunken. Ich bin sogar mehr, ich bin ein haltloses Schwein. Aber Ihre durch ein maliziöses Lächeln angedeutete Annahme, ich tränke fremde Neigen aus, ist eine Beleidigung, Herr Müller.“

Ich saß ihm auf und sagte: „Sie verwechseln mich, ich heiße nicht Müller.“

Sein Gesicht verzog sich zu einem höhnischen Grinsen. „Sie verwechseln sich, Herr Müller. Da ihr Massenmenschen die Persönlichkeit abschaffen wollt, steht euch auch kein Eigenname zu. Ich nenne euch alle Müller.“ Er wendete den Blick zum Nebentisch, spuckte auf den Fußboden und quakte: „Ach was, alles Quatsch! Aus, Schluß und zu Ende!“ Darauf legte er beide Arme breit auf den Tisch, das Gesicht auf den Handrücken und war im nächsten Augenblick eingeschlafen.

Nach seiner Redeweise also ein heruntergekommener Intellektueller, einer, der ins Gleiten gekommen war, sich nicht hatte fangen können und nun versuchte, sich an den zerrissenen Fäden einer höheren Bildung, die aus der bürgerlichen Vergangenheit in sein heutiges Proletarierleben hingen, zu halten; das sicherste Mittel, sich rettungslos zu verstricken.

Der Wirt brachte die Grogs an den Nebentisch. „Na, kommen Sie, Mister“, rief die Seemannsmütze, „trinken Sie einen mit. Ihr Kamerad kann auch einen haben.“

Aber der Wirt schüttelte den Kopf und sagte leise, doch verdrießlich, der Bruder habe schon genug, wir sollten lieber ein Mittel finden, ihn hinauszuschaffen.

„Dann schmeißen Sie ihn doch raus“, forderte der Spendable.

Der Wirt machte ein verlegenes Gesicht, beugte sich vor und flüsterte: „Da war mal ’ne unangenehme Geschichte mit ihm hier in meinem Lokal. Da haben sie ihm den Paß mit Visum gestohlen. Vor acht Wochen. Nun kommt er immer, wenn er ’n paar Groschen hat, und lauert, daß die

Kerls wiederkommen. Das is mir noch lieber, als wenn er Anzeige gemacht hätte."

„Das ist doch kein Seemann?" fragte die Seemannsmütze.

„Nee, das ist sogar 'n Studierter. Er hat bloß nicht fertig studiert. Bevor das war mit dem Paß, da hat er mir das erzählt. Immer, wenn er angetrunken war, da hat er damit geprahlt. Und weil er doch immer so gesalbt geredet hat, haben sie ihn Preester genannt. Den Knacks muß er im Krieg gekriegt haben. Dann hat er studiert, was, weiß keiner, wahrscheinlich auf Pastor. Dann ging seinem Alten das Geld aus, oder er ist gestorben. Dann wurde er Werkstudent oder wie sie dazu sagen, wissen Sie, wo einer am Tag als Arbeiter geht und nachts studiert. Dann gab's keine Arbeit mehr, dann hat er wohl Schiebungen gemacht, Politik oder so. Schließlich haben sie ihm 'n Billett Dritter nach Amerika gekauft. Na ja, und dann hat er hier mit drei Mann öfter abends gesessen, und als die andern weg waren, da hat er die Fahrkarte, die einen regulären Wert von hundertfünf Dollar gehabt hat, für fünfzig Dollar an einen andern Gast verkauft."

„Hätt ich auch dafür gegeben", sagte die Seemannsmütze und sah prüfend auf den Schlafenden.

Der fremde Schiffer gähnte, seine beiden Leute standen auf und gingen zu dem Billard.

„Und die fünfzig Dollar hat er in den zwei Monaten hier kleingemacht?" fragte ich den Wirt. „Ich verstehe, daß man so gute Gäste nicht gern rausschmeißt."

Der Wirt sah mich beleidigt an. „Ich nehme keinem zuviel ab, wenn Sie das meinen. Hier is ein bürgerliches Lokal und kein Bums wie nebenan!"

„Skal!" sagte der Norweger und trank. Darauf bestellte ich, weckte den Fremden und bat ihn, ein Glas mitzutrinken. Er blinzelte zuerst abwesend ins Lokal, blickte mich mißtrauisch an, kämmte mit den Fingern sein unordentliches Haar und folgte mir schließlich an den andern Tisch. Dort machte er eine artige Verbeugung, die aber wohl eine Verhöhung bedeuten sollte. Sein Blick ging von einem zum andern, auf der Seemannsmütze blieb er prüfend liegen.

Als wir das erstemal getrunken hatten, sagte er zu dem

Händler, und es klang wie eine Forderung: „Sie wollen mir eine Überfahrt verschaffen, war es nicht so?“ Auf welches naive Verlangen wir alle laut lachen mußten. „Wenn es für Sie allein zuviel ist, wird Ihnen der Budiker sicher helfen!“ fuhr er fort.

Das Gesicht des Wirtes pendelte zwischen Verdruß und Geringschätzung hin und her, wurde dann aber zu meinem Erstaunen nachdenklich, und es entfuhr ihm schließlich die Frage: „Aber Sie haben doch keine Papiere mehr, denke ich?“

„Die sind mir in Ihrem Piesel gestohlen worden“, vollendete der Mann, „darum werden Sie mir eben irgendwie neue besorgen.“

„Wenn Sie noch mal in solchem Ton von meinem Lokal reden“ – der Wirt sah sich nach den Billardspielern um, blickte aber auch in die entgegenliegende Ecke, als säßen in ihrem Halbdunkel unerwünschte Zuhörer –, „dann –“

„Was dann, Sie Kaphornochse?“

„Dann werfe ich Sie hinaus, verstehen Sie mich?“

„Aber meine Herren“ – die Seemannsmütze bestellte neu –, „das ist doch alles nur Spaß bei der Leiche. Ich finde den Mann ganz ulkig.“

Weiter kam er nicht, der sogenannte ulkige Mann hatte mit dem Zeigefinger der linken Hand in die Weste seines Gegenübers gegriffen und den Verblüfften so ungestüm über den Tisch gezogen, daß das Grogglas umfiel. Er hielt den Gehakelten fest und sagte mit der langsamen Artikulation des gekränkten Halbtrunkenen: „Mann – wer ist Ihr Mann? Ihr ulkiger Mann? Ich bin für Sie Herr Dahlberg, Sie ulkige Kruke, verstehen Sie?“

Die Schirmmütze nahm es nicht tragisch, sie lachte vielmehr: „Von mir aus können Sie Wilhelm von Deutschland sein. Aber man sagt ja, daß Sie man bloß ’n verunglückter Himmelsfeldwebel sind. Aus dem Dienst seid ihr ja wohl beide gelaufen.“

Das war sehr dreist und gefährlich. Doch die Schirmmütze wußte wohl, wie weit man in solchen Kneipen zu solcher Stunde mit solchen Menschen gehen konnte. Der Preester bölkte zwar kurz auf, zog dann aber den Finger aus der Weste des andern; gleichzeitig stieß er jedoch die

Hand mit solcher Kraft gegen die Brust des Gegners, daß der mit dem Rücken gegen die Stuhllehne flog.

„Raus!" fistelte der Bäckerwirt, „sofort verlassen Sie mein Lokal!"

Der Mann lehnte sich zurück. „Ich denke nicht daran! Der ulkige Mann da" – und er wies auf die Schirmmütze, die aufgestanden war – „will doch mit mir ein Geschäft abschließen." Er zwinkerte ihn an. „Oder verwechsle ich ihn mit dem Peer Gynt da?" Nun zeigte er auf den Steuermann. „Aber ihr seid ja schließlich ein und dieselbe Firma." Er lachte gehässig. „Ich meine, ihr zieht doch am gleichen Tauwerk, obwohl es euch allen nicht gehört, nicht wahr?"

Über den Witz schien er sich kindlich zu freuen, er nickte uns nacheinander vertraulich zu.

„Raus!" brüllte der Wirt.

Die beiden Seeleute hatten die Billardstöcke weggestellt und waren an den Tisch gekommen. Sie packten den Trunkenen und zerrten ihn zur Tür, wobei seine ganze Gegenwehr darin bestand, daß er sich schleppen ließ.

Die Seemannsmütze war blaß geworden und redete auf den Wirt ein, indes der Steuermann nach seiner Mütze suchte. „Und wenn er zur Polizei läuft?"

„Was hab ich denn damit zu tun", zischte der Kneipier, „mein Geschäft is in Ordnung."

„Ich werde ihn ablenken", sagte ich und stand auf, „was habe ich noch zu bezahlen?"

„Das lassen Sie man!" Der Wirt lief zur Tür, durch die der Krakeeler bereits hindurchgeschleust worden war. „Wenn Sie ihn mir für immer vom Halse halten, kommt es mir auf eine Lage nicht an."

Die Norweger hatten den Hinausgeworfenen draußen losgelassen und standen mit ihm drei Häuser weiter an der Gosse. Anscheinend verhandelte er mit ihnen, aber sie verstanden ihn nicht. Als sie mich erkannten, lachten sie. Das reizte den Trunkenen erneut, und er machte Miene, tätlich zu werden. „Idioten", brüllte er, „nordische Heerfahrer – Lofotenstrolche – englische Stiefelputzer –"

Ich trat dicht vor ihn hin, damit er die Norweger nicht mehr sehen sollte, und lud ihn ein, mit mir in einem anständigen Lokal noch etwas zu trinken. Die Einladung besänftigte ihn sofort, aber die Kneipe, auf die er nun wies, lag sicher noch einige Grade unter dem „Kap Hoorn", obwohl sie nur drei Häuser entfernt war.

Das Lokal war nur schmal, zog sich aber ungewöhnlich lang ins Haus hinein. Sie schienen ein verspätetes Bockbierfest zu feiern. Papiergirlanden hingen von der Decke, und außer den drei Mädchen, die dunkles Bier austrugen, hatten sechs, acht Männer bunte Papiermützen auf die Köpfe gestülpt. Das war auch die ganze Lustigkeit, denn die meisten Gäste saßen mit sauertöpfischen Gesichtern da, als nähmen sie dem alten, graumähnigen Klavierspieler seine Couplets übel.

Als wir beide langsam das lange Lokal durchsteuerten, weckten wir allgemeine Aufmerksamkeit, die Mienen belebten sich, es sah aus, als freuten sich alle, daß nun noch zwei Gäste da waren. Man hat nun mal, sitzt man in leeren Theatern oder Gasthäusern und sieht die Leidensmiene des Inhabers, dieses Sympathiegefühl für jeden neu Eintretenden, es geht gewissermaßen eine Art Verstärkung der Notgemeinschaft vor sich wie beim Schiffbruch. Der Wirt nickte uns ölig zu, zwei Mädchen gaben uns mit betonter Diensteifrigkeit das Geleit zu einem Tisch mitten im Lokal, der Klavierspieler hämmerte einen rasenden Tusch, stand auf und ließ sich in Spaßmacherkrämpfen und mit tiefen Verneigungen zur humoristischen Krampfader: „Seid mir gegrüßt, Ihr Edlen aus Brabant! Spät kommt Ihr, doch Ihr kommt! Ich sei, gewährt mir die Bitte, in Eurem Bunde der Dritte!"

Zu meiner Überraschung blieb mein Begleiter stehen, faßte den Spaßer unters Kinn und hob ihm mit einem Ruck den Kopf. Es war ein alter Mimen- oder Musikantenkopf, aus dessen ausgelaugtem Gesicht noch rasch ein Zitat versickerte: „Daran erkenn ich den gelehrten Herrn: Was Ihr nicht anfaßt, bleibt Euch meilenfern!"

Der alte Klavierspieler wurde ebenso zurückgestoßen wie vorhin der Geschäftsmann. „Hast wohl mal im ‚Faust' einen Meerkater gespielt, alter Komödiant, was? ‚Anfaßt' – sagst du – wie ordinär! ‚Was ihr nicht tastet, steht euch meilenfern', heißt das Zitat. Laß dein Kabeljaumaul lieber weg von literarischen Austern."

Einen Augenblick war der Alte verblüfft, aber auch nur einen Augenblick. Dann lachte er wieder und kam uns nach. „He, Preester, dein Faust hat Schwielen, das Zitat ist aus dem *zweiten* Teil, und den spielt man nicht! Nichts für übel, aber manchmal kann ein Komödiant auch einen Preester lehren!"

Anscheinend kannten sich die beiden schon länger, denn mein Begleiter ging weiter, ohne auf den Nachruf zu achten, er hatte einen Tisch in der äußersten Ecke entdeckt. Ich freilich war erstaunt, daß sich dies in einer deutschen Hafenstampe zutragen konnte. Und ich erstaunte noch mehr, als ich hörte, wie der grauhaarige Spaßer sich nun an seine Zuhörer wendete: „Da wir einmal bei Goethe sind, meine Herren, sage ich zur Erklärung des soeben abgebrochenen Zwiegesprächs einen Vers unseres mit Recht so beliebten Nationaldichters auf:

Laß den Witzling uns besticheln!
Glücklich, wenn ein deutscher Mann
Seinem Freunde Vetter Micheln
Guten Abend bieten kann.
Wie ist der Gedanke labend:
Solch ein Edler kam uns nah!
Immer sagt man: Gestern abend
War der Vetter Michel da!"

Das Publikum, das bisher ziemlich stur dagesessen hatte, lachte, es hielt das Gedicht wohl für eine soeben gemachte Verspottung des Preesters. Der fühlte sich, ich sah es, beleidigt, darum fragte ich ihn rasch: „Was wollen wir trinken?"

Er sah mich spöttisch an und antwortete: „Sekt!"

Eins der Mädchen war an unserer Seite und erschrak nicht schlecht, als ich nickte: „Also eine Flasche Sekt!" Ich fragte, ob es auch etwas zu essen gäbe. Ja, Bratheringe und Soleier. Also sechs, acht Soleier, denn ich nahm an, daß meinem Begleiter eine ordentliche Unterlage nicht schaden könnte.

Das Mädchen kam mit dem Sekt, und es war ein paar Minuten Stille im Lokal. Dahinein rief der Spaßer: „Der Preester hat einen amerikanischen Seelöwen geangelt, Halleluja!" Eine fehlgeborne Brüllwoge schwappte durch den

Raum und griff noch mehrere Male an den Wänden hoch, bevor sie verebbte. Der Wirt, der etwas Unangenehmes befürchtete, machte dem Klavierspieler eine verweisende Handbewegung. Mir, dem vermeintlichen Amerikaner, machte er eine Extraverbeugung. Hinter der Verbeugung des Wirtes schwammen die devoten Blicke der Gäste, und jeder Blick war ebenfalls eine Verbeugung vor dem Amerikaner.

Mein Begleiter, um dessen Ruhe ich bangte, hatte anscheinend nichts gemerkt, er goß ein Glas hinunter und deutete auf die Eier: „Soleier zu Sekt, lieber Mann –"

Sein Blick prüfte mich: „Entschuldigen Sie, ich hätte bei soviel Noblesse eigentlich lieber Herr zu Ihnen sagen müssen, aber ich will die Inflation der Begriffe nicht mitmachen. Sie sind ein Händemensch, also kein Herr, sondern ein Mann, vielleicht sind Sie auch ein anständiger Kerl. Aber ein Herr – ein Herr sind Sie nicht. Höchstens ein Herr Müller. Ich bin vielleicht schon ein Lump, jedenfalls mitunter ein betrunkenes Schwein, aber ein Herr bleibe ich doch. Verstehen Sie das? Natürlich nicht. Na, Prosit!"

Ich bot ihm noch einmal die Soleier an. Sein Mund verzog sich zu einem mitleidigen Grienen, und er lehnte sich weit zurück. Da das Licht der Lampe in sein breites Gesicht wie in eine Schale fiel, sah ich etwas, was ich noch nie an einem Menschen wahrgenommen: daß dieses Gesicht zweifach war. Wirklich, die eine Hälfte, die linke, war weich und glatt, fast edel geformt; die rechte Seite wirkte unregelmäßig, der Backenknochen trat hervor und die Wange darunter zurück, und eine Furche zog sich von oben bis an den Kinnbacken. Es waren eigentlich zwei Gesichter, sogar die Augen machten mit ihrer verschiedenen Größe die Sache mit, doch da konnte er durch willkürliches Zukneifen nachhelfen.

„Na, nun sagen Sie es schon", zischte er mich an, und das rechte Auge blickte bösartig. Da ich, um ihn nicht noch mehr zu reizen, schwieg, fuhr er höhnisch fort: „Aber dazu sind Sie ja wieder zu unbedarft. Was seht ihr Klassenbewußten schon vom Leben: des Leibes Notdurft! Entschuldigen Sie! Auch des Leibes Gelüste, die euer Seelenleben bedeuten, seht ihr! Na, Prosit!"

Mit einem Male breitete sich von der Mitte der linken Gesichtshälfte ein sanfter Schein aus, griff sogar über den ganzen Mund hinweg. „Darf ich die mir zugedachten Eier einstecken?“ Nun blickte er direkt gütig belehrend: „Wissen Sie, Sekt *und* Soleier, das geht nicht, dann trotz Hunger lieber Sekt *oder*. Aber na, woher sollten Sie das wissen.“

Ich nickte erfreut. „Nehmen Sie alle, ich habe schon gegessen.“

An der Art, wie er sich wieder zurückwarf, sah ich schon, daß ich ihn erneut verletzt hatte. Und richtig, es kam auch gleich. Er schob sein allerdings leeres Sektglas zurück und brummelte: „Alles Dreck! Entschuldigen Sie, Herr Müller!“ Die linke Seite stand wieder ganz unter dem Einfluß der rechten. „Pardon, ich nenne Sie von jetzt ab Herr, ohne den Müller. Einesteils wegen des Sektes, zweitens wegen der soeben angekündigten Absicht, mit acht Soleiern eine klassenverräterische Aktion bürgerlicher Wohltätigkeit zu starten. Ja, wenn ich mich nicht täusche, tragen Sie sich seit einer Stunde sogar mit der Absicht – verursacht wohl durch ein schlechtes Gewissen wegen einer in Calicut oder Montevideo begangen Gemeinheit gegenüber einem Mitmenschen –, tragen Sie sich mit der Absicht, mir als einem noch mehr verkommenen Mitmenschen in großzügiger Weise zu helfen. N'est-ce pas?“

So, wie ich das vorhatte, ging es mit diesem Kerl nicht, dazu saß er zu fest in seiner zwar verbeulten, aber ihn noch umscheppernden Klassenrüstung. Ich goß mir allein ein, trank und sagte: „Wenn auch nicht in großzügiger, bürgerlicher Weise, so wollte ich Ihnen doch helfen. Jetzt habe ich allerdings Lust, Ihnen für Ihre Unverschämtheiten einen proletarischen Kinnhaken zu geben!“

Er kicherte. „Na endlich!“ Darauf erhob er sich halb, ergriff die Flasche, schenkte sich ein und nuschelte: „Wissen Sie, ich kann nun mal – im übrigen bin ich besoffen.“ Trank aus, ließ sich in den Stuhl fallen und schloß die Augen.

Nun schwiegen wir beide. Doch es wurde mir zu dumm. „Sie sind nicht besoffen, Sie sind nicht mal betrunken. Sie spielen den geistigen Krafthuber, weil es Ihnen an körperlicher Kraft und an Ausdauer fehlt, um unter körperlich Tätigen mitzuhalten. In der törichten Ansicht, das imponiere anderen! Das imponiert ebensowenig wie Ihr verunglücktes Akademikertum."

Mit einem Male saß er auf, und seine Augen funkelten böse: „Euch imponiert überhaupt nichts! Ihr Proletarier kennt nur eins: Neid, Neid und abermals Neid! Ihr neidet den Kapitalisten den Besitz, den Geistigen den Geist, den Gütigen das mitleidige Herz. Aber ihr beneidet diese andern nicht, um ihren Besitz zu besitzen, das wäre menschlich, sondern ihr neidet, obwohl ihr wißt, ihr könntet mit dem Besitz der andern gar nichts anfangen. Ihr wollt ja auch gar nichts damit anfangen. Ihr neidet einfach aus der Dreckseele heraus, die nicht haben kann, daß der andere anders ist, anders spricht, sich anders benimmt, besser ist. Und das Urgefühl in euch ist daher nicht der Wunsch nach einem wirklich gemeinschafltichen Leben, sondern nur nach Zerstörung des Besitzes der andern. Weniger arbeiten, mehr fressen und saufen und huren. Aus."

Es war mir klargeworden, daß hier kein Aristokrat oder Bürger das Volk lästerte, sondern daß ein abgewiesener, verschmähter Liebhaber der Masse versuchte, sich zu befreien, einer, der sich wahrscheinlich brünstig angeboten, der geworben und der nun schwankte, ob er die Unerreichbare erdolchen oder sich vor ihren Brautwagen werfen und sich überfahren lassen sollte.

Meine Nachdenklichkeit hatte ihn beunruhigt, er war noch nicht sicher, ob es richtiger sein mochte, mich weiter zu reizen oder zu besänftigen. Als er nun beharrlich schwieg, fragte ich: „Sie wollten nach Amerika. Als Namenloser, als Proletarier. Glauben Sie denn, die Masse dort sei wertvoller?"

Sein Gesicht zeigte Erstaunen über die Beengtheit solcher Frage und Geringschätzung des Fragestellers. Aber er überwand sich. „Ich *sollte* nach Amerika! Ich *wollte* hierbleiben! Darum verkaufte ich meine Karte."

„Jetzt *wollen* Sie aber doch rüber?"

„Jetzt *muß* ich rüber!"

Als er mein betont verwundertes Gesicht sah, lachte er. „Ich muß nämlich nachsehen, was ich drüben erreicht habe." Und nun war er wieder ganz der bewußt gehässige

Bursche. „Ja, mein Lieber, das begreifen Sie nicht, was? Es ist eben doch mehr an den geistigen Kräften, als ihr Proleten wahrhaben wollt! Dieser Satz vorhin: ‚Ich muß nachsehen, was ich drüben erreicht habe!' ist für euch ein Unsinn, für die geistig Besitzenden ist er eine alltägliche Sache. Und warum? Weil der Geist sofort die gewöhnlichen Vorstellungen, die sich aus den paar Satzwörtern ergeben, beiseite stößt und selbständig weiterforscht. Und was erblickt er? Er erblickt einen Herrn Dahlberg, der schon in Amerika sein muß, wenn der Dahlberg, den ich darstelle, drüben ankommt. Da nun ein Mensch sich nicht verdoppeln kann, müssen sich entweder seine Papiere verdoppelt haben, oder aber es muß ein Pseudo-Dahlberg die echten Dahlbergpapiere und der echte Dahlberg, also ich, falsche Papiere haben. Oder ich muß der Pseudo-Dahlberg sein. Kapiert? Natürlich nicht!"

„Warum verkauften Sie dann zuerst Ihre Fahrkarte und später auch Ihre Papiere?"

„Alle Achtung! Sie haben es erfaßt. Wenigstens beinahe. Also ich vertauschte meine Papiere gegen andere und gegen ein Aufgeld. Ich will als gewöhnlicher Wilhelm Schmidt, Dreher von Beruf, dem Werdegang des Studiosus Alexander Dahlberg folgen, sozusagen als sein Schatten. Hier konnte ich nichts werden. Drüben werden sogar zwei Dahlbergs ihren Weg machen. Heil Columbia!"

Wie er denn den Inhaber seiner Papiere drüben finden wolle, fragte ich. Er überhörte es und predigte weiter: „Das Leben ist nur Schein, sagen wir Widerschein. Diese alte Weisheit mache ich sichtbar. Ich bin der erste Mensch, der zwiefach ist. Die andern sind nur einfach. Ach, Himmel, gespalten sind sie zu Splittern und mit Kleister zu einer Masse verrührt. Na, Prosit, es lebe die Persönlichkeit, hoch die Freiheit."

Er trank und legte seine rechte Hand auf meinen Arm. „Sie sind ein Stückchen Substanz in dem Brei der Masse. Geld haben Sie auch. Zahlen Sie mir die Überfahrt!"

Daß ich nun laut loslachte, ärgerte ihn seltsamerweise nicht. „Nun, sagen wir, zahlen Sie für Wilhelm Schmidt wenigstens das Visum."

Zur Not hätte ich soviel noch mobilmachen können,

aber der Kerl war mir das wieder nicht wert, da ich hinter seinem Gerede nur das Bestreben sah, Dollarwerte in die Hand zu bekommen, um sie zu verkaufen und zu vertrinken. Ich sagte es ihm ins Gesicht.

An der Eingangstür entstand Lärm, ein Gemisch von Singen und Kreischen. Zwei Männer, denen man die fremden Seeleute von weitem ansah, versuchten mit drei Weibern, die sie untergehakt hatten, zu gleicher Zeit durch die Tür zu kommen. Alle fünf Personen schienen angetrunken zu sein. Sie steuerten, noch immer untergehakt, auf den leeren Tisch neben uns zu und nahmen mit viel Lärm Platz. Eine der Frauen stand sofort wieder auf und kam an unsern Tisch. Es war eine etwa dreißigjährige runde Person mit ganz weißem Gesicht und schwarzem Haar. Sie stemmte die Handflächen auf den Tisch und beugte sich weit vor. „Sekt trinkt ihr und seid ohne Damen? Aus welchem Devisenparadies stammt ihr denn? Wißt ihr was? Wenn ihr keine Eunuchen seid, kommt mit an unsern Tisch. Da ist eine Dame zuviel. Dann haben wir zwar 'n Kavalier zuviel, aber das ist besser. Knöppe haben unsere Herren auch."

Sie drehte sich nach ihren Begleitern um. Von denen hatte der eine bereits Sekt bestellt. Das heißt, er hatte genickt, als eins der Mädchen auf unsern Tisch deutete. Der Preester stand sofort auf und ging mit der bleichen Schwarzhaarigen. Ich hatte genug von dem Abend und zahlte. Die Bleiche protestierte und stänkerte mich an, aber als die beiden Flaschen Sekt kamen, begann sie zu singen:

„Ja, ja der Sekt,
der stimmt so heiter,
das Zeug, das schmeckt,
man pichelt weiter."

Ihre beiden Kolleginnen schlugen den Takt auf der Tischplatte und schunkelten, angestaunt von dem einen Seemann, einem langen, dünnen Kerl mit melancholischen Augen und hängenden Mundwinkeln. Der andere, ein großer, breiter, gutmütig aussehender Rothaariger, hörte anscheinend andächtig zu, was der Preester ihm auf englisch vortrug. Vielleicht schlief er auch mit offenen Augen.

Im Lokal braute sich nun doch Stimmung gegen uns zusammen. Fast alle Mannsleute sahen auf den Weibertisch. Als ich, unbeobachtet, an der Tür stand, pflanzte sich gerade der Komiker vor den Amerikanern auf: Durch die schleimige Unterwürfigkeit auf dem alten Mimengesicht stießen die nicht zu dämmenden Jaucheblasen der Geldgier. Vielleicht waren es auch nur die Stiche des Hungers. Die Jungens aus Gottes eigenem Land sahen weder das eine noch das andere.

2

Die Mücke

Nun mich heute morgen auf dem Deich dieser Hafenstadt zum ersten Male die Frage nach dem Warum meiner Flucht aus der bürgerlichen Welt anschwirren will, bleibe ich verwundert stehen und blicke, ein wenig hastig und verdrossen, um mich. Wie man einer stechlüsternen Mücke nachblickt, die ihre böse Absicht durch ein plötzliches Gesumm anzeigen mußte und von wachsam gewordenen Menschenaugen gezwungen wurde, ständig sich verengende und weitende Lautkreise zu ziehen, aus Lust die einen, aus Unlust die anderen.

Ich war elf Jahre alt, als mein Dorfschullehrer eines Abends in seinem Garten meinen Arm festhielt und zu mir sagte: „Nicht immer gleich um sich schlagen, mein Junge! Es wird zu leicht und deshalb zuviel geschlagen in der Welt. Das ist nicht nur überflüssig, es ist oft auch verkehrt. Wie in deinem Falle, wo du nach einem Insekt, das dir unangenehm wird, gleich mit beiden Armen fuchtelst und es dadurch erst wild machst. Eine von wachsamen Augen gelenkte Kopfbewegung genügt meist, den Störenfried zu verscheuchen.“ Und da ich nicht verstand, setzte er einen noch unverständlicheren Schluß hinzu: „Das gilt nicht nur, wenn Insekten deinen Kopf umschwirren!“

Der Lehrer war einer jener beruflichen Gebrauchsphilosophen, welche die Natur nicht nur als Spiegel für die Menschenseele ansehen, sondern auch als Rute hinter dem

Spiegel, und er hatte sicher aus der natürlichen Mücke nur wieder einen moralischen Elefanten machen wollen, unbekümmert um meine Jugend, der, wie auch den geistig Ungelenken und den seelisch Robusten älterer Jahrgänge, schlagende Hände nun mal bessere Werkzeuge zur Abwehr von Mücken, Elefanten und Gedanken sind als wachsame Augen, bewegliche Köpfe und ruhige Herzen. Da der alte Mann aber meine Liebe hatte, ließ ich mir diese Mückenpredigt später verdeutlichen, und sie blieb in mir bis in meine Mannesjahre lebendig, auch noch, nachdem ich in tropischen Ländern böse Erfahrungen mit ihr gemacht hatte. Ich habe dennoch viel nach Gefühlen, Gedanken und Annäherungen schlagen müssen, nach schlechten nicht nur, auch nach guten, bevor ich den Mut aufbrachte, noch einmal zu versuchen, in gesunden Augen, ruhigen Hirnen und Herzen die erfolgreicheren Abwehrmittel für alle Beunruhigungen des Lebens zu sehen. Zu sehen. Heute vermag ich es einigermaßen gar, sie anzuwenden, und spüre daher erfreut, wie die unverhofft aufgetretene Frage nach dem Warum meines Hierseins und meiner täglichen Wanderungen über den Deich nun, da ich sie ansehe, von mir abläßt und mir, gleichsam wie das leiser werdende Gesumm der sich entfernenden Mücke, nur das Bewußtsein bleibt, daß ich lediglich über mein Tun nüchtern nachdenken wollte, zum ersten Male, seit es meine Verhältnisse so gewaltsam geändert hat.

Und nun vermag ich zu lächeln über das Wort gewaltsam, das so bombastisch eine im Grunde belanglose Angelegenheit beglänzen will. Was ist es schon Besonderes, wenn ein geistiger Mensch in reiferen Jahren von einem gedeckten Tische aufsteht, aus einem leidlich gesicherten Hause geht und sagt: „Nun bekenne ich mich zu meinen Händen und fahre im Vertrauen auf sie in die weite Welt!" Das sieht nach Gefahren aus und nach Mut, sie zu bestehen, und ist vielleicht nur ein Widerhall, ein letzter, aus unwahrscheinlich gewordenen Jugendträumen; denn mit einem Scheckbuch in der Tasche eines Arbeiterrockes nimmt das alte Sprichwort, es werde überall in der Welt Brot gebacken, den Charakter einer Art Lebensversicherungspolice an. Meine Wirtschafterin, meine Freunde und alle Menschen, die da meinen, um mich zu wissen, schüttelten zwar ihre Köpfe, sähen sie, worin die Abwechslung in meinen raschen Abreisen diesmal besteht: daß einer, anstatt in einem Ort der Akademien und Theater Bücher zu schreiben und Berichte über das Kunstleben und den Landtag zu verfassen, an feuchtkalten Morgen über einen kilometerlangen Deich läuft, seine Augen nicht einmal über den breiten Strom und das im Dunst liegende jenseitige Ufer gehen läßt, sondern sie beharrlich und mit Behagen auf die verstaubten und verdreckten Lagerschuppen und Fischhallen an den Hafenbassins zu seiner Rechten richtet. Ich wünsche mir, sie möchten es anschauen, wie ich da gehe und stehe, jeden Morgen, fast vierzehn Tage nun schon, und doch nicht mutlos werde oder gar meinen Aufbruch bereue.

Im Gegenteil: ich freue mich, wenn ich daran denke, daß ich inmitten verärgerter und erboster Menschen einer Arbeiterstadt durch nasse Aprilschauer hasten muß, während doch schon vor vier Wochen dort unten in Dresden die jungen Mädchen und Frauen ihren neuen Putz und ihre alten Träume an mir vorbei durch die leuchtenden warmen Vorfrühlingstage trugen. Ich freue mich, weil mir diese mißmutige Umwelt hier wohler tut als die sorglos-heitere dort unten, obwohl es natürlicher wäre, ich ärgerte mich. Denn in mein Gefühl hinein spricht mein Verstand, daß es für mich in Zukunft auf das Natürliche ankommen müsse, nicht auf das Ungewöhnliche.

Was aber ist natürlich, was ungewöhnlich?

Eine der wenigen, absolut bewiesenen Wahrheiten ist, daß der einzelne Mensch von den vielen anderen Menschen verschieden und insgesamt ganz anders angesehen wird, als er selbst sich sieht, daß er aber auch anders ist, als er sich sieht, und daß er außerdem nicht so zu sein vermag, wie er gern sein möchte: jedenfalls nicht auf die Dauer. Da ich dies erkennen kann, müßte ich eigentlich auch imstande sein, das Ungewöhnliche meines Tuns für mich und die andern Menschen als das einzig Natürliche zur Geltung zu bringen.

Während ich so selbstgefällig über mich und so geringschätzig über meine Bekannten denke, erschrecke ich und fühle, daß mich die summende Mücke doch wohl gestochen hat: Ich erkenne, und es tut weh, wie wenig die Beweggründe meines Vorhabens absolut sind. Der Umstand allein, daß ich mir die Wirkung meines Beginnens auf andere vorstellen kann, beweist mir, wie sehr es ein Protest gegen diese anderen und ihre bürgerliche Welt sein soll. Alles aber, was mit uns aus uns geschieht, in der Absicht, damit auf andere zu wirken, geschieht nicht aus unhemmbarer, für uns schicksalhaft gewordener Notwendigkeit. Schon, daß ein Mann hier in einem alten abgetragenen blauen Anzug geht, eine verbeulte Seemannsmütze auf dem Kopfe, einen kleinen Leinenkoffer in der Hand, ortlos und somit unerreichbar für alles Langen der Vergangenheit mit Post, Telegraf und Eisenbahn, äußerlich ein Proletarier, und daß dieser Mann dabei weiterhin in papiernen Sätzen und gestellten Perioden denken kann, offenbart mir das Zwiespältige in meinem Tun. Ist denn der Unterschied zwischen mir und diesem Dahlberg wirklich so groß?

Oft schon habe ich Reisen gemacht als ein einfacher Mann und gelebt und gearbeitet wie ein solcher. Aber es war, obwohl es mitunter lange dauerte und ich mich nicht schonte, stets ein kleiner Betrug dabei gewesen, der mir erst diesmal bewußt wird. Ich hatte immer ausreichend Geld bei mir gehabt, auch einen Bankkredit, so daß ich die Gewißheit besaß, in Fällen unerträglicher Not mich mit Leichtigkeit hinausretten zu können. Und allein diese Gewißheit mußte mehr Kraft zum Ertragen des Lästigen geben; mußte aber auch die Gefühle des Betroffenen verfälschen, denn er war ja nie hilflos, nie ganz verlassen und abhängig von den rauhen Meinungen und Taten der anderen. Diesmal schien es anders, diesmal hatte ich unter ihnen nichts voraus, denn mein Bankkonto lautete auf deutsche Mark, und die galten nichts jenseits der Grenze.

Das beste ist, ich stecke mir eine Pfeife an. Es wird mit der christlichen Seefahrt auch heute wieder nichts werden, wie es in den letzten vierzehn Tagen nichts wurde. No, Sir!

3

Wir heißen alle Haberland

Ich habe, mich wieder in Bewegung setzend, die letzten Worte wohl laut gesagt, denn ich höre nun, unten vom Deich her und ein wenig hinter mir, das Echo: „Sind Sie Amerikaner?" Und, als ich mich unwende, ein wenig stokkend: „Are you American?" Sie sprechen in diesen Nordseehäfen, sofern sie mit der Seefahrt zu tun haben, ja alle ein wenig Englisch.

Eine junge Frau geht auf dem Klinkerweg, der an der Außenflanke des Deiches, dicht am Wasser, entlangführt. Sie hat ein kleines Mädchen, das greint und anscheinend nicht mit will, an der Hand. Ein Junge von etwa fünf Jahren klettert zwischen den Steinen, die den Deich gegen das Wasser hin grenzen.

Da soeben die Sonne durchbricht, werde ich übermütig und antworte: „Wie Sie es wünschen, meine Dame!" Und, ihre Zweisprachigkeit nachahmend, mit einer leichten Verbeugung und der Hand am Mützenschirm: „As you like, Mylady!"

Sie bleibt ratlos stehen, und ich sehe, wie sich auf ihrem hübschen Gesicht Zweifel verschiedener Art zeichnen: Ist er ein Amerikaner oder ein Deutscher? Ist er nur höflich, oder will er sich über mich lustig machen? Und dann, nachdem ihr Blick meinen Anzug und mein Köfferchen gestreift und taxiert hat, die Enttäuschung, daß da oben bestimmt kein Offizier, sondern höchstens ein Mann der Crew geht. Bis sie wieder in mein Gesicht sieht und durch die Brille irritiert wird. Solche Brillen tragen Seeleute gewöhnlich nicht, er muß also – ich kann ihre Gedanken so deutlich verstehen, als hörte ich Worte. Dann aber hebt sie den Blick mit einem Ruck von mir und dreht sich gegen das Wasser. Der Junge turnt noch immer zwischen den Steinblöcken herum. „Oswin-Adelbert, sofort kommst du her!" Die Stimme klingt zornig, fast ein wenig keifend.

Ich bin enttäuscht. Sieht aus wie eine Dame, geht morgens bei solchem Wetter mit ihren Kindern an den Deich, spricht unbefangen einen fremden Mann an, und dann dieser Ton und dazu noch Oswin-Adelbert! Eine wirkliche Dame würde ihrem Jungen nicht einen solchen Namen geben, auch scheint sie nicht von der Küste zu sein. Denn Oswin ist sächsisch und die Koppelung Oswin-Adelbert geradezu unmöglich.

Aber die Inflation aller Werte hat ja auch die Vornamen erfaßt, eigentlich habe ich schon lange auf Mütter gewartet, die ihre Kinder mit einem Dreifachnamen bedenken, etwa Sigrid-Mia-Gunhilde oder gar Karl-Heinz-Dieter-Edelhart. Lieber Himmel, unser Volk ist verarmt, es sind ja nicht allein die Väter und die Mütter, die in dieser Zeit sich eingebildete Werte schaffen.

Der Träger des Namens Oswin-Adelbert müßte richtiger Heini heißen. Er springt von einem Stein zum andern und wählt sich besonders gern die letzten, die schon mitten im Schlick liegen. Ist er nicht an der Küste geboren, so ist er doch ein richtiger Waterkantjunge geworden.

„Du wirst ins Wasser fallen und ertrinken!" ruft die Frau.

Der Junge, weiterspringend: „Aber Mutti, da ist ja gar kein Wasser da!" Er hat recht, zwischen ihm und dem Wasser ist ein Schlickstreifen von fast fünfzig Metern.

Die Mutter: „Aber das Wasser kann steigen, und dann schwemmt es dich weg!"

Der Junge, lachend: „Aber Mutti, da ist doch lange noch Ebbe, da fällt es doch immer mehr!"

Die Mutter: „Sofort kommst du her!" Mit einem Blick auf mich: „Sonst verhaut dich der Mann, der ist von der Hafenpolizei!"

Langsam, mißtrauisch zu mir schielend, kommt der Junge bis an den Klinkerweg. Da gerade eine kleine Treppe von der Deichkrone, auf der ich gehe, zu dem Weg hinunterführt, steige ich sie hinab. Der Junge springt auf den Weg und folgt in etwa zehn Meter Entfernung seiner Mutter; er ist, ich sehe es, beschäftigt, mich einzuordnen. Ich will es ihm erleichtern, will ihm bestätigen, daß wirklich Ebbe ist und noch gut drei Stunden sein wird, als ich bemerke, wie die Frau mich groß ansieht. Sie hat ein hübsches Gesicht und ist gut angezogen, sogenanntes Taylorkostüm mit lila Frühlingshütchen, ein wenig zu elegant für einen Morgenweg über den Deich, eben doch zu viel Konfektion. Aber das lieben die Frauen der Hafenstädte aller Welt nun mal, sie können nicht maßhalten, und außerdem wollen es ihre Männer. Einesteils aus Liebe, zum anderen der Leute wegen. Wie sie Klubsessel, Diplomatenschreibtische und Oswin-Adelberts für vornehm halten.

Der Junge hinter uns ist mit sich ins reine gekommen. Er ruft: „Mutti, du hast geschwindelt! Der Mann ist ja gar kein Polizist, das ist ja bloß 'n Amerikaner!"

Bloß ein Amerikaner. So was kann im Deutschland dieser Tage auch nur ein Kind sagen. Oder ein Narr.

Der Blick der Frau ist ein wenig verlegen, fast bittend sieht sie mich an. Ich nutze es und rufe zu dem Jungen hin: „Magst du die Amerikaner nicht?"

Er bleibt vorsichtig stehen. Ich wende mich wieder der Frau zu: „And you, Mylady?"

Sie lächelt mich an und sagt: „Sprechen Sie lieber Deutsch, Sie können es doch sehr gut!"

Das kleine Mädchen bleibt wieder stehen und weint. Ungeduldig versucht die Mutter es vorwärtszuzerren, schafft es nicht und gibt ihm ärgerlich einen Klaps gegen den Kopf. Gegen den Kopf, wirklich. Es muß etwas Triebhaftes in dem beliebten Schlagen gegen den Kopf sein, fast alle Eltern bevorzugen diesen Körperteil bei Züchtigungen, die Lehrer auch, ganz abgesehen von Menschen, die sich gegenseitig angreifen. Es ist, als müßten sie alle aus einem uralten Fluch heraus das Gehäuse jener empfindlichen Organe, die dem Menschen gestatten, zur Vernunft zu kommen, noch mehr beeinträchtigen, als diese Organe es von Natur aus schon sind. Aus Gedankenlosigkeit und Dummheit schlagen Eltern sogar ihre eigenen Kinder, deren Fortkommen angeblich ihre schönste Freude ist, gegen die Köpfe, die sie doch mit Worten wie Dummkopf und heller Kopf verantwortlich für dieses Fortkommen machen.

Die Lust auf eine kleine, harmlose Bekanntschaft ist mir vergangen, ich mag die Frau nicht mehr, obwohl sie mich nun auch dem kleinen Mädchen gegenüber in Anspruch nimmt: „Wenn du nicht sofort artig bist, haut dich der fremde Mann tüchtig durch!"

Das Kind starrt mich entsetzt an, weint aber weiter und

zerrt weiter an der Mutterhand: „Nach Hause – nach Hau-ause!“

„Warum lassen Sie sie nicht zu Hause?“ frage ich, und es klingt wohl unfreundlich gegen die Mutter, denn das Kind schweigt und geht williger mit.

„Mein Mann kommt heute rein und hat es gern, wenn die Kinder am Schiff sind!“ Dann, mit einem neuen prüfenden Blick auf mich: „Gehen Sie wieder rüber?“

Ich nicke.

„Auf einem Amerikaner?“

„Ich hoffe, ja!“

Sie seufzt: „Es muß ein herrliches Land sein. Und soviel Wohlstand. Und alle Menschen so freundlich und gefällig. Der Gatte meiner Freundin fährt auf einem Amerikaner. Was die verdienen. Mein Mann sagt –“

Ich erfahre jedoch nicht, was ihr Mann gesagt hat, sie greift es von der anderen Seite an: „Sind Sie etwas Besonderes auf Ihrem Schiff?“

Da ich nicht zu verstehen scheine, will sie es verdeutlichen. „Ich meine Offizier, oder Arzt, oder gar –“ Sie stockt wieder und prüft erneut meinen Habitus. „Oder fahren Sie nur so mit rüber?“

„Beides“, antworte ich lächelnd, „beides!“ Und ich denke daran, daß dies auch der Wahrheit entspricht, denn etwas Besonderes stelle ich als sogenannter Seemann schon dar, wenn ich auch nur so mit rüberfahren will. Da plappert sie schon weiter:

„Neulich kam ein Millionär mit der ‚President Harding‘ von drüben, wenn Sie den gesehen hätten, den hätten Sie in kein anständiges Hotel in Deutschland reingelassen, so sah der aus, so vertragen.“ Sie lacht fröhlich und sieht mich nekkisch an. „Der hatte auch bloß solchen Koffer wie Sie da! Damit fährt er nach Europa, ein Millionär! Ich wollte es erst nicht glauben, aber der Gatte meiner Freundin ist Kabinensteward auf der ‚President Harding‘, der erzählte es uns. Erster Klasse ist er gefahren, in einer Sonderkabine mit Bad. Zuerst hat ihn keiner der Stewards gern bedienen wollen, weil er doch so geizig aussah. Dann hat ihn der Gatte meiner Freundin gekriegt. Und denken Sie, dem hat der Millionär nachher einen Fünfzigdollarschein als Tip gegeben!“

„Ja“, sage ich, „die Amerikaner sind sonderbare Menschen. Zuerst wollen sie alle viel Geld haben, und wenn sie es haben und sich alles leisten können“ – ich mache eine Pause und sehe meinen schäbigen Leinenkoffer an –, „dann machen sie sich nichts daraus.“ Ich kann mir nicht helfen, ich muß noch einen moralischen Schluß anhängen: „Man soll seinen Reichtum auch nicht zur Schau stellen.“

Sie kann wirklich hübsch lachen. Und die Sonne scheint noch immer. „Hab ich es mir doch gleich gedacht, als ich Sie da so komisch gehen sah! Na, und Ihre englischen Selbstgespräche –“ Sie seufzt wieder: „Ich liebe Amerika. Es muß ein herrliches Land sein. Leider war ich noch nie drüben. Mein Mann sagt auch, ein Jahr auf einem Amerikaner, dann würde er drüben abhauen und uns nachkommen lassen! Hätte ich die Kinder nicht, ich wär schon längst drüben!“ Sie bleibt stehen und macht ganz schelmische Augen: „Könnten Sie meinen Mann nicht auf Ihrem Schriff anbringen, Mister – Mister –“

„Trimm!“ antworte ich höflich, „Thomas Trimm.“

„Wir heißen alle Haberland, Edwin heißt mein Mann.“ Edwin – daher also der Oswin für den Sohn. Der Adelbert aber stammte sicher von ihr. „Er fuhr erst auf der ‚Berlin‘ von der Hapag, in Hamburg, wissen Sie. Aber es lohnte sich nicht, wer fährt denn schon mit deutschen Dampfern nach drüben. Dafür dann getrennt, ich konnte doch nicht immer mit den Kindern nach Hamburg, wenn er von drüben kam. Da hat er dann hier gewartet, ob er nicht auf einem Amerikaner ankam. Schließlich mußte er einen Frachter nach Spanien nehmen.“

An dem Tempo ihrer Rede hatte ich schon gemerkt, daß sie aus einer dieser Nordseestädte sein mußte. Das Plappern bei den Frauen hier oben geht wie Schellengeläute, und wenn es auch tönerne Schellen sind, so sind sie doch meist hübsch anzusehen, und man hört gern zu, des Läutens wegen; Melodie, Rhythmus, Harmonie – lieber Gott, klingeln wir Männer nicht ebenso durch Politik, Wissenschaft, Kunst und Literatur?

„Ach“, sagt sie enttäuscht. „Sie hören mir ja gar nicht zu. Ich langweile Sie sicher. Solch Amerikaner lacht doch über unsereinen. Da haben Sie drüben ganz andere Frauen. Man kennt ja die Bilder. Und was hier so aussteigt aus der ersten Klasse. Aber wenn die alle sich um ihre Kinder kümmern müßten und den Haushalt, und dann bei dieser Geldentwertung, ich möchte die mal sehen. Man hat ja schließlich auch noch seine Angestellten und ist immer noch Dame, aber wichtiger ist doch, daß eine Frau bei einem Manne aushält, auch wenn es ihm mal nicht gut geht."

Sie ist also doch keine leichtfertige, sondern eine kleine tapfere Frau, denke ich. Und nun tut es mir leid, daß ich sie enttäuschen muß. Ich hatte vor, mich zu drücken, aber es geht nicht, dieser energischen Person gegenüber muß ich offen sein. „Liebe Frau Haberland", sage ich, „ich muß Ihnen ein Geständnis machen." Ich werde tatsächlich ein wenig verwirrt, da sie mich so anfeuernd anblitzt. „Ich habe – ich bin gar kein Amerikaner!"

Wenn sie enttäuscht ist, kann sie es meisterlich verbergen. Sie lacht hell auf und sagt: „Sehen Sie, das hab ich mir gleich gedacht! Die Hauptsache ist ja auch, daß Sie auf einem Amerikaner fahren. Und wenn Sie auch bloß Deutsch-Amerikaner sind oder auch bloß Deutscher und auf einem amerikanischen Schiff tätig, so könnten Sie vielleicht doch mit dem Chiefsteward mal sprechen oder mit dem Chiefkoch, das sind meistens Deutsche. Mein Mann sagt, wenn er ankommt, will er gern mit dem Chief ein Vierteljahr lang fifty-fifty machen. Und wenn Sie's selber machen –", jetzt unterbricht sie sich doch und wird rot. „Wie heißt denn Ihr Steamer, Mister Trimm?"

„Das ist es ja, liebe Frau Haberland! Ich kann Ihren Gatten nicht anbringen, ich kenne keinen Chiefsteward und keinen Chiefkoch, ich habe nämlich noch keinen Dampfer."

Über ihr Gesicht lagert sich eine Wolke. „Dann fahren Sie als Passagier? Aber da müssen Sie doch auch Ihren Dampfer wissen?"

Ich schüttele den Kopf, sie tut mir schon leid. Denn nun kommt es, ziemlich tonlos, aus einem noch bewölkteren Gesicht: „Fahren Sie etwa dritter Klasse?"

Als ich erneut den Kopf schüttele, hellt sich das Gesicht wieder auf und sie lächelt: „Sehen Sie, ich merke doch schon lange, daß Sie mich auf den Arm nehmen wollen!"

Ich kann zwar diese dumme Redensart nicht ausstehen, aber von einer kleinen hübschen Frau gesprochen, bekommt sie doch wenigstens einen Sinn. Und so werde ich angesteckt und sage: „Ich kann nicht leugnen, daß ich es ganz gern täte!“

Da wird sie kokett: „Ach gehen Sie, Mister Trimm! Eine kleine deutsche Hausfrau, was würden Ihre amerikanischen Damen zu solcher Verirrung sagen!“

Der Junge hinter uns schreit auf und heult los. Er ist wieder in den Steinen umhergesprungen, hat einen verfehlt und ist mit einem Fuß bis über den Schuh in den Schlick geraten. Nun steht er da und jammert. Er ist also doch kein Waterkantjunge, ist doch Vater Edwins Sohn Oswin. „Kommst du sofort her, du altes Ferkel!“ schimpft die Mutter. „Na warte, dir wird Papa eine Wucht besorgen.“ Und als Oswin-Adelbert weiter heult und versucht, seinen Schlickschuh an dem großen Stein abzustreichen, bittet sie mich: „Ach, holen Sie doch den Jungen her und hauen Sie ihm ruhig die Jacke voll!“

Ich rufe Oswin-Adelbert, er soll herkommen, und Schläge bekäme er bestimmt nicht, von mir nicht und von der Mutter auch nicht. Aber der Bengel traut dem Frieden nicht, er entweicht von den Felsblöcken auf den Klinkerweg, eine ganze Strecke hinter uns, und wischt sich seinen Stiefel an der Grasböschung ab. Plötzlich schreit er: „Wenn du mich haust, sag ich Papa, daß du wieder ’n amerikanischen Onkel getroffen hast!“

Soso, sieh an, Madame Haberland! Sie ist ganz rot geworden, in ihren Augen blitzt es böse. Ich tue, als hätte ich den Ruf des Jungen nicht verstanden, und das kleine Mädchen läßt uns die peinliche Stille überbrücken. Es bockt wieder, zerrt, weint und wimmert: „Nach Hause – Mutti – nach Hau-ause!“ Ich beuge mich nieder zu dem Kind und sehe nun, daß es ein ungewöhlich gerötetes Gesicht und fieberglänzende Augen hat. Das Kind ist zweifellos krank, darum ist es auch so eingepackt. Ich fasse behutsam das Gesicht an, es brennt. „Um Gottes willen“, sage ich rasch, „das Kind hat ja hochgradig Fieber! Wie können Sie denn mit dem kranken Kind bei diesem Wetter über den Deich gehen? Das Kind muß sofort ins Bett!“

Aber die Mutter lächelt schon wieder. „Ach, das hat sie öfters. Im Herbst auch. Ich laß sie ja sonst auch im Bett. Aber mein Mann ist doch so komisch. Er will nun mal, daß ich und die Kinder ihn vom Schiff abholen. Das vorletzte Mal hat er mir noch an Bord 'ne richtige Szene gemacht. Na, und ehe ich das wieder erleben will, schlepp ich die Bälger lieber mit!" Dann ist das schreiende Kind vergessen, und sie sagt triumphierend: „Sehen Sie, daß ich Sie von Anfang an durchschaut habe? Man hat nämlich auch seine Menschenkenntnis! Ich habe gleich gewußt, daß Sie was Besonderes auf dem Schiff sind. Nun haben Sie sich verraten, daß Sie Doktor sind. Ja, und als Schiffsarzt können Sie doch beim Chiefsteward für meinen Mann ein Wort einlegen. Der Schiffsdoktor steht doch immer gut mit dem Chiefsteward. Und gerade erst auf einem Amerikaner. Mein Mann darf bloß nicht wissen, daß ein fremder Herr mir das verschafft hat. Er ist nämlich eifersüchtig. Ich bitte Sie, auf mich! Wenn ich es noch auf ihn wär, nicht wahr? Er und die feurigen Spanierinnen, man kennt das doch. Stellen Sie mich doch dem Chiefsteward vor, dann mach ich das andere schon allein, ja?"

„Nach Hause – nach – Hau-au-se –, wimmert das kleine Mädchen.

„Bringen Sie doch das kranke Kind nach Hause", sage ich schroff, „es fällt Ihnen ja zusammen!"

Sie sieht das Kind mit einem harten Blick an, dann schaut sie wieder auf mich. „Wie heißt denn nun wirklich Ihr Schiff, und wann fährt es ab? Ich werde Rita nach Hause bringen und meinem Mann sagen, daß Sie als Arzt es befohlen haben. Sie hätten uns auf dem Deich getroffen, ganz zufällig. Was ja auch die Wahrheit ist." Sie streift den Handschuh vom Handgelenk und sieht auf ihre Uhr. „Es ist halb zehn, kann ich Sie um zwölf in der Loydhalle im Wartesaal zwoter Klasse wiedersehen? Wenn mein Mann inzwischen angekommen ist, kann er gleich dabeisein. Gegen einen Doktor, der seine Rita umsonst behandelt hat, wird er ja nichts haben."

Farewell, kleiner Traum von einem harmlosen Zusammensein mit einer hübschen jungen Frau, auch wenn ihn nicht ein krankes Kind zerstört hätte. Sie ist doch nur eine

Gans. Und so sage ich ärgerlich: „Ich sagte Ihnen schon, daß ich kein Amerikaner bin und kein Arzt. Ich bin ein arbeitsloser Deutscher, der versuchen will, auf irgendeinem amerikanischen Steamer angeheuert zu werden, ganz gleich, für welchen Posten."

Sie starrt mich fassungslos an. Dann geht die Enttäuschung ihres Gesichtes in Verachtung über. Ich suche nach einer verbindlichen Form, die Unterhaltung zu beenden, da kommt sie mir zuvor, indem sie mich anfaucht: „Und da mischen Sie sich in fremder Leute Angelegenheiten?"

„Madame haben immerhin mich angesprochen", entgegne ich unkavaliermäßig.

Jetzt verliert sie den Rest der Haltung und schreit: „Wagen Sie es nicht, noch länger eine anständige Frau zu belästigen, Sie – Sie –"

Der Junge ist neugierig herangekommen, er hat gemerkt, daß seine Mutter einen Zorn auf mich hat, ich ihm also wohl nichts tun darf.

„Nach Hause – Hau-se –", wimmert das kleine Mädchen.

Da reißt es die Mutter hart nach vorn, und als das Kind laut schreit, erhält es von der Mutter einen klatschenden Schlag auf den unverhüllten Teil des roten Gesichts. „Ich will dir lernen, zu parieren", schreit die Frau dazu (jawohl, dir lernen, sagt sie), „wenn Papa uns erwartet! Von wegen, nach Hause – weil so einer das haben will, der gar kein Doktor ist –"

Ich bin schon oben auf dem Deich. Nein, ich will die Frau nicht mehr sehen. Aber verabschieden will ich mich, und da ich für sie nur ein ordinärer Mensch bin, kann ich es nicht ohne eine kleine, ganz kleine Gemeinheit tun.

Sie schimpft noch immer, ohne daß ich es verstehe. Es klingt auch, wenn sie den Kopf zum Deich hebt, nicht mehr wie tönernes Schellengeklingel, es scheppert wie rostiges Blech und schrillt wie eine Messerspitze auf einem Porzellanteller, spricht sie zu dem Mädchen.

Ach ja, die kleine Gemeinheit. Ich will mich nicht französisch empfehlen und beschließe, es *auf* französisch zu tun. Ich lüfte die Mütze: „Adieu, Madame Haberland! Il ne demande pas son reste! Au revoir! Votre Américain!"

Bevor ich den Deich nach rechts herunter bin, dem alten

Hafen zu, höre ich noch ihre höhnische Antwort: „Soviel Englisch wie Sie kann ich noch alle Tage! So was spielt sich als Amerikaner auf und ist bloß 'n scheddriger deutscher Kaispucker!"

4

Die alten Häfen

Ich liebe diese alten, grauen, außer Dienst gestellten Seehäfen, in denen es stets nach kaltem Rauch, Schlick und fauligem Wasser riecht. Wenn dazu die Möwen schreien, unfern ein Dampfer tutet, Ketten rasseln und die unverständlichen vulgären Laute einer fremden Sprache aus der diesigen Luft fallen, ist es mir immer, als habe nun alles Reisenwollen und Reisenmüssen aufgehört und ich sei zu Hause. Sind dann noch abgetakelte unförmige Schiffskästen im Hafen und ein paar weißstoppelige Greise, die schweigend Pfeife rauchen und dazu an langen Angelruten ihre Regenwürmer in dem grünbeschimmelten Wasser baden, sitze ich sogleich, auf welchem Platz der Erde es auch sei, in meinem Arbeitszimmer, sehe vergilbte Stahlstiche an oder lese im Thukydides, Schlosser oder Ranke Welt- und Menschengeschichte.

Weil sie beide, die alten Häfen und die alten Geschichtswerke, in einander so ähnlicher Weise sich mühen, auf stockfleckigem Papier, mit verzitterten Konturen und verblaßten Tinten Abbilder einstigen Lebens und Irrens zu geben, indessen doch oft nur ein vom Großvater zwischen den Seiten totgedrücktes keines Insekt die einzige Spur ehemaligen Lebens darstellt. Und ich möchte sie doch in meinem Leben nicht missen, die alten Bücher und Bilder nicht und nicht die alten Häfen, wenn ich auch weiß, daß im Menschen das Gegenwärtige nur deshalb so nach dem Vergangenen langt, weil es in ihm, so paradox es ist, seine gewißliche Verklärung fühlt und sich vor dem Zukünftigen bangt, da es in diesem nur *ein* Gewisses enthalten sieht: das Ende. Die Überbrückung dieses Endes durch eine Veränderung des Unzulänglichen im Gegenwärtigen ist jedoch möglich, denn sooft ich mich diesem Zustand des Ruhenwollens in alten Büchern und Häfen auch hingab, immer noch riß mich nach kurzer Zeit die Ernüchterung aus ihm heraus, und es blieb die Feststellung, ein unzeitgemäßer romantischer Ich-Hang spuke mit Sentenzen, Lehrstoffen, Segelschiffen und Seeabenteuern durch ein der sachlichen Gegenwart verpflichtetes Menschenleben. Auch der andere Versuch, die Phantasie, diese milchende Kuh des bücherschreibenden Menschen, für die Hafensehnsucht eines unruhigen Geistes verantwortlich zu machen, scheiterte noch stets, weil er das ewige Gezeitenspiel des Lebens mit Ebbe und Flut, diese Dialektik in der Natur, nicht beachtete.

Eisenbahngleise liegen zwischen dem Deich und dem alten Hafen. Die Schienen sind verrostet. Aber nicht, weil in dieser Zeit nach dem Kriege der wirtschaftliche Niedergang meines Landes auch die Maschinen in den Fabriken verrosten ließ; diese Eisenbahnwege hier hat wohl seit zwanzig Jahren kein Güterwagen mehr befahren. Sie liegen auf dem Kai des alten Hafens, verschiedene Male schon ist das Katzenkopfpflaster zwischen dem Wasser und den mürben Schuppen ausgebessert und erhöht worden, denn an einzelnen Stellen verschwinden die Schienen fast ganz in der Erde zwischen den Steinen. Alle großen modernen Seehäfen auf der Erde haben solch altes Hafenbecken sich erhalten, und alle sehen sich ähnlich, haben den gleichen Geruch und sprechen die gleiche Sprache.

Der Kai ist nicht gemauert, er ist aus Balken und Brettern gefügt, als Poller dienen die Köpfe eingerammter Pfähle, und von den mit Möwenkot dicht bedeckten Dukdalben hält gewöhnlich nur der mittelste Pfahl noch das Gebilde aufrecht, während die andern ihre abgefaulten Beine schon hoch über das Wasser heben. Die Schuppen in einem solchen Hafenbecken sind leer oder mit Gerümpel gefüllt. Hier hat ein Alteisenhändler sein Lager; drüben fährt ein Kutscher Brennmaterial an. Eine außer Dienst gestellte Dreckschaluppe verfault langsam im grünen Wasser.

Im Gegensatz zu meinen alten Stichen und Büchern leben sie jedoch alle, diese gestorbenen Häfen. Sie, die auch nur von Menschen geschaffenen, sind die besseren Bilder des menschlichen Lebens geblieben. Ich weiß nicht, woher es kommt: Wenn ich nicht körperlich an solch einem alten Hafen entlanggehe, habe ich doch oft schon meinen Geist ausschicken müssen, damit er meine Seele zurückhole von diesen Plätzen. Sie sind eben mehr als ausgediente Erwerbsanlagen, die man bestehen und verfallen ließ, weil ihre Beseitigung teurer wäre; sie sind nur scheinbar das letzte Kapitel eines Lebens oder Lebensabschnittes, jenes, das folgerichtig und unabänderlich allem Existierenden beschieden ist, wird es nicht durch ein hartes Geschick vor der Zeit beendet oder radikal verändert. Nein, diese alten Häfen sind nur rein äußerlich die Fortsetzung einer einst jung gewesenen Entwicklung, sie sind in ihrem Innern ein besonderes Leben.

Der Mensch tröstet sich auf vielerlei Art über die Vergänglichkeit. In seiner Jugend verschließt er die Augen gern vor der Begrenztheit dieses Lebensabschnittes, indem er die Vorzüge des Jungseins in die Höhe und in die Weite hebt und mit ihnen das Kommende überdeckt. Der gereifte Mann belächelt den Überschwang, der meist nur kurz hinter ihm liegt, und reckt sich im Vollgefühl seiner Kraft über Jugend und Alter so weit hinaus, daß er seine Empfindungen und Erkenntnisse als ewige Wahrheiten und unveränderliche Wirklichkeiten ebenso der Jugend wie dem Alter aufzuzwingen immer wieder geneigt ist. Und von den alten Menschen sind nur wenige, die in Weisheit und Güte zugleich das Vergängliche, das unser aller Los ist, im Wesen und Tun der Jugend und des Mannes ebenso begriffen sehen wie in ihrem eigenen; die meisten der Alten greinen über den Platz, der ihnen nun beschieden ist, über den Unsinn, den die Jugend verübt, über das Verkehrte, das die Söhne anstellen. Die meisten alten Menschen beziehen die unaufgeräumte Wohnung des Altenteils ihrer Eltern, mit all den Lebensängsten und der angeblich naturnotwendigen Vereinsamung, die diese Einrichtung mit sich bringt. Sie sollten sich ein Beispiel an den alten Häfen nehmen.

Ich gehe über den schmalen Fahrweg zum neuen Hafen. Er heißt neu, wie manche Städte Neustadt heißen, manche Marktplätze in alten Städten Neuer Markt, obwohl um sie herum alte Gebäude stehen. Sie sind nur mal neu gewesen gegenüber den älteren Nachbarn.

Die Wände dieses sogenannten neuen Hafens sind schon aus Stein, seine Poller aus Eisen, in seinen Lagerschuppen werden Fische aus- und eingeladen, kleine Kräne schwenken umher und heben aus Schleppern und Flußdampfern Kisten und Körbe. Aus abgeteilten kleinen Räumen in den Lagern dringt das Klappern von Schreibmaschinen, und jetzt begegnet mir gar eine grüne Uniform, ein Mann vom Zoll. Dennoch ist dies nicht das Leben, das meine Zeit darstellt, es ist nur eine Rumpelkammer ihres Wirtschaftslebens. Ich gehe die drei Seiten des Beckens ab und fühle überall, daß nun ich in den Spuren der Väter gehe. Für sie war das der neue Hafen und die neue Zeit. Denn fünfmal größer als der alten Hafen, stellte er den Fortschritt dar, dokumentierte er eine neue Zeit. Heute ist er etwas wie ein pensionierter Beamter, der, weil der Staat die Pension nicht mehr bezahlen kann, zu einem Nebenerwerb greifen mußte.

Die Wände des Hafenbeckens sind mit Moos und Algen bedeckt, die Pfähle dicht bei dicht mit Muscheln. Ich beuge mich hinunter, nehme meine Mütze und blende den Himmel gegen das Wasser ab, um tiefer sehen zu können. Denn mir war, als hätte ich Fische schwimmen sehen. Ja, da sind sie, es sind kleine Seefische.

Eigentlich ist das nicht verwunderlich, denn obwohl das Wasser des Stromes dieses Hafenbecken füllt, kommt doch mit der Flut das Meer weit ins Land hinein. Aber seltsam ist es doch. Denn während in dem alten Hafenbecken nur wenige Süßwasserfische umherschwimmen, haben sich in diesen neuen Hafen sogar Seefische verirrt. Und ich weiß doch, daß die Schleusen nur ganz gelegentlich geöffnet werden und dann eine für diese Fische ungewöhnliche Beunruhigung des Wassers vor sich geht. Haben sich die Fische verirrt? Oder zwang sie ein dunkler Trieb aus dem freien Meer in den Hafen?

Mein Blick geht wieder an den grünen Pfählen auf und ab und versucht zwischen dem Leben der hunderttausend Muscheln und dem begehrten Phäakendasein der Menschen eine Brücke zu finden. Ist es wahr, daß unser Gefühl nach einem Dauerzustand verlangt, für den der Mensch das Wort Glück gefunden hat, ohne den Begriff erläutern zu können? Alle wollen sie Glück haben. Was aber wäre Glück, wenn jeder es hätte? Ist es denn nicht auch eine der törichten Lehren, die man den Kindern vermittelt, daß Glück und ein ruhiges Leben ein und dasselbe bedeuten? Da doch immer wieder in der Bekanntschaft jedes Menschen Leute waren, die das Glück ihres Lebens in der währenden Unruhe und im Kampf für andere suchten und empfanden? Und ich selbst, der ich hier stehe und sinniere, was trieb mich denn aus der gesicherten Ruhe und aus einem guten Bürgerrock in dieses Gewand? Kein schmerzliches Erleben, keine Schuld, kein Eigennutz und kein Hang zur Einsamkeit. Was trieb den Preester in die Masse, die ihn nicht wollte?

Je länger ich in das Wasser schaue, um so mehr glaube ich zu bemerken, wie diese schollenähnlichen Fische bestrebt sind, nach dem Schleusentor zu gelangen. Aus der unendlichen Ferne der Jahrtausende sagt ihnen wohl ein Trieb, daß sie sich verirrt haben und daß dort draußen in der unbegrenzten Weite ihre Erfüllung harrt.

Eine Straße kommt aus der Stadt, geht am neuen Hafen vorbei und neben dem Deich hin zum Außenhafen. Wagen fahren auf ihr, und immer mehr Menschen hasten, viele sehen aus wie ich, dazu viele Frauen und Kinder. Es soll also heute nicht nur ein Amerikaner abgehen, es wird wohl auch ein großer Überseedampfer erwartet. Auch mein Ziel ist ja dieser Außenhafen.

Nun ich im Geiste das ankommende fremde Schiff sehe und die heimkehrenden Seemänner, die meisten von ihnen brave Familienväter, kommt mir das Absonderliche an meinem Beginnen immer mehr zum Bewußtsein. Wenn diese Männer in letzter Minute zum Hafen gehen, ein Schiff besteigen und in die weite Welt fahren, tun sie es meist aus der Notwendigkeit, nur auf diesem Wege für ihre Familie gut sorgen zu können. Ich weiß aus so vielen Fahrten, daß der größte Teil der Mannschaft auch unterwegs nur aus Männern besteht, die einen Beruf ausüben, so als ob sie zu Hause den Pflug über das Feld führen oder in der Fabrik mit Handwerkzeug hantieren, daß das Meer keinen ewigen

Atem für sie hat, keine Offenbarungen aus dunklen Tiefen zeigt und fremde Länder und Völker nur eben anders geartete Zustände und Verhältnisse darstellen. Der Zweck und Sinn des Wegfahrens ist für sie das Heimkommen mit Geld. Ohne Frage tun sie recht daran, sind sie die normal Beschaffenen, und das besonders in einer Zeit, in der das Nützlichkeitsstreben der Menschen durch den Eigennutzwillen der Völker sowieso beengt ist. Warum aber bin ich diesen Menschen und dem Leben mit ihnen entflohen, wenn ich es genauso wieder aufnehmen soll, verändert nur in den Kulissen? Liegen hier die Ursachen, die den Preester nicht heimisch werden ließen?

Das Wetter ist schlechter geworden. Der Vormittag schleppt noch eine halbe Nacht hinter sich her und bedeckt damit einen ihm trübselig genug entgegenkommenden Tag. Aus dem Dunst wurde Nebel, aus dem Nebel Regen und aus dem Regen ein matschiger Schnee. Mir tun schon wieder die Kinder leid, die nun weinend und greinend hinter zankenden Müttern den weiten Weg zum großen Hafen wandern müssen, um dort, weil es doch so üblich ist, den heimkehrenden Vätern ihre Kinderfreude auszudrücken. Sie werden wohl, fürchte ich, noch lange warten müssen. Denn bei diesem Wetter verzögert sich die Ankunft der Seeschiffe, und außerdem braucht das auflaufende Wasser noch mindestens vier Stunden, bevor es den großen Schiffen die Einfahrt gestattet.

Seltsam, daß diese Schifferfrauen das nie lernen. Viele von ihnen haben es doch nun seit fünf oder zehn Jahren mitgemacht. Aber immer wieder kommen sie um Stunden zu früh. Ist es die Liebe, die sie treibt, die Ungeduld, oder ist es, wie bei Frau Haberland, die Angst vor dem mißmutigen Blick des Gatten, den er bereit hatte, als die Frau einmal nicht bereitstand? Es ist wohl bei allen nur die Gewohnheit.

Wenn *ich* in diesen Hafen wiederkehre, wird keine bereitstehen. Dafür winkt auch keine, wenn ich abfahre, und ich kann von der ersten Stunde an – ebenso wie in der letzten vorm Wiederanlegen – an meinen Dienst auf dem Schiff denken oder über den Sinn der Seefahrt, des Familienlebens und der menschlichen Gemeinschaft grübeln.

Mein Dienst auf dem Schiff – noch habe ich ihn nicht, und ich weiß gar nicht, wie ich dazu komme, heute so gleichgültig und mit viel Zeit den Weg zu machen, der in den zwei Wochen vorher erfolglos geblieben ist. Ist vielleicht in mir eine Stelle, die da sagt, ich käme noch früh genug nach drüben?

5

Der Kleine

Drüben, am Deutschlandkai, liegt mein Dampfer. Ich habe mir nun einmal eingeredet, daß dieses Schiff mein Schiff sein wird. Worauf sich meine Erwartung gründet, kann ich nicht sagen. Als ich einige Tage umsonst vor einem anderen Dampfer angestanden hatte, kam dieser Steamer in den Hafen. Die eigenartige Form seiner Masten interessierte mich, ich hatte etwas so Häßliches von einem Schiff noch nicht gesehen. Da es ein amerikanisches Schiff war, würde die Neuerung also etwas Praktisches sein. Alles, was sie besonders praktisch nennen, ist bei ihnen ja zunächst einmal besonders unschön. Die Lademasten auf allen Schiffen der Welt sind den alten Segelschiffmasten nachgebildet und sehen so aus:

Die Masten des Amerikaners waren keine Masten mehr, sondern Galgen. Zwei standen vor dem Schornstein, zwei hinter ihm, sie machten aus einem Schiff eine fahrende Fabrikanlage.

Aber vielleicht empfindet nur der Europäer das Häßliche eines solchen Dampfers, der Amerikaner sieht es gar nicht. Lieber Himmel, die alten Segelschiffmänner haben sich wohl auch voll Scham abgewendet, als sie den ersten Dampfer erblickten: Das sollte ein Schiff sein?

Als der amerikanische Dampfer durch die Schleuse gezogen wurde, wuchs mein Unbehagen. Er hatte nämlich noch zwei weitere unmögliche Masten, einen vor der Brücke, einen hinter ihr. Und eine Art Flaggenmast, ein Fahnenstock mehr, war in den zweiten Galgen hineingesteckt, ohne jeden Sinn für ästhetische Wirkung.

Ich fragte einen beschäftigungslosen deutschen Kapitän, mit dem ich vorher ins Gespräch über die Zeiten gekommen war, nach dem Zweck dieser Neuerung. „Sie sind stolz darauf“, antwortete er, „sie nennen es die größte Neuerung im amerikanischen Schiffbau! Es soll angeblich gestatten, zu gleicher Zeit zu löschen und zu laden, so daß man die Hälfte der Zeit spart!“

Ich fand das immerhin angenehm für die Besatzung, da sie auf solchen Schiffen nur die Hälfte der Zeit, die sie auf andern Dampfern Dienst tun müsse, zu arbeiten brauche.

Der alte Kapitän sah mich prüfend an, dann lachte er

verständnisinnig. „Faktisch muß die Mannschaft auf diesen verdammten Pötten doppelt soviel Arbeit leisten wie auf den anderen Schiffen. Aber, was wollen Sie“ – er deutete auf den Flaggenstock –, „oben wird die Flagge der Freiheit gehißt und darunter –“ er zeigte auf den Galgen – „die Freiheit aufgehängt. Mich kriegt da keiner rauf, und müßte ich verhungern.“

„Sie sind Sozialist?“ fragte ich verwundert, denn er hatte immerhin einen Lloyddampfer als Kapitän gefahren.

„Warum?“ Seinem Blick entfuhr Mißtrauen. „Man braucht doch nicht gleich ein Roter zu sein, wenn man menschlich fühlt.“

Dann las ich laut den Namen des an uns vorübergleitenden Schiffes: „President Wilson“. Mein Nachbar wendete sich ab und sagte verächtlich: „So sieht er aus, innen und außen.“

Ich verstand nicht, was er damit meinte, und fragte ihn.

„Na, so kam er damals doch auch angefahren. Nach außen hin versprach er Erleichterung, und was brachte er uns? Noch mehr Belastung.“

Ich aber fühlte es wie eine Gewißheit: Das wird mein Schiff! Da nach der Überzeugung der Abergläubischen eine Enttäuschung sich nicht aus ein und derselben Wurzel wiederholen kann, müßte der peinliche Name mir Glück bringen. Seit meiner Jugend liebe ich Spiele und Späße, die meine Phantasie mit der Wirklichkeit treibt, und bin sicher, daß sie schon oft die widerstrebenden Verhältnisse bezwungen haben.

Nun ich hier vor dem häßlichen Schiff stehe, umschwirrt mich wieder der Gedanke von vorhin auf dem Deich und macht mich unruhig. Unbedacht, sorglos, getrieben mehr als gewollt, habe ich den Weg ins Unbekannte angetreten. Und werde nun, gewissermaßen im letzten Augenblick und eigentlich durch den haltlosen Zwiefachen, gewahr, daß meine Annahme falsch war, denn ich habe durch das Mitnehmen eines Scheckbuches gezeigt, wie brüchig mein Vertrauen auf meine Kräfte ist. Vorhin auf dem Deich, als mich dies zum ersten Male befiel, verscheuchte ich es mit der Feststellung, daß ich ja für den Betrag meines gesamten Guthabens hinter den Grenzen meines Landes nicht einmal eine Tagesfahrkarte lösen könnte. Für die Zeit meines Aufenthaltes in einem fremden Land war also das Vertrauen zu meinen Händen bewiesen. Nicht jedoch für die Tage und Wochen vorher und hier, in meinem Lande. Das aber konnte das Entscheidende sein. Mußte es sein; denn von seinem Gelingen hing doch mein Fahren in die Fremde ab. Jawohl, ich muß, soll mein Vorhaben überhaupt Aussicht auf Verwirklichung haben, jetzt schon, hier im Lande, ganz von meinen früheren Gewohnheiten und Sicherungen lassen. Und nun, im Angesicht meines Dampfers, fühle ich es als eine Gewißheit, ich werde niemals auf dieses Schiff kommen, behalte ich das verflixte Buch in der Tasche. Ich muß mich von ihm trennen, sofort, und zwar so gründlich, daß ich auch bei einem Fehlschlagen meiner Absichten mit der „President Wilson" und weiterem Verbleiben in Deutschland auf meine Hände angewiesen bin. Mitten in einer Welt der Arbeitslosigkeit.

In der großen Kaihalle ist ein Postamt. Ich laufe hinüber und schreibe an meine Wirtschafterin einen Brief, in dem ich sie bitte, die unterschriebenen Blankoschecks zur Bezahlung der Miete und im übrigen so zu verwenden, wie sie es für richtig halte, nach Möglichkeit solle sie das ganze Buch aufbrauchen. Als der eingeschriebene Brief im Schalter verschwunden ist, atme ich auf. Nun ist das letzte Hindernis hinweggeräumt, nun sind die Hinterirdischen überrumpelt. Nun auf zu meinem Schiff.

Es wundert mich, daß noch immer keine Männer meiner Art am Landungssteg des Dampfers stehen, wie ich das doch tagtäglich sah. Sollte die Mannschaft schon vollzählig sein? Ich blicke umher und sehe nun, woran es liegt. Es regnet, und sie stehen unter dem vorspringenden Dach der Halle, dem Schiff gegenüber. Ich bin also nicht zu spät gekommen. Gut dreißig Männer warten, und jeder von ihnen weiß wie ich, daß der Dampfer heute, an seinem letzten Tag, höchstens noch zehn bis zwölf Mann brauchen wird. Wir Alten, die wir schon seit acht Tagen den Stamm der Wartenden bilden, kennen uns ein wenig und begrüßen uns freundlich, trotz der für den einzelnen durch den Zuzug verminderten Aussicht auf Anheuerung.

Es sind nicht alles Seeleute, die hier umherstehen, im

Gegenteil. Soviel ich weiß, sind überhaupt nur zwei von ihnen bisher auf Schiffen gefahren. Es sind Arbeitslose aller Berufe, die da hoffen, irgendeine Beschäftigung auf solchem Auslandsschiff zu bekommen. Ich hatte ja in den Tagen des Wartens auch erfahren, was ich nicht wußte, als ich hier antrat: daß die Amerikaner noch für die geringste Tätigkeit, für die schmutzigste Arbeit auf ihren Schiffen dem ungelernten Arbeiter neben freier Station einen Monatslohn von fünfzig Dollar zahlen. Fünfzig Dollar! Das ist in diesem Monat für deutsche Begriffe ein fürstlicher Lohn, ein Ministergehalt, ein Generaldirektoreinkommen. Auch noch, wenn es zutrifft, was ich gleichfalls hörte, daß der Chiefkoch des Schiffes oder der Chiefsteward oder wer immer bei der Vermittlung den Ausschlag gibt, auf einen Teil dieser Heuer jeden Monat rechnet. Zuerst war ich verwundert, daß bei der gewaltigen Arbeitslosigkeit allein in dieser Stadt, in der es von beschäftigungslosen Offizieren und Mannschaften der ehemaligen deutschen Handelsflotte wimmelt, so wenig Menschen die Möglichkeit benutzen, viel Geld zu verdienen. Bis ich erfuhr, nicht der Stolz verhindere es, sondern eben die Not: Jeder, der hier angeworben zu sein wünschte, hatte sich einen Paß zu besorgen und ein amerikanisches Visum, das die Kleinigkeit von zehn Dollar kostete. Wer aber sollte in diesem Lande als Arbeitsloser zehn Dollar aufbringen; wer sollte sie einem auf gut Glück borgen, denn das Erlangen eines Postens stellte doch einen Lotterietreffer dar. Ich selbst hatte ja die Hälfte meines Guthabens allein für dieses Visum ausgeben müssen.

Ich sehe mir meine Gefährten an und verstehe bei den meisten nicht, wie sie zu den zehn Dollar gekommen sein mögen. Sie sind schlimmer daran als der normale Arbeitslose, sie gleichen dem Spieler oder Defraudanten, der den Rest seines Kapitals oder das ganze fremde Geld auf eine einzige Karte setzt, die gewinnen muß, weil er sonst nur noch still Abschied nehmen kann. Wäre mir der Vergleich gestern gekommen, ich hätte vielleicht darauf verzichtet, einem der Unglücklichen die letzte Chance zu beeinträchtigen, hätte Paß und Visum dem Zwiefachen überlassen und mich davongemacht. Heute nun geht das nicht, heute bin ich wie du, Kamerad, auch mein Letztes steht nun auf einer Karte, wenn ich es auch nur darauf gesetzt habe, damit die Karte herauskommt. Sie wird herauskommen, ich fühle es und sehe etwas mitleidig auf meine Genossen.

In unsere Schar kommt Bewegung, wir eilen zum Schiff hinüber, einige rennen sogar. Dann stehen wir um den Landungssteg, wahllos, wie es sich gerade traf, denn wir wissen, es macht nichts aus, ob einer vorn steht oder hinten, wir werden, ist es soweit, ja doch vom Käufer wie ein Sklavenhaufen gemustert und werden, sind wir erwählt, mit Fingerzeigen und mit Rufen: „He, Sie da, jawohl boy, dich meine ich!“ nach vorn geholt. Es ist immer wieder ein Glücksspiel, und alle Mätzchen und Gebärden, die wir anwenden, bleiben geflissentlich unbeachtet.

Jetzt nehmen einige meiner Kameraden die Zigarette und die Pfeife aus dem Mund, als schicke es sich nicht, rauchend vor dem gewaltigen Brotgeber zu stehen, der den Steg herunterkommt. Alle um mich blicken aufgeregt zur Brücke empor. Ich will es nicht tun, ich will warten, bis das Schicksal vor mir steht. Aber die rasche, dienstwillige Gebärde meiner Genossen erinnert mich, daß auch ich etws fortzunehmen habe: meine Brille. Seit es mir vor drei Tagen passiert ist, daß meine schon sichere Anheuerung im letzten Augenblick an meiner Brille scheiterte, obwohl sie für den Dienst, den ich zu verrichten gehabt hätte, in keiner Weise ein Hindernis bedeutete, steckte ich sie jedesmal in die Tasche. Ich bin wohl etwas kurzsichtig, kann aber zur Not ohne das Ding existieren. Und da die Herren es so haben wollen, will ich ihnen lieber Ungenauigkeiten in meinen Dienst mitbringen als eine Brille.

Es kommen zwei Männer in Uniform über die Treppe nach unten. Ich erkenne sie auch ohne Brille: Es sind der Chiefsteward, ein Amerikaner, und der Chiefkoch, ein Deutscher. Somit wird heute nur noch Bediener- und Küchenpersonal gesucht. Mit den beiden habe ich schon zu tun gehabt, hoffentlich erkennen sie mich nicht wieder. Der Amerikaner hatte mich vor drei Tagen sozusagen angenommen, als der Deutsche an meiner Brille Anstoß nahm. Immerhin, es ist auch anzunehmen, daß sie in der Fülle ihrer hohen Dollargehälter, Trinkgelder und des guten Essens die Gesichter der unten auf dem Pier stehenden Arbeitslosen nicht mit besonderem Interesse betrachtet und somit wohl wieder vergessen haben.

Der Mensch ist doch immer wieder geneigt, dem Menschen Konzessionen zu machen. Ich hatte mich über die Ruhe und Selbstverständlichkeit gefreut, mit der die Männer, von denen wohl die meisten seit Monaten nichts Vernünftiges zu essen gehabt haben, dem Moment entgegenzusehen schienen, der über ihre nächste Zukunft und vielleicht über das Wohlergehen ihrer Familie entschied. Und nun sehe ich doch die Unruhe und steigende Rücksichtslosigkeit, mit der einer den andern zurückzudrängen versucht. Es gilt eben die letzte Chance, die letzte Karte zu nützen. Und gerade die „President Wilson“ soll so große Möglichkeiten bieten: Es streift uns der Atem Amerikas.

Die beiden Herren vom Schiff haben den Pier noch nicht betreten, da bin ich schon von meinen Mitanwärtern bis in die vorletzte Reihe zurückgedrängt und stehe vor der Frage: Soll ich nun meine reichlichen Körperkräfte an einen traurigen Wettkampf setzen, oder hat hier mein Geist, der mir das Klägliche dieses Tuns noch rechtzeitig zeigen kann, das Vorrecht?

Die Entscheidung muß rasch fallen. Ich beschließe ein Kompromiß: Ich will mich wenigstens wieder bis zu dem Platz vordrängen, auf dem ich gestanden habe, bevor der Ansturm einsetzte. Ich weiß zwar, der Platz, auf dem der einzelne steht, ist ohne jede Bedeutung für die Wahl. Aus der Erfahrung von zwölf Tagen schloß ich es und kann doch diese Erfahrung nicht respektieren: Nun sie alle schieben und drängen, muß ich mich behaupten. Nur, weil die andern drängen, sage ich mir.

Fünf Mann, an denen ich vorbeikomme, erkennen, wenn auch etwas verwundert, mein Anrecht an, weiter vorn zu stehen, denn sie haben mich wiedererkannt. Der sechste aber stößt mir den rechten Ellbogen in die Seite und wendet mir ein haßerfülltes Gesicht zu: „Das gibt’s hier nicht, vordrängeln!“

Es ist ein kleiner Mann, zwischen Vierzig und Fünfzig; ein abgetragener Paletot umhüllt eine magere Gestalt und läßt dadurch, daß die eine Rückenhälfte abgeschabt ist, den

Eindruck aufkommen, als stecke unter dieser Hülle ein Buckel. Ein eingebeulter steifer Hut, fleckig und abgeschabt, bekleidet den Kopf.

Ich möchte lächeln, denn was will dieser Mann auf einem Schiff, und wo nimmt er die Hoffnung her, angeheuert zu werden? Aber ich bin ärgerlich. Denn gerade dieser kleine Kerl war der erste, der ohne Rücksicht auf die körperlichen Unterschiede zwischen uns mich vorhin zurückdrängte und sich, fast kriechend, vorschob. Er wußte auch, daß er mogelte, denn er hatte mich dabei einen Augenblick fragend angesehen und schien sogar verwundert zu sein darüber, daß ich mir die Behandlung von ihm gefallen ließ. Einmal vorangekommen, will er nun den unehrlichen Start wohl verleugnen.

Das ärgert mich, und obwohl ich nicht daran denke, daß gerade dieser Vordermann mir im Wege stehen könnte, ergreife ich mit meiner Linken seinen rechten Arm. Doch da schreit der kleine Mensch auf: „Willst du auch noch tätlich werden?"

In dem Ruf ist so viel Empörung oder Angst, daß der allgemeine Vorwärtssturm ins Stocken gerät und sich die Nachbarn umdrehen. Ich komme ihren Äußerungen zuvor, nun ebenfalls laut: „Daß du dich an uns vorbei nach vorn gemogelt hast, na schön, aber warum lügst du nun auch noch?"

Einige der nahe bei uns Stehenden erinnern sich, daß ich vorhin weiter vorn gestanden habe, und zwei Mann wenden sich gegen den Kleinen mit der Beschuldigung, er habe sich von ganz hinten nach vorn gedrängt. So wäre es mir also ein leichtes, ihn mit einer einzigen Armbewegung wieder nach hinten zu drücken. Doch da geht über das Gesicht an meiner Seite ein derartiger Ausdruck des Erschrekkens, und wenn er sich auch sofort in Haß verwandelt, es hat zuerst doch eine furchtbare Lebensangst aus ihm gesprochen. So mag ein Mensch aufblicken, der von einem Tier gepackt wird und den Tod fühlt. Ich lasse den Arm los. Worauf der kleine Mann, ohne sich zu besinnen, noch an seinem Vordermann vorbeischnellt und nun genau vor dem Amerikaner steht.

Alle dreißig Männer, die hier vor den Pforten des Paradieses harren, wissen, dies ist für diese Woche die letzte Viertelstunde. In diesem Augenblick denken sie wohl alle an ihr Zehn-Dollar-Visum. Denn daß einer von uns eine Seemannskarte hat, glaube ich nicht. Die Crew ist längst angeheuert, heute handelt es sich nur um Arbeitskräfte für die Küche oder um Hilfsarbeiter. Da das aber zugleich auch schwere Arbeiten sind, erscheint mir die Hoffnung des kleinen Mannes, angenommen zu werden, geradezu sinnlos. Doch er hofft, ich sehe es an seinem Gesicht. Er steht vor dem Block und starrt auf Henker und Staatsanwalt, fiebernd, ob sie das Beil oder die Begnadigungsurkunde zeigen.

Die beiden Herren vom Schiff haben es anscheinend sehr eilig und daher wohl die Miene des Käufers auf dem Sklavenmarkt, die sie sonst zur Schau tragen, an Bord vergessen. Sie sprechen ein paar englische Worte miteinander, und ich verstehe das Wort Seven. Sieben also nur. Damit wendet sich der Chiefsteward und geht die Treppe wieder hinauf. Der deutsche Chiefkoch tritt einen Schritt zurück und bedeutet, ohne zu unserer Überraschung eine Auswahl zu treffen, den ihm zunächststehenden sieben Männern, sofort an Bord zu gehen. Der kleine Mann ist darunter.

Der achte wäre ich gewesen. Hätte ich aber meinen Platz behalten, sogar der vierte oder fünfte. Alles geopfert für einen fremden Egoisten.

Ich sehe ihm nach. Obwohl er nun sein ersehntes Ziel erreicht hat, erfüllt ihn über alle befriedigten Hoffnungen und beendeten Sorgen hinaus als erstes das Gefühl einer häßlichen Genugtuung. Auf der Treppe noch dreht er sich um, sucht mein Gesicht und wirft einen höhnischen Blick und ein jämmerliches Lachen hinein.

Ohne ein Wort weiter zu verlieren, wenden wir abgelehnten dreiundzwanzig uns gegen das Hafengebäude. Doch während meine Kameraden den Weg in die Stadt antreten, bleibe ich vor der Halle stehen und sehe zu Boden. Ein Zwang zu einer klaren Entscheidung läßt mich stehenbleiben. Da wollte ich nun, wie alle diese Männer, nach Amerika, wohin vor uns Hunderte und Tausende auf diesem oder einem anderen Wege gegangen sind. Ich aber habe manches vor ihnen voraus: Ich kenne von früher und aus Büchern, Abhandlungen und langen Gesprächen das Wesen dieses Landes, und wenn es auch nicht immer Rücksichtslosigkeit ist, was der Fremde das Merkmal des amerikanischen Daseinskampfes nennt, so ist es doch erwiesen, daß rücksichtsvolle oder gar nachdenkliche Menschen dort drüben schwerlich eine Chance haben. Sie müssen, also ausgerüstet, Land und Leute erst studieren und Gelegenheit finden, unbeeinflußt Erfahrungen zu sammeln und Schlüsse zu ziehen. Aber alles ist erfolgreich nur dann, wenn sie als wirtschaftlich unabhängige Menschen dieses Land bereisen können. Wer es jedoch als Freischwimmer durchqueren will, der muß wirklich schwimmen können und darf sich weder durch Gefühle noch durch Gedanken über den ethischen Gehalt und über Sinn oder Unsinn seines Tuns ablenken lassen. Das weiß ich und habe es für unmöglich gehalten, daß jener kleine, kümmerliche Mann von vorhin auch nur Gelegenheit bekommen könnte, den Fuß auf amerikanischen Boden zu setzen. Und nun hat er mir, der ich einen Kopf größer und zehn Jahre jünger bin, den Rang abgelaufen. Und nicht allein durch seine Rücksichtslosigkeit, sondern auch noch durch die Fähigkeit, für den gewollten Zweck lügen zu können.

Mich bewegt keinerlei moralische Entrüstung darüber. Es interessiert mich vielmehr der Gedanke, ob der kleine Mann jeden Tag imstande sein wird zu lügen oder ob er nur dieses eine Mal bewußt und wie unter einer Notwendigkeit oder aus einer Angst sich dazu aufgerafft hat. Wie es aber auch sein mag: Er hat gesiegt.

Als ich den Blick hebe, ist er unscharf, und ich erinnere mich, die Brille abgenommen zu haben. Ich setze sie wieder auf, schaue mich um und sehe, daß Frau Haberland mit ihren Kindern aus dem Wartesaal der Halle tritt und mir entgegenkommt. Edwins Dampfer ist also noch nicht eingetroffen. Ich habe in den letzten Jahren keinen Blick und keinen Schritt getan oder unterlassen, weil ich etwa die Nähe oder die Kritik eines Menschen vermeiden wollte. Nun fürchte ich mich vor den bösartigen Augen einer mir unbekannten und unsympathischen jungen Frau, überzeuge mich rasch, daß sie mich noch nicht erkannt hat, drehe mich um und laufe den Weg zum Dampfer zurück.

6

Nightman

Da stehe ich nun und sehe schräg an der Bordwand entlang, ob die Frau hierherkommt. Und fühle mich immer hilfloser werden. Nicht, weil dies heute wie zwölf Tage vorher ein Mißerfolg war, sondern weil meine feste Zuversicht mich betrogen hat und die großartige Gebärde mit dem zurückgeschickten Scheckbuch überflüssig gewesen ist. Ob ich es mir zurückhole? Der Brief muß noch auf dem Postamt liegen, und den Auflieferungsschein habe ich bei mir. Nein, nein und hundertmal nein! Und denke doch, ich unterlasse den Weg zur Post nur, weil ich der schrecklichen Frau nicht begegnen will. Lieber Gott, laß mich endlich seelisch robuster werden! Oder körperlich schlapper! Und ich spucke, nun grade, auf den Kai. Go to hell, Mister Wilson! Und nimm Mistress Haberland gleich mit!

Wie ich mich vom Dampfer abwende, höre ich hinter mir einen Ruf. „He, boy, come on!"

Es kann mir nicht gelten, aber ich bleibe stehen und sehe mich um. Oben am Landungssteg steht ein junger Offizier, anscheinend der Vierte, und winkt. Da kein Mensch um mich ist, scheint er wirklich mich zu meinen. Ich deute fragend auf meine Brust. „Yes", ruft er weiter und zeigt auf den Steg, „come up!"

Verwundert gehe ich den Steg hinauf. Meine Kameraden von vorhin stehen noch zusammen an Deck, der Kleine in der ersten Reihe. Einige von ihnen blicken unruhig, sie wissen anscheinend noch nicht, ob sie wirklich angenommen sind, jedenfalls sind sie noch nicht eingeteilt. Der Chiefkoch ist nicht mehr bei ihnen, dafür steht der Chiefsteward da. Er scheint ärgerlich zu sein, um seinen blasierten Waitermund liegt ein verächtlicher Zug, als er die sieben in gehacktem Deutsch fragt: „Wer von euch schon gefahren? Keiner nicht, was? Bagage!"

Doch drei Mann treten vor, ich stelle mich entschlossen zu ihnen. Der Offizier läßt seinen Blick von einem zum andern gehen, bei mir als dem letzten nickt er und sagt: „Is your passport allright?"

„Yes, Sir!"

„Come on!" sagt er, und ich folge ihm an die Reling. Dort erfahre ich, er brauche für die Crew noch einen Nightman. Ob ich wüßte, was das sei. Ich nicke. Er lacht: „Bei uns ist es ein bißchen anders als bei den andern. Bei uns ist der Nightman ein halber Matrose, ein halber Steward und ein halber Arbeiter!"

Ich nicke fröhlich. Warum soll ein Amerikaner nicht drei Hälften haben, sie müssen ja in allem anders sein. Anscheinend gefalle ich ihm, er will alle meine Papiere haben. Ich übergebe ihm den Paß, ein Gesundheitsattest, ein altes Seemannspapier, meine polizeiliche Abmeldung und den Postauflieferungsschein. Er blättert in allem, anscheinend kann er kein Wort Deutsch. Doch er steckt sie ein, nickt zufrieden und sagt: „Sixty Dollar!" Aber ja doch, yes, Sir! Mit einem freundlichen „Allright, I come back!" läßt er mich stehen und verschwindet mit dem Chiefsteward nach mittschiffs.

Seltsame Dinge geschehen doch auf der Erde und noch seltsamere auf dem Wasser. Da habe ich, an dem die Chance vorbeigegangen war, nun von uns acht Mann den besten Job erwischt und bekomme außerdem zehn bis fünfzehn Dollar mehr im Monat. Und eigentlich nur, weil ich vor Madame Haberland ausgerissen bin. Wäre sie nicht aus der Tür der Wartehalle getreten und hätte ich sie nicht gesehen – vielleicht sollte ich wirklich für Herrn Edwin ein gutes Wort auf diesem häßlichen Schiff einlegen. Der alte deutsche Kapitän ist fürs erste ins Unrecht gesetzt. Ich finde, die Amerikaner sind nette Leute. Sechzig Dollar im Monat und noch soviel Kameradschaftlichkeit dazu.

Der Mensch ist, und versucht er hundertmal anders zu sein, doch nur ein sehr sterbliches Stück: Als ich es überdacht habe, wende ich den Blick zu meinen sieben Kameraden. Da ist nun eigentlich auf den meisten Gesichtern die anfängliche Freude darüber, daß sie unter dreißig Wartenden das gute Los gezogen hatten, verschwunden, und es ist dafür der Neid auf den nachträglich Bevorzugten getreten. Fünfundvierzig oder fünfzig Dollar – es ist für jeden von ihnen unvorstellbar viel Geld. Verdient für eine Arbeit, die keinerlei Vorbildung verlangt. Fünfzig Dollar im Monat bei freier Station. Wenn sie ein Vierteljahr fahren, behalten sie hundertzwanzig Dollar übrig und können bei der Ankunft in der Heimat sich dafür ein Siedlungshaus kaufen. Grund genug, den Himmel zu preisen. Sie hätten ihn auch gepriesen, alle sieben, wäre nicht ein achter hinzugekommen, der ein noch besseres Los gezogen hatte. Ich glaube, sie wären nicht so neidisch gewesen, hätte der Offizier einen von ihnen gewählt. Aber daß noch einer dazugeholt wurde, einer, der schon als abgelehnt angesehen war, das ertrugen sie nicht. Sie sind da wie ich, nur die Blickrichtung ist anders: Ich freue mich und muß sie ansehen, weil mir das wohltut; sie müssen mich ansehen, weil sie das ärgert.

Am giftigsten blickt mein kleiner Feind. Obwohl er sicher nicht weiß, was ein Nightman ist, gönnt er mir gerade diesen Posten nicht. Ohne Frage hätte er auch nichts dawider gehabt, wäre ich als einer von ihnen ausgewählt und mit dem Amt bedacht worden. Jetzt aber – ich sehe, er möchte am liebsten protestieren. Es ist nur gut, daß der Chiefkoch wiederkommt und mit der Verteilung der Arbeit beginnt.

Über den kleinen Mann schüttelt er zunächst verwundert den Kopf. Er begreift anscheinend nicht, wie der auf das Schiff gekommen ist. Sie müssen also in letzter Minute ernste Geschäfte an Bord gehabt haben, daß ihnen dieser Fehler unterlaufen konnte. Nun aber steht er da, ist angeheuert und muß beschäftigt werden.

„Mein Gott“, stöhnt der Chiefkoch, und er stöhnt es laut und deutsch, „der macht doch schon auf der ersten Fahrt schlapp.“ Er kann wohl noch immer nicht fassen, was ihm da passiert ist, und fragt: „Was sind Sie denn von Beruf, Mann?“

Da wirft der Kleine den Kopf hoch und sagt in einem Ton, der geradezu Respekt heischt: „Oberbuchhalter! In normalen Zeiten wäre ich heute Prokurist!“

Der Chiefkoch senkt resigniert den Kopf und sagt: „Also in die Küche, erst mal als Volontär zum Kartoffelschälen!“ Und dann zieht er mit seinem Trupp ab.

Da stehe ich nun allein auf dem Mitteldeck, über das Matrosen und Stewards hin und her laufen. Immer wieder tritt einer an die Reling und schaut den Schienenweg entlang der Stadt zu, woher der Zug mit den Passagieren kommen muß. Diese Unruhe kurz vor der Ankunft der Reisenden kenne ich schon. Was mich verwundert, ist nur, daß der Kapitän mit dem Ersten Offizier zu dieser Stunde noch von Bord geht.

Die Herren bleiben unten auf dem Kai stehen und sehen ebenfalls die Hafenstraße entlang. In immer kürzeren Zwischenräumen zieht der Kapitän die Uhr, und mit jedem Mal steckt er sie mehr verärgert wieder fort, indessen der Erste Offizier sichtlich bemüht ist, ihn zu beruhigen.

Ich trete von der Reling zurück und lehne mich gegen die Wand der Brücke. Ein Gefühl des Geborgenseins hat von mir Besitz ergriffen. Da stehe ich nun auf einem großen amerikanischen Schiff in der Gewißheit, in der nächsten Stunde auf der Fahrt nach Amerika zu sein, ein buntes, bewegtes Leben um mich zu haben und außerdem dafür noch gut bezahlt zu werden. Sechzig Dollar – wenn es geht, werde ich die Reise ein halbes dutzendmal machen und erst dann drüben aussteigen und das Leben in Gottes eigenem Lande beginnen.

7

Ein stiller Fahrgast

Zwei Autos sind vor den Dampfer gefahren: eine Droschke und ein leichter Plattenwagen. Auf dem Wagen steht eine längliche, ziemlich umfangreiche Kiste. Kaum hält das Gefährt, sind auch schon ein paar Matrosen hinzugesprungen, legen Taue um die Kiste, die Winsche hebt das schwere Frachtstück, schwenkt es gegen das Schiff und läßt es durch die Ladeluke im Vorderschiff verschwinden.

In dem Augenblick, in dem die Kiste schwebte, legten der Kapitän und der Erste Offizier die Hand an die Mütze. Ich weiß nun alles, ohne daß mich die schwarz gekleidete, tiefverschleierte Dame, die der Droschke entstiegen war, erst aufklären muß. Da macht also ein stillgewordener Fahrgast die Reise nach Amerika mit. Ein Ehemann oder Vater wohl, der sich den Trip nach Europa anders vorgestellt haben wird. Und die schwarz gekleidete Dame da unten, die wird nun an Bord kommen und eine Woche lang als befremdende Erscheinung im Speisesaal und in dem Salon erster Klasse sitzen. Sicher handelt es sich um eine angesehene Bürgerin der Staaten, sonst würden Kapitän und Erster Offizier sie nicht so respektvoll begrüßen.

Der Kapitän scheint seine Unruhe verloren zu haben; er hat ja auch Grund dazu: Die Reisenden sehen es nicht gern, wenn auf einem Schiff ein Toter mitfährt, und auch den Mannschaften ist eine solche Fracht nicht angenehm. Nun ist die Verladung noch vor Eintreffen des Passagierzuges vor sich gegangen.

Aber da zieht er schon wieder die Uhr und blickt die Hafenstraße entlang. Sein Benehmen zeigt Nervosität, er verneigt sich hastig vor der Trauernden, küßt die ihm hingehaltene Hand, legt die Finger an die Mütze, verneigt sich noch einmal und steigt rasch die Treppe hinauf. Der Erste Offizier aber geleitet die Schwarzgekleidete zu der wartenden Droschke. Sie fährt also nicht mit, sie bleibt in Europa und schickt nur den Verstorbenen heim.

Eine Glocke schrillt, ein Schwarm von weißbejackten Stewards stürzt die Landetreppe hinunter auf den Kai.

Der Zug hat nur dritte Klasse. Was er bringt, sind also nicht Fahrgäste, um die ein Kapitän und ein Erster Offizier sich an Land zu bemühen brauchen. Von Menschen aller Rassen und Schichten wimmelt es nun zu meinen Füßen. Gepäckstücke in primitivster Verfassung werden geschleppt oder gezerrt, nur selten greifen die Stewards zu. Wo sie es tun, handelt es sich stets um Reisende, die eigentlich nicht in diese Zwischendeckswelt gehören, um Menschen, die fraglos mehr Kultur haben als die meisten Fahrgäste erster Klasse, nur nicht so viel Geld wie diese. Doch sie sind selten in dem Gewimmel, fast nur polnische, rumänische und deutsche Vulgärworte schwirren durcheinander, ganz helle, keifende Frauenstimmen, gutturale Männerlaute, schrilles Kinderkreischen und darüberhin die antreibenden Rufe der Stewards.

Wir haben zwar, das weiß ich, kein Zwischendeck, wir haben dafür eine dritte Klasse. Aber was hier schnell untergebracht werden soll, sind dennoch keine Passagiere, ist nur Fracht. Eine Notfracht sozusagen, Ballast, der nicht gilt, wenn es sich um das Ansehen der Linie handelt, der aber seltsamerweise die ganze Schiffahrt erst rentabel macht. Ein Mensch mit einem vornehmen Haushalt zeigt nicht gern, daß er sein Geld in ordinären Geschäften verdient: Darum muß alles, was hier auf dem Kai umhersteht und liegt, im Schiff verschwunden sein, bevor der wirkliche Passagierzug eintrifft.

Die letzten trüben Gäste sind gerade unter Deck, als die Glocke ein zweites Mal erklingt und wie durch einen Zauberapparat neue Stewards an Land fegt. Sie rennen über den Landungssteg wie vorhin ihre Kollegen, unten auf dem Kai aber gehen sie sehr gesetzt umher. Es ist, als fühlen sie sich zu einem Benehmen verpflichtet, das von dem ihrer Kollegen so verschieden zu sein hat wie die Einkommen der Menschen, für die sie nun bald springen müssen, verschieden sind von dem Geldbesitz der Drittklasser.

Es ist doch etwas Schönes, ein Haben zu haben, das groß geschrieben wird: ein Heim in Amerika etwa, ein Bankkonto in Dollars und Zeit. Ein solcher Besitz gibt nicht nur Sicherheit im Leben, er gibt auch ein Ansehen. Langsam, ohne jede Hast, plaudernd, sich öfter umsehend, Abschiedsgrüße austauschend, gehen die Passagiere der ersten Klasse an Deck, devot begrüßt vom Chiefsteward, wohlwollend vom Kapitän, und ein jeder Reisende geleitet von einem Steward. In diesen Minuten könnte ich alle Räume des Schiffes durchspionieren, so wenig Kontrolle ist vorhanden, alles ist nur um die hundertfünfzig Menschen beschäftigt, die als Reisende der ersten Klasse untergebracht werden sollen.

Offiziere und Stewards kennen die Namen der ehrfürchtig Begrüßten nicht oder doch nur aus der Passagierliste, aber diese Namen bedeuten etwas, weil ihre Träger erster Klasse fahren. Wenn Albert Einstein oder Gerhart Hauptmann ihre Koffer in die dritte Klasse schleppten, würde kein Offizier und kein Steward tragen helfen, stünden auch die Namen ganz groß auf den Gepäckstücken. Und sagte man den Offizieren und Stewards und den Passagieren der ersten Klasse: „Der untersetzte weißhaarige

Mann mit der Brille ist der berühmte deutsche Physiker Albert Einstein, und der hochgewachsene Mann mit dem Goethe-Gesicht ist der große deutsche Dichter Gerhart Hauptmann!", sie sähen in ihnen doch nur Passagiere der dritten Klasse. Denn wären sie wirklich etwas Besonderes, diese beiden deutschen Männer, wie kämen sie dann in die dritte Klasse? Oder gehen ihre Geschäfte so schlecht?

Eine Viertelstunde nur mag seit der Ankunft des Zuges vergangen sein, als die Sirene unseres Dampfers ertönt, einmal lang und durchdringend, und es den Begleitern der Passagiere, die mit an Bord gekommen waren, anzeigt, daß nun die Zeit des Abschiednehmens gekommen ist. Bald erschallt sie auch ein zweites und dann ein drittes Mal, dreimal lang und durchdringend hintereinander. Immer noch müssen Minuten zugegeben werden, bis die Gewißheit besteht, daß kein Unbefugter mehr an Bord ist. Dann geht die Treppe hoch, die Taue werden abgeworfen, die Schlepper ziehen an und beginnen das Schiff aus dem Hafenbecken zu bringen. Es ist dies nun zwar ein amerikanisches Schiff, aber die Stewards sind deutsch und damit auch die Schiffskapelle. Und so ist es nicht weiter verwunderlich, daß nun für Amerikaner das Abschiedslied erklingt von dem Städtelein, aus dem man hinaus muß.

Das Wasser ist aufgelaufen. In einer halben Stunde wohl muß es auf Hoch stehen. Die Schlepper werfen auf dem Strom ab, und die Maschinen des Dampfers setzen die eigene Kraft ein. Oben auf der Brücke steht der Lotse mit dem Zweiten Offizier, der Kapitän ist nicht zu sehen. Der Chiefsteward auch nicht, nur die Aufwärter rennen noch immer über die Decks und flitzen die Treppen hinauf, und hin und wieder taucht einer der Passagiere auf und ruft nach dem Kabinensteward. Alle haben sie Eile, alle haben sie viel zu tun.

Der Himmel ist grau, und wie schmutzige Striche liegen rechts und links vom Schiff hinter Dunstschleiern die Küsten Oldenburgs und des Wurster Landes. In einer Stunde muß Mittag sein. Mitunter treibt der Wind den Küchendunst zu mir her. Und ich fühle, daß ich besorgt bin, mein Vierter Offizier könnte mich die Stunde verpassen lassen. Es ist besser, ich suche ihn auf.

Er hatte mich nicht vergessen, es war ihm nur keine Zeit für mich geblieben. Der Erste hatte ihm, wie ich nun erfahre, böse einen reingehängt. Wie überall in der Welt muß er das weitergeben, und da ich wohl der geringste der ihm Unterstellten bin, bekomme ich es gleich zu fühlen. Es bleibt aus unserer Unterhaltung eigentlich nur eine Gebärde übrig, die mich in das Logis der Stewards verweist.

8

Es ist alles da

Ein Schiff ist kein vaterlandsloses Gebilde, ein Schiff ist der prägnanteste Ausdruck eines Landes. Noch das letzte Stückchen Brett von der Landungstreppe ist heiliger Boden. Und somit spiegelt ein Schiff auch am besten alle Merkmale des Landes wider, dem es gehört. Dies hier ist ein amerikanisches Schiff, seine Offiziere sind Amerikaner, seine Fahrgäste der ersten Klasse auch. Aber die Masse seines Volkes aus der Crew sowohl wie aus dem Steward- und dem Küchenpersonal sind Deutsche, Iren, Franzosen, Italiener; und die Reisenden der dritten Klasse sind in der Hauptsache Ungarn, Polen, Rumänen. Ein paar Deutsche mögen auch darunter sein. Wie sie es fertigbrachten, in diesen Zeiten der wilden Inflation die Überfahrt nach Amerika zu bezahlen, ist ihr Geheimnis.

Ich habe auf der Schule gelernt, daß man in Amerika keine Klassenunterschiede mache, vielmehr jeden Menschen in seiner Arbeit achte, und bin nun ein wenig enttäuscht, daß auf diesem amerikanischen Schiff so große Unterschiede herrschen. Es ist hier also, wie es überall in der Welt ist: Je weiter ein Mensch bei der Betrachtung der sozialen Schichtung nach unten schaut, um so härter zeigen sich ihm die Klassengegensätze, um so größer die Kluft zwischen den einzelnen Schichten. Ein Steward der ersten Klasse kann daher auch auf einem amerikanischen Schiff unmöglich einen Steward der dritten Klasse als gleichstehend ansehen; ein Maschinist darf keinen Umgang mit einem Heizer haben; ein Heizer nicht mit einem Trimmer oder Schlepp; der Matrose, und ist er gleich nur Deckarbeiter, sieht nichtachtend auf den Küchenarbeiter, und noch der Suppenkoch der ersten Klasse belächelt den Berufsstolz seines Bratenkollegen von der dritten Klasse.

Nur der Nightman hat keinen Vergleich zu fürchten. Er ist einmalig auf dem Schiff, und wenn er auf größeren Dampfern Kameraden hat, so sind sie doch alle zu gleicher Arbeit verpflichtet und somit zu gleichem Ansehen berechtigt. Im übrigen aber führt er ein Sonderleben wie der Kapitän, der Chiefingenieur, der Schiffsarzt, der Chiefkoch oder der Funker. Er hat von allen ein bißchen in seiner Person darzustellen, und der besondere Vorzug seiner Stellung besteht darin, daß vor ihm das Schiff mit all seinen Räumen, mit all seinen Menschen, all ihrem Tun offen daliegt. Wem würde es schon einfallen, anzunehmen, er müsse vor dem Nightman das Gesicht wahren?

Wie sein Name besagt, ist der Nightman ein Geschöpf für die Nacht. In den späten Abendstunden, kurz bevor das Schiff sich zur Ruhe begibt, und in den Frühstunden, in denen das Erwachen beginnt, liegen die Grenzen seiner Tätigkeit. Aber das ist ja das Eigentümliche eines Schiffes, daß es sich in der Nacht gar nicht zur Ruhe begibt, daß es gerade dann, wenn seine Räume im Dunkel liegen, im Lichte dahinfährt, in einem Licht, das für den Nightman mit jedem Tag, den er dienstlich erlebt, heller wird.

Vor dem Nightman gibt es keine Geheimnisse. Und da die Nachtwachen lang sind, hat er Zeit genug, das Geschaute zu bedenken. Außerdem trägt er einen weißen Rock mit blanken Knöpfen und dem Wappen der Staatslinie, der sein Schiff gehört, und eine weiße Kokarde. Passagiere der dritten Klasse und unbeholfene Gäste aus der ersten sind imstande, ihn, wenn nicht für den allmächtigen Kapitän, so doch für den dreiviertelmächtigen Chiefsteward oder für einen der halbmächtigen Offiziere zu halten. Das aber hebt das Bewußtsein des Nightmans ganz beträchtlich und verstärkt in den Augen des Küchenpersonals den Neid bis zu dem schäbigen Wort: Nachtwächter.

Ich hatte mich im Logis der Stewards der ersten Klasse eingerichtet. Beim Wäschemann bekam ich Bettwäsche und

Handtücher und was alles dazu gehört, einem das Leben auf dem Schiff angenehm zu machen. Wir sind leider vierundzwanzig Mann in diesem Logis, eine Einrichtung, die nicht ganz zu einem Luxusdampfer der Staatslinie zu passen scheint. Die Bunks an der Wasserseite waren sämtlich belegt, und ich fand es ganz in der Ordnung, daß mir als dem zuletzt Gekommenen die äußerste Ecke an der Innenseite zugewiesen wurde. Rangordnung muß sein. Dennoch werde ich um eine andere Unterkunft bitten müssen, denn der erste Tag genügte mir schon, das Unmögliche dieser Einteilung einzusehen. Ein Nachtmann muß am Tage schlafen. Am Tage aber nach den Mahlzeiten hocken hier unten diese unruhigen Tellerschwenker, erzählen sich Passagiergeheimnisse und pokern.

Ich komme nicht dazu, meine Wünsche nach einem ruhigen Quartier zu äußern: Die Herren Stewards haben sich bei ihrem Chief über die Einweisung eines Fremden, der kein Steward ist, beschwert. Das Standesbewußtsein eines Seekellners verträgt nun mal die Gemeinschaft mit einem Nachtwächter nicht. Und so werde ich zu meiner Freude von Amts wegen ausquartiert und mit dem Bäcker und dem Konditor zusammengelegt. Die beiden müssen den ganzen Tag über arbeiten, und ich habe dann die Kabine für mich allein. An sich ist zwar auch der Konditor nicht ganz damit einverstanden, aber, wie er mir wohlwollend mitteilt, will er es hinnehmen, da er ja sowieso schon mit dem Bäcker zusammengelegt worden sei. Sein einmal verwundeter Konditorstolz nimmt daher zu dem Bäcker auch noch den Nightman in Kauf.

An den hochmütigen Stewards aber kann ich mich rächen. Es ist der Bäcker, der mich darauf bringt. Er steht bei mir, als andern Tags einer der Herren Stewards zu mir in unser Quartier kommt und mir sozusagen gelinde Vorwürfe macht, ich hätte meinen Dienst vernachlässigt und die Schuhe und Stiefel der Passagiere, die mir die Stewards in der Nacht auf den Korridor vor den Speisesaal gestellt hätten, nicht geputzt. Das sei die Aufgabe des Nachtmannes, dafür bekäme er von ihnen, den Kabinenstewards, nach jeder Reise seine Tips. Ich lehne lächelnd ab, ein Nachtmann sei kein Schuhputzer.

Es sei immer so an Bord der „President Wilson“ gewesen, ob ich hier einen neuen Dienst einführen wolle?

Ja. Denn das Schuhputzen sei kein Dienst für mich, sonst hätte ihn mir der Vierte Offizier aufgetragen. Sei es hier aber üblich gewesen, dann habe wohl ein privates Abkommen zwischen den Herren Stewards und dem Nachtmann vorgelegen, weil die Herren sich zu fein dünkten, die Schuhe ihrer Passagiere zu reinigen.

Er ist ein rundlicher Mann, so an die Vierzig, mit einem undefinierbaren Gesicht, halb Biedermann, halb Galgenvogel. Nun überlegt er wohl, wie er am besten vorgeht, und sagt ganz artig: „Einige von uns Kabinenstewards, die neuen, die putzen Schuhe. Wir andern sagen uns, es paßt wirklich nicht gut zu unserm Beruf, denn es ist keine Kellner-, sondern Hausdienerarbeit. Und außerdem soll man leben und leben lassen!“

„Sieh mal an, es paßt nicht. Aber der Pot de chambre paßt, den könnt ihr tragen, was?“

Da fährt er auf. „Der würde zu Ihrem Beruf auch besser passen. Oder wissen Sie nicht, was Nigthman in englisch eigentlich bedeutet?“

„Ich denke Nachtwächter“, antworte ich.

„Dann denken Sie nur weiter so. Aber fragen Sie keinen in England. Der Nachtwächter nämlich heißt Watchman; Nightman dagegen bedeutet Abtritträumer!“ Er sieht erst mich, dann den Bäcker triumphierend an.

Der aber antwortet: „Dann bist du von euch beiden der wirkliche Nachtmann, und er ist Watchman. Und darum verstänkere uns nicht länger das Quartier und hau ab, oller Pißpottschwenker.“

Der Herr Bediener wechselt die Taktik. Er bietet uns eine Zigarette an, setzt sich und wird vertraulich: „Also nun mach keinen Unsinn, Mensch. Ich kann mir ja denken, du bist beleidigt, weil dich die Kollegen bei uns nicht haben wollten. Das hat aber doch nichts mit dem Geschäft zu tun. Du kriegst für jedes Paar Schuhe nach Schluß der Reise zehn Cent. Nehmen wir an, du hast sechzig bis achtzig Paar, Menschenskind, da ist doch kein Schmutz dran, bloß mal etwas Staub, dann hast du auf jeder Fahrt sechs bis acht Dollar extra. Im Monat macht das fünfzehn Dollar aus.“

„Ich will aber nicht."

Sofort fällt er zurück in den Ton, den er zu Beginn hatte. Er erhebt sich: „Sie wollen wohl hier den feinen Pinkel markieren, was? Na, das werden sie Ihnen in den Staaten bald abgewöhnen. Da lauern sie grad auf euch blasierte deutsche Hungerleider! Ihr Vorgänger war sogar ein Amerikaner, der hat sich nicht mal geniert –"

„Raus", sage ich.

Nun fährt der Bäcker auf: „Begaunern wollt ihr ihn auch noch? Ich weiß doch, daß ihr bisher immer einen Quarter bezahlt habt. Er aber soll bloß zehn Cent kriegen, weil er ein deutscher Landsmann ist, was?"

Ich mache die Tür auf. Der Steward geht. Aber vorher sagt er noch: „Alt wirst du auf diesem Pott nicht, darauf kannst du Gift nehmen!"

„Das war also ein Deutscher?" frage ich den Bäcker.

„Natürlich. Hast du das nicht gleich gemerkt? Nur die Deutschen kriechen so vor den Amerikanern und sind so niederträchtig gegen die Landsleute."

Wir ankern auf der Reede von Southampton. Fahrzeuge aller Art, große und kleine, eilen über das Wasser. Ein Tender nähert sich uns und legt an. Post kommt an Bord, Zeitungen. An Passagieren nehmen wir nur zehn Mann über. Ein elfter, ein mächtiger Mann aus den Staaten, wird erwartet. Er muß sehr mächtig sein, denn wir warten eine ganze Stunde auf ihn.

Der große Amerikaner, den wir erwarteten, ist nicht gekommen. Wir fahren weiter. Wie ein leuchtendes Beet schimmert die Insel Wight auf uns herab. Dann reißt die Küste steil auf, wogt eine Zeitlang unschlüssig hin, bricht jäh ab und tropft aus in einzelne Felsspieße. Dünn, spitz und weiß sehen sie aus wie die gebleichten Knochenfinger, die ein ungeheuer aus der Tiefe reckt: Es sind die berüchtigten Nadeln von Wight. Wie um ihre Bösartigkeit zu beweisen, hängt an einer dieser Nadeln ein großes schwarzes Wrack.

Unweit von mir steht ein Engländer, der in Southampton zugestiegen ist. Als die Menschen zusammenlaufen und sich einander das riesige Wrack dort drüben auf der Felsnadel zeigen, hält der Mann den Augenblick für gekommen, politisch zu werden. Es ist ein langer Mann in den dreißiger Jahren, betont englisch angezogen, so, als müsse er Modell für ein altes Witzblatt stehen: gelbbrauner weiter Ulster, großkariert, die Schultern dick gepolstert, eine Reisemütze aus dem gleichen Stoff, graubraune karierte Hosenbeine fallen auf dicklederne, breite Halbschuhe, auch die Shagpfeife fehlt nicht. Ich habe immer geglaubt, diese Klischeefigur von Sherlock Holmes habe ein Zeichner erfunden, nun steht sie hier. Eine kleine Schreibmaschine ist das einzige Handgepäck des Karierten, er hat sie neben sich stehen. Seine Reisegewandtheit oder Blasiertheit verbietet ihm wohl, in der ersten halben Stunde nach seiner Kabine zu fragen. Ich wette mit mir selbst, es ist ein Journalist. Nun er ein Publikum gefunden hat, deutet er hinüber zu dem Wrack: „Viele Schiffe sind schon an Englands Küsten gescheitert, und noch vielen wird es so ergehen. Das da, das war mal das größte Segelschiff der Welt, die ‚Preußen'!" Er lächelt breiig und sieht sich um, ob auch alle die Doppelbedeutung des Wortes Preußen in diesem Zusammenhang verstanden haben. Sie haben sie alle verstanden. Denn sonst hätten sie wohl keinen Grund gehabt, alle Grade des Lächelns und Lachens zu zeigen. Ich kann den Kerl nicht leiden, ich werde, um ihn zu ärgern, den Kontakt seiner Klingelleitung lösen oder ihm durchgebrannte Birnen in seine Lampen eindrehen. (Das mit der „Preußen" stimmt nicht einmal; die „Preußen" strandete 1911 vor Dover.)

Wenn mich nicht alles täuscht, nehmen wir Kurs nach Süden. Es wird Zeit, daß ich mich mehr um mein Schiff kümmere. Ich weiß noch immer nicht, wieviel Knoten es macht und wann wir also drüben sein werden.

Jawohl, wir fahren südwärts. Das Land, das voraus in Sicht kommt, muß somit Frankreich sein. Wir werden danach wohl Cherbourg anlaufen.

Die Passagiere, die wir seit der Ausfahrt an Bord haben, benehmen sich zumeist schon so, als wären sie wochenlang auf dem Schiff. Alle reisenden Menschen scheinen dem Wahn zu unterliegen, jedem nachträglich Zugestiegenen gegenüber eine Art Hausherrenrecht hervorkehren zu müssen, und es macht anscheinend nichts aus, ob sie es auf einem Schiff, in der Eisenbahn oder im Speisesaal eines Hotels beanspruchen.

Die langen grauen Polypenarme, die dort im Süden von einer unsichtbaren Küste weit ins Meer hinauslangen, sind die Molen von Cherbourg. Diese Küste liegt da, graziös hingeschwungen wie eine grüne Girlande; in fast regelmäßigen Abständen stecken weiße Rosen darin, Landhäuser mögen es sein. Dem Militärschriftsteller werden die langen Arme der Molen bessere Girlanden sein, und Rosen sind auch in ihnen: Ungeheure Kanonen blecken ihre Mäuler gegen die See.

Ein dicker Tender legt bei uns an. Post wird eingenommen, Passagiere kommen den Steg herauf, aus silbernen Pistons oder Clairons erklingt militärisch betonte helle Musik, und mehr als ein Dutzend Trikoloren flattern über dem Wasser. Southampton so in England, Cherbourg so in Frankreich, sicher auch New York so in den Staaten – sie haben alle allen Grund, Fahnen zu hissen, Marschmusik zu machen, Kanonen zu zeigen und fröhlich zu sein.

Zu den Obliegenheiten des Nachtmanns gehört es, für die wachhabenden Offiziere und Ingenieure morgens die Griddle Cakes zu backen. Sie haben seltsame Einrichtungen auf einem amerikanischen Dampfer: Der elektrische Cakesofen steht in der Pantry der ersten Klasse und wird von einem Küchenangestellten bedient; auf jedem dieser Schiffe, für die Luxus ein selbstverständlicher Begriff ist, ist dieser Ofen zu klein. Wie wild fuhrwerkt ein Mann in einem weißen Jackett mit einer dicken Speckschwarte auf der Herdplatte umher und löffelt dann einen Brei, den ihm der Bäcker angerührt hat, zu Fladen aus, die er ein paarmal wenden muß. Jeder bessere Engländer und Amerikaner muß nun mal zum ersten Frühstück seine Cakes haben. Die Offiziere und Ingenieure natürlich auch, und sie sind ungehalten, wenn sie nicht auf die Minute genau zu ihrem Essen kommen. Es ergibt sich somit schon am ersten Tag, daß der Küchenmann am Cakesherd in mir seinen Feind sieht. Wenn ich ihm auch in schönen Worten beweise, es käme zunächst darauf an, die Offiziere und Ingenieure zufriedenzustellen, denn sie sorgten für die Sicherheit des Schiffes, so bleibt er doch bei seiner Meinung, daß zuerst die reichen Fahrgäste ihren Kuchen erhalten müßten, denn ohne ihre Fahrpreise könnten keine Offiziere und Ingenieure bezahlt werden. Ich erkenne sein Vorrecht an, nehme mir aber vor, das Argument gegenüber meinen Vorgesetzten anzuwenden, wenn sie murren sollten.

Im übrigen vergeht mir die Zeit mit dem Studium der herumliegenden Speisenkarten. Es gibt zum Frühstück vier Sorten Tee, drei Sorten Kaffee, drei Sorten Kakao, kalte und warme Schokolade, mit Wasser, Milch oder Sahne. Es gibt fette und magere Milch zu trinken. Äpfel, Orangen, Grapefruits, Ananas, Buchweizencakes, Maiskuchen, Toast auf drei Arten geröstet, Semmeln mit Wasser oder Milch gebacken, fünf Sorten Brot, Eier gekocht, gequirlt, gebakken, roh, Schinken gedämpft, gekocht, gebacken oder roh, Beefsteaks, Koteletts vom Kalb, Schwein oder Hammel, marinierte und gebackene Fische, kalten Braten, Rauchfleisch, kaltes Geflügel, Gurken, Mixed Pickles, Oliven – zum Frühstück zwischen acht und neun Uhr.

Es gibt zum Lunch acht Hors d'œuvres, drei verschiedene Suppen, zwei Fische, drei verschiedene Arten Geflügel, drei Zwischengerichte, dreierlei Braten, dreierlei Kompott, Eis und Nachtisch.

Es gibt zum Dinner vier verschiedene Suppen, viererlei Braten, ja vier Steigerungen noch dieser schon so gesteigerten Speisenkarte. Und jeden Tag eine andere Zusammenstellung. Und jeder Fahrgast kann so viel essen, wie er will.

Heute morgen fand ich im Rauchsalon eine Reklame der Reederei: „Die reichhaltigste und vornehmste Küche der Welt!“ stand da geschrieben. Es mag schon stimmen, weiß der Himmel.

„Die aufmerksamste und schnellste Bedienung!“ sagte die Reklame weiter. Es stimmt auch das.

„Ihre Wahl kann ausfallen, wie sie will, es ist alles da!“ Auch das trifft sicher zu, wenn ich auch noch nicht weiß, wie sie es machen.

„Mit einem Wort: Sie reisen mit amerikanischem Komfort.“ Das ist nun freilich, wenigstens gewissermaßen, eine kleine Schwindelei. Denn die Männer, die diese Küche hervorzaubern, sind auf fast allen amerikanischen Schiffen

Deutsche. Und die Stewards, die so aufmerksam und unterwürfig bedienen, sind ebenfalls Deutsche. Vielleicht überall, wie hier, auch die Nachtwächter.

Da ich mich so gar nicht vom Lesen dieser Karten trennen kann, fällt das auf. Plötzlich steht ein Mann neben mir. Es ist, wie ich sehe, der Secondsteward, der sogenannte Maître d'hôtel. „Da staunen Sie, was?" fragt er mich.

„Nein", antworte ich, „staunen nicht, aber ich denke darüber nach, wie Sie das machen können, daß jeder der Passagiere sofort das bekommen kann, was er haben will. Auch ein Amerikaner, der erster Klasse fährt, kann doch nur einen Fisch essen, eine Sorte Fleisch, ein Geflügel." Er sieht mich verständnislos an.

„Ich meine", erläutere ich meine Unwissenheit, „wir haben jetzt zweihundert Passagiere erster Klasse an Bord; Sie rechnen sicher damit, daß nicht jeder die gleiche Wahl trifft. Wie nun aber, wenn doch alle zweihundert Passagiere heute zum Frühstück Kalbsleber in Madeira haben wollen? Dann sind Sie blamiert!"

Er lächelt und klopft mir gönnerhaft die Schulter. „Die Küche hat bei zweihundert Passagieren erster Klasse jedes Gericht mindestens hundertfünfzigmal vorrätig. Denn sehen Sie, alle werden ja nicht dasselbe wünschen."

Das verstehe ich noch immer nicht ganz und rechne. „Dann behalten Sie doch nach jeder Mahlzeit dieser zweihundert Personen zwei- bis dreihundert Portionen Suppen, Fisch, ebenso viele Portionen Fleisch, Geflügel und so weiter? Jeden Tag zweimal, dreimal sogar, acht oder zehn Tage lang auf jeder Überfahrt. Ja, was machen Sie denn damit? Das ist doch nun gekocht oder gebraten? Bekommt das die dritte Klasse? Denn eine zweite haben wir ja nicht. Oder bekommt es die Mannschaft, oder wird es später in anderer Art verwendet?"

Er nimmt die Hand von meiner Schulter und wendet sich dem Chiefkoch und dem Kaffeekoch zu, die mit heiterem Gesicht zugehört haben. Nun lachen sie alle drei, und der Maître d'hôtel hält es für richtig, mich aufzuklären. „Man sieht, Sie sind noch auf keinem amerikanischen Steamer gefahren. Mannschaft und dritte Klasse haben bei uns gesonderte Küche, haben gesonderte Vorräte und besondere Küchenchefs. Nach jeder Mahlzeit macht man eben Klarschiff bei uns."

„Klarschiff in der Küche?"

„Sure, alle Herde, Töpfe, Pfannen, Kästen, alles wird leer gemacht, dreimal am Tag."

„Na schön, aber eine Frage bleibt doch: Wo bleiben die Sachen?"

Er zeigt auf die Fenster der Pantry. „Die Fische wollen doch auch leben!"

Über den Irrsinn dieser Ordnung muß ich den Kopf schütteln, denn ich rechne: „Rund 7000–8000 Portionen Suppe, ebenso viele Portionen Gemüse, Obst, Kuchen werfen Sie auf jeder Überfahrt ins Meer?"

Er legt mir wieder die Hand auf die Schulter und sagt gönnerhaft: „Wenn Sie das so in Ihrem verhungerten Germany hätten, was?"

Wenn ich ihn nun ins Gesicht schlüge, wie mir das durch den Sinn schießt, so mitten auf die mitleidig grinsende Waiternase, sie würden mich wahrscheinlich in Eisen legen. Und es würde die guten Beziehungen, die sich, wie es heißt, zwischen Amerikanern und Deutschen anbahnen, stören. Und es würde vor allen Dingen den arbeitslosen deutschen Seefahrern in den Hafenstädten die Aussicht erschweren, auf einem amerikanischen Schiff anzukommen. Und schließlich wäre es auch ein falsches Gesicht, denn der Mann trägt ja nicht die Verantwortung für eine Gesellschaft, die es in Ordnung findet, daß täglich ungeheure Mengen von Nahrungsmitteln vernichtet werden, indessen nicht nur in Deutschland, sondern auch im eigenen Land Millionen Menschen hungern und verhungern und Kinder zusammen mit Hunden und Katzen die Mülleimer nach Eßbarem durchstöbern. Für ihn ist das eben die göttliche Weltordnung, wie auch für den Chiefkoch und den Kaffeekoch, die noch immer über den tölpelhaften Nightman lachen, und es sind doch Landsleute, Landsleute, die bewundern, was der Secondsteward nun zur Erklärung der Verschwendung anbringt: „Bei uns ist nämlich alles da!"

„Für alle Menschen?" frage ich spitz.

Wahrhaftigen Gott, er nickt.

9

Die Prinzessin

In Cherbourg ist eine Dame an Bord gekommen, die durch die Einfachheit ihrer Kleidung, durch ihre Schönheit ebenso wie durch ihre Gleichgültigkeit gegenüber allem, was um sie geschieht, auffällt. Sie ist sehr schlank, große runde Augen sind von langen Wimpern beschattet, die, heben sie sich gelegentlich, einen braunen warmen Blick als eine erstaunte Frage loslassen. Ihre schwarzen Brauen sind echt, ihr Teint ist so schön, daß sie sich niemals schminkt. Auch das blonde Haar, das sie in der Mitte streng gescheitelt trägt, scheint weder gebleicht noch gelockt zu sein. Dennoch wirkt gerade diese schlichte Natürlichkeit ungewöhnlich kultiviert, und ich ertappe mich immer wieder bei dem Wunsch, durch eine Unterhaltung mit ihr zu erfahren, ob ihre Seele und ihr Geist sich wohl dieser schönen Körperlichkeit anpassen. Eine große, vornehme Dame zweifellos. Vielleicht auch eine weitgereiste. Auf keinen Fall aber eine sehr weltkluge, denn diese Einfachheit und die fast scheue Zurückhaltung bei einer distanzfordernden Sicherheit der Bewegungen ziehen ja gerade die Blicke zum mindesten aller Männer an. Wäre sie gescheit, müßte sie das wissen. Ihre Zurückhaltung ging so weit, daß sie beim Betreten des Schiffes nicht einmal den französischen Gruß des Chiefstewards beantwortete, sondern nur leicht den schönen Kopf neigte. Auf die Frage eines Stewards nach ihrer Kabinennummer reichte sie stumm ihre Karte hin. „Sechzehn", hörte ich den beflissen Buckelnden flüstern.

Sechzehn? Mir war gleich, als müsse diese Dame eine Bekannte von mir sein. Als hätte ich Beziehungen zu ihr, bestünden sie auch nur darin, besonders für sie sorgen zu müssen. Kabine sechzehn ist eine Luxuskabine. Am Morgen vor Cherbourg hatte mich ein Steward gebeten, ihm zu helfen, sie zusätzlich einzurichten. Unter anderem sollte eine Tischleselampe mit einem langen Kabel versehen werden, und der Einfältige nahm wohl an, ein Nachtwächter müsse mit solchen Dingen Bescheid wissen. Ich hatte bei der Arbeit in der Kabine wohl an ein verwöhntes Dämchen gedacht, aber nicht an eine allein reisende junge Prinzessin oder Marquise. Denn Kabine sechzehn ist eigentlich durch eine Tür mit Nummer fünfzehn verbunden. Es sollte in Cherbourg auch ein Mr. Winter zusteigen, und für den war Nummer fünfzehn vorgesehen. Obwohl ich weiß, daß man auch in guten Hotels bei starker Nachfrage solche Paarzimmer durch das Verschließen der Zwischentür zu Einzelzimmern macht, störte mich doch dieser Mr. Winter, bevor ich ihn noch sah, als Nachbar meiner Prinzessin.

Nun kenne ich ihn und halte ihn für ein altes Ekel. Alt ist er nicht gerade, so an die Fünfzig mag er sein. Seine Anzüge sind verbeult und hängen ihm am Leibe, eigentlich hat er nur zwei Anzüge, einen geschmacklos hellgrauen für den Tag und einen schwarzblauen für den Abend. Einen Smoking trägt er nicht. Nie ist er ordentlich rasiert, und sein dunkelblondes Haar sieht immer unordentlich aus, so, als sei er gerade aus einem Nachmittagsschläfchen aufgeschreckt worden. In den einstmals dick gewesenen Augenbuschen scheinen die Motten gehaust zu haben, dic Nase ist höckrig und sitzt auf einem dicken weißen Schnauzbart, der seltsamerweise einen sehr gepflegten Eindruck macht. Die Augen blicken drohend oder doch stechend, das ganze Gesicht zeigt stets einen verärgerten Ausdruck. Hätte der Mann nicht dauernd eine Zigarre im Mund, die etwas Beruhigendes vortäuscht, dieser Mr. Winter wäre unausstehlich, sagte er auch kein Wort. Aber er ist brummig und schnauzt seinen Kabinensteward ebenso an wie den Steward im Speisesaal. Das ist eigentlich verwunderlich für einen Amerikaner, der sich außerhalb seines Geschäftszimmers stets bemüht, gegenüber den sozial tiefer Stehenden, besonders wenn sie ihn bedienen müssen, ausgesucht freundlich zu sein. Da Mr. Winter aber im Gegensatz zu den meisten seiner Landsleute gleich bei seinem Einzug beiden Kellnern eine Zehn-Dollar-Note schenkte, nehmen sie sein Benehmen als das eines Sonderlings hin und gehen ihm im übrigen aus dem Wege.

Ich habe inzwischen mit ihm Krach gehabt, einen kleinen Zusammenstoß. In der vorigen Nacht gegen zwei Uhr fand ich ihn im Gang der Kabinen auf der Steuerbordseite, wie er suchend die Nummern betrachtete. Auf meinen freundlichen Hinweis, seine Kabine liege an der Backbordseite, ranzte er mich an, daß er das wisse, aber wissen möchte, was ich mich hier herumzutreiben hätte. Heiliger Lincoln! War ich hier Obrigkeit oder war er das? Und ich erklärte ihm ebenso barsch, ich sei der Nigthman und fände es verwunderlich, wenn ein Passagier, dem ich helfen wolle, darüber vergesse, daß auf amerikanischen Schiffen auch nachts um zwei Uhr nur Gentlemen zu reisen pflegten.

„Der Nightman sind Sie?" Er faßte in die Tasche seines Jacketts, in der die Geschäftsleute von einer gewissen Einkommensstufe ab die Dollarscheine von eins bis zehn lose herumzutragen pflegen, und drückte mir eine Zehn-Dollar-Note in die Hand. Das ist wohl die amerikanische Entschuldigung für eine Unhöflichkeit. Ein seltsamer Kauz. Und so was wohnt nun Tür an Tür mit meiner Prinzessin.

Sie ist übrigens keine Prinzessin. Sie heißt ganz einfach Marguerite Charpentier. Mir ist das zu gewöhnlich. Ich beschließe, es als ein Inkognito anzusehen, sie soll für mich zum mindesten eine Marquise sein. Einen Beruf hat sie nicht, und in die Staaten will sie, wie ich aus dem Personalbüro weiß, um eine dort verheiratete Schwester zu besuchen. Ich will doch mal mit ihrem Kabinensteward sprechen, ob er in der Kabine nicht noch etwas zu richten hat.

Wir haben unter den rund zweihundert Passagieren der ersten Klasse in der Hauptsache Amerikaner. Ein knappes Viertel sind Engländer, ein Dutzend Franzosen, und einer ist Deutscher. Das ist Herr Dr.-Ing. Hans Heinrich Menzel aus Bielefeld. Ich war zuerst sehr neugierig auf diesen Landsmann, der es dazu hatte, bei einem Dollarstand wie dem jetzigen, erster Klasse auf einem amerikanischen Schiff nach Amerika zu fahren. Und ich war noch erstaunter, als ich Herrn Dr. Menzel von Angesicht zu Angesicht sah. Er kann höchstens fünfundzwanzig Jahre alt sein, und ohne Frage ist dies seine erste Seereise. Nachdem er nun immerhin schon drei Tage an Bord ist, hat er eine gewisse Scheu, zu gehen, zu stehen und umherzusehen, nicht verloren. Alles scheint ihm neu und bewundernswert auf dem

Schiff zu sein, und da er mit der Sprache auch noch vorsichtig umgeht, ist es nur natürlich, daß seine Landsleute, die deutschen Stewards, ihn nicht für voll nehmen und sich über ihn lustig machen.

Unter diesen Stewards ist einer, der sein hohes Standesbewußtsein so weit abzulegen versteht, daß er sich öfter mit mir unterhält. Er ist der Bediener meiner Prinzessin. Wilhelm Schönberg hat Kaufmann gelernt, aber sein rasches Erfolgstreben brachte ihn, so deute ich seine lückenreiche Erklärung, in Konflikt mit der Redlichkeit. Jedenfalls verließ er die Stellung und verschwand auf einem Ozeanfahrer als Steward dritter Klasse. Bis er es durch seine Gewandtheit schaffte, in die erste Klasse zu kommen. Er schlug mir sogar vor, den gleichen Weg zum Erfolg zu wählen. Aber da ich den Stolz der Gilde treffen wollte, lehnte ich ab: „Alles kann ich auf einem Schiff sein, nur nicht Tellerlecker." So nennen die Männer von der Crew die Auch-Seefahrer, die das Leinen statt über die Rahen über die Tischplatten zu hissen gelernt haben. Sie wissen das auch alle, scheinen es aber nicht übelzunehmen, sonst würden sie von sich aus nicht noch zwischen den Tellerleckern der Speisesäle und den Pot-de-chambre-Schwenkern der Kabinen unterscheiden. „Für mich", sagte ich, „gibt es auf den Passagierdampfern nur zwei Jobs, na sagen wir drei: den Käptn, den Proviantsteward und den Nightman."

Mein neuer Bekannter gestand mir zu, daß er auf den Posten eines Proviantstewards lossteuere und als ehemaliger Kaufmann dazu auch Aussicht und Berechtigung habe. Daß auf solchem Schiff jeder seine Prozente nimmt, ist selbstverständlich. Aber sie alle sind in ihren Aussichten doch beengt gegenüber den unbegrenzten Möglichkeiten des Proviantstewards. Ein Proviantsteward muß ein Genie sein. Zunächst einmal nach der reellen Seite hin: Für jede Fahrt muß er das Schiff versorgen, und was gehört alles dazu: Milch, Kaffee, Kakao, Schokolade, Speiseeis, Fische, Fleisch, Geflügel, totes und lebendes, ach, überhaupt alles, was da acht und vierzehn Tage hindurch zur Ernährung von tausend oder dreitausend Menschen gebraucht wird. Das muß er einkaufen, preiswert und frisch, und muß verstehen, es auf dem Schiff frisch zu erhalten, und unterschiedlich muß es auch sein für die unterschiedlichen Menschen und zu den unterschiedlichsten Zwecken. Und nichts darf fehlen, und es darf auch nicht übermäßig zuviel sein, denn die Reederei sieht ihm auf die Finger und vergleicht seine Abrechnung mit den Rechnungen seiner Kollegen. Und wiederum muß es so viel sein, und er muß so gut einkaufen, daß seine Lieferfirmen ihm die hohen Prozente geben können, von denen er wieder dem Chiefsteward und dem Chiefkoch und verschiedenen anderen Geistern Prozente zu geben hat. Ich habe mir schon früher einmal das Amt eines Proviantstewards graphisch vorgestellt: Alle diese Fäden, die da durcheinanderlaufen und alle doch nur Prozente bedeuten und die Lieferanten ebenso umfassen wie die Reederei und deren tausend Enden in den Taschen der Fahrgäste münden.

„Fünf Jahre als Proviantsteward", sagte Wilhelm Schönberg, „dann hast du genug für Blankenese!" Und er hob den Blick, und in seinen Augen war ein verträumter Schimmer, so daß ich ihn schon da oben sitzen sah, wie er als braver Familienvater über den Elbstrom sieht und den Besuchern gewaltige Geschichten von der christlichen Seefahrt erzählt. In Blankenese oder Speckenbüttel.

Ich frage ihn nach der französischen Dame. Er will einen Besen fressen, sei das echt mit dem Namen Charpentier. Dabei sei ihr Gepäck zwar vornehm, doch auch nur gerade ausreichend. Gestern habe sie den Secondsteward gebeten, ihr im Speisesaal einen anderen Platz zu geben; sie fühle sich durch den englischen Journalisten, der an ihrem Tisch sitzt, gestört.

Das gönne ich dem Kerl. Was hat so ein affektierter Schmierfink, so ein Schreibmaschinenclown, mit einer distinguierten Dame zu tun.

„Beim Lunch und beim Dinner, immer wieder hat er versucht, sich mit ihr zu unterhalten. Sie spricht nur Französisch, und der Kerl zerhackt die Worte wie ein Fleischwolf. Ein paarmal hat sie geantwortet, aber du siehst ja, welche Antwort sie nun wirklich gefunden hat."

Wo sie nun gelandet ist, will ich wissen.

„Zunächst ist sie vom Regen in die Traufe gekommen.

Jetzt sitzt sie an einem Tisch zusammen mit einer dicken Landsmännin aus Paris und ihrem Kabinennachbarn, dem verrückten Mr. Winter."

„Spricht er denn mit ihr?"

„Kein Wort! Der alte Flaps sieht nicht einmal, welche entzückende Tischgesellschaft er bekommen hat. Dafür spricht allerdings die dicke Madame, die wohl aus irgendeiner Halle in Paris stammen mag, wenn sie dafür auch ein zu gutes amerikanisches Englisch spricht."

„Und sie? Ich meine die Prinzessin?"

„Sie grüßt, setzt sich, ißt und verschwindet an Deck oder in ihre Kabine."

Ich frage ihn noch nach Herrn Dr. Menzel aus Bielefeld, unserm Landsmann. Wilhelm Schönberg weiß alles: Er ist ein junger Ingenieur, der soeben seine Prüfungen abgelegt und nun durch einen entfernten Verwandten ein Engagement in den Staaten bekommen hat. Das Große Los sozusagen. Schönberg lacht: „Aber er ist von der Sorte, die drüben zunächst mal ein paar Jahre leerlaufen muß. Wenn sie sich nicht inzwischen heißläuft und festfrißt!" Er sieht mich an. „Wenn du drüben bleiben willst, wird dir's ähnlich gehen. Du hast nämlich auch so einen Kragen um wie der Bielefelder."

Bielefeld – soviel ich weiß, sind dort unsere renommiertesten Leinen- und Wäschefabriken. Was will der Kerl mit dem Kragen sagen? Aber Schönberg ist in guter Stimmung und gibt seine Erfahrungen preis: „Immer wieder wundern sich die Deutschen, die nach drüben kommen, woran man sie sofort als Greenhorns erkennt und außerdem als Deutsche. Nämlich an den Kragen. Solche Kragen, wie du und der Bielefelder tragen, die gibt es nur in Deutschland. Und daran, wie lange die Deutschen da drüben ihre mitgebrachten Kragen beibehalten, kannst du erkennen, wie intelligent sie sind, und auch, wie lange es dauern wird, bis sie drüben ihre Chance erwischen."

Tatsächlich. Wenn ich mir jetzt die Halswärmer der fremden Leute ansehe, die hier das Schiff bevölkern, muß ich zugeben, daß diese niedrigen umgelegten Leinwandstreifen alle einen andern Schnitt haben, alle so etwas lässig Elegantes, während meine Kragen auch noch nach der Niederlage meines Vaterlandes zu betont hoch und aufrecht dastehen.

„Und wie mit dem Kragen, ist es auch mit dem Schlips", setzt Schönberg seine Belehrung fort. „Na und dann erst mit den Hosenträgern." Dies trifft mich ja nun weniger, denn ich habe einen Lederriemen um den Leib. Aber Schönberg lächelt auch dazu. „Wie du den Riemen umhast, wie alle Deutschen ihn tragen, das ist es. Dadurch geben sie zu erkennen, auch ohne daß sie ein gestärktes Hemd mit einem Kragen tragen, woher sie stammen."

Ich knöpfe ihm die weiße Jacke auf und sehe mir an, wie er denn seinen Lederriemen trägt. Nun ja, das sieht etwas anders aus, er sitzt eine gute Handbreit tiefer auf den Hüften als meiner.

„Ist es das?" frage ich. Er nickt.

„Das und dann der Schnitt des Hosenbundes. Wenn du also glaubst, einen Amerikaner dadurch zu täuschen, daß du dir einen neuen Kragen kaufst, aber diese Hosen beibehältst, dann irrst du dich. Erst, wenn du imstande bist, die Hosen locker auf den Hüftknochen hängen zu lassen, ziemlich weit nach unten, und dabei noch die Hände in die Hosentaschen zu stecken, sie nach unten zu drücken und doch nicht die Hosen zu verlieren, dann bist du befähigt, die ersten Schritte drüben zu machen."

Ich habe meine Meinung über die Stewards geändert. Wenn solche Köpfe darunter sind wie Wilhelm Schönberg, die nicht nur in fünf Jahren sich ein Haus in Blankenese oder Speckenbüttel anservieren wollen, die sich auch noch zu Menschenbeobachtern und Menschenkennern ausbilden, muß der Beruf von den häßlichen Bezeichnungen der weniger verdienenden Schiffsgenossen gereinigt werden.

„Hast du sonst noch einen Tip zu verkaufen über Kleider, die den Amerikaner machen, Schönberg?" frage ich ihn. „Und wieviel Prozent verlangst du?" Aber von mir will er keine Prozente. Und so bekomme ich noch diesen Rat zugegeben:

„Wenn du mal aussteigen solltest, drüben, so laß deine Mütze auf dem Schiff. Geh aber auch nicht mit bloßem Kopf, wie sie das in Deutschland lieben. Drüben trägt man immer einen Hut. Im Sommer darfst du einen Strohhut tragen, aber keinen Tag nach dem Labor day im September, sonst läufst du Gefahr, daß ihn dir einer vom Kopfe haut. Na, und mit dem andern Hut, in dem mußt du nun nicht bloß einen Schutz gegen die Sonne oder gegen den Regen sehen, oder gegen den Wind oder was du willst. Ich habe das mal gelesen, da war es richtig beschrieben. Ein Hut ist für den Amerikaner die dritte Hand. Mit dieser dritten Hand redet er manchmal, ohne daß er es weiß, meistens aber so, daß der andere ihn versteht. Fährt er mit der Hand an die Krempe und schiebt den Hut ins Genick, so heißt das: Junge, über deinen Vorschlag könnte man mal nachdenken; leicht ist es nicht, aber wir werden das Kind schon schaukeln! Zieht er aber den Hut vorn an der Krempe ins Gesicht, so heißt das: Na, die Sache sieht faul aus, da kommt nicht viel dabei raus! Schiebt er den Hut auf das eine oder andere Ohr, so kannst du folgern, daß die Geschichte nicht ganz hasenrein ist, daß sie aber erwogen werden kann. Und unterstrichen wird das durch die Hände in den Hosentaschen. Ich meine, durch das Drücken nach unten, bis die Hose fast über die Hüftknochen rutscht. Hast du sie so weit, dann mußt du ganz ungeniert in den Bund fassen und die Hose wieder nach oben ziehen. Aber nicht mit beiden Händen zugleich ziehen, nein, erst links, dann rechts, schau mal her. Ist dir was aufgefallen?"

Ich mache es nach, aufgefallen war mir nichts. Schönberg lacht: „Die Schultern, Menschenskind, die Schultern müssen bei dem Ziehen am Hosenbund mit in die Höhe gehen, Ruckweise, erst links, nun rechts."

Ich versuche es noch einmal. Schönberg ist nicht zufrieden. „Viel zu verkrampft. Viel selbstverständlicher mußt du es machen! Natürlich gilt das alles bloß für Unterhaltungen und Verhandlungen, nicht im Dienst."

Ich beschließe, mir als erstes in New York einen Hut, ein paar neue Kragen und eine amerikanische Hose zu kaufen und in meinem Zimmer Amerikanismus zu üben.

10
Ich finde einen Freund

Seit zwei Tagen habe ich an Bord einen Freund. Es ist der Matrose William Stone. Und da diese Freundschaft mit Blut geschlossen wurde, ist eigentlich anzunehmen, daß sie dauerhaft sein wird.

Zu meinen Aufgaben gehört es, morgens in den Quartieren der Crew zu erscheinen und zum Aufstehen zu rufen. Und wenn nun auch eine auf genauer Kenntnis der seelischen Verfassung unsanft geweckter Menschen beruhende Tradition diesen Weckrufen einen melodischen Klang verliehen hat, so bleibt doch verständlich, daß in der Brust des Gestörten ein Zorn gegen den Störenfried mit wachgerufen wird.

Bei der gemischten Crew auf diesem Schiff ist auch der morgendliche Singsang gemischt. „Rise, rise! All people on deck! Sun shines outside! Rise, rise! Hängt ab das Blei vom Arsch!" Das habe ich morgens früh in der Tür des Quartiers stehend zu singen. Jeder Sänger ist über die Qualität seiner Stimme leichten Täuschungen hingegeben. Von meiner Stimme sagen Freunde, sie sei nicht schön, aber laut. Vielleicht war der Weckruf das erstemal nun dadurch, daß ich ihn schön gestalten wollte, etwas zu laut geraten, jedenfalls wohl ungewöhnlich. Denn es trat der seltene Erfolg ein, daß fast alle Schläfer sofort auffuhren. William Stone aber ergriff, als er den neuen Nightman stehen sah, der Zorn, und er selbst ergriff eine Weckuhr und schleuderte sie nach mir. Sie traf mich an der zur Abwehr erhobenen Hand und ritzte mich blutig. Ich konnte sie jedoch auffangen, und da ich erkannte, dies ist mal wieder der Augenblick, auf den es ankommt, schleuderte ich sie gegen den Werfer zurück und traf ihn an den Kopf. Mit einem Aufbrüllen fuhr er von der Pritsche und stürzte sich, ein nackter Riese, auf mich. Er hatte auch die Faust schon erhoben, aber da kam er wohl zur Besinnung und beließ es bei der gemurmelten Androhung einer furchtbaren Rache. Dafür kroch der nackte Kerl auf dem Fußboden umher und suchte seinen Wecker. Als er ihn gefunden hatte, regte ihn das zersplitterte Glas erneut auf. Er hielt ihn ans Ohr und stellte nun wohl noch fest, daß er auch sonst Schaden genommen hatte. Wütend drehte er sich noch einmal zu mir um, ich hielt es für richtiger, die Tür hinter mir zuzumachen.

Am Abend dieses Tages, als ich auf dem Vorderdeck meine Pfeife rauche, stehe ich plötzlich William Stone gegenüber, der dort mit seinen Kameraden gesessen hat. Er kommt auf mich zu, und ich überlege gerade, wie ich der drohenden Gefahr entgehen kann, als er mir die Hand hinhält und eine etwas herbe Entschuldigung vorbringt. Zuerst denke ich an eine Finte, die ihm die Durchführung einer möglichst umfangreichen Rache gestatten soll. Aber es ist ehrlich gemeint. William Stone sagt: „Ich muß verrückt gewesen sein, als ich mit dem Wecker nach dir schmiß. Ich hatte eine Wut, aber du hast keine Schuld daran. Im Gegenteil, ich hätte dir müssen eine Whiskyflasche zuwerfen."

Und als ich das nicht verstehe und es für eine Frotzelei halte und Miene mache, meine Hand zurückzuziehen, erklärt er weiter: „Weißt du, ich habe doch wirklich geglaubt, wir fahren nicht nach Amerika, sondern umgekehrt, nach Europa. Und da dachte ich: Nun steht dieser Kerl da, der die Uhren vorstellt, und freut sich auch noch, daß er uns jede Nacht eine Stunde stiehlt. Ja, und in Wirklichkeit hattest du uns doch in der Nacht eine Stunde zugegeben!"

Das bezieht sich auf die Tätigkeit des Nightmans, nachts um zwölf Uhr die Uhren zu stellen: auf der Fahrt nach Amerika sie jede Nacht eine Stunde zurückzudrehen, so daß der Mannschaft eine ganze Nachtstunde geschenkt wird, wofür man allerdings auf der Fahrt nach Europa sie jede Nacht eine Stunde vorstellen muß und so die Nachtruhe entsprechend verkürzt.

Nunmehr zweifle ich nicht weiter an der Aufrichtigkeit von Williams Entschuldigung. Er ist einer jener großen, bärenstarken Männer in allen Ländern, die aus reiner Gutmütigkeit bestehen und eigentlich zu keiner Gewalttätigkeit fähig sind. Gerade, weil sie den Gegner zerdrücken können, hält das Übermaß der Kräfte sie von der Anwendung der Kraft ab. So hat wohl auch die rohe Kraft ihre eigene Ethik.

Ich muß eine Zigarette mit den Kerlen rauchen und darf an dem interessanten Gespräch teilnehmen, das ich durch mein Erscheinen unterbrochen habe. William Stone scheint am Wort gewesen zu sein, denn ohne jede Einleitung haut er sich aufs Knie: „Und ich sage euch, es ist was dran. In meinem ganzen Leben will ich keinen Schluck Whisky mehr trinken, wenn die schwarz geputzte Witwe an der Pier da bei der Ausfahrt nicht dieselbe Madame gewesen ist, mit der unser Erster am Abend vorher noch im Tivoli getanzt und gesoffen hat."

Einer der Matrosen piekt mit dem Finger an die Stirn. Es ist ein langer, dürrer Mensch mit melancholischen Augen, er blickt, als müsse er alle Menschen um Entschuldigung bitten. Wie er so dasteht, meine ich, ihn schon mal gesehen zu haben. „Shut up, Bill!" sagt er langsam. „Willst du eine ehrbare Bürgerin beleidigen, die noch dazu Witwe ist?"

Diese Stimme kenne ich auch wieder. Aber wo habe ich den Kerl getroffen? Und plötzlich ist mir, als habe ich auch den großen, rothaarigen Bill schon früher gesehen. Der wendet sich jetzt an mich und zeigt auf den Melancholischen: „Das ist der berühmte MacPherson, Mister. Du mußt wissen, er ist ein großer Detektiv. Wenn unsere Polizei ein Verbrechen herauskriegt und die Gangster gefaßt hat, weist dir Mac nach, daß sie alles falsch gemacht hat." Er sieht zu dem Langen auf: „Wenn ich mal was ausgefressen habe und von der Polizei gesucht werde, dann wünsche ich mir das Glück, daß du auf meine Spur gesetzt wirst, Mac!" Jetzt weiß ich, wo ich die beiden getroffen habe: Am Abend vor meiner Abreise, als ich mit dem Preester in dem Bums Sekt trank, kamen sie mit drei Frauenzimmern an den Nebentisch.

Ein dritter Matrose nickt zu Bills Späßen, was diesen veranlaßt, den Zustimmenden zum Zeugen für seine Geschichte anzurufen. „Es war noch einer dabei, da im Tivoli in Bremerhaven. Erinnerst du dich, Joe, daß wir von ihm gesprochen haben? Das war sicher der Mann von der Witwe. Sure, und die haben mit unserm Ersten, mit dem Wilkinson, da gekneipt. Nun frage ich dich, Nightman, wie kommt der Mann, der da mit am Tisch im Tivoli saß, wie kommt der von einem zum andern Tag in die Kiste?"

Da ich so plötzlich in das Vertrauen der nachdenklichen und rechtschaffenen Matrosen aufgenommen bin, beschließe ich, die Gelegenheit auszunützen und mit deutscher Gründlichkeit aufzuwarten. Ich mache ein paar Züge aus meiner Pfeife, nehme sie aus dem Mund, recke mich auf und spreche: „Gentlemen, es wären da zunächst einige Fragen zu klären." Sie sehen mich erstaunt, aber, wie es scheint, zustimmend an. Bill nickt sogar. „Zum ersten", beginne ich, „die Hauptfrage: Von welcher Kiste redet ihr?" Bill erzählt mir von der länglichen Kiste, die im letzten Augenblick an Bord gebracht wurde, von der schwarz gekleideten Dame und von dem besonderen Interesse, das der Erste für diese Witwe und für die Kiste bezeigt habe. Ich unterbreche ihn: „Zum zweiten also: Wer sagt denn, daß in der Kiste wirklich ein toter Mann liegt?"

In echter Erregung ergreift Bill meinen Arm und flüstert: „Sag ich ja, sag ich ja! Ich kenn doch den Ersten!"

„Es kann doch eine tote Frau sein", fahre ich fort, „eine Schwester, Mutter oder sonst eine Verwandte der schwarz gekleideten Dame."

Bill lächelt verächtlich, doch nun ist Mac in Aufregung. Er betont, daß auf jeden Fall in der Kiste ein toter Mann liege. Aber ein gemordeter Mann. Und dies sei eben das Verbrechen, dem er auf der Spur sei.

Ich markiere Erschrecken und Anteilnahme an Macs freiwilliger Detektivaufgabe: „Angenommen, es liegt ein toter Mann in der Kiste: Wer soll denn feststellen, woran er gestorben ist?"

Jetzt sieht Mac mich geringschätzig an. „Das Gericht selbstverständlich."

„Auf deine Anzeige hin?"

Mac nickt melancholisch. „Wenn erwiesen ist, daß der Mann in der Kiste derselbe ist, mit dem die schwarz gekleidete Dame noch am Abend vorher in Gegenwart unseres Ersten im Tivoli gesessen und getanzt hat, dann ist auch erwiesen, daß ein Verbrechen begangen worden ist. Auf ordentlichem Wege kann zwar von einem Tag zum andern aus einem lebendigen Mann eine tote Leiche werden, niemals aber kann man in der kurzen Zeit auf ordentlichem Wege in einer Kiste auf einen Steamer der USA kommen. Ist das logisch?“

Er sieht mich düster an, und ich beeile mich, meine Zustimmung zu zeigen. „Die Deutschen sind kluge Menschen“, belohnt Mac meine Bereitwilligkeit.

„Manche Amerikaner sind klüger“, quittiere ich die Freundlichkeit. Bill will sich krümmen vor Lachen, denn nun hat er erkannt, daß ich den Detektiv zum besten halte.

„Was aber soll nun geschehen“, bohre ich weiter in Mac, „willst du etwa die Leichenkiste aufbrechen und nachschauen?“

Bei dem Worte Leichenkiste erbleicht der dritte Mann, den sie Joe nennen, und sieht sich scheu um. Alle Seeleute sind abergläubisch. „Sagt doch nicht immer Leiche“, bittet er, „auf den Töppen, auf denen ich bisher fuhr, sagten wir zu so was stiller Gast.“

Der rote Bill weist ihn mit einer Handbewegung zur Ruhe. „Da ist ein Unterschied, Joe. Wenn der wirkliche stille Gast, der Tod, einen von uns holt oder einen Passagier, dann sagt man stiller Gast und vermeidet das andere. Wenn aber einer außerhalb vom Schiff gestorben ist, der nicht zu uns gehört, dann ist er für uns bloß Frachtgut, und du kannst ohne Schaden für das Schiff von ihm als von einer Leiche reden. Du kannst ihn sogar in der Kiste besuchen, und das werde ich auch tun!“

Nun bin ich doch erschrocken, zumal auch Mac zustimmt und Joe sich überlegend den Bart reibt. „Ein Glück für euch, daß ich Nightman bin“, sage ich, „da kann ich euch vor der Dummheit bewahren.“ Mir fällt etwas ein. „Du glaubst doch gar nicht an ein Verbrechen, Bill“, rufe ich, „du willst doch bloß den Mac hochbringen.“ Mac sieht mich todtraurig an und sagt bedauernd: „Ihr Deutschen seid dumme Leute.“

Zu meinem Erstaunen nickt Bill eifrig. Dann sagt er und macht dabei ein verschmitztes Gesicht: „Ich glaub schon an ein Verbrechen, bloß nicht an einen toten Mister Brown! Auf jeden Fall hängt dieser Schuft, der Wilkinson, damit zusammen.“

Ich erhebe mich und sehe die drei der Reihe nach an.

„Gentlemen", sage ich, „soviel ich aus euren Worten entnommen habe, seid ihr unserm Ersten nicht gerade freundlich gesinnt. Bei solcher einmütigen Haltung darf ich also annehmen, daß er, nun sagen wir, daß er nicht gerade das Muster eines Seemannes ist?"

Ohne Rücksicht darauf, daß uns einer auf dem Mittelschiff hören kann, denn der Fahrwind trägt den Schall achterwärts, ruft Bill: „Der? Dem ist alles zuzutrauen! Auch die Teilnahme an einem Verbrechen!" – „Ich werde", schließt sich Mac ihm an, „dem Wilkinson von heute ab mal etwas nachspüren."

Bill greift gleich mit beiden Händen zu: „Das beste ist, wir befolgen erst mal den Rat, den uns der German gegeben hat, und gucken nach, was da wirklich in der Kiste liegt."

Ich will gerade gegen die freundliche Unterstellung protestieren, daß ich ihnen diesen Rat gegeben hätte, als es Joe tut. Er ist ebenfalls aufgesprungen, hat sich wie ein Kreisel rundum gedreht und dann die Hände abwehrend gegen Bill gehoben: „Wer sich mit einem Verbrechen befaßt, ohne dazu befohlen zu sein, begeht auch ein Verbrechen!"

Mac kann nur wieder mit dem Finger auf die Stirn tippen und Bill ansehen. Der zuckt die Achseln.

Eine seltsame Crew ist das auf diesem Luxussteamer. Aber interessant scheint die Fahrt auf jeden Fall zu werden. Im übrigen glaube ich nicht daran, daß die Burschen ernstlich etwas mit der länglichen Kiste im Laderaum vorhaben. Ich will Bill noch nach dem Abend mit dem Preester fragen, verschiebe es dann aber auf den andern Tag.

11

Zwei junge Menschen

Es ist warm geworden, und alles an Bord scheint sich eingelebt zu haben. Mein deutscher Landsmann, Herr Dr. Menzel aus Bielefeld, ist von seinem jugendlichen Ingenieurgewissen veranlaßt worden, das Schiff zu besichtigen. Er hatte sich mit der Frage, ob das gestattet sei, an mich gewendet, und ich hatte es ihm großmütig genehmigt, auch die Erlaubnis vom Chiefingenieur eingeholt. Als ich Herrn Dr. Menzel aufsuche, hat seine Art, mit mir zu sprechen und mich anzusehen, sich geändert. Der junge, starkknochige Mann, der immer etwas ungelenk war und in seinen guten Anzügen steckte wie ein frisch vom Lande gekommener Bauernbursche, hat mich wohl bisher für etwas Höheres gehalten als einen Nachtwächter. Vielleicht war es auch die Freude darüber, mit mir Deutsch sprechen zu können, die ihn zu dem ungezwungenen Ton veranlaßt hatte. Nun aber ist ihm wohl zur Kenntnis gekommen, wen er, der Passagier der ersten Klasse, neben sich hat, denn er befiehlt mir ziemlich barsch: „Führen Sie mich durch das Schiff!"

Ich tue, als verstehe ich ihn nicht, und frage, als er seinen Befehl noch forscher wiederholt, auf englisch, was er wünsche.

„Aber Sie sprechen doch Deutsch", ruft er da verwundert, „Sie sind doch Deutscher?"

„Nur privat", antworte ich. „Im Dienst bin ich Amerikaner und muß Englisch sprechen. Da Sie mir zu befehlen belieben, bin ich im Dienst."

Er versteht, denn er wird rot, und einen Augenblick sieht es aus, als wolle er mich anfahren. Doch er bezwingt sich und sagt: „Entschuldigen Sie. Lassen Sie uns bitte gehen."

Ich bin vom Vierten Offizier dahin instruiert worden, daß es den Passagieren der ersten Klasse zwar gestattet sei, unter Führung das ganze Schiff zu besichtigen, daß aber die Leitung Wert darauf lege, die Mannschaftsquartiere überhaupt nicht, die Kesselräume nur fachlich Interessierten, die Maschinensäle nur gelegentlich und von der dritten Klasse nur die Gemeinschaftsräume und eine vom Obersteward zu erfragende aufgeräumte Kabine zu zeigen. Außerdem sei mit der dritten Klasse anzufangen, damit die Reisenden mögliche peinliche Eindrücke rasch wieder vergäßen.

Also beginne ich mit der dritten Klasse. Aber der Obersteward der dritten Klasse hat schlechte Laune und will wegen eines einzelnen Passagiers der ersten Klasse, der noch dazu ein Deutscher ist und deshalb auch nur vom Nachtmann geführt wird, sich nicht die Mühe machen, erst nachzusehen, welche Kabine aufgeräumt ist. So sagt er denn: „Gehen Sie nur!“ Und wir gehen.

Ich öffne die Tür zu einem Raum, in dem Männer liegen, Männer zwischen Zwanzig und Sechzig. Herr Menzel bleibt vor Schreck an der Tür stehen, obwohl es keineswegs so schlimm ist. Ich mache ihn denn auch darauf aufmerksam, daß alle Räume der dritten Klasse auf der Staatslinie genügend Bequemlichkeit bieten, daß sie hygienisch einwandfrei und sauber sind, wenn sie – nun, wenn sie eben sauber bleiben. Er nickt hastig, zwar nicht überzeugt, aber er nickt doch. Wahrscheinlich aus der Besorgnis heraus, ich könne sein Verhalten als Kritik an dem von ihm bewunderten Amerika ansehen und am Ende weiterberichten. Er tritt sogar zwei Schritte in den Raum hinein.

Für was mich die Männer halten, weiß ich nicht. Es liegen da auf den Betten etwa zwölf Mannsleute, sämtlich sozusagen angezogen, denn fehlen einigen die Röcke, so haben andere dafür Stiefel an. Sie liegen da, rauchen, trinken, essen Früchte, Brotschnitten, Fleischstücke, sogar Heringe, spucken auf den Fußboden, an die Wände oder auf gut Glück in den Raum, lärmen durcheinander und stinken durcheinander. Sie sind sich über diese Lebensform einig, auch darüber, daß alle Bullaugen fest geschlossen sein müßten und daß die Schiffsleitung sie betrüge. Über den Grad dieses Betruges aber scheint Meinungsverschiedenheit zu bestehen.

Die Schiffsleitung bin nun ich für sie. Es springen denn auch zwei ältere Männer von den Betten auf und reden in einer Sprache, die ich nie gehört, auf mich ein, wobei sie mich zur Unterstützung ihrer Ausführung besprühen, mit Zwiebelduft behauchen und mit entrüsteten Gebärden beengen, indessen immer mehr Stimmen die Sprecher anfeuern und unterstützen. Herr Menzel weicht wieder bis an die Tür zurück, doch ich halte aus, mache ein mächtig interessiertes Gesicht, nicke immerzu, sage „Yes, yes!“ und „Kapitän“ und klopfe ihnen zum Schluß die Schultern. Klopfe sogar kräftig, so daß ich dadurch zweifellos ein paar Schwadronen Läuse erschrecke.

„Aber das ist ja entsetzlich!“ stöhnt Herr Menzel.

„Was ist entsetzlich?“ frage ich verwundert, denn ich weiß wirklich nicht, was er meint.

„Daß man Menschen unter solchen Verhältnissen –“, doch dann bricht er ab und sucht ein anderes Argument. „Zu denken, daß auch gebildete Menschen unter Umständen so reisen müssen – dritte Klasse –, da sagt man immer, es gibt kein Zwischendeck mehr –“

Ich beweise ihm, daß es ein Zwischendeck auch nicht mehr gibt, daß aber auch kein Lloyd und keine Hapag gegen die Verschmutzung ihrer reinlichen Räume durch diese Art Reisender ankomme.

„Ach!“ Herr Dr. Menzel sieht mich überlegen an. „Und warum weist man denn diese Passagiere nicht zurück?!“ Er ruft es laut. „Die Eisenbahn nimmt ja auch keine Seuchenträger auf!“

Er weiß wirklich wenig von der Welt, der Einfältige. „Zunächst mal sind das hier keine Seuchenträger, jedenfalls nicht im direkten Sinne, denn jeder von ihnen hat ein Gesundheitsattest des Vertrauensarztes der Reederei. Zweitens sind sie alle mit der Eisenbahn gereist, wie kämen sie sonst aus Osteuropa an die Nordsee? Und drittens sind sie die begehrtesten Passagiere aller Schiffahrtslinien der ganzen Welt.“

Er richtet sich gerade, sieht mich mitleidig an und legt dadurch gewissermaßen wieder die nötige Kluft zwischen uns. Und da er wohl annimmt, ich könnte die Grenze nicht bemerken, steckt er noch eine Tafel auf: „Nun kommen Sie mir bloß noch mit dem Gerede von den Ausgebeuteten! Von diesem Bodensatz der Menschheit, der überall für die Wirtschaft wichtiger sein soll als die anderen Volksklassen. Gott sei Dank, daß es drüben so was nicht gibt!“ Und dann tut er etwas, was ganz ungewöhnlich an ihm ist; er wird gönnerhaft, vertraulich. Er klopft mir die Schultern, genauso, wie ich es vorhin mit den Männern getan habe, und sagt: „Ein Mann wie Sie hat doch Chancen. Sie wollen doch sicher auch mal höher hinauf. Da ist es auf jeden Fall ratsam, sich nicht mit dem Gesindel gemein zu machen. Oder gar für den Klassenkampf zu agitieren.“ Und er nickt noch ein paarmal aufmunternd.

Ich nicke auch. „Sie haben recht, Herr Doktor. Aber deshalb bleibt doch bestehen, was Ihnen jeder Reeder, jeder Inhaber von Schiffahrtsaktien bestätigen wird: daß auf allen Schiffen der Erde ganz allein die dritte Klasse und das Zwischendeck die Schiffe rentabel machen!"

Er bleibt stehen und sieht sich um. „Ich will es nicht gehört haben. Sie sind zweifellos ein politischer Agitator. Ein anderer könnte solchen Unsinn nicht reden."

„Ich möchte gern Geld verdienen, Herr Doktor, und sei es auf amerikanische Art. Sie sicher auch, sonst gingen Sie ja nicht nach Amerika. Die Amerikaner wetten gern. Ich schlage Ihnen also vor, wir wetten um hundert Dollar, daß jede Reederei an ihren Passagieren erster Klasse bar Geld zusetzt. Daß jede Tasse echter Tee, die Sie in der ersten Klasse trinken, jede seidene Tapete, jedes Daunenbett in Ihrer Kajüte der ersten Klasse nur möglich ist, weil die armen Teufel der dritten Klasse und des Zwischendecks einen erheblichen Anteil an den Kosten für den Komfort der ersten Klasse beitragen."

Wir sind den Gang entlang und nach Backbord gekommen. Dort flattert uns ein wildes Geschnatter entgegen, übertönt von schrillen Schreien. Aus einer Tür stürzt eine ältliche Stewardeß und will weitereilen; als sich mich erblickt, bleibt sie aufatmend stehen. Dabei legt sie die linke Hand aufs Herz und atmet tief: „Diesmal haben wir aber das richtige Packzeug erwischt. Nun schlagen sie sich auch noch. Ich will grad den Ober holen!"

Ich drehe den Kabinenknopf zurück und trete ein. Sie schlagen sich nicht gerade, aber sie sind doch in der letzten Szene davor; die Gift- und Dolchblicke schwirren nur so umher, und wilde Worte stoßen die Körper immer näher aneinander. Es sind zwei Frauen im Alter zwischen Dreißig und Vierzig, von denen die eine ganz, die andere nur halb angezogen ist, wofür die Ganzangezogene in der rechten Hand einen großen Knochen mit Fleischresten schwenkt, während die Halbnackte mit der linken Hand ein etwa zehnjähriges weinendes Mädel hin und her reißt. Es besteht also zwischen diesem Mädel und dem Fleischknochen ein Zusammenhang, der rechtlich nicht zu bestehen hat.

Für mich ist hier ein leichteres Amtieren als vorhin bei

den Männern, wo ich nicht verstanden hatte, um was es ging. Lächelnd gehe ich auf die Streitenden zu, mitten durch die schreckliche Luft aus ungemachten Betten, ungewaschenen Frauen und Kindern, ungeleerten Gefäßen, Dutzenden von Speiseresten, die sich unter fettigem Zeitungs- und Packpapier verbergen. Und bleibe doch bei meinem Vorsatz, den Streit mit Güte zu schlichten.

Allein, ich hatte vergessen, daß es sich um Frauen handelte, um erzürnte Frauen dazu, um gereizte Mütter, die nicht nur ihre Fleischreste, sondern auch ihr eigen Fleisch und Blut verteidigten und deren Arme wilder kreisten als die Flügel der Ventilatoren, die von der Stewardeß eingeschaltet worden waren. Nein, hier hilft nur noch Festigkeit. Doch meine festen Worte helfen gar nicht, sie festigen nur die Erbitterung der Zankenden und scheinen auch die Zuschauer nur zu reizen. Ich fühle, es wird mit einer Blamage enden. So reiße ich denn der Bekleideten den Fleischknochen aus der Hand, gehe zum Bullauge, öffne es und werfe den Streitgegenstand hinaus.

Es wirkt geradezu verblüffend, auf Minuten jedenfalls ist alles still. Dann freilich wachsen die Feindseligkeiten wieder hoch, drohen sich nun sogar vereint gegen mich zu wenden. Ich weiß nicht, wie es kommt, Überlegung ist nicht dabei, ich greife nach dem kleinen Mädchen, zerre es ans Fenster und drohe laut, es dem Knochen nachzuwerfen. Ich rufe das auch in einem grollenden Englisch, bin aber sicher, daß keiner meine Worte verstanden hat. Sicher aber meine Gebärden. Und so finde ich bestätigt, was ich schon oft erfuhr, daß noch neben der Gosse, ja, noch unterm Jauchekanal der lieben Menschheit ein kleines Äderchen läuft mit einer Substanz, die imstande ist, allen Menschheitsstunk wenigstens für eine kleine Weile zu verwandeln: das Gefühl für das Komische, für Spaß, für Humor. Alle Menschen wollen eben lieber lachen als sich ärgern. Die Mutter, der ich da mit grimmiger Gebärde das Kind anfaßte, um es durch ein Bullauge zu werfen, durch das es gar nicht hindurchgeht, will sich gerade wie eine Bärin auf mich stürzen, als ihr aus dem Gelächter rundum das Komische der Szene ins zornige Geblüt schlägt. Sie sieht sich hilflos um und lacht dann mit. Worauf ich mich rasch zurückziehe, Herrn Dr. Menzel nach, der mit der Stewardeß vor mir aus der Tür getreten ist und so nicht mehr sieht, wie mir ein ebenfalls nur halb angezogenes schwarzhaariges Frauenzimmer eine Kußhand nachwirft.

„Sie sollten immer in der dritten Klasse bleiben, Mr. Trimm", sagt die Stewardeß, „Sie können besser mit dem Pack umgehen als der Ober, der nur brüllen kann."

„Um was ging es denn eigentlich", fragt Herr Dr. Menzel, und er fragt es wegen der amerikanischen Stewardeß englisch. „What is the affair doing?" Jawohl, so sagt er.

„Gott", antworte ich deutsch und zucke mit den Schultern, „sie haben den Hahn geprügelt, weil die Henne ein Windei gelegt hat."

Er nimmt an, ich habe sein Englisch nicht verstanden. „Ich meine, warum zankten sie sich? Und was wollten die Männer vorhin?"

„Es handelt sich bei allen Händeln der Welt um die gleichen Ursachen, Herr Doktor!"

„Das verstehe ich nicht!" Ein wenig unsicher blickt er von mir auf die Stewardeß. Die lächelt. Da sage ich: „Ich verstehe es auch nicht. Doch es soll eine britische Weisheit sein, sie stammt von einem gewissen Tristram Shandy."

„So, so", macht er. Und nach einer kleinen Weile: „Werden denn die Leute in der dritten Klasse nicht satt?"

„Im Gegenteil, sie bekommen zuviel!"

Die Stewardeß bestätigt es eifervoll: „Sie bekommen zuviel zu essen, daher ihre Angst, daß sie verhungern könnten. Sie sind in ihrem ganzen Leben nicht richtig satt geworden und versuchen nun, bei jeder Mahlzeit das, was sie beim besten Willen nicht mehr hinunterbringen können, sich aufzuheben. In Zeitungspapier, in Taschentüchern, in Unterröcken, lose in den Taschen. Aber nicht bloß Obst und Kuchenstücke, nein, auch fettige Fleischstücke. Manche schlingen den ganzen Tag, essen den Rest noch kurz vor den neuen Mahlzeiten, so daß sie von dem frischen Essen mit jedem Male mehr übriglassen müssen. Das sie sich dann wieder aufheben und verstecken. Nach vier, fünf Tagen können sie es nicht mehr richtig verstecken, ach, das liegt öfter nicht bloß in den Betten, auch in den Lesezimmern unter den Sofas, irgendwo an Deck, sogar in den Toiletten. Ja. Und immer sind sie in Angst, ein anderer könnte es ihnen stehlen. Weil wir ihnen zuviel zu essen geben, haben sie Angst, sie werden nicht satt."

„Vielleicht auch, weil sie glauben, sie haben das alles mit der Fahrkarte bezahlt und wollen es nun nicht einem andern lassen, besonders nicht der Reederei", setze ich hinzu.

„Aber das ist doch Wahnsinn von den Menschen!" Herr Dr. Menzel ist nun ehrlich betroffen.

„Es ist die soziale Frage", sage ich. „Oder sagen wir, es ist ein hilfloser Versuch, sie zu lösen."

„Man nimmt zuviel Rücksicht auf dieses östliche Gesindel. Das sind doch keine Menschen im europäischen Sinne. Das sind doch Tiere. Amerika ist zu human, das ist es. Strenge Disziplin, wer nicht pariert, fliegt vom Schiff. Das beste wäre, solch Gelumpe gar nicht erst aufzunehmen." Er ist richtig empört.

„Ich sagte Ihnen schon, Herr Doktor, daß Sie dann für Ihr Billett erster Klasse ungefähr das Doppelte zu zahlen hätten. Wollen Sie das?"

„Wollen Sie damit sagen, daß das Gesindel meine Fahrkarte bezahlt?" fragt er lauernd.

„Nur die Hälfte. Wollen Sie das nicht, dann sähe Ihre erste Klasse aus wie ein Mittelding zwischen jetziger zweiter und dritter Klasse. Die Reeder sind Geschäftsleute und keine Philanthropen."

„Ja, aber" – er sieht sich um, als käme das gefürchtete Gesindel hinter uns her –, „ja, aber dann müßte man doch die Menschen zur Vernunft bringen."

„Welche Menschen, Herr Doktor?"

„Na, Ihre Proletenengel da!" Er zeigt nach dem Achterdeck.

„Engel? Ich hatte mal eine Wirtschafterin, die war vierzig Jahre alt und vorher in einer Geheimratsfamilie gewesen, worauf sie sehr stolz war. Martha hieß sie und stammte aus Schlesien. Die arme Person war ernstlich nierenkrank, was sie jedoch geheimhalten wollte, aus Angst, sie könnte ihre Stellung verlieren. Als ich es erfuhr, drang ich darauf, daß sie für sich besonders kochte, salzlos und fettarm. Ja, sagte sie, das hätten die Doktoren auch verlangt. Nach einiger Zeit kam ich mal früher von der Reise zurück, als ich gesagt hatte, und überraschte Martha mit einem gewaltigen gepökelten Eisbein. ‚Das ist doch Gift für Sie', fuhr ich sie an, ‚warum holen Sie sich kein Huhn oder ein Stück Kalbfleisch? Haben Sie das etwa schon öfter gemacht?' Wissen Sie, was sie mir unter Tränen antwortete? ‚Wir haben als Kinder nur mal sonntags ein kleines Stück Fleisch gekriegt, da ist das Verlangen nun so hängengeblieben. Nun kann ich richtig Fleisch essen, und solch Eisbein ist doch am größten. Da hab ich mir jeden Tag ein Eisbein geholt!' Sie sehen, Herr Doktor, die soziale Frage ist zwar zuerst eine Magenfrage, aber ebensosehr doch immer auch eine Augenfrage."

Der Doktor hat mich immerzu angesehen, zuerst interessiert, dann mißtrauisch. Nun hat er einen fraglos geringschätzigen Zug in seinem biederen Borsdorfer-Apfel-Gesicht und einen ebensolchen Ton in der Stimme: „Sie, Sie hatten mal eine eigene Wirtschafterin?"

Das also ist nun von meinem langen Vortrag über soziale Fragen bei ihm übriggeblieben. Wie kommt auch ein Nachtwächter dazu, sich damit zu beschäftigen. Ich mache eine kleine Verneigung und sage: „Es war nicht eigentlich meine Wirtschafterin. Ich war da so Diener."

„Na ja, na ja", sagt er schmunzelnd, und man sieht ihm an, wie es ihn freut, eine kleine Aufschneiderei zwar bemerkt, aber auch entschuldigt zu haben. Auch freut es ihn wohl, daß sein Weltbild nun wieder klar ist. Leider freut es ihn so sehr, daß er es doch nicht für sich behalten kann. Und so bringt er es an, lachend: „Wissen Sie, mein Lieber, die Welt ist aus den Fugen. Da kann es zwar einen Sattler als Reichspräsidenten geben, aber einen Nachtwächter mit einer Wirtschafterin, das schaffen auch die Roten nicht. Na, nichts für ungut."

Unsere deutsche Unterhaltung hat die Stewardeß gelangweilt, sie ist den Gang zurückgegangen. Ich will Herrn Dr. Menzel in die sogenannten Salons der dritten Klasse führen, mache auch die Tür zum Lesezimmer auf, doch er lehnt ab, wahrscheinlich fürchtet er, es könnte im Polster eines jeden Sessels ein angenagtes Kotelett liegen. „Ich habe genug", bekennt er.

„Sie sollten sich diese Räume aber doch ansehen", bohre

ich weiter. „Da ist ein Rauchsalon, ein Damensalon, ganz gediegen eingerichtet –“

„Damensalon ist gut – die Damen habe ich ja soeben kennengelernt!“

„Wir haben für die dritte Klasse einen Speisesaal mit Sesseln, keine Bänke wie früher, mit gedeckten Tischen, Silberzeug, tadellosem Geschirr, Servietten – die Tischwäsche wird bestimmt teurer als die der ersten Klasse, da leider viele Passagiere die Angewohnheit haben, Fleischstücke und Knochen auf das Tischtuch zu legen und sich auch die Hände am Tischtuch abzuwischen.“

„Ich würde ihnen Tröge hinstellen“, verkündet Herr Menzel.

„Es fahren bei uns immerhin auch zwölf Deutsche in der dritten Klasse. Es sind sogar einige Akademiker dabei. Ferner eine Lehrerin, ein paar Geschäftsleute – lieber Himmel, es fahren ja sogar frühere Lloydoffiziere und Schiffsingenieure bei uns als Aufwäscher in der Küche.“

„Dann fehlt ihnen eben die Selbstachtung“, beschließt Dr. Menzel diesen Teil der Besichtigung und tritt mit mir auf das Achterdeck der dritten Klasse.

Nur wenige Personen, meistens Männer, sind draußen, obwohl das Wetter warm und heiter ist. Sie sitzen auf den Bänken, rauchen und schauen auf das Wasser. Einige sprechen auch, doch als wir uns nähern, schweigen sie devot. Eine Göre von vierzehn, fünfzehn Jahren liegt halb sitzend in einem Faltstuhl, den Rücken gegen eine Niedergangswand, so daß der Bauch sich hervorwölbt und die kleinen runden Brüste einen zu engen Pullover bedrängen. Sie hat den Rock bis über die Knie hochgezogen und zeigt runde, stramme Beine, nackt von der Wade bis an den Leib. Unter gemalten, halbgeschlossenen Lidern fixiert sie den sich nahenden Doktor, und zwischen den rotgelackten Lippen zeigt sich eine Zungenspitze. Der Doktor sieht, sichtlich beunruhigt, beiseite. Als wir die Kleine passieren, streckt sie wie von ungefähr den rechten Fuß vor, so daß der Doktor mit seinem Schienbein dagegen anlaufen muß. Dann springt sie auf, tut sehr erschrocken und entschuldigt sich mit einigen englischen Brocken. Und ist sichtlich verdrossen, daß der hölzerne junge Mann, der sie vorher sehr wohl betrachtet hat, nur mit ein paar verlegenen „Please, please" reagiert und weitergeht. „Eine zielbewußte Bürgerelevin, die drüben ihren Weg machen wird", sage ich.

An der Reling steht ein junges Mädchen, das übers Wasser gesehen hat und sich bei den deutschen Worten umdreht. Sie ist von zierlicher Gestalt, einfach gekleidet, hat ein hübsches, ein wenig zu ernstes Gesicht, aus dem zwei helle Augen strahlen. Bis das Leuchten jäh in Erschrecken fällt und erst langsam sich wieder aufhellt.

Mein Begleiter ist über die Maßen verwirrt. Ich sehe, es stehen sich hier plötzlich zwei junge Menschen gegenüber, die sich kennen und nun erschrocken, erfreut, aber auch verlegen sind. Da haben sich wohl die zwei Enden eines gerissenen Schicksalsfadens gefunden und streben wieder zueinander, allen Widerständen zum Trotz.

Ich lasse sie allein, kann es mir aber nicht versagen, aus einiger Entfernung an der Wiedersehensfreude teilzunehmen.

„Hanna", ruft er, „du hier auf diesem Schiff?"

Das ist nicht sehr geistreich. Aber in Momenten der Überraschung sagt man ja wohl so etwas.

Nun, auch das Mädchen sagt nichts Klügeres. „Ja, und du, willst du denn auch nach Amerika?"

Da unser Dampfer nach Amerika fährt, konnte sie sich die Frage und er sich die Antwort sparen. Aber er bekräftigt, was so offensichtlich ist: Er wolle hinüber, er habe sein Studium beendet und dort drüben eine Anstellung bekommen.

Es stimmte also mit dem reichen Onkel. Und wenn die Begeisterung, die bei diesem Bericht über dem jungen Mann liegt und ihren Träger schon förmlich im Paradies wandelnd erscheinen läßt, ihre Ursache am Ende gar nicht in den Versprechungen des Onkels hat, sondern lediglich in der Vorstellung, die ein junger Deutscher vom Land Amerika sich macht, so ist sie in ihrer naiven Aufrichtigkeit geradezu rührend.

Er hält das Mädchen noch immer an beiden Händen, und da er einen Kopf größer ist als sie, sieht er wie ein Segnender herab. In dem Glück, das da aus der Freude und Hoffnung rieselt, scheint sie alles vergessen zu haben: das

Schiff, den Grund ihrer Reise, die Menschen um sie her, das ganze klare Gesicht ist in einen rosigen Schimmer gehüllt.

Doch nun fragt er: „Aber du, was willst du drüben?"

Sie senkt den Blick, und der rosige Schimmer wird dunkler und die Stimme leiser, als schäme sich das Mädchen, nicht, seine Not zu bekennen, wohl aber das Alleinsein: „Ich konnte keine Anstellung als Lehrerin bekommen. Da schrieb mir eine Freundin, die vor drei Jahren rübergegangen ist, es würden da drüben in guten Haushalten deutsche Mädchen für die Kinder gesucht. Und gut bezahlt." Sie schweigt.

Er nach einer Weile. „Und da bist du –"

„Ja. Sie hat mir eine Stellung vermittelt. Dann schickte sie mir das Reisegeld und das Geld für das Visum."

Es ist ihm sichtlich peinlicher als ihr, seine Jugendfreundin oder Jugendgeliebte, die Lehrerin geworden war, so wiederzufinden als besseres Hausmädchen. Er sagt etwas Dummes und fühlt es auch, denn er wird rot: „Warum hast du mir denn nicht mal geschrieben? Damals, als ich – als wir –"

„Aber Heinrich, du warst doch –"

Eine Weile schweigen sie beide. Er sucht sichtlich nach einer Brücke über eine peinliche Zeitspanne und wagt es noch nicht, seine anscheinend ehrliche Freude über das Wiedersehen dazu zu benutzen. Vielleicht, um ihn nicht weiter auf dieser Bahn gehen zu lassen, beginnt sie wieder zu sprechen und zu bekennen: „Ich war traurig die ersten Tage auf dem Schiff und glaubte schon, ich würde vor lauter Heimweh drüben gar nicht erst aussteigen können. Nun treffe ich dich hier. Da ist es mir plötzlich, als wären wir wieder in Bielefeld oder in Münster. Aber daß ich dich bisher nicht gesehen habe?" Sie schlägt die großen blauen Augen voll zu ihm auf.

Die Genugtuung darüber, daß ihm das Leben schon früh Chancen gab, verführt ihn zu einer unschuldigen Taktlosigkeit: „Ich fahre ja erster Klasse."

Jetzt erst läßt das Mädchen die Hände los, und es ist, als sehe es zum erstenmal eine wirkliche Kluft zwischen ihnen sich auftun, eine Kluft, die breit ist und tief und der ein kühler Hauch entströmt. Er merkt es sofort und mildert: „Das Billett habe ich von meinem Onkel geschickt bekommen, weil der Dampfer doch keine zweite Klasse hat."

Sie scheint auf irgend etwas zu warten. Es kommt aber nicht, und so wird die Schranke zwischen der ersten und dritten Klasse fester und höher und gestattet wohl nur noch Blicke hinüber und herüber. Er fühlt, so scheint es, er müsse nun etwas Entscheidendes sagen, und vielleicht ist es ihm auch ganz ernst damit, und es behindert ihn nur die Unsicherheit, es richtig zu fassen. Er sagt: „Ich würde dir so gern gönnen, die schönen Räume drüben in der Ersten zu sehen, aber das ist nicht erlaubt."

Doch dann hat er es gefunden. Und er ist wohl wirklich ein guter Junge und hat für die Jugendfreundin etwas übrig, denn er faßt erneut nach ihren Händen, schüttelt sie und verspricht: „Aber ich kann hierherkommen. Und wenn wir auch nicht zusammen essen können, so können wir uns doch jeden Tag hier treffen und uns stundenlang etwas erzählen."

Er sitzt wohl doch mehr in seiner Erfolgfreudigkeit als in der Liebe, sonst wäre er auf den Gedanken gekommen, daß er als Passagier der ersten Klasse sehr wohl mit ihr zusammen in der dritten Klasse essen könnte. Sie aber bemerkt es nicht, ihr ist, als habe er ihr mit seinen armen Worten schon ihren Anteil an der Glücksfülle verbrieft, die Amerika für die Menschen bereit hält. So glücklich schaut sie ihn an.

12

Ein Wiedersehen

Am Abend, als ich den Proviantsteward suche, um ihm einen Auftrag des Chiefkochs zu überbringen, und mich zu diesem Zweck in den Vorratsräumen im Hinterschiff aufhalte, wo ich ihn jedoch nicht finde, beobachte ich dafür den Matrosen William Stone, der hier nichts zu suchen hat, denn seine Wache ist längst um. Als er sich überzeugt hat, daß niemand in der Nähe ist, steigt er in den großen Laderaum hinab. Ohne Frage geht er auf verbotenen Wegen. Aber was kann er dort unten suchen? Mit der länglichen Kiste hängt es nicht zusammen, die steht im Vorschiff.

Es ist Dinnerstunde, also die geeignete Zeit, heimlich Gänge zu machen, und gerade im Bereich der dritten Klasse, da dort die Eßlust alle Menschen, die essen wollen, und alle, die Essen zuzubereiten oder zu bringen haben, voll beschäftigt. Gern würde ich dem Matrosen nachgehen, doch ich muß den dummen Proviantsteward suchen, der noch einige Bricks Speiseeis herausgeben soll.

Eine Stunde später treffe ich William Stone mit seinen Freunden auf der Back, sie haben wieder die Sargkiste vor. Bill prahlt, daß man es bis auf die Brücke hören muß, wie er dem Kerl schon hinter die Schliche kommen werde. Als ich mich nähere, schweigen sie, fangen auch nicht wieder von der Geschichte an, nachdem ich mich zu ihnen gesetzt habe. Das ärgert mich, und ich frage Bill, seit wann denn die Kiste im hinteren Laderaum stehe. Er sieht mich verbiestert an und tauscht dann einen Blick mit dem langen melancholischen MacPherson, der geheimnisvoll mit dem Kopf nickt. Worauf sich Bill Stone erhebt und mich auffordert mitzukommen. Vor dem Reservekohlenbunker bleibt er stehen, hier kommt kein Mensch vorbei, er hat mir also etwas Besonderes zu sagen.

Als er sich zu mir dreht, sehe ich, daß sein sonst so harmlos gutmütiges Gesicht verhalten zuckt und seine Augen mich drohend umfassen. Dann faßt mich auch seine mächtige rechte Hand am Oberarm, und er zischt: „Wo hast du mich gesehen? Was weißt du?“

„Ich sah, wie du heute abend in den hinteren Laderaum stiegst. Was hast du da zu suchen?“ Ich wollte es ruhig sagen, aber ich fühle, daß ich erregt werde.

„Hast du hinter mir her spioniert?“

„Das wäre meine Pflicht gewesen, aber ich hatte keine Zeit.“

Er läßt meinen Arm los, doch nun ist ohne Frage Bösartigkeit in seinen Augen. Er kommt ganz dicht an mich heran, hält sein Gesicht fast in meins hinein und droht:

„Wenn du ihn meldest, dann –“, und er macht eine Handbewegung, die bedeuten soll, daß etwas über Bord fliegt, ich also.

Ich mag nicht daran glauben, daß der rote Riese eine schlechte Tat ausführen kann, habe aber schon gemerkt, daß seine Intelligenz seiner Rechtlichkeit unterlegen ist und der Kerl somit imstande wäre, aus Dummheit eine Dummheit zu machen. „Ich werde weder dich noch ihn melden“, sage ich möglichst gleichgültig, „vorläufig wenigstens nicht. Weil ich nämlich noch nicht weißt, was du da unten gesucht hast, und den andern, von dem du redest, gar nicht kenne.“

Der Rote hat nicht folgen können, hat nur das Wort „vorläufig“ verstanden und dahinter die Gefahr neu heraufkommen sehen. Er entschließt sich, wieder brutal zu werden. Da packt mich der Zorn, und ich werde laut. „Das kommt von eurer verfluchten Heimlichkeit! Entweder wir sind Kameraden oder wir sind es nicht! Wenn ihr aber glaubt, ihr könnt dem Nightman auf der Nase herumtanzen, weil er auf diesem dirty Pott neu ist, so irrt ihr euch! Was habt ihr mit der Kiste vor?“

Zu meinem Erstaunen entspannt sich sein Gesicht nicht nur, es kommt auf ihm sogar ein Lächeln auf. Und dann spricht der Matrose, und es klingt fast erleichtert: „Die fokken Kiste, die geht dich einen Dreck an! Das heißt, ich meine, die geht dich soviel an wie uns. Du hast aber doch vom Achterschiff gesprochen?“

„Was hast du abends in der Freiwache im hinteren Laderaum zu suchen?“

Er überlegt, es ist anscheinend nicht leicht. Dann stemmt er seine beiden Arme rechts und links von mir gegen die eisernen Planken, so daß ich eingeschlossen bin, und sagt: „Mac hat recht, es ist besser, wenn so einer wie du mitmacht. Ich werde dir die ganze Verantwortung übergeben. Aber das sage ich dir, wenn ihm etwas passiert, dann siehst du die grüne Mary lebendig nicht!“ Er nimmt seine Arme zurück und fragt, und es klingt fast belanglos: „Können wir beide jetzt in den hinteren Laderaum gehen? Ich meine so, daß es nicht auffällt?“

Eine seltsame Frage. Ich kann da zwar hineingehen, aber

auch nur zu bestimmten Zeiten, und dann allein. Da ich aber weiß, der Alte und der Erste sind im Speisesaal, der Proviantsteward liegt mit Leibschneiden in der Koje, der Zweite und Dritte sind auf der Brücke, besteht keine Gefahr, ausgefragt zu werden, was ich um diese Stunde mit einem Matrosen im Laderaum zu suchen habe.

Bill Stone knipst eine elektrische Laterne an und geht zwischen den Frachtstücken durch den ganzen Laderaum bis fast ans Heck des Schiffes, ich sehe an seiner Sicherheit, daß er diesen Weg schon öfter gemacht hat. In der Eisenwand des schulterhohen Wellentunnels ist eine kleine Tür, ganz nach hinten zu, dicht beim sogenannten Wellenrezeß. Der Matrose macht sie auf und leuchtet hinein, ruft auch leise etwas. Und dann kommt nach einer guten Minute ein Kopf aus dem Türloch, ein von Öl und Schmiere verklebtes und verschmutztes Gesicht unter einer klebrigen Mütze. Bill Stone hält seine Laterne dicht vor dieses Gesicht, und ich erkenne, wem es gehört: dem Preester. Als ich herantrete, erschrickt der Eingeschlossene und duckt sich. Ich finde vor Überraschung kein Wort, das hier zu sagen wäre. Bill nimmt es mir ab. Er deutet auf mich und flüstert in den Tunnel hinein: „Er hat mich hier gesehen. Es ist auch besser so. Von heut ab wird er dir abends das Essen bringen, ihm spioniert keiner nach!“

Der Mann im Wellentunnel antwortet nicht, taucht auch nicht wieder auf. „Er traut dir nicht“, sagt der Matrose, nun zu mir gewendet, „du hast ihm wohl mal schlimme Sachen erzählt von dir?“

Ich nehme Bill die Laterne ab und leuchte in den Wellentunnel. Da sehe ich nur die dicke Stahlwelle, die auf mächtigen Klötzen liegt und sich mit vibrierendem Brummton rasch dreht. Unten in dem Tunnel ist an der Seite etwas wie ein Gehsteig, daneben eine Rinne, in der Öl zittert. Stehen kann ein Mensch in diesem Tunnel nicht, sitzen auch nicht, wenn er liegen will, muß er sich in die Ölrinne legen. Die Luft riecht widerlich süß nach warmem, ranzigem Schmieröl, es ist mir unfaßlich, daß hier ein Mensch schon drei Tage und drei Nächte zugebracht haben soll und weitere sechs, sieben Tage verbringen will. „Ich komme morgen früh wieder“, rufe ich leise in den Tunnel hinein, „ich werde zusehen, daß ich es Ihnen bequemer machen kann." Darauf mache ich die Tür zu; ich habe plötzlich das Gefühl, eine ungeheure Verantwortung übernommen zu haben, und will meine Aufgabe nicht gefährden. Zunächst muß ich wissen, wie der Preester in den Wellentunnel gekommen ist und wer noch alles von der Sache weiß.

Als wir wieder im Vorschiff sind, bin ich aufgeklärt. Bill und Mac haben sich an dem Abschiedsabend von dem Preester breitschlagen lassen und ihm und den Damen schließlich ihr Wort gegeben, ihn aufs Schiff und nach Amerika zu schmuggeln. Mitwisser ist noch ein Maschinist, ein Deutschamerikaner, der den Wellentunnel öfter kontrolliert und vom Maschinenraum aus einsteigt. Gefüttert werde der blinde Passagier von ihnen abwechselnd. Angst hätten sie nur vor mir gehabt, das heißt, erst seit gestern, nachdem der Preester von Bill erfahren hatte, daß ich an Bord bin.

„Aber wie wollt ihr ihn denn in New York von Bord schaffen."

Der Matrose lacht breit. „Das ist nicht der erste, dem wir geholfen haben, ein Bürger der Staaten zu werden!"

Heute morgen, als der Erste guter Laune ist, denn er schäkert mit dem Chiefsteward, überwinde ich mich und frage ihn, ob ich mir das ganze Schiff nach und nach ansehen könne, es sei das erste rein amerikanische Schiff, mit dem ich führe, und ich fände alles so wundervoll praktisch eingerichtet. Er stutzt einen Augenblick, gibt mir dann aber großmütig die Erlaubnis. Und nun werde ich von diesem mir gegebenen Recht allen erzählen, den Köchen, Stewards und Matrosen, und kann dann, ohne Aufsehen zu machen, auch in den hinteren Laderäumen herumkriechen. Als ich die Tür zum Tunnel aufmache und leise „Preester, Preester!" rufe, höre ich zunächst nur das Ssssss und Flrrrrrrr der Welle, das Zittern der eisernen Wände, das Stampfen des Schiffsbodens und das Mahlen der Schrauben. Dann dringt es an mein Ohr, unmittelbar vor mir, unter mir mehr, eine Grabesstimme: „Bist du es, Hermann, mein Rabe?" Ich atme befreit auf, also hat ihn die furchtbare Lage noch nicht untergekriegt. Dann taucht, wie ein

Dämon der Tiefe, das verschmierte Gesicht auf, aus dem im Schein meiner Laterne die Augen richtig leuchten, und schließlich schiebt sich eine schwarze klebrige Hand durch das Einsteigloch.

Ich drücke diese Hand herzlich, ich bin wirklich ergriffen von der Tragikomödie vor mir. Aber da sagt dieser unmögliche Mensch: „Wollen Sie nicht ein wenig näher treten?“ und schwenkt einladend die Hand.

„Wie konnten Sie bloß annehmen, ich würde Sie in solcher Situation im Stich lassen, Mensch?“ frage ich, obwohl das überflüssig ist.

„Das sagte ich Ihnen bereits dort im Hafen: aus Haß eurer Klasse auf den Gebildeten!“

„So. Und Bill und Mac und der Maschinist?“

„Das sind Amerikaner, Sir!“

„So glauben Sie noch immer, daß die Masse in Amerika besser ist, anständiger als die in Deutschland?“ Ich fühle, der Kerl bringt mich schon wieder auf.

„Sie sagen es, Mister! Diese ehrenwerten Matrosen riskieren Kopf und Kragen, um einem fremden Menschen zu helfen; Sie aber, ein Landsmann, riskierten nicht einmal die zehn Dollar für ein Visum! Aber ich grolle Ihnen nicht, ich freue mich, daß es auch so geht!“

Ich gebe ihm eine Tüte mit einem kalten Kotelett, Butterbroten, drei zerteilten Orangen und eine Thermosflasche mit Kaffee. Er beginnt mit großem Appetit zu essen, und es ist erschütternd zu sehen, wie der Selbsterhaltungstrieb der Kreatur die schmutzige, öltriefende Hülle durchstößt, sie überhaupt nicht mehr erkennt. Am meisten Freude habe ich ihm mit dem heißen Kaffee gemacht, er bekennt es offen.

„Daran hat der gute Bill nicht gedacht, das haben Sie gut gemacht!“

„Wenigstens etwas.“

Er hält mit dem Futtern inne und blickt auf, wobei das Weiße seiner Augen aus dem Schornsteinfegergesicht förmlich strahlt. „Etwas Gutes ist auch an unseren Proletariern, Mann! Es ist sogar sehr viel an ihnen dran, aber nur an den einzelnen Individuen. Wenn sie als Masse auftreten –“

Ich habe mich ein paarmal prüfend umgesehen, sein Gefasel interessiert mich jetzt nicht, es ist nicht ratsam, hier länger zu bleiben. Der Preester deutet mein Gehabe richtig, aber er verkennt unsere Lage ganz. Sonst könnte er nun nicht spöttisch fragen: „Haben Sie Angst?"

Was macht man nur mit solchem Kerl? Das Bild des Elends da vor mir läßt nicht zu, daß ich hart oder auch nur grob zu ihm bin. So sage ich denn, ohne es eigentlich zu wollen: „Um mich nicht, aber um Sie, Menschenskind!"

Er lacht, er kann ungeniert und geradezu herzlich lachen. Laut sogar. Ich fasse die Tür und will sie zudrücken. Da stemmt er sich von innen dagegen und bittet: „Aber Hermann, mein Rabe, es ist doch nicht bös gemeint! Natürlich haben Sie nur Angst um mich! Aber bleiben Sie noch ein bißchen hier, Bill blieb auch immer da."

Ich lasse die Tür los, und er macht sie auf. „Sehen Sie", sagt er, und nun ganz leise, „sehen Sie, das liebe, gute, goldige, deutsche Herz, da kommt es doch wieder durch. Ich glaube also wirklich, daß Sie höchstens noch Angst um uns haben. Aber vor wem, Mann, vor wem? Diese Amerikaner sind andere Menschen als wir, das habe ich nun erfahren."

„Sie sind ein Kindskopf", antworte ich und muß lächeln, „weil da ein paar Matrosen aus Gott weiß was für Gründen Ihnen geholfen haben, an Bord zu kommen, sind alle Amerikaner Edelinge, was? Oder bezieht sich Ihr Vertrauen nur auf die Masse in Amerika, nicht auf die Menschen der sogenannten oberen Schichten?"

Er kommt mit seinem Oberkörper ziemlich weit aus der Türöffnung heraus. „Auf alle Amerikaner, auf alle! Seit heute morgen, Sir! Da kam nämlich heute früh ein Mann in meine Höhle, von der andern Seite her. Ich denke natürlich, es ist der Maschinist, der Deutschamerikaner, und bleibe ruhig in meinem Ölbett. Sie glauben gar nicht, wie weich und warm es sich in der Ölrinne liegt, es ist angenehmer als ein Daunenbett. Wollen wir mal ein paar Nächte tauschen, Landsmann? Wenn ihr wüßtet, was alles angenehm ist in der Welt und dabei billig zu haben, ihr würdet gar nicht so gieprig auf die abgesessenen Plüschgarnituren eurer Arbeitgeber sehen."

Ich fasse die Tür wieder und ziehe sie heran. Er lacht,

aber ich merke nun doch, er ist heute nicht gehässig, er ist erfreut über die Abwechslung und nutzt sie auf seine Art, indem er mich hochzubringen versucht. Nun legt er die schmierige Pfote gar auf meinen weißen Rockärmel, was aus einem Überfluß an Temperament geschehen kann, aber auch aus Bösartigkeit. Ich mache wohl ein unwilliges Gesicht und ziehe den Arm zurück, denn ich bin kleinlich genug zu bedenken: Wo soll ich einen neuen weißen Rock hernehmen? Da sagt der Kerl: „Sie müssen die Flecke als Tressen ansehen, als Auszeichnung für kameradschaftliche Bewährung. Dann vergolden sie sich von selbst! Im Himmel wird sowieso der größte irdische Dreck am höchsten bewertet!"

Nun habe ich aber wirklich genug und trete einen Schritt zurück. Da macht er Miene, herauszuklettern. Sofort bin ich wieder heran und fauche ihn an: „Sind Sie verrückt, Mensch? Wollen Sie sich wirklich verraten?"

„Weil ich da durchklettern will? Ja, meinen Sie denn, das wäre das erstemal? Wo soll ich denn hin, wenn ich raus muß? Glauben Sie, ich kann das in meinem Palais abmachen? Da würde ich mich doch erst recht verraten. Nein, nein, wenn Sie Bill nun schon ablösen wollen, dann müssen Sie mir nicht nur meine Atzung bringen, dann müssen Sie auch das Gegenteil immer mitnehmen. Da, da steht ein Kistchen mit Mehl, prima weißes Weizenmehl, das hat Bill sich so ausgedacht." Und er zeigt hinter eine riesige Überseekiste.

Wenn der Kerl unentdeckt nach Amerika kommt, möchte ich den berühmten Besen aufessen. Aber dann muß ich lachen, ein Gedanke blitzt mir durch den Kopf, er hat mit meinem Amt und seiner Bezeichnung zu tun: Nightman. So bin ich nun also wirklich das geworden, was der gehässige Steward mir vor zwei Tagen als den echten englischen Sinn des Wortes verdeutscht hat: Abtritträumer. Bin es noch nicht geworden, fühle aber, daß ich es werden muß, will ich den Kerl nicht verlorengehen lassen. Will es freiwillig werden, sogar gegen meine Dienstvorschrift und gegen alle britische Ansicht und amerikanische Autorität.

Mit Behagen hat der Mann im fahlen Schimmer der abgeblendeten Laterne zugesehen, wie ich mit mir kämpfte, und hat wohl auch erfaßt, um was es dabei ging. Denn nun sagt er gar: „Den kleinen Kasten müssen Sie über die Reling kippen, das Meer ist wie die Ewigkeit, die schluckt auch jeden Dreck. Den Kasten aber müssen Sie immer wieder mitbringen, halb gefüllt mit Weizenmehl. Gibt es eine überirdische Gerechtigkeit, und es gibt eine, dann wird Ihnen einmal die gleiche Menge reines Gold dafür in Ihren Schatzkasten fallen."

Und um uns und über uns lärmt mit fünfzehnhundert Menschen das Schiff. Es ist unverantwortlich von mir. Ich fasse wieder die Tür. Da bittet er: „Zumachen ja, aber nicht einklinken. Ich kann sonst nicht hinaus!"

Da mache ich sie wieder auf. „Sagen Sie mir nur, Mensch, was machen Sie denn bloß in dieser finsteren, zitternden und stinkenden Höhle den ganzen Tag?"

„Ich denke!"

„Immerzu?"

„Wenn ich gerade nicht schlafe, ja!"

„Und die kreischende, pfeifende Welle?"

„Ach, das bißchen Stahl? Da kreisen ganz andere Gebilde, lieber Freund. Beispielsweise die Erde, auf der Sie stehen. Stört Sie das? Nein, obwohl Sie nicht einmal denken!"

„Was war heute morgen nun los, als da ein anderer Mann in den Tunnel kam?"

Er tut, als müsse er sich erst besinnen. „Ach, da war gar nichts los. Ich richte mich in meinem Ölbett auf und will gerade meinem guten Kerkermeister einen Morgengruß zuflüstern, da fühle ich am Rhythmus der Schritte, den mir die Ölgosse übermittelt, daß dies nicht mein Maschinist sein kann. Ich drücke mich also blitzschnell wieder in die Rinne. Der Mann untersucht die Lager, es war wohl so etwas wie ein Ingenieur. Da er auffallend lange an dem Klotz da neben meinen Füßen stehenblieb und eine helle Laterne hatte, muß ich annehmen, daß er mich gesehen hat. Vielleicht ist er auch nur zu diesem Zweck gekommen, denn an den Lagern hat er sich verdammt wenig zu schaffen gemacht. Er ging dann wieder, und als ich hinterherkroch, hörte ich, wie er an der Tür zum Maschinensaal mit meinem Maschinisten sprach. Was, habe ich allerdings nicht verstanden. Er hat sich sicher den seltsamen Reisenden nur mal ansehen wollen."

So ist also noch ein Mitwisser mehr vorhanden. Da man den Preester aber nicht gleich darauf geholt hat, mag es sein, daß sie ihn wirklich schonen wollen.

Ich verspreche dem Preester, am Abend, in der Dinnerzeit oder kurz nachher, wiederzukommen, und beschwöre ihn, keine Dummheiten zu machen. Und frage ihn, ob er irgendeinen besonderen Wunsch hat, den ich ihm erfüllen kann.

„Ich wußte es ja", lacht er da, „ich wußte es, als Bill Sie zu mir brachte. Sie müssen nämlich wissen, ich traute Ihnen nicht. Weil Sie mich da in der Kneipe zu sehr die Überlegenheit Ihrer durch den Besitz einiger Dollars gesicherten Position fühlen ließen. Das tun immer die Leute gern, die von der geistigen Armut bedrückt sind. Jetzt ist das ja ausgeglichen, jetzt ist mein geistiger Reichtum im Dreck eines Schraubentunnels ertrunken, und Ihre geistige Armut hat sich in eine schmucke weiße Uniform gekleidet, so daß sie für weniger scharfe Augen, als meine es sind, schon als geistiger Besitz gelten kann. Ja, in Ihren eigenen Augen stehen Sie vielleicht gar schon als geistig Kommandierender da. Ich kann Ihnen also vertrauen."

„Shut up!" Ich mache die Tür zu, ohne sie einzuklinken, und entferne mich. Er stößt sie wieder auf.

„Mister, Sie haben mich nach einem Wunsch gefragt. Ich habe einen, und er kostet Sie wenig: Ich möchte so gern einen Sternenhimmel überm Ozean sehen, einmal einen Sternenhimmel!"

13

Ein Rundgang

Die Zahl der Menschen, die plastisch aus ihren Verhältnissen heraustreten und mich in den langen Nächten beschäftigen, wächst mit jedem Tag. Es sind reizvolle Verhältnisse. Und obwohl ich fühle, daß manche neuartig und von großer Spannung gerade in jenen Teilen sind, in denen sie noch das Dunkel umhüllt, tue ich nichts, um durch Fragen mehr zu erfahren. Ich bin kein Detektiv, ich bin kein stoffhungriger Schriftsteller, ich bin nur ein einfacher Wachmann, dem es nicht zusteht, neugierig zu sein. Der aber dafür, daß er die dunkle Seite des Tages durchwandert, in der Lage ist, Menschen und Schicksalen nicht nachgehen zu brauchen, da sie auf ihn zukommen. Denn in der Nacht schlafen ja nur die Masken der Menschen und Dinge, der wahre Inhalt geht umher und zeigt sein Gesicht. Dieses Gesicht aber würde erschrecken und wieder zur Maske werden, träte man ihm neugierig spürend zu nahe. O nein, ich werde ein wirklicher Nachtmann sein, ein Ding lediglich, das zu diesem Schiffe gehört und automatisch anschlägt, wenn es Gefahr sieht. Sonst aber werde ich undeutlich sein wie das Halbdunkel der Gänge und Räume, die ich zu durchwandern habe.

Der König unserer Reisenden ist zweifellos Mr. Springfield, ein Vollblutamerikaner. Sofern es derartiges geben sollte. Mr. Springfield ist der Direktor einer der größten Schiffswerften, kommt aus Europa zurück und scheint gute Geschäfte gemacht zu haben. Denn so viel habe ich nun schon gelernt, daß ich die berufliche gute und liebenswürdige Laune des Busineßmannes von dieser wirklichen guten Stimmung Mr. Springfields unterscheiden kann.

Er muß in Europa allerhand vorgehabt haben. Gehören doch zu seiner Begleitung eine Art Unterdirektor seiner Werft, ein noch etwas geringerer Angestellter, eine ältliche Sekretärin und ein Fahrer oder Diener. Sie alle läßt Mr. Springfield erster Klasse fahren. An seinem Tisch jedoch im Speisesaal nimmt nur gelegentlich der Unterdirektor Platz. Dafür sitzt dort stets eine junge amerikanische Dame, die mir mein Gönner, der Steward Schönberg, als des Millionärs Tochter bezeichnete.

So sieht also ein amerikanischer Millionär aus. Ich muß ihn ansehen, denn Mr. Springfield kann von keinem übersehen werden. Schon nicht, weil alle Männer dieses Schiffes, vom Kapitän bis zum letzten Steward, ihn am Tag zwanzigmal mit einer Art Ehrerbietung begrüßen, und dann nicht, weil Mr. Springfield für jeden Passagier, der ihn grüßt, ein freundliches Wort, einen Schlag auf die Achsel und auch eine Zigarette übrig hat. Das verlockt Naive zu gewissen Hoffnungen, denn mitunter, besonders in der Bar, in der es nur alkoholfreie Drinks gibt, oder im Rauchsalon versucht ein Mitreisender der ersten Klasse Mr. Springfield in ein geschäftliches Gespräch zu verwickeln. Sooft ich auch vorbeikam, immer erwischte ich einen Augenblick, in dem der begehrte Mann aufmerksam zuhörte, immer aber auch den folgenden Augenblick, in dem er mit einer reizenden Natürlichkeit und Bonhomie den Vorschlag ablehnte. Er wurde auch nicht müde, den Damen der ersten Klasse ohne Unterschied des Alters und der Kleidung Liebenswürdigkeiten zu erweisen. Ein ganz großer Dollarmann ist er aber wohl doch nicht, ich meine, einer von den ganz Reichen. Sonst würde er nicht mit unserem Kasten fahren, der immerhin acht bis zehn Tage braucht, er würde einen Steamer nehmen, der dicker ist und es in fünf oder sechs Tagen schafft.

Wenn die Reihe der Vorzüge Mr. Springfields also eine Lücke aufweisen sollte, so wird sie von seiner Tochter ausgefüllt. Miss Ethel Springfield ist zwar, wie mir Schönberg erzählt, fünfundzwanzig Jahre alt, sieht aber aus, als wäre sie soeben siebzehn geworden. Die Kleider, die sie trägt, sind sicher ganz neu aus Paris und der Schmuck aus Amsterdam oder London. In den vier Tagen habe ich sie eigentlich nie in dem gleichen Kleide gesehen, und an Ketten und Ringen scheint sie ebenfalls ein ganzes Arsenal mit sich zu führen. Dennoch wirkt sie nie überladen: Es wird eben ein Reichtum zur Schau gestellt, der nicht protzig ist. Aber zur Schau gestellt wird er, das muß wohl so sein!

Miss Ethel Springfield wäre zweifellos die am meisten bewunderte Dame an Bord, hätte sie nicht in meiner französischen Prinzessin eine so schwer zu schlagende Konkurrenz gefunden. Heute vormittag standen die beiden Damen zufällig auf dem Sonnendeck nebeneinander. Bisher war es mir immer vorgekommen, als hätte jedenfalls die Prinzessin die Nähe der andern vermieden. Ich hatte mit dem Logbuch vom Chiefingenieur zum Kapitän zu gehen, sah, daß mir noch zehn Minuten Zeit verblieben, und vertrödelte sie auf dem Sonnendeck in der Nähe der beiden Frauen.

Ohne Frage war meine Französin die Vornehmere. Ich gehe jede Wette ein: Eine Marguerite Charpentier gibt es nicht. Das ist ein Phantom, eine papierne Hülle für ein seltenes und kostbares Geschöpf. Wie sie dastand und übers Meer schaute! Ich bemerkte, daß auch sie des öfteren ihre Garderobe wechselte. Aber immer bleibt ihr diese bis zur äußersten Grenze getriebene Einfachheit eigen. Eine Einfachheit, die keiner zweiten Frau so stehen würde wie dieser. Die bei jeder andern wohl den Eindruck der Ärmlichkeit hervorrufen könnte.

Es war heute vormittag warm und das Meer bewegt. Aber zu sehen war auf dem Wasser nichts, kein Dampfer begegnete uns, es sprangen keine Fische. Was mochte die wunderbare Dame da sehen, daß sie wie starr hinausblickte?

Miss Ethel Springfield hatte auch aufs Meer gesehen, aber zwischendurch ihren Blick über die faszinierende Fremde gleiten lassen. Ich erkannte, sie überlegte eine Anrede und ging etwas näher heran. Es wurde nichts, denn in diesem Augenblick nahte von der anderen Seite der aufdringliche englische Journalist und trat, als wäre er in dieser Szene einer schweigenden Unterhaltung der erwartete Teilnehmer, in die kleine Lücke zwischen den beiden Damen. Betont freundschaftlich begrüßte er die Millionärstochter, so, als wären sie beide zusammen auf dem gleichen College gewesen, und sie nahm es auch ebenso selbstverständlich hin. Wahrscheinlich hatte er diese Begrüßung aber nur als Einleitung benutzen wollen und sie, im Zaum gehalten von der Unnahbarkeit der andern, wohl ein wenig zu lange ausgedehnt. Denn da er sich nun der Französin zuwendete und, wie ich sah, Miene machte, zu einer zweiten Begrüßung auszuholen, kehrte meine Prinzessin sich ab und verschwand langsam und majestätisch vom Sonnendeck.

Die beiden schauten ihr verwundert nach. Und nun konnte Miss Ethel etwas laut sagen, was mich empörte und in mir einen Stachel zurückließ. Sie sagte: „Wenn sie ihre Vornehmheit nicht so unvornehm zur Schau stellte, könnte man sie wirklich für eine vornehme Dame halten. So aber wird sie wohl doch nur Mademoiselle Charpentier sein.

Schauspielerin oder so etwas.“ Und nachdem sie ihren Groll in dieser Weise losgeworden war, zu dem Engländer: „Ich denke, Sie sind Reporter. Wären Sie von einer amerikanischen Zeitung, wüßten Sie schon seit zwei Tagen, was hinter dieser Maske steckt. Aber ihr Engländer seid langweilig.“

Es war so, wie ich vermutete. Der Kerl hatte die Amerikanerin nur benutzt, um sich erneut an die Französin heranpirschen zu können. Nun ihm das nicht geglückt war, schien er das Interesse an Miss Springfield verloren zu haben. Er hielt es jedenfalls nicht einmal für notwendig, sich gegen ihren Vorwurf zu verteidigen. Dafür begann er ein fades Gespräch über einen Londoner Seasonklatsch.

Die beiden aus Bielefeld habe ich nun schon zweimal zusammen gesehen. Einmal saßen sie im Lesesaal der dritten Klasse, und das andere Mal standen sie in der Dämmerung auf dem Hospitaldeck allein. Herr Dr. Menzel war inzwischen unternehmungslustig geworden und hatte es gewagt, auf dem Weg über den Vierten Offizier die Reisende aus der dritten Klasse auf das Hospitaldeck zu bringen.

Da standen sie nun dicht nebeneinander und schauten über das Heck des Schiffes nach Osten. Ein Seelendeuter hätte in der Wahl dieser Himmelsrichtung ein bedenkliches Zeichen erblicken können, denn sie sahen ja eigentlich nach Europa, nach der Vergangenheit hin, und ohne Zweifel waren ihre Herzen und Hirne doch erfüllt mit Gedanken und Gefühlen zukünftiger Tage. Hatte ich doch gehört, wie der junge Mann, dem alle Tore der neuen Welt offenzustehen schienen, beteuerte: „Sobald ich festen Fuß gefaßt habe, schreibe ich dir nach Yonkers, und du kommst nach Detroit.“ Vielleicht ist es für sie beide so beschlossen, daß sie das Glück eines gemeinsamen Lebens erst in der Ferne finden sollen. Man sage nichts gegen die Biederkeit deutscher Empfindungen. Sie mögen störend wirken für die rasche Karriere, aber ich freue mich schon, daß Herr Dr. Menzel nicht beflissen ist, sie so rasch gegen das amerikanische Wesen einzutauschen. Ich werde drüben auch noch etwas warten, bevor ich mir einen amerikanischen Hut, einen amerikanischen Kragen und eine amerikanische Hose kaufe.

Gestern am späten Abend erlebte ich etwas Ungewöhnliches und Aufregendes: Ich weiß nicht, was mich veranlaßte, meinen üblichen Rundgang durch das Schiff in einer anderen als der vorgeschriebenen Tour zu machen. Es mochte elf Uhr sein, und ich hatte nun eigentlich durch die dritte Klasse zu gehen, befand mich aber im Laderaum des Vorschiffes, wo ich erst in zwei Stunden hingehörte. Da trat mir dort ganz unvermutet der Erste Offizier entgegen. Ich erschrak. Er schien auch zu erschrecken, denn es dauerte eine ganze Weile, bis er mich anschrie, was ich um diese Zeit hier zu suchen hätte, und mich hinauswies.

Nun war das durchaus in der Ordnung, ich hatte um diese Zeit Dienst in der dritten Klasse. Aber das beantwortete nicht die Frage, was der Erste Offizier eines solchen Schiffes nachts um elf Uhr im Laderaum des Vorschiffes zu suchen habe. Wäre es der Kapitän gewesen oder der Chiefingenieur, ich hätte mich nicht gewundert. Auch nicht, hätte ich den Dritten oder Vierten Offizier angetroffen. Aber der Erste? Der Erste Offizier eines Schiffes ist in seiner Einbildung immer mehr als alle andern zusammen. Und wenn er etwas im Laderaum zu untersuchen gehabt hätte, so würde er unter normalen Umständen niemals seinen Fuß selbst dorthin gesetzt haben. Außerdem hatte er mir ja die Erlaubnis gegeben, das ganze Schiff betreten zu dürfen. Er ist doch ein Ekel.

Als ich um drei Uhr nachts wieder den Laderaum passiere, fällt mein Blick auf die große längliche Kiste, die wir im Hafen an Bord genommen haben, und ein kühles Gefühl schleicht mir über den Rücken. Ich hatte diese Kiste nun zwar jeden Tag gesehen, mir jedoch nichts dabei gedacht; nun fühle ich zum erstenmal, daß in dieser Kiste ein Sarg steht und in diesem Sarge ein toter Mensch liegt. Und ich erschrecke so, daß ich stehenbleibe, als mir bewußt wird: Mr. Wilkinson ist vor vier Stunden von dieser Kiste her auf mich zugekommen.

Ich kann nicht anders, ich muß in die Messe der Mannschaft gehen und sehen, ob sie etwas zu trinken haben. Von meinen näheren Bekannten sind Bill und Mac da. Sie haben Wachepause. Ich biete ihnen für einen Whisky eine große Neuigkeit an. Und wenn ich es, das fühle ich in diesem Augenblick, auch nur sage, um einen Spaß mit ihnen zu machen, so treibt mich doch auch ein anderes, noch ungeklärtes Gefühl dazu. „Bill", sage ich, „weißt du, wen ich heute nacht im Laderaum da vorn getroffen habe?"

„Doch nicht den Kerl vom Achterschiff?" ruft Bill erschrocken.

„Nein, aber Mr. Wilkinson, unseren Ersten. Und weißt du, aus welcher Ecke er auf mich zukam?" Mac springt auf und greift in meinen weißen Rock.

„Ich weiß es, aus der Ecke, wo die Kiste mit dem Sarg steht, nicht?" Ich nicke. Da ist auch Bill an mich herangetreten. „Nachts, sagst du, war er da unten?"

Mac bringt seine volle Überlegenheit an: „Glaubst du nun, daß da etwas geschehen ist? Nun treibt den Kerl das schlechte Gewissen umher. Wir müssen zum Kapitän gehen."

Aber Bill schüttelt den Kopf. „Nein, Mac, der Kapitän ist vielleicht mit im Bunde. Dann bringen sie uns um die Belohnung."

„Was denn für eine Belohnung, Bill?" frage ich.

Doch Mac beugt sich zu uns vor, legt seine linke Hand mir um den Nacken, seine rechte um Bill und zieht uns so zusammen. „Die Sache ist jetzt klar. Alle meine Schlüsse treffen zu. Der Hundesohn, unser Erster, der hat diesen Mr. Brown in Europa umbringen lassen, um die Witwe heiraten zu können. Und nun treibt ihn das böse Gewissen nachts an den Sarg." Und seine Augen, die wohl Empörung und Erregung sprühen sollen, ertrinken in einer Traurigkeit, die den Kummer der ganzen Welt umfaßt.

Da kommen Joe, Jack und Dick polternd die Treppe herunter, und wir fahren auseinander. Zu meiner Überraschung sagt Bill laut: „Das beste ist, wir ziehen die drei mit ins Vertrauen. Geschehen muß etwas. Hier ist eine Chance, Geld zu machen."

Es wird nichts mit der Verschwörung, die drei Neuen finden Macs finsteren Verdacht vergnüglich, denn sie kennen seinen Detektivfimmel. Aber auch die geheimnisvollen Andeutungen, die Bill macht und die nach einer anderen Richtung als nach Mord und dergleichen zu zielen scheinen, werden von den Matrosen nicht ernst genommen, so daß er sie mit der Feststellung: „Wer nicht mitmacht, hat auch keinen Anteil!“ ausdrücklich von der Verteilung seiner imaginären Beute ausschließt. Worauf er sich an mich wendet und fragt, was ich von der Geschichte halte.

Ich nehme ihn beiseite und flüstere ihm meinen Wunsch zu, eine alte Maschinistenhose und ein altes blaues Jackett zu bekommen, ich wolle dem Mann im Wellentunnel einen Wunsch erfüllen und ihm nachts einen kleinen Aufenthalt auf dem Achterdeck verschaffen. „Wenn er dabei mal gesehen wird, so hält man ihn für einen Heizer, der Luft schnappen will. Das ist zwar verboten, aber wenn ich dabei bin, werde ich den Anranzer kriegen, und er kann wieder nach unten verschwinden.“

Bill findet das großartig und verspricht, mir die Sachen sogleich zu geben. Und hat, als er sie mir bringt, nur noch zu sagen: „Paß auf, daß er keine Ölstapfen macht. Ich hab darum noch ein paar alte Latschen mitgebracht. Und laß ihn nicht allein an Deck gehen, hörst du? Wo wollt ihr euch denn aufhalten?“

Ich schlage das Hospitaldeck vor, hinter dem Rettungsboot. Das findet er gut, und heute, also beim erstenmal, will er unten vor dem Aufgang Wache stehen und pfeifen, wenn etwas nicht in Ordnung ist. „Paß auf, so werde ich pfeifen!“ Und er pfeift, als schreie eine Möwe.

Da fällt mir ein, daß uns der Möwenschrei gerade verraten kann, denn wo soll eine Möwe herkommen, mitten auf dem Ozean? Bill meint zwar, die Idioten würden nicht so weit denken, macht mir dann aber einen anderen Pfiff vor und fragt, für was ich das halte.

„Es kann der Wind sein, der in den Stagen pfeift“, antworte ich.

„Dann ist es ja gut“, lacht der Rote. „Ich meinerseits mache so immer das Quietschen von Eisentüren nach, die nicht geschmiert sind. Damit ärgere ich die Maschinisten, die sofort mit der Ölkanne ankommen.“

14

Der bestirnte Himmel und das moralische Gesetz

Es beginnt mit einer Niederlage für mich. Als ich kurz nach Mitternacht die Tür zum Tunnel öffne und leise an das Eisen klopfe, ist fast im gleichen Augenblick der Preester da. „Ich habe gewartet", flüstert er, „ich wußte, daß Sie kommen würden." Hinter seiner Kiste zieht er sich hastig um, es ist, als könne er nicht rasch genug nach oben kommen.

Niemand beachtet uns, und wir sehen niemand. Den einen Steward der dritten Klasse, der scheu hinter einem Rettungsboot hervorsieht, zähle ich nicht, er hat zuviel mit sich und einer Gefährtin zu tun. Auch Bill rechnet nicht, der Preester hat ihn nicht bemerkt, als wir dicht an ihm vorübergehen, und Bill hat den Finger auf den Mund gelegt.

Die Nacht ist wie ein Bett aus Daunen in einem schwarzen Seidenbezug, der mit roten Punkten bestickt ist: hell und dunkel, warm und kühl zugleich, anheimelnd und warnend, still und voller Stimmen. Dabei stehen die weißen Sterne groß an einem Himmel, dessen dunkles Blau man erkennen kann, und werfen auf das leicht gekräuselte Wasser aus Strahlen, Querlinien und Punkten ein glitzerndes Netz, das in seinem Leuchten nach der Peripherie hin nachläßt und dessen Mittelpunkt immer unser Schiff ist. Wie ein glühender Speer auf einem schwarzen Schaft ragt der Streifen des Kielwassers aus der Weite des Weltmeeres in dieses Netz hinein und bohrt sich in das Heck des Dampfers. Auch die Stille ist bewegt, als mühe sie sich, wahrnehmbar zu sein. Und es ist doch nur das Wasserwühlen der Schiffsschraube, das wir hören, und ein feines Klingen in den Stagen und Antennen, als würden ferne Geigen begleitet von noch ferneren Kesselpauken.

Der sonst so redewillige Preester spricht auch nicht, als er sich auf meine Handbewegung hin gesetzt hat. Er lehnt den Rücken gegen das Boot und den Kopf weit zurück und sieht unverwandt steilauf den Himmel an.

Ich habe mich so weit an das Dunkel der Nacht gewöhnt, daß ich sein Gesicht erkennen kann und feststellen muß, es ist glatt und ruhig und paßt seltsam genau zu dem veränderten Wesen des Mannes. So wird er, sage ich mir, ausgesehen haben, als er aus dem Kriege kam und in den Frieden tauchte wie heute in die Sternennacht. Wo aber lagen wohl die Glasscherben und Granatsplitter, an denen diese Seele und dieser Geist sich bis zu fieberhaften Entzündungen wundgerieben haben?

Er lehnt den Kopf wieder zurück, sieht in den Himmel und beginnt mit leiser, aber bewegter Stimme, mehr an ein Wesenloses gerichtet: „Zwei Dinge erfüllen das Gemüt mit immer neuer und zunehmender Bewunderung und Ehrfurcht, je öfter und anhaltender sich das Nachdenken damit beschäftigt: der bestirnte Himmel über mir und das moralische Gesetz in mir!"

Er schweigt, und es ist, als lausche er auf eine Antwort. Als sie nicht kommt oder als er sie, unhörbar meinem Ohr, vernommen hat, fährt er, gleichsam erklärend, fort: „Der erste Anblick einer zahllosen Weltenmenge vernichtet gleichsam meine Wichtigkeit als eines Geschöpfes, das die Materie, daraus es ward, dem Planeten, einem bloßen Punkt im Weltall, wieder zurückgeben muß. Der zweite erhebt dagegen meinen Wert, als einer Intelligenz, unendlich durch meine Persönlichkeit, in welcher das moralische Gesetz ein von der ganzen Sinnenwelt unabhängiges Leben offenbart."

Wieder schweigt er eine Weile und wartet. Dann wendet er den Kopf zu mir und sagt: „Das waren zwei der größten Erkenntnisse des Menschengeschlechts."

Ich blicke auf ihn hernieder. Er lächelt mich an und sagt: „Damit Sie nicht glauben, sie seien von mir, sage ich ausdrücklich: Sie stammen von dem berühmten deutschen Philosophen Hegel."

„Wie?" Das Wort entfährt mir und klingt wohl verwundert.

„Das brauchen Sie nicht zu verstehen", sagt er gönnerhaft.

Ich will gerade loslachen, als ich mich besinne; denn dies ist nun mal seine Art, daß er, der in seiner Klasse Gestrauchelte oder von ihr Entfernte, die Löcher und Risse seines Bürgerkleides mit Überheblichkeitsflicken versieht, auch, wenn diese Flicken brüchig sind wie das angebliche

Hegel-Zitat. Er, der einstige Werkstudent, hatte sich wohl mit inbrünstiger Liebe der Arbeiterschaft genaht, jedoch einen gemeinsamen Boden nicht finden können. So war er zurückgewichen in eine Welt, in der er seine Bildung erhalten hatte, in einen Raum, über dessen Grenzen er immer wieder hinauslangen mußte. Ich will ihm, dem nunmehr so ganz Verelendeten, die Freude an dem Geklimper seiner geistigen Rüstung lassen, sie ist wohl sein einziger Halt in den Verhältnissen, in denen er sich befindet. Da zwingt er mich mit dem falschangesiedelten Zitat zum Widerspruch. Allerdings erst nach einer weiteren Herausforderung.

In dem unwirklichen Licht, das um uns und um unser Schiff und auf wohl hundert Meilen steht und uns mit der Unendlichkeit vereint, sehe ich doch den spöttisch-schmerzlichen Zug auf seinem Gesicht. Da spricht er auch schon, diesmal aber mir zugewendet: „Ich weiß, Sie halten das, was ich sagte, für überflüssig. Ganz sicher das, was ich tue. Ich meine die Bitte, die ich zu Ihnen äußerte, mich an Deck zu bringen, damit ich den bestirnten Himmel anschauen könne. In meiner Lage! Sicher haben Sie darüber gelacht." Er blickt mich herausfordernd an. „Das macht ihr ja immer, wenn ihr etwas nicht versteht."

Da tue ich etwas, was ich vorher nicht bedacht habe, ich tue es, verlockt von der Weichheit, die heute aus ihm spricht, durch die zum Schlusse aber doch wieder der alte Hochmut durchgebrochen war. Ich berichtige ihn: „Entschuldigen Sie, aber Ihre Bescheidenheit vorhin, die Sätze von dem bestirnten Himmel über Ihnen und dem moralischen Gesetz in Ihnen, wird durch Ihren Hieb auf die Ungebildeten wieder zunichte gemacht. Wenn dieser Hieb auch daneben ging: Die Sätze von dem bestirnten Himmel und dem moralischen Gesetz stammen nicht von Hegel, sondern von seinem halben Antipoden Kant."

Ein Auflachen, hell und unbekümmert, knabenhaft fröhlich, springt in die Nacht, so daß ich erschrocken aufstehe und über das Schiff schaue. Doch es rührt sich nichts. Der Mann neben mir aber faßt mein Hosenbein und zieht mich nieder. Und spricht so heiter und erfreut, als hätte ich ihm ein großes Geschenk gemacht. „Habe ich Sie doch gefangen? Als ich Sie neulich mit Bill vor meiner Höhle wiedersah, da wurde es mir zur Gewißheit, daß Sie gar kein Genosse seines proletarischen Glückes sind, sondern ein Genosse meines bürgerlichen Unglücks. Nur, daß Sie den Anschluß an die Masse gefunden haben, der mir immer wieder mißlingt. Und daß Sie nun bestrebt sind, ihn nicht wieder zu verlieren und lieber Ihrem Geist die tollsten Strapazen zumuten. Ich beneide Sie darum, wirklich, das fing schon an in der Kneipe, in der Sie den Sekt spendierten. Ich wollte Sie reizen, darum mein Schmähen der Händemenschen. Brauche ich zu schmähen, wenn ich widerlegen will? Das kann ich doch wirklich den geistig Armen überlassen. Ja, und nun kann ich Ihnen auch auf Ihre Frage von vorhin antworten, woher ich gewußt habe, daß Sie heute kommen und mich holen würden."

Auf seinem verschmierten Gesicht liegt ein heller Schein, ein glücklich Verliebter blickt so mitten im Alltagsleben. „Um meine Zweifel zu beseitigen und an Sie heranzukommen, erfand ich meinen Wunsch, den Sternenhimmel zu sehen. Als Sie darauf wirklich kamen und mich abholten, da hatte ich die Gewißheit, daß Sie ein geistiger Mensch sind. Denn, sehen Sie, ein gewöhnlicher Heizer oder Wachmann oder Matrose oder Arbeiter, der könnte in seinem guten Herzen wohl auch diese Verletzung seiner Pflichten begangen haben, aber nur, wenn ich ihn gebeten hätte, mir ein Stück Brot zu geben oder mich an Deck zu bringen, damit ich frische Luft atme. Oder wenn ich einen andern praktischen Gewinn begehrt hätte. Um mich den Sternenhimmel sehen zu lassen, verletzt kein ungeistiger Mensch, und ist er noch so gutherzig, seine Pflicht. Vielleicht, um mich in den Sonnenschein zu bringen, der ist für ihn etwas Nützliches. Aber die Sterne?"

Und es ist, als schienen sie nun heller, aus Freude über diesen seltsamen Anbeter, denn um sein Gesicht liegt ein richtiger phosphoreszierender Schimmer. So blickt er mich an und wartet wohl auf Antwort, und es ist keine Andeutung von Hohn oder Schadenfreude in diesem Blick. Was aber soll ich antworten?

Er ist taktvoll genug, nicht in mich zu dringen. Statt dessen bekennt er, was noch ungewöhnlicher an ihm ist. „Ich stamme aus einer Pastorenfamilie, wurde aber aktiver Soldat. Ich war ein guter Soldat, man attestierte es mir durch Beförderungen und Auszeichnungen. Die Dauer des Krieges, nicht sein Charakter oder gar sein Verlauf, zwangen mich zum Nachdenken über den Krieg. Um so zäher jedoch tat ich meine Pflicht. Bis zuletzt, jawohl, sogar noch später. Dann studierte ich, zuerst Theologie, darauf Geschichte. Dabei erkannte ich mehr und mehr die Grundübel, an denen die Völker leiden. Darauf verlor ich die Lust an dieser Art Geschichtsstudium, arbeitete aber weiter, auch noch, als mit dem Tode meines Vaters die Mittel wegfielen. Ich wurde Werkstudent und glaubte nun erst den richtigen Weg gefunden zu haben. Damals begann ich, die sozialistischen Wissenschaften zu studieren."

Er schweigt und scheint nachzudenken. Ich halte es für richtig, ihn nicht zu stören. Doch er schweigt beharrlich, und sein Gesicht verdüstert sich immer mehr.

Als wir eine Weile so gesessen haben, frage ich leise: „Wollen Sie nicht weitererzählen?"

Er wendet den Kopf so rasch zu mir, daß ich noch sehen kann, wie seine Ergriffenheit von anderen Gefühlen verdrängt worden ist und der alte Hochmut wieder die Herrschaft über das zwiespältige Gesicht antritt. „Ich will nicht mit meinem Wohltäter streiten! Denn ein Streiten würde es."

„Sehen wir also die Sterne an!" sage ich.

Das aber gefällt ihm auch nicht. „Ihr Schweigen ist Hochmut. Zum mindesten Großmut oder Mitleid", sagt er leise, doch es zischt fast. „Ich mag solche Menschen nicht."

„Schweigen kann doch Denken sein", antworte ich.

„Nein!" Es klingt hart und viel zu laut für unsere Situation. „Schweigendes Denken ist kein reines Denken, da es der Verfälschung durch das Gefühl, das sich dazwischenzudrängen versucht, ausgesetzt ist. Denken will reden oder schreiben."

„Schweigen ist die Voraussetzung des Nachdenkens", sage ich.

„Nachdenken ist ebenfalls kein reines Denken. Nachdenken ist das Denken nach den Denkergebnissen anderer. Mitunter ein Nachprüfen, meistens jedoch nur ein Nachsprechen."

„Gute und der Allgemeinheit nützliche Denkergebnisse

einzelner sich zu eigen zu machen kann der Menschheit nur zum Segen gereichen."

Er richtet sich hoch, und es sieht aus, als wolle er aufstehen, so daß ich ihn festhalte. „Verzicht auf eigenes Denken ist geistige Selbstentmannung", sagt er, und der Ton drückt aus, daß er keinen Einspruch gelten lassen will. „Jeder Mensch zeugt seine Kinder auf seine Art. Und dennoch sind die Kinder alle verschieden. Dort, wo die Menschen aufhören, die Wahrheit der Wirklichkeit durch eigenes Denken zu erfahren, hört der Mensch auf, und es beginnt das Herdenleben."

Da waren wir also wieder im Kreise gewandert.

Vom hellerleuchteten Promenadendeck her schwirren die Banjo- und Gitarrenklänge der Filipinokapelle durch die samtene Nacht. Fremdländische Melodienfetzen, nach denen elegante, halbnackte Frauen mit gutgenährten Herren sich schrittweise auf glattem Parkett hin und her schieben und die fast geschlossenen Augenlider nur heben, wenn es sie gelüstet, den musizierenden dunklen Knaben einen zärtlichen Blick zuzuwerfen. Die Szene wirkt, als würde sie auf der Bühne eines Theaters vor verdunkeltem Zuschauerraum gespielt.

Ich weise auf das Promenadendeck und spreche seine Worte nach: „Dort, wo die Menschen aufhören, die Wahrheit der Wirklichkeit durch eigenes Denken zu erfahren, beginnt das Herdenleben."

Er lächelt, doch sein Gesicht wird gleich wieder ernst. „Warum haben mich die Arbeiter immer abgelehnt?"

Ich zucke mit den Schultern.

„Je härter und schwieliger damals meine Hände wurden und je weicher mein Herz für meine Arbeitskollegen schlug, desto ablehnender wurden sie. Sie wollten den Mann nicht in ihrer Mitte, der sie liebte und ihnen helfen wollte. Warum wollten sie ihn nicht? Sie wollten ihn nicht, weil er anders sprach als sie, auch wenn er ihre Glaubensbekenntnisse sprach. Sie wollten ihn nicht, weil sein Geist ihm sein Verhältnis zum Leben anders geordnet hatte, als sie es gewohnt waren, weil er aus einer anderen Schicht stammte als sie, hatte er diese seine Klasse auch freiwillig verlassen. Verstehen Sie das?"

Bevor ich antworten kann, spricht er schon weiter: „Nicht, daß sie mich hinauswarfen, durchaus nicht, sie bescheinigten mir sogar, als es zum Krach kam, daß ich immer kameradschaftlich gewesen sei, ganz anders als die meisten Werkstudenten. Aber ich sei nun mal kein geborener Proletarier. Welch ein Unsinn, wo sie alle doch nur bestrebt waren, das Proletarierdasein abzuschaffen."

Da er schweigt, spreche nun ich. „Zugegeben, es wäre so gewesen, wie Sie es schilderten. Könnten die Motive der Arbeiter für das Mißtrauen gegen einen Menschen wie Sie, wenn dieser auch wirtschaftlich verelendet ist und mit den Entrechteten gehen will, nicht im Wissen um seine bürgerliche Herkunft wirklich begründet sein? Weil sie befürchten, nicht Erkenntnis, sondern die persönliche Not bestimme seine augenblickliche Haltung, die sich ändern werde, sobald die persönliche Not sich ändert?"

Er hebt abwehrend die Hand. „Weist man eine Hilfe zurück, nur weil man annimmt, sie sei nicht von Dauer? Nein, nein, ich habe es zu oft erprobt. Es ist nicht das Mißtrauen, sondern ganz einfach die Mißgunst. Man hält uns Geistige nicht für Proletarier, besitzen wir auch nur noch Lumpen und Schwären am Leibe. Denn wir besitzen noch immer unsern Geist, unser Wissen, unsere Bildung. Wir könnten nun ja zu ihnen sagen: Ihr besitzt viel mehr Nützliches als wir, ihr besitzt eure handwerklichen Kenntnisse, mit denen ihr euch in wirtschaftlichen Depressionen oder im Auslande viel eher ernähren könnt als der geistige Mensch! Sie glauben es nicht. Und sie werden auch niemals glauben, daß unsereiner doppelt einsam ist, da er doch auch nicht zu seiner Klasse zurückkehren kann. Schon nicht, wenn er, wie ich, nicht zurückkehren will!"

Mir ist, als kreische auf dem Deck unter uns eine Eisentür, und Bill fällt mir ein, den ich vergessen hatte. Ich sage dem Preester, er solle sich still verhalten, ich würde nachsehen, ob uns eine Gefahr drohe. Unten steht Bill und ist sehr ungnädig, er habe hier nun lange genug gewartet, ob ich glaubte, er werde seinen Schlaf opfern, damit zwei verrückte Deutsche den Mond anbeten. Dabei ist gar kein Mond am Himmel. Als ich es Bill sage, flucht er und geht ärgerlich ab.

Es ist aber wohl wirklich Zeit, den Preester wieder in sein öliges Quartier zu bringen. Doch es ist zu schön, wie das Schiff dahinzieht über den Strahlenkranz des Sternenlichtes auf dem Wasser und diesen Kranz mitnimmt; wie es die eine Grenze weit vor sich ausbreitet und die andere weit hinter sich zusammenrafft und wie nun, da oben die Musik schweigt, von dem hellen Klingen der Antennendrähte und dem tiefen Gurgeln des Schraubenwassers eine leise Menschenstimme Blumen auf einem Krautacker erblühen lassen muß.

„Wissen Sie, mein Lieber, was eine Seele ist? Natürlich wissen Sie es. Glauben Sie doch sicher, Ihre Seele noch zu haben. Ich habe meine nicht mehr, ich habe sie bei meinen damaligen Arbeitskameraden gelassen. Das ist meine Tragik." Er schweigt, und ich verharre erschüttert. Doch das scheint ihn zu verdrießen, vielleicht ärgert er sich auch, weil ihm ein solches Geständnis entschlüpft ist. „Sie hören mir ja gar nicht zu! Sie möchten sicher lieber da oben sein und mitmachen." Er weist auf das Deck, auf dem getanzt wird.

„Ich nicht. Aber da Sie so unvermittelt vom Thema abspringen, nehme ich an, Sie haben solche Wünsche."

Da lacht er wieder. „Sie haben richtig vermutet, Wohltäter. Nun, ich werde auch mal wieder dabeisein. Und dann ohne puritanische Entrüstung, wie sie soeben aus Ihren Worten klang, und auch ohne den Neid derer, die durchs Fenster gucken."

„Mir scheint", sage ich, „so ganz unrecht hatten Ihre Arbeitskameraden mit ihrem Mißtrauen gegenüber Ihrer latent gebliebenen Rückfälligkeit wohl doch nicht."

„Weil ich mal wieder mit gutangezogenen Menschen sitzen und tanzen möchte?"

„Weil Sie in einer Stunde, wie diese eine ist, solchen Oberflächlichkeiten soviel Beachtung schenken können. Und gleichzeitig jeden Versuch anderer, dem Volke wirkliche Kultur zu bringen, ironisch zu belächeln wagen."

Er schüttelt unwillig den Kopf. „Wagen? Zu belächeln wagen? Mann Gottes, was ist da zu wagen? Und wenn ich das Wort Kultur schon höre! Es gibt keine Kultur mehr in Deutschland, auch nicht in Europa!"

Da muß auch ich wieder lächeln. „Na, Gott sei Dank, nun ist es wenigstens nicht mehr das untere Volk allein, das ohne Kultur ist, nun ist es das ganze deutsche Volk, ja sogar ganz Europa. Und das alles, weil einmal ein Werkstudent von einigen Arbeitern nicht mit offenen Armen aufgenommen wurde!"

Ich will ihn aufbringen, doch sein Gesicht zeigt lediglich Verwunderung.

„Sie müssen nicht so bäuerisch denken, Menschenskind! Ich hätte doch nichts dagegen, wenn alle Menschen wirklich Kultur besäßen."

„So helfen Sie doch den Suchenden und schmähen Sie sie nicht! Aber wir müssen jetzt nach unten." Ich habe genug von dem Kerl.

Er ergreift wieder mein Hosenbein. „Fünf Minuten noch, Wohltäter! Zu meiner Rechtfertigung, ja? Und zu Ihrer Aufklärung. Weil nämlich das Verhängnis, in das der wirkliche Kulturmensch verstrickt ist, in diesem Helfenwollen und Helfenmüssen liegt! Hören Sie gut zu, was ich Ihnen jetzt sage, es ist die Kunde von dem Golgatha aller geistigen Menschen! Jeder Mensch, der wirklich Kultur hat, also ein innerlich und äußerlich zur Harmonie strebendes Lebensgefühl, der fühlt sich verpflichtet, der muß einem unbewußten Zwang folgen, möglichst viele Menschen die Segnungen der Kultur genießen zu lassen, er muß kulturfördernd sein. Und ist ihm dieses Müssen gar bewußt, so sucht er die Rechtfertigung für sein Kulturpriestertum in dem doppelten Wahn, Kulturbesitz bedeute für alle Menschen ein größeres Lebenshochgefühl, Kultur sei etwas allgemein Mögliches. Diesem Wahn opfern alle wirklich Kulturhabenden eines Volkes ihre Vernunft. Ich tat es einmal auch, Sie tun es noch heute. Wir glauben, damit das moralische Gesetz in uns zu erfüllen. Nun, ich erkannte meinen grandiosen Irrtum. Und dies ist nun meine Erkenntnis:

Jede Verbreiterung eines Gefäßes bedeutet eine Niveausenkung seines Inhaltes. Stimmt das? Natürlich, denn es ist nicht zutreffend, daß dieser Inhalt in seiner Menge sich ohne weiteres dem vergrößerten Gefäß anpaßt dadurch, daß er nachwächst. Erst recht nicht, wenn der Inhalt Kultur heißt. Jede künstlich herbeigeführte Massenkultur muß somit eine Plünderung des vorhandenen Kulturbestandes sein. Wahre Kultur, wie sie einmal als Lebenshochstand in Wissenschaft, Kunst und Sittlichkeit vergangener Zeiten uns bekannt wurde, ist ein ferner Abglanz göttlicher, weil harmonischer Lebensgestaltung aus Gnade und Wille. Sie verlangt beim einzelnen als Vorbedingung Geist, Gemüt und Stille, bei den Schichten Notfreiheit, Wohligkeit und Lebenslust. Die aber gibt es nicht, sagen wir ruhig, noch nicht. Dennoch wird gerade jetzt von Massenkultur gesprochen und ihre Schaffung vor dem Vorhandensein ihrer Vorbedingungen gefordert. Welch ein Widersinn! Da nun jede künstliche Kulturaufblähung eine Extraktverdünnung bringen muß, führt sie zu immer dünneren Kulturaufgüssen und schließlich zur Kulturzerstörung. Das ist im letzten Jahrhundert geschehen, in ganz Europa. So daß es heute keine Kultur im eigentlichen Sinne mehr gibt, das Volk also auch keine bekommen kann."

„Es kann sie bekommen, und es wird sie bekommen", sage ich schroff „Genauso, wie es Lesen und Schreiben und Elementarkenntnisse der Entwicklungslehre sich erworben hat. Das hätten die Dahlbergs des Mittelalters ebenfalls nicht für möglich gehalten."

Er schüttelt den Kopf. „Das freiwillige Aufgeben eines geistigen und seelischen Eigenbesitzes bedeutet noch lange keine Bereicherung der neuen Anwärter, sondern nur eine weitere Verarmung der alten Besitzer."

„Das ist nicht wahr! Wenn ich von meinem Kulturbesitz abgebe, werde ich nicht ärmer, sondern reicher an Kultur."

Er bleibt unbelehrbar oder tut doch so. „Lesen- und Schreibenkönnen ist noch kein Beweis für Kulturbesitz. Das Buchstabenmalen und Buchstabenentziffern wird doch meistens nur gebraucht, um Tante Frida mitzuteilen, daß man wieder gut zu Hause angekommen ist. Oder zum Verstehen eines Inserates oder einer Liebesgeschichte. Was hat das mit Kultur zu tun? Lesen- und Schreibenkönnen ist an sich nur eine Erweiterung des Sprechenkönnens. Auch die Pygmäen am Kongo können sprechen. Ja, auch die Affen und Hunde und Bienen."

„Als die einfachen Menschen Lesen und Schreiben lernten", erwidere ich, „schrieben sie sich keine Briefe, sondern lasen die Bibel. Heute lesen sie unter anderem Goethe, Darwin und Marx."

Er lächelt wieder überlegen. „Hat ein Mensch einen Liter Wein und haben hundert Menschen hundert Liter Dünnbier und sie mischen das zu hundertundeinem Liter Flüssigkeit, so ist keinem geholfen, wenn diese hundertundein Liter gleichmäßig unter hundertundeinen Menschen verteilt werden. Habe ich nicht recht?"

„Mit Ihrer Flüssigkeit ja, mit der Kultur nicht."

Er erhebt sich und winkt müde ab. „Wenn ich in dieser Zeit von Kultur sprechen soll, komme ich mir immer vor, als stehe ich mit dem Gesprächspartner auf dem Forum in Rom oder vor der Akropolis in Athen. Ich sehe Ruinen um mich, mein Partner sieht in den Trümmern Rom und Hellas. Er sieht als ein typischer deutscher Humanist einen glanzvollen Zustand, ich sehe den Verfall. Das Volk hinwiederum, um dessen Kulturversorgung unser Streit geht, sieht mit Recht nur Reste von Bauwerken, von denen sich Steine vielleicht zum Bau von Wohnhäusern verwenden lassen."

„Wohnhäuser sind die besten Kulturdenkmäler", unterbreche ich ihn. „Seit sich das Volk, also etwa die Arbeiterbewegung, der Kulturarbeit gewidmet hat, ist die Kultur vermehrt, nicht zerstört worden."

Zu meiner Überraschung nickt er zustimmend. „Jawohl, mein Herr, jawohl! Und wenn Sie mich nun fragen, was vorzugehen habe, der hohe Kulturstand einiger Personen und Schichten oder die gesicherte Gemeinschaft, also das größere Wohlergehen möglichst vieler, so antworte ich: das letzte! Denn die Zeit des Individuums, die Zeit der Entfaltung des einzelnen unbekümmert um die Vielen ist für den europäischen Menschen vorbei, auch dann, wenn er sie im Wirtschaftlichen durchführen kann. Darum muß er auf das verzichten, was einmal seine bürgerliche Kultur war. Auch auf das Wort Kultur. Die Reste der einstigen Kultur gehören bei allen Völkern Europas in ein kulturgeschichtliches Museum. Kein Mensch und kein Gott kann die alten Kulturen des Abendlandes mehr retten, und alle technischen Offenbarungen und politischen und sozialen Massierungen beschleunigen nur die Zerstörung."

Seine Stimme ist immer leiser geworden, doch es klingt nicht, als trauere er. Und plötzlich ist er wieder der Umhergetriebene: „Und dann?“

„Dann? Ist nicht, wenn die Welt einmal mit Gütern gesättigt ist und der wilde Produktionsprozeß von einem planvollen Wirtschaften abgelöst wird, ein vielleicht mehr gleichgestimmtes, aber hastloses und gesichertes Einzelleben in der Gemeinschaft möglich, in der alle echten Werte bürgerlicher Kultur aufbewahrt werden? Ein Leben, das sich aus einer diesseitigen, meinetwegen auch mehr animalischen Daseinsfreude heraus einen neuen, unschuldigen und heiteren Lebensausdruck zu schaffen vermag? Auf jeden Fall würde ein solches Leben eins haben: die Überwindung des Krieges! Wäre das nicht schon die größte Kulturerrungenschaft?“

Da er nicht antwortet, fahre ich fort: „Es geht also für den heutigen Menschen nicht mehr darum, diese Entwicklung zu beklagen, sondern nur darum, sie abzulehnen oder mitzumachen. Wollen Sie mitmachen?“

Er lacht vergnügt. „Sie sind köstlich, Mister, denn Sie sehen vor lauter Theorie die Wirklichkeit nicht. Will der Mann in dem verstaubten historischen Museum Europa künstlich ein naives fröhliches Volks- und Lebensgefühl als Kulturersatz erwecken und übersieht, daß er in ein blühendes Land fährt, in dem es schon lange ein freies, heiteres Menschentum als natürliche Entwicklung gibt! Wollen Sie da nicht mitmachen?“

Bevor wir den Niedergang betreten, bleibt er stehen und wirft noch einmal einen Rundblick den Himmel entlang. Die Sterne sind noch größer und heller geworden. Auf dem lichtstrotzenden Promenadendeck spielt jetzt die deutsche Kapelle, ein Cello schluchzt die Träumerei von Schumann, und leises Schleifen von Schuhsohlen verrät, daß die da oben nun gar ihre Füße mitträumen lassen.

Als ich die Tür zum Wellentunnel geöffnet habe, frage ich Dahlberg leise: „Sie sehen also keinen Unterschied zwischen der Kulturentwicklung hüben und drüben?“

Er steigt in den dunklen Tunnel, dreht sich um und sagt: „War das nicht Schumann, was da gespielt wurde?“

„Ja“, antworte ich, „gespielt und getanzt. Morgen wird es

Beethoven sein. Ich wünsche Ihnen ein langes Leben, Dahlberg! Damit Sie im Alter noch einmal Gelegenheit und Zeit haben, über den bestirnten Himmel und das moralische Gesetz nachzudenken. Gute Nacht!"

15

Das Bootsmanöver

Als ich zum Kapitän auf die Brücke komme, ist dort Mr. Springfield. Die Herren nehmen keine Notiz von mir, schicken mich auch nicht hinaus, sondern unterhalten sich weiter.

Es ist eine ganz interessante Unterhaltung. Daran, daß die Herren sie trotz der Bedenklichkeit ihres Inhalts ungeniert fortsetzen, erkenne ich, wie bedeutungslos, wie nichtexistierend unsereiner für ihre Welt ist. Ich erfahre aus den Gesprächen, daß Mr. Springfield den Kapitän noch nicht davon überzeugt hat, wie sehr es die höchste Zeit sei, die „President Wilson" zur Überholung auf die Springfieldsche Werft zu schicken. Dreimal müsse sie den Trip nach Europa noch machen, sagt der Kapitän. Aber Mr. Springfield weiß es besser, und er hat seine guten Gründe. „Ich kann Ihnen jetzt ein besseres Angebot machen als in drei Monaten", sagt er. „Wir haben jetzt wenig zu tun, und um die Leute nicht entlassen zu müssen, arbeite ich lieber billiger. Es wäre das für Sie persönlich von Vorteil."

Der Kapitän scheint die Notwendigkeit einer Überholung seines Schiffes von dieser Seite noch nicht geprüft zu haben. Ich verstehe langsam, was es mit diesem Vorteil eines Kapitäns, der sein Schiff auf eine Werft schickt, auf sich hat, wundere mich aber erneut, daß die Geschichte so ungeniert vor mir verhandelt wird.

„Und worin besteht der Unterschied zwischen jetzt und nach drei Monaten?" fragt der Kapitän.

„Jetzt fünfzehn Prozent, nachher nur zehn. Außerdem sind Sie verpflichtet, es jetzt zu tun." Mr. Springfield deutet auf die Boote: „Sie sind zwar gut gestrichen, aber mir scheint doch, sie sind seit langem nicht mehr nachgesehen worden. Ganz ehrlich gesagt, Kapitän, ich fühle mich mitverantwortlich für die Sicherheit der Reisenden unserer Staatslinie."

Jetzt ist der Kapitän wohl wirklich betroffen und sagt, er werde, um die Intaktheit seiner Boote zu beweisen, gleich nachmittags ein Bootsmanöver ansetzen.

„Es wird nicht klappen", betont Mr. Springfield.

„Es wird klappen, und ich wünsche mir nur, wir hätten noch einen höheren Seegang", verwahrt sich der Kapitän.

„Auf jeden Fall kommt eine Abwechslung für die Reisenden dabei heraus. Die haben wir dringend nötig. Sie sollten sich da ein Beispiel an den Japanern nehmen, Kapitän. Die Japaner machen auf einem Trip zweimal Bootsmanöver zur Unterhaltung ihrer Gäste."

Der Kapitän strahlt. „Das ist wirklich mal ein Gedanke. Warum sollen wir nicht etwas von den damned Japs lernen? Wenn ich das Mister Wilkinson sage, der macht gleich ein ganzes Zirkusprogramm."

So ist das also. Diese Bootsmanöver auf hoher See, diese anstrengende Exerziererei auf Deck und auf dem Wasser, oft stundenlang, die soll nun veranstaltet werden nicht zu einer notwendigen Erprobung der Sicherheitsmaßnahmen für den Fall eines Schiffbruchs, sondern zur Unterhaltung und Belustigung der Reisenden.

Es erhöht mein Ansehen bei der Crew nicht, wie ich erwartete, daß ich mehr weiß als selbst der Dritte Ingenieur. Ich habe ihnen gesagt, heute nachmittag sei Bootsmanöver. So konnten sie sich vorbereiten, die Rettungsweste bereitlegen und ohne Hast an Deck kommen. Aber sie glaubten mir nicht, woher sollte ausgerechnet der Nachtwächter das wissen, liegt doch in der Geheimhaltung des Alarms die Möglichkeit, das zuverlässige Funktionieren des Apparates zu erproben.

Und nun schrillen die Alarmglocken und geben mir recht. Als ich schon fürsorglich meinen schönen gestärkten weißen Staatsrock abgelegt, eine Wollweste und die Rettungsweste angezogen hatte, lachten sie mich im Logis, wo ich mich vorstellte, aus und klopften sich an die Köpfe. Nun irren sie wie die gescheuchten Ameisen umher, suchen ihre Westen, schimpfen und fluchen, stoßen sich gegenseitig an und sind bestrebt, nur rasch an Deck zu kommen, bevor die Schotten geschlossen werden. Denn das wissen sie alle: Erscheint einer nicht an seinem Platze, hat er Strafe zu erwarten.

Die Offiziere und Ingenieure stehen schon an Deck. Es findet sich auch jeder einigermaßen zurecht, es klappt besser, als ich gedacht habe.

Auf dem Oberdeck der ersten Klasse liegen die Reisenden in ihren Liegestühlen und schlürfen Scherbett. Sie haben es bequem, sie brauchen nicht einmal aufzustehen, um sich das aufregende Schauspiel eines künstlichen Schiffbruches anzusehen. Die Aufregung ist auf das Achterdeck geflüchtet zu den Passagieren der dritten Klasse, die wohl von einem Bootsmanöver nichts gehört haben und wenigstens eine Zeitlang an eine wirkliche Gefahr glauben. Denn immer noch gellen dort Frauenstimmen, und ich sehe auch die junge Lehrerin aus Bielefeld, wie sie mit angstvoll geweiteten Augen zum Deck der ersten Klasse hinübersieht. Aber Menzel hat keinen Gedanken an sie, ihn scheint in erster Linie die technische Seite der Dinge, die nun hier geschehen sollen, zu interessieren.

Ich gehöre mit Bill, dem Bäcker und dem Konditor aus meinem Logis zum gleichen Boot. Der Erste Offizier schreit Kommandos, die Fäuste greifen zu, wir senken uns an der Bordwand hinab aufs Wasser. Solch Bootsmanöver vermag immerhin einen kleinen Vorgeschmack von einem wirklichen Schiffbruch zu geben. Ohne jede Ankündigung schrillen die Alarmglocken und befehlen jedem Angehörigen des Schiffes, so wie er geht und steht, zu seiner Rettungsweste zu stürzen, sie anzulegen und auf Deck zu eilen. Halbnackte Heizer, verschwitzte Bäcker, mit Fett bespritzte Köche, alles muß so laufen, wie es gerade gerufen wird. Hinzu kommt, daß keiner der Betroffenen ein freundliches Gesicht macht, denn diese Bootsmanöver platzen in die Arbeit hinein, die dadurch oft um eine Stunde verlängert wird.

Zwei der Boote schwimmen bereits, das unsrige ist auf halber Fahrt zum Wasser hängengeblieben. Es hängt schief, und wenn die da oben so unregelmäßig weiterdrehen, werden wir aus dem Kahn rutschen. Bill und ich halten uns am Bootsrand fest und schauen schadenfroh nach oben. Ich höre Mr. Springfields breites Lachen. Er steht über die Reling gebeugt, und sein Bariton dröhnt an der Bordwand herunter wie durch einen Schalltrichter: „Was ist das für eine Art Schiffbruch, Kapitän? Die Mannschaft läuft zu den Booten und bringt sich in Sicherheit. Wo aber bleiben wir, die Passagiere?“ Der Kapitän hält es für richtiger, über diesen Witz zu lachen, und auch die meisten der Passagiere stimmen darin ein. Es muß köstlich sein, so mit der Gefahr spielen zu können.

Der Bäcker wurde nicht mit ins Boot befohlen, er muß oben die Kurbel drehen, und er scheint die Schuld zu haben, daß das Boot schief hängt. Er dreht nicht schnell genug; Mac, an der andern Kurbel, hat die Sache besser raus. Und nun höre ich, wie mein Bäcker redet. „Wenn ihr alle absauft, ihr faules Geschmeiß, ist's nicht schade!“ Das zischt der Bäcker heraus, wohl seinem Nebenmann zu, er zischt es deutsch und nimmt an, es wird ihn keiner verstehen. Es ist eine Antwort auf Mr. Springfields Frage.

Aber sie haben vom Deck der ersten Klasse aus gehört, daß er etwas gesagt hat, und sind nun alle auf ihn als den Urheber dieser seltsamen Bootsaussetzung aufmerksam geworden. Sie rufen ihm Anzüglichkeiten zu, versprechen ihm eine Belohnung, wenn er das Boot umschmeißt, und ich sehe, wie er sich umdreht und ihnen den Rücken wendet. Das kann bös werden für uns. Vielleicht hat den Kerl, der da verschwitzt und fast unbekleidet arbeiten soll, der Teufel gepackt, und er ist imstande, das Boot wirklich auszuschütten. Ich bin dabei, mich dieses Landsmannes zu schämen.

Da geschieht etwas Unerwartetes. Quer über das Deck springt Mr. Wilkinson, unser Erster Offizier, reißt dem Bäkker die Kurbel aus der Hand, stößt ihn zurück und dreht wie wild. Er verdreht sogar die Augen dabei, denn der Mechanismus scheint wirklich etwas eingerostet zu sein, aber er schafft es. Wenn Mac auf der Hut gewesen wäre und hätte in seinem alten Tempo weitergekurbelt, hätte der Erste ihn nicht einholen können. So bleibt Mr. Wilkinson der Triumph, die Sache gerettet zu haben. Denn in dem

Augenblick, in dem unser Boot auf das Wasser klatscht, hat es sein Gleichgewicht wiedergefunden. Ein Beifallssturm braust über das Schiff, und während wir losrudern, höre ich Mr. Springfields Stimme dröhnen: „Das ist wahre Kameradschaftlichkeit! Ein amerikanischer Offizier springt für einen einfachen fremden Mann ein. Ein Hurray für Mr. Wilkinson!"

Der Erste legt grüßend die Hand an die Mütze. Die Damen an der Reling klatschen begeistert in die Händchen. Die Anerkennung zollen sie nicht nur Mister Wilkinson, sie zollen sie der ganzen amerikanischen Nation und damit auch sich selbst: Was sind wir doch für prächtige Menschen!

Mr. Wilkinson spricht mit dem Bäcker. Hoffentlich nur wegen seiner schlechten Kurbelei und nicht auch wegen seines frommen Wunsches für die Passagiere der ersten Klasse. Sonst kann er sich gratulieren, der Bäcker.

16

Blinde Passagiere

Heute morgen, als ich den Ingenieuren das Frühstück an die Maschinen bringe, glaube ich zunächst, wir haben irgendeinen schweren Schaden erlitten, der unsere Weiterfahrt in Frage stellt, so aufgeregt sind alle. Dann kommt der Erste Offizier zu uns heruntergestürzt, ein Beginnen, zu dem er sich nie bequemt hat. Schon auf der Treppe schreit er: „Wo sind die Halunken?" Eine böse Ahnung befällt mich.

Es stimmt, wir haben Stow-aways an Bord, blinde Passagiere, und gleich sechs Mann. Sicher ist der Preester darunter, alle Mühe ist also umsonst gewesen. Der Zorn eines Kapitäns über solche unerwünschte Bereicherung seiner Passagierliste ist zu verstehen, denn da die Reederei jeden blinden Fahrgast auf ihre Kosten in sein Heimatland zurückbefördern muß, hält sie sich an den Kapitän, der durch ungenügende Bewachung seines Schiffes das Einschmuggeln möglich gemacht habe. Der Kapitän aber hält sich an seinen Ersten Offizier, der an den Zweiten, Dritten oder Vierten und diese an die Mannschaft. Und der Ärger und Zorn, der den Kapitän beim Vernehmen solcher Kunde befällt, läßt durch die Verbreiterung nach unten an Stärke durchaus nicht nach. Im Gegenteil, er nimmt eher den Charakter einer Lawine an, die, im Tal angelangt, sich auf ihre Opfer stürzt und sie zermalmt. Diese Opfer nun: Da stehen die sechs Mann, armselige, vom Leben geschundene Kerle zwischen Zwanzig und Sechzig, abgerissen, verdreckt, bleich, übernächtigt und vor allen Dingen entkräftet. Mein Blick jagt von einem Gesicht zum andern: Der Preester ist nicht dabei. Aber die sechs hier vor mir: Vier Tage und vier Nächte haben sie in irgendeinem schmutzigen Versteck an Bord des Dampfers gelegen. Das bißchen Essen, das sie mitgebracht haben, war sicher längst verzehrt, und Durst und körperliche Not haben sie schließlich doch gezwungen, sich zu zeigen. Und wieder faßt mich die Angst um Dahlberg. Ich kannte das von früheren Reisen: Ist erst einmal ein Stow-away an Bord eines Schiffes gefunden, greift man die übrigen bestimmt in den nächsten vierundzwanzig Stunden, so gut sie sich auch versteckt haben.

Mr. Wilkinson, der Erste Offizier, hat gar keine Meldung des Personals abgewartet. Er stürzt sich auf die schlotternden Gestalten und schlägt ungehemmt mit der Faust in die weggedrückten Gesichter. Er schlägt so kräftig, daß drei der Männer gleich auf den Boden sinken. Mr. Wilkinson kann sicher boxen, man sieht es an der Art, wie er die Schwinger landet. Aber das Ergebnis seiner sportlichen Übungen befriedigt ihn wohl nicht; es ist, als fühle er, daß auch ein weniger trainierter Mann einen entkräfteten Gegner, der sich nicht zu wehren wagt, zu Boden bringen kann.

Nun er mich sieht, fährt er mich an, und ich entnehme aus seinen Beschimpfungen und Drohungen, daß ich mit diesen Lumpen wohl im Bunde sei, sonst hätte ich sie schon längst entdecken müssen. Und er schließt seine Verdächtigung mit der verächtlichen Bemerkung: Es sei ein Fluch des Himmels, ein Schiff nach diesem gottverdammten Hunnenlande fahren und sich mit dem verhungerten Gesindel herumärgern zu müssen! Ich nehme Haltung an und ersuche ihn, die Beleidigungen zurückzunehmen oder sie vor dem Kapitän zu wiederholen. Das ist für ihn ein ungewöhnlicher Ton, aber es gehört keine Courage dazu, denn ich weiß, daß es ihm in seinen Instruktionen streng verboten ist, ein Land, das von amerikanischen Schiffen dauernd angelaufen wird, zu beleidigen. Mein Benehmen scheint ihn mehr zu verblüffen, als wäre ich ihm an die Kehle gesprungen. Ein Held ist er zweifellos nicht, obwohl er eine Reihe Orden auf der Brust trägt, Orden, im Kriege gegen Deutschland erworben, das Land, in dem seine Reederei einen Generalresidenten hat und dessen Bürger sie zur Benutzung amerikanischer Schiffe auffordert. Da er auf meine Antwort schweigt, füge ich hinzu: „Und wenn ich in den Laderäumen in der Nähe unheimlicher Kisten nach Stow-aways suche, weisen Sie mich hinaus."

Er tut, als habe er kein Wort von dem, was ich gesagt, vernommen, dreht mir den Rücken zu und befiehlt, gewissermaßen mit dem Hinterkopf, ich hätte diese sechs Männer sofort nach oben zu führen, zum Kapitän. Die Maschinisten hatten unbeteiligt zugesehen: Das, was hier vorging, mußte wohl so sein.

Auf den amerikanischen Schiffen ist jede Gewalttätigkeit streng verboten, sie wird schwer bestraft. Holzen sich einmal ein paar Matrosen oder rutscht mal einem Deckarbeiter die Hand gegen einen andern aus, so hat der, der mit der Sache begann, auf jeden Fall mit der Abmusterung im nächsten Hafen zu rechnen. Darüber wurden wir am ersten Tag noch ausdrücklich instruiert. Der Amerikaner sei, so hieß es, für Wahrung der Menschenrechte und sehe in der körperlichen Berührung eines andern eine schwere und arge Selbstbesudelung. So ungefähr hatte der Dritte Offizier uns Neulinge instruiert. Die Boxschläge des Ersten Offiziers in die Gesichter der wehrlosen Stow-aways waren also nur die Entgleisungen eines Rohlings.

Der Kapitän ist das Gegenteil seines Ersten Offiziers. Als die sechs Elendsgestalten seinen Raum betreten, ist er sofort im Bilde, doch das sich mit jedem der Eintretenden steigernde Entsetzen, auf das ich gewartet hatte, stellt sich nicht ein. Gleich beim Anblick des ersten Findlings fällt ein eiserner Vorhang über seine Züge. Ein Vorhang, den zu meinem Erstaunen jeder neu Hinzukommende wieder etwas hebt.

Der Kapitän ist auch nicht aufgestanden. Noch immer sitzt er da und sieht sich die Männer an. Verspürt er wirklich Verdruß oder gar Zorn über das Ereignis, so müssen Verdruß und Zorn von seltsamer Art sein, denn das Gesicht hat sich förmlich aufgeheitert. Und nun nickt er gar jedem einzelnen der Männer zu.

Ich bin darüber so verblüfft, daß ich sogar annehme, er wird nun, da er auf sie zugeht, vielleicht jedem einzelnen noch die Hand geben. Er hebt seine Hand auch, aber er ist wohl ein besserer Boxer als Mr. Wilkinson. Denn sechsmal holt er aus, und jedesmal liegt ein Getroffener am Boden. Vier Nasen scheinen zerschlagen zu sein, auch die Zähne haben bei den meisten wohl arg gelitten. Jedenfalls bleibt immer dort, wo einer hingesackt ist, eine kleine rote Lache auf dem Teppich.

Was ich bei diesem Vorgang soll, begreife ich nicht. Mich beschäftigt der Gedanke an die Ungeniertheit, mit der hier ein strenges Verbot von der obersten Schiffsgewalt übertreten wird, unbekümmert um einen Zeugen. Allerdings, was ist das schon für ein Zeuge, der Nightman, der außerdem ein Deutscher ist. Als ich den Raum verlassen will, schreit mir der Kapitän nach, ich solle den Dritten Offizier holen. Doch das ist nicht mehr nötig, er kommt schon mit drei Matrosen die Treppe herunter. Anscheinend hat Mr. Wilkinson ihn geschickt. Jeder der Matrosen ergreift eines der Elendsbündel am Genick und zieht, stößt oder schleppt es aus dem Raum. Das, was hier geschehen war, scheint diese unteren Bürger der Staaten gar nicht weiter zu verwundern. Sie sind wohl wirklich daran gewöhnt, wie vorhin die Maschinisten, und halten es für zugehörig zum Leben, denn noch auf der Treppe begegnet uns ein Steward mit einem Aufwischeimer und einem Wischtuch. Da fallen mir auch die seltsamen Flecke auf dem Teppich des Kapitäns ein. Es sind das wohl durchweg die Spuren früherer Stow-away-Behandlungen, soweit sie nicht von schlecht bestandenen alkoholischen Feiern herrühren.

Sechs Stow-aways an Bord. Es ist eine Sensation für die Crew und für das Küchenpersonal bis zum letzten Aufwäscher. Als ich von der Pantry zum Konditor gehen muß, habe ich den kleinen Raum hinter der Küche zu passieren, in dem die Kartoffelschäler sitzen. Ihrer fünf Mann hobeln sie an den Potatoes und besprechen den Fall. Ich bleibe stehen und höre ihnen zu. Natürlich verurteilen sie die Mißhandlungen der armen Krauter, aber sie zeigen auch ein übermäßiges Verständnis für die Zwangslage des Kapitäns. „Was soll denn so ein Mann machen?“ verteidigt ihn ausgerechnet mein kleiner Feind. „Wenn er das durchgehen läßt, gibt er sich jedem in die Hand. Und wenn er es meldet, bekommt er eine Zigarre von seiner Reederei. Und wenn sich das wiederholt, dann werden sie ihn auf ein Schiff bringen, das keine so guten Touren fährt.“ Er steckt sich eine neue Zigarette an, rekelt sich und scheint zufrieden mit den Einrichtungen im Leben.

„Ich möchte nur wissen“, sage ich, „was wirklich geschieht, wenn unsereins einem andern mal eine hinter die Ohren haut.“

„Das kann ich dir sagen“, antwortet ein Mann, der ernst und ruhig, wenn auch etwas langsam, seine Kartoffeln schält, „dann fliegst du in New York vom Schiff. Fließt Blut dabei, kann dir noch ganz was anderes blühen.“

„Hast du denn Gelüst darauf“, fängt der Kleine wieder an, „hier an Bord eine Schlägerei anzufangen? Zuzutrauen ist dir das schon. Ausgerechnet der Nachtwächter!“

Es ist mir klar, er sucht Stunk. „Gott“, sage ich, „eine Schlägerei nicht gerade, eine Schlägerei ist etwas, das gegenseitig ist, ich meine, ein Schlagwechsel. Und in dem Fall, der mir vorschwebt, käme es wohl nicht dazu.“

Nun sehen sie mich alle verwundert an. „Ich dachte dabei“, antworte ich, „an dich, mein lieber Kleiner, der du nun schon vier Tage lang versuchst, mich anzustänkern. Wenn ich dabei gegen die heilige Verordnung, wonach das Schlagen verpönt ist, verstoßen sollte, so bin ich überzeugt, es wird eben keine Schlägerei, sondern nur ein einseitiges Vergnügen.“

Als hätte ich ihn hochgerissen, so springt der kleine Mann auf und stellt sich zornreich vor mich hin. „Das wage nur“, schreit er, „das wage nur!“

„Ich sage durchaus nicht, daß es mir an Mut fehlt, es zu

wagen. Ich fürchte nur, ich raube dem Chiefkoch einen Kartoffelschäler, wenn ich es tue."

Der ruhige gesetzte Mann links von mir hat weiter seine Kartoffeln geschält. Nun sieht er auf und sagt gemütlich: „Kinder, gebt Ruhe. Müssen denn auf allen fremden Schiffen, die unsereins bevölkert, ausgerechnet immer die Deutschen sich zanken?"

Er ist, wie ich nachher erfahre, ehemals Zweiter Offizier auf einem Lloyddampfer gewesen. Die Not hat ihn gezwungen, als Küchenarbeiter für fünfzig Dollar auf einem Amerikaner zu fahren. Dies aber höre ich nun ausgerechnet durch meinen kleinen Feind: „Das ist es ja", schreit er auf den Lloydoffizier ein, „daß es bei den Deutschen keine Kameradschaft gibt. Immer kommt da wieder so ein Außenseiter dazwischen. Wenn der da nicht noch aufs Schiff gekommen wäre, dann brauchtest du nicht hier zu sitzen und als ehemaliger Lloydoffizier Kartoffeln zu schälen. Du kannst doch zum mindesten den Posten beanspruchen, den er uns weggenommen hat."

Uns weggenommen hat, wirklich. Dies ist nun das Verwunderlichste. „Jawohl", kräht der Kleine, „das ist doch klar. Hätten sie dich nicht genommen, wär einer von uns sieben drangekommen."

Auf diese Beweisführung kann man wirklich nichts sagen, auch nicht, daß ich ja zusätzlich geholt worden bin. Aber die krumme Logik des kleinen Krummen scheint sie alle überzeugt zu haben. Sie sitzen hier in dem kleinen Verlies und schälen Kartoffeln, und ich gehe verhältnismäßig sauber angezogen quer durch ihren Raum, habe so gut wie nichts zu tun und verdiene zehn oder fünfzehn Dollar im Monat mehr. Das alles zusammen genügt, um, wenn keine Feindschaft, so doch eine stille Abneigung aufkommen zu lassen.

Der Konditor schickt mich mit einem Auftrag zurück an den Chiefsteward, und ich muß in den Speisesaal. Als hätten diese zweihundert mehr oder weniger wohlhabenden Menschen nichts anderes zu besprechen auf einer Ozeanreise, unterhalten sie sich über die Stow-aways. Mr. Springfield sitzt am Kapitänstisch, mit ihm die dicke Dame aus Frankreich mit dem ausgesprochenen Pennsylvania-Englisch. Der Kapitän berichtet: Eins von den sechs armen Ludern macht die Reise als blinder Passagier schon zum viertenmal. Dreimal ist er gefaßt und nach Deutschland zurückgebracht worden. Dreimal. Es hat ihn aber nicht abschrekken können, er will durchaus nach Amerika, weil er in Deutschland seine Familie nicht ernähren kann. Ja, und dann habe man soeben noch einen siebenten erwischt: im Wellentunnel. Das sei nun doch noch nicht vorgekommen. Im Wellentunnel, fünf Tage und fünf Nächte! Immer, wenn die Wache kam, sei er untergekrochen, in Öl und Dreck gefallen und halbtot gewesen vor Entkräftung, Kälte und Schmutz. Im Wellentunnel – nächstens werde einer die Reise im Schornstein versuchen.

Ich bin so entsetzt, daß ich meinen Auftrag vergesse und meinen Vorsatz, nach Möglichkeit nicht aufzufallen. Ich stehe am Kapitänstisch und starre den Mann an und höre zu, und jeder muß erkennen, daß hier eine Sache verhandelt wird, um die der Nachtmann weiß. Aber die Sache ist auch für die anderen so interessant, daß sie den Nachtmann gar nicht beachten.

Der arme Kerl tut allen leid, und die dicke Französin äußert sich dahin, daß es in Deutschland wirklich schrecklich sein müsse mit der Not. Sie macht den Vorschlag, eine Sammlung für den armen Mann zu veranstalten, und legt gleich eine Zehn-Dollar-Note auf den Tisch. Der Vorschlag findet begeisterte Zustimmung, obwohl der Kapitän den Kopf schüttelt. Mr. Springfield dagegen scheint heute sein Herz bezeigen zu müssen: Er legt eine Fünfzig-Dollar-Note dazu, was die dicke Französin veranlaßt, das Geld auf einen Teller zu tun und nun im Speisesaal umherzugehen. An jedem Tisch hält sie eine kleinen Ansprache. Leider kann ich nicht hören, was sie sagt, doch sehe ich ihrem Gesicht an, es ist die schreckliche Not in Deutschland, die sie schildert, und es ist das amerikanische Mitgefühl mit dem armen Hungerleider aus dem Wellentunnel, das sie wachruft. Hundertzweiundzwanzig Dollar bringt sie zusammen und überreicht das Geld freudestrahlend dem Kapitän, damit er es dem armen Kerl übergebe. Fünf Tage im finstern, öligen, niedrigen Schraubentunnel, hungernd und frierend, es ist unvorstellbar, wozu einen die Not treiben kann.

„Immerhin nun auch hundertzweiundzwanzig Dollar", scherzt Mr. Springfield, „macht pro Tag vierundzwanzig Dollar. Ein ganz guter Tagelohn fürs Nichtstun."

„Und freie Fahrt dazu", beschließt jovial der Kapitän.

Da lachen sie alle, und das Hungergespenst ist aus dem Schiff vertrieben, man kann sich mit besserem Appetit und beruhigtem Gewissen dem Zerlegen der Brathühner hingeben.

17

Die Offenbarung

Als ich Bill endlich erwische und nach dem Preester fragen kann, schaut er mich an wie ein Stier, den ein Mensch gereizt hat und der nun unentschlossen ist, ob er nicht gewissermaßen als Ersatz und Vorschuß einen Unbeteiligten auf die Hörner nehmen soll. Auf meine Frage, was mit dem Preester geschehen sei, antwortet er nicht. Für ihn spricht Mac, und er sagt nur dumpf: „Hospital!"

Ich lasse sie stehen und eile zum Hospital. Doch sie lassen mich nicht hinein; der Schiffsarzt, den ich sehr gut kenne, wirft mich geradezu hinaus. Ich renne zurück zur Messe, doch Bill ist inzwischen auf Wache gegangen, und so erfahre ich von Mac nur, daß Bill mir die Schuld an der Entdeckung des Preesters gibt. Der Packmeister hat im hinteren Laderaum eine Jacke und eine Hose gefunden, die Ölflecke aufwiesen, ein Kistchen mit Mehl und den Spuren menschlicher Verdauung und auf dem Fußboden Ölstapfen, die zum Wellentunnel führten. Da habe der Hund Meldung gemacht.

Der Melancholische beweist mir meine Schuld, ich hätte bedenken müssen, daß ein Mensch, der in einem Wellentunnel wohne, Spuren hinterlasse. Ich unterbreche den kriminalistischen Vortrag über Spurenbeseitigung, den er anschließt, und frage erregt, was dem Entdeckten passiert sei. Mac zuckt die Achseln: „Er liegt im Hospital!"

Die Bilder von der Stow-away-Vernehmung stehen vor

meinen Augen, doch kann ich das Furchtbare nicht für möglich halten. Man bringt keinen Stow-away ins Hospital, mag er noch so geschwächt sein, es muß also etwas ganz Böses mit dem Preester geschehen sein. Wäre dann aber der Kapitän heute mittag im Speisesaal so besorgt um ihn gewesen, daß er sogar den Ertrag einer Sammlung für ihn entgegennahm? Und wäre Mac so gelassen bei seiner Mitteilung, wüßte er, daß seine Landsleute ein Verbrechen an einem Wehrlosen verübt hätten? Ich frage den langen Matrosen noch einmal, doch er scheint wirklich von einem Außergewöhnlichen nichts zu wissen, zwinkert nur mit den Augen: „Bist du denn noch nicht vernommen worden vom Alten?“ Es liegt etwas wie Befürchtung und Bedauern in seinen Worten, und das Bedauern streicht wie eine kalte Hand über meinen heißen Rücken.

Doch ich habe heute Extradienst, in der ersten Klasse ist Familyparty, da muß ich helfen.

Familyparty, das ist eine besondere Festlichkeit, seriöser als ein Deckball, familiärer als das große Farewelldinner, das den Höhepunkt einer Ozeanreise darstellt. Die Familiengesellschaft ist nicht so feierlich, ist eine Art Mittelding zwischen einem gesellschaftlichen Empfang und einem Festessen mit Tanz. Ihre besondere Bedeutung soll darin liegen, daß sie allen Passagieren der ersten Klasse für den Abend Gelegenheit gibt, sich als eingeladene Gäste zu fühlen, gewissermaßen also den Kapitän als Hausherrn anzusehen, und daß alle Gäste heute gleichrangig sind. Nicht nur für den Kapitän, auch untereinander. Denn der Kapitän ist nur zum Schein der Gastgeber, er tritt diese Würde an einen der Gäste ab, und der Witz liegt darin, daß man eine Minute vorher noch nicht weiß, wer der Ausgezeichnete ist: Die Ehre kann jedem blühen. Sie blüht aber immer nur demjenigen, der als der reichste Mann an Bord gilt.

Ich sehe im Vorraum der großen Halle Herrn Dr.-Ing. Menzel aus Bielefeld stehen, im Frack; wahrhaftiger Gott, im Frack. Der Jüngling hat also nicht nur einen Smoking über den großen Teich geschleppt, sondern auch noch einen Frack. Und der Frack ist neu, das sieht man an der Art, wie er sitzt, er ist die Maßarbeit eines guten Schneiders. Er muß ja neu sein, wie denn soll ein junger Mann, der gerade sein Hochschulstudium beendet hat, zu einem Frack kommen – im Deutschland der Inflation?

Es ist der Fluch der Aufklärung von Wilhelm Schönberg, daß ich zunächst auf den Kragen sehen muß. Nein, alles was recht ist: Herr Dr. Menzel hat einen richtigen Frackkragen zu seinem richtigen, steifen Frackhemd, wenn dieser Kragen auch wieder zu hoch ist und ihn zu kratzen scheint. Richtige Frackschuhe hat er übrigens nicht an den Füßen. Dazu hat es entweder nicht mehr gereicht, oder er weiß nicht, daß ein Gent zum Frack keine gesteppten oder mit Kappen versehenen Lackschuhe trägt, sondern, wenn nicht schon Pumps, nur Schuhe, die gleichsam aus einem Stück geformt sind. Ich spiele mit dem Gedanken, es ihm zu sagen, um zu sehen, wie er in seiner Aufgeblähtheit zusammenfällt. Ich irre mich aber, denn er bläht sich aus Hilflosigkeit auf. Und diese Hilflosigkeit, die ihn in dem Frack erfüllt, kommt nicht von der ungewohnten Kleidung, sie kommt von den anderen Menschen. Und ein paar Augenblicke vergesse ich ihn völlig und sehe mit ihm der Ursache seiner Erregung nach. Das scheint niemand anderes zu sein als meine französische Prinzessin.

Da ist sie also nun doch aus ihrer Reserviertheit und Einfachheit herausgetreten, und sogar für ein sogenanntes Familienfest. Sie trägt ein vergißmeinnichtblaues langes Seidengewand, nicht duftig, eher schwer, wie es eigentlich nur ältere Damen wählen, aber es steht ihr ganz vorzüglich und ist selbstverständlich mit Bedacht gewählt, da der schwere, etwas feste Stoff die schlanke, hohe Gestalt noch besonders betont. Und heute hat sie auch Schmuck angelegt: Eine Brillantenkette funkelt an ihrem Hals, und im Haar blitzt ein kleines Diadem. Drei weiße Rosen trägt sie an der Brust. Wie sie so die paar Stufen zu dem Saal hinaufschreitet, langsam, königlich, bleiben nicht nur Herr Dr. Menzel aus Bielefeld und der Nachtmann des Schiffes bewundernd stehen.

Die Prinzessin scheint übrigens heute auch in jeder anderen Weise ihr bisheriges Wesen in ihrer Kabine gelassen zu haben. Wenn sie auch keinen der Herren bevorzugt, so ist doch ihre Art, sich umzusehen und für die ergebenen Grüße zu danken, freundlicher und entgegenkommender als bisher. Daß es nun ausgerechnet der Erste Offizier, Mr. Wilkinson, sein muß, der sich ihr nähert und sie zu Tisch führt, verdrießt mich. Dem Kerl gönne ich das am allerwenigsten. Die Herren in meiner Nähe empfinden anscheinend ebenso. Nur Herr Menzel scheint über diese Lösung einer Frage, die ihn doch ernstlich beschäftigt hat, sehr erfreut zu sein. Ein Offizier, das ist für ihn wohl kein Kavalier, der einer Dame gefährlich werden kann, das ist möglicherweise nur eine Art Schiffsangestellter, zu dessen Pflichten es gehört, den reisenden Damen Gesellschaft zu leisten.

Die junge Französin hat mit ihrem Erscheinen im Saal eine Art Sensation hervorgerufen. Das anfängliche Erstaunen ist in laute Bewunderung übergegangen und nun in ein richtiges Wettrennen der Herren, um in die Nähe der schönen Frau zu gelangen. Nur Herr Menzel bleibt auf seinem Platz im Vorraum. Freiwillig, der Trottel, indessen ich es gezwungen tun muß. Wie hypnotisiert starrt er durch die Tür in die große Halle, und als ich mich ihm nähere, um den Gegenstand seiner Bewunderung zu ergründen, sehe ich zu meinem Erstaunen, daß er seine Augen unstet wandern läßt, ein Hund sucht so seinen Herrn. Kein Zweifel: er ist entweder bis über seine beiden rötlichen Ohren verliebt, oder aber er sieht in dieser Frau das ersehnte große Leben der oberen Gesellschaft verkörpert und wagt es in seiner Schüchternheit nicht, sie anzuschauen, aus Angst, ihr dadurch schon lästig zu fallen. Diese Naivität ist eigentlich rührend, hat sie doch sein sonstiges peinliches Bestreben, als vollwertiger Kavalier zu gelten, verscheucht und ihn hier festgenagelt wie einen kleinen Jungen, der durch die Türritzen den Wundern des Weihnachtsbaumes nachspürt.

Doch nun geschieht etwas noch Seltsameres: Miss Springfield kommt durch den Vorraum. Miss Ethel hatte es wohl darauf abgesehen, heute abend in den Entscheidungskampf um den Schönheitspreis mit der französischen Rivalin zu gehen, und betritt, des besseren Auftaktes wegen, den Schauplatz im letzten Augenblick. Und wagt es, mit den Waffen der anderen zu streiten: Miss Ethel, die sonst im Reichtum Glänzende, hat sich nämlich ganz auf einfach zurechtgemacht. Ihre Zofe und die Stewardeß müssen gemeinsam vierundzwanzig Stunden gearbeitet haben, um alles, was an Ornamenten an der Robe der Amerikanerin vorhanden war, zu beseitigen. Es kann aber auch sein, sie hatte für alle Fälle ein solches Kleid mitgenommen. Miss Ethel erscheint als junges, unerfahrenes Mädchen in einem weißen Crêpe-de-Chine-Kleid mit einem simplen silbernen Ring an der rechten Hand, einer kleinen Emaillebrosche am Halsausschnitt, und alles sieht einfach und billig aus, und nur die beiden großen Brillanten in ihren Ohrläppchen zeigen dem Kundigen, daß hier ein kostbares Pflänzchen sozusagen in Zeitungspapier eingewickelt wurde.

Ich glaubte zuerst, Herr Dr. Menzel sei über diese wunderliche Verwandlung der Amerikanerin genauso erstaunt wie ich und wie es anscheinend alle Herren und auch die anwesenden Damen sind, denn er hatte den Blick aus dem Saal und von seinem französischen Idol gelöst und an die Neuerschienene geheftet. Dazu war ihm eine Rotwelle ins schon gerötete Gesicht geschossen, so daß die Ohren nun purpurn glühten. Zuerst nahm ich an, der Unbeholfene sei überrascht gewesen, Miss Ethel so plötzlich neben sich zu fühlen, hatte er sie doch nicht ankommen sehen und ihr Erscheinen da vor ihm im Saal wohl von einer anderen Seite her erwartet. Denn dies war nun ja unverkennbar: Die suchenden Blicke des Bielefelders vorhin hatten nicht der französischen Prinzessin gegolten, sondern ohne Frage der amerikanischen Millionärstochter. Daher seine feierliche Zurüstung. Ich fürchte sehr um die kleine Lehrerin in der dritten Klasse.

Da nun aber der Kapitän Miss Ethel sofort in Empfang nimmt und aus dem Blickfeld, das sich von der kleinen Treppe her bietet, entführt, Herr Menzel jedoch weiterhin wie gebannt am Fuße der Treppe verharrt und in die Halle starrt und weiter forscht, muß seine Erregung noch einen anderen Grund haben. Wen oder was kann er denn aber mit so glühendem Verlangen suchen? Ich fühle mich angesteckt, es ist mir, als solle ich hier in ein Menschenschicksal mitverflochten werden, das ungewöhnlich beginnen und verlaufen muß. Dieser junge Mann an meiner Seite kämpft bestimmt einen schweren Kampf, ob er etwas Ungewöhnliches wagen oder nicht wagen soll, anscheinend den schwersten Kampf seines Lebens. Sein Gesicht ist ganz bleich geworden, der grobe Kopf wirkt nun erst recht wie ein klobig zusammengehauenes Vogelbauer, das nur einen Spatz zu beherbergen hat, die Augen glänzen fieberhaft, er sieht ohne Frage nichts, da der Blick von imaginären Bildern erfüllt ist, welche die Angst malt. Schwimmlehrlinge blicken so, wenn sie auf dem Fünfmeterbrett stehen, vom Streben getrieben und doch unschlüssig, weil sie wägen, welche Blamage größer sein wird, wenn sie springen oder wenn sie nicht springen.

Dennoch kann er nicht eigentlich Angst vor dem Betreten des Saales haben, da er dort doch jeden Tag gesessen und gegessen hat. Macht es am Ende nur der Frack? Hat er gar – und es befällt mich ein toller Gedanke –, hat er gar, auf einem ganz kühnen Wege, die kleine Lehrerin hier eingeschmuggelt, im Glauben, das Durcheinander der Familiengesellschaft begünstige das, und traut sich nun nicht eher in den Saal, bis die Gefahr eines unangenehmen Zwischenfalles vorüber ist?

Nein, was Herr Dr.-Ing. Menzel aus Bielefeld die ganze Zeit fieberhaft gesucht und jetzt gefunden hat, ist keine schöne Prinzessin, keine junge Millionärin, keine arme Geliebte, ist überhaupt keine Frau, sondern ein Mann. Ein Mann allerdings, der für Herrn Menzel wohl etwas Übermenschliches, Gottähnliches an sich hat: Mr. Springfield, der großmächtige Herr des Geldes und des raschen Fortkommens in Amerika.

Da steht er nun, dort in der festlichen Halle, gewissermaßen im Schußfeld aller Blicke und aller Betrachtungen. Er ist nämlich, was ich bisher gar nicht beachtet hatte, durch einen Sondereingang eingetreten, mit seinem ganzen Stabe sogar. Auch die ältliche Sekretärin hat sich heute an seinem Tische einfinden dürfen und der Fahrer-Diener. Sie alle sind als Gefolge ihres Herrn gekommen und folgen ihm auch geschlossen an den für ihn reservierten Tisch, an dem bereits einige Gäste Platz genommen haben, die nun eiligst aufstehen. Und Mr. Springfield setzt seine Angestellten mitten zwischen seine Ehrengäste, jawohl, direkt neben Bürger, die ihre Fahrkarte erster Klasse selbst bezahlt haben.

Ich werde nicht recht klug aus diesem Millionär und seiner Tochter. Hat er Sekretärin und Chauffeur an seinen Tisch gebracht, um seine demokratische Lebensauffassung zu demonstrieren, so hätte er seine Leute doch auch jeden Tag dort dulden müssen. Glaubt er vielleicht ehrlich, es genüge, wenn ein Mann wie er seinen Gemeinschaftswillen ein einziges Mal zur Schau stellt? Oder will er ganz einfach die aufdringliche Gesellschaft, die ihn auf dem Schiffe ständig umkreist und der er heute ausgeliefert gewesen wäre, ein wenig dämpfen? Das wäre gar keine so üble Sache.

Und die Tochter, diese Miss Ethel? Erscheint da in einem Gewand wie ein kleines Mädchen aus der dritten Klasse auf einem Festessen, dem ihr Papa präsidiert, angetan mit nichts als mit ihrer Jugend und dem Stolz, die so bewußt einfache europäische Prinzessin auch auf diesem Schauplatz nicht fürchten zu brauchen. Ohne Frage liegen hier die Motive ihrer seltsamen Verkleidung. Ich kann nicht leugnen, sie imponiert mir. Diese Familie Springfield scheint Geist und Witz zu haben.

Und das scheint nicht nur Herrn Menzel in Bann geschlagen zu haben. Alle, die an diesem Fest der ersten Schiffs- und Menschenklasse teilnehmen, defilieren, bevor sie ihre Plätze aufsuchen, an dem Tische des Mr. Springfield vorbei und neigen das Haupt, die einen mehr, die anderen weniger. Und er, der Herr, nickt und strahlt, winkt auch jovial mit der Hand oder ruft ein Wort in den Saal. Ich sah mal einen deutschen Landesfürsten die Ergebenheitsbezeigungen seiner Untertanen entgegennehmen, das war alles förmlich und kalt, aller Unterordnungswille war sozusagen an einem kahlen, kalten Felsen hochgeschwappt, verkühlt wieder abgelaufen und Masse geblieben. Hier hingegen war Wärme hüben und drüben, war Gegenseitigkeit, Gleichheitswille. Und was zurückflutete in den Saal, hatte sich an dem Felsen, den der Tisch des Mr. Springfield dennoch darstellt, nicht abgekühlt, war auch nicht gestaltlose Masse geworden, war vielmehr durch Nicken, Winken und Rufen zur Gestalt emporgehoben worden. Sei es auch nur zur Gestalt der Ergebenheit und Unterwürfigkeit vor dem Erfolgreichen.

Bis auf diesen Mr. Winter, der auch heute abend das bisherige Ekel ist. Mit betonter Gleichgültigkeit hatte er beim Durchschreiten des Saales am Tisch des Millionärs vorbeigesehen und stur seinen eigenen Tisch aufgesucht. Dort sitzt er nun und setzt sein verärgertes und gelangweiltes Gesicht wie einen grünmoosigen, tropfenden Felsblock mitten in die glitzernde Flut: ein weniger Erfolgreicher sicher, ein Überrundeter und Neider. Was aber tut Mr. Springfield, der Gastgeber? Er bemerkt den Mann und die Ablehnung, die er ausdrücken will. Er fühlt, daß dies eine echte Ablehnung ist, und schließt sicher aus der poweren Kleidung des anderen, daß diese Gefühle echt sind. Da erkundigt sich Mr. Springfield bei seiner Sekretärin nach dem Mann und ruft laut in den Saal: „Hallo, Mr. Winter, old boy, come on!“ Und bittet ihn an seinen Tisch, wo ein Steward in Eile noch ein Gedeck unterbringt. Und wo? An Mr. Springfields rechter Seite. Da sich alle nach dem Griesgram umsehen, bleibt dem nichts anderes übrig, als der Einladung zu folgen. Und ein lautes Beifallklatschen lohnt das tadellose Benehmen zweier amerikanischer Bürger. Wenn dies Sieger und Besiegte sind, und überhaupt, wenn dies drüben so üblich ist, ich kann nicht leugnen, es imponiert mir.

Und dennoch keine plumpen Vertraulichkeiten zwischen Mr. Springfield und seinen Gästen, sondern in allem die strikte Beachtung eines unsichtbaren Zeremoniells, das ein strenges, unüberbrückbares Tabu errichtet. Vielleicht gehört, so geht es mir durch den Kopf, Miss Ethels heutige Einfachheit auch zu diesem unsichtbaren Zeremoniell, zu diesem Tabu, ist zwar eine Anpassung an Sekretärin, Diener und die mittelrangigen Einkommen, aber auch ein Protest gegen den Vater und seine allzustarke Betonung des Demokratischen, ist ein Aushang an das Publikum: ‚Meine Damen und Herren, nehmen Sie bitte Notiz, dies heute hier in diesem Saale ist ein Ausnahmezustand!‘ Vielleicht sitzt sie nur darum heute nicht an ihres Vaters Tisch, sondern mit dem Schiffsarzt und zwei nebensächlichen und etwas verwirrten Damen.

Sie haben sich da oben im Saal nun alle gesetzt. Nur Mr. Springfield steht noch und benickt jetzt die dicke französische Madame. Oben an der Treppe erscheint der Secondsteward, das Essen wird beginnen. Ich erinnere mich, daß ich hier nichts mehr zu suchen habe, und wende mich mit einem Ruck ab. Dabei pralle ich gegen einen Menschen, der hinter mich getreten und stehengeblieben sein muß. Es ist noch immer Herr Dr. Menzel, der da steht; ich habe unsanft die gesteppte Kappe seines linken Lackschuhes geschrammt.

Bevor ich mich noch entschuldigen kann, sagt er wütend: „Tölpel!", besinnt sich aber sofort, glättet mit einem Ruck sein böses Gesicht und lächelt mich hilflos an. Anscheinend erkennt er dankbar an, daß ich ihn zur rechten Zeit aus seinem Zustand der Verzückung geweckt habe. Und nun hebt er das Gesicht gegen den noch immer dort oben stehenden Mr. Springfield und schreitet, ganz Ehrfurcht, zögernd und aufs neue ergriffen, mit Augen, die wieder innerlich geschlossen sind, die paar Stufen hinan und hinein in den Saal.

Da erkenne ich endlich ganz die Ursache seiner langen, furchtbaren Erregung und schrecklichen Unentschlossenheit: Er hatte von den Gepflogenheiten dieser Familiengesellschaft gehört, von denen eine darin besteht, daß der sogenannte Gastgeber jeden im Saal an seinen Tisch bitten kann, daß aber auch jeder Festteilnehmer das Recht hat, sich dem Hausherrn vorstellen zu lassen oder sich selbst vorzustellen. Und Herr Dr. Menzel will heute aufs Ganze gehen, er will nach Amerika ohne Umwege.

Als er den Tisch des Millionärs erreicht, der für ihn wohl eine Art Altar bedeutet, und das Haupt mitsamt dem Rükken in Ehrfurcht neigt, will sein angehimmelter Gott sich leider gerade hinsetzen, dreht sich dabei seitlich und nimmt ganz plebejisch die Frackschöße weit auseinander. Es ist ein sehr runder Herr, und Herrn Menzel lächelt ein gut ausgefüllter Hosenboden an.

Er bemerkt aber wohl keinen Unterschied zwischen dem Gesicht und dem Antigesicht von Mr. Springfield, denn der beglänzte Ausdruck auf Herrn Dr. Menzels Antlitz wandelt sich nicht.

Die Schiffskapelle setzt ein: Richard Wagner, Einzug der Gäste auf der Wartburg.

18

Die Glory-Hall

Die Genugtuung darüber, daß sie auf solchem ausländischen Prachtschiff nicht nur deutsche Köche, Bäcker, Stewards und Aufwäscher zu schätzen wissen, sondern auch deutsche Musik, weckt in mir den Gedanken, heute abend meinen Landsleuten einen Besuch zu machen. Vielleicht wissen sie etwas vom Preester.

Als Tannhäuser auf der Wartburg den Einzug der Gäste sah und die festliche Begrüßung hörte, umflorten sich seine Sinne, und sein Blut erhitzte sich, und er ging im Geiste aus dem Festsaal und stieg hinab in den Hörselberg. Es endete bei ihm mit einer Enttäuschung. Ich gehe bei den Wartburgklängen ganz körperlich aus der teuren Halle, es erwartet mich kein Hörselberg, ich besuche den Orkus.

Tiefer und tiefer steige ich hinab, höre bald nichts mehr von der Musik, dafür das Schnauben von geketteten und geschmorten Riesen, die unsere Schiffswelle zu drehen haben. Und rieche immer stärker das tausendmal gesottene siedende Schmieröl, das den unteren Dampferpartien angehört. In dieser schrecklichen Atmosphäre, verstärkt noch durch die Enge des Wellentunnels und den Schmutz, hat der Preester fünf Tage und fünf Nächte verbracht, um unter geheimnisvollen Umständen im Hospital zu landen. Durch einen schmalen Gang aus warmen Eisenplatten kriecht mir der Geruch entgegen. Und ich will doch gar nicht zum Wellentunnel, ich will ins Logis des Hilfspersonals. Dennoch ist es richtig.

Sie nennen auf diesen Schiffen solche Massenherberge „Glory-hall“, die „Ruhmeshalle“. Wände und Decken sind aus gestrichenen Eisenplatten, der Fußboden auch. Bündel von Röhren aller Kaliber laufen an den Wänden und an der Decke entlang: Dampf-, Wasser- und Kanalisationsröhren. In dieser Glory-hall hier befinden sich 36 Kojen. Es sind aber keine Kojen, an Ketten hängen von der Decke schmutzige Eisenpritschen herab, immer zwei übereinander. Kein Tisch, kein Stuhl, keine Bank steht in dem Raum, nur zwölf verbeulte kleine Schränke aus Eisenblech zähle ich. Je drei

Mann müssen sich also in einen Schrank teilen. Nägel und Haken kann man an den eisernen Wänden nicht anbringen, es werden daher alle vorspringenden Ecken und Kanten zum Aufhängen gewaschener und verschwitzter Hemden und Hosen ausgenutzt. Die Glory-hall hat auch keine Fenster, denn sie liegt nie an der Wasserseite, meistens sogar unterm Wasserspiegel. Diese hier liegt über dem Kessel. Eine schwüle Hitze wie in einem verölten Treibhaus brütet in dem Raum, die beiden Ventilatoren an der Decke können die dicke Luft nicht bewegen.

Nun ich mich hier länger aufhalte, verstehe ich auch, warum die Männer die Nächte splitterfasernackt auf den verschwitzten Pritschen liegen. Zwar führt ein Luftschacht nach oben, aber er drückt nicht genügend frische Luft nach unten, und ein Abfluß ist nicht vorhanden. Am Kopfende einiger Pritschen sehe ich kleine Tischventilatoren, die die Kerle irgendwo gemaust haben. Sie haben sie an ihre Betten montiert und lassen sich nachts ununterbrochen die bewegte Luft über den nackten Körper jagen. Für welche Vortäuschung einer Abkühlung sie fraglos ein böses Reißen eintauschen. Kalte Füße aber können sie nicht kriegen, und wenn sie im dicksten Winter die ganze Nacht barfuß laufen: Der eiserne Fußboden ist so heiß, daß auch der faulste Kerl Galopp laufen muß, hat er keine Schuhe an.

Der Gestank der zusammengepferchten Männer hatte mich morgens, wenn ich die Hilfscrew weckte, immer veranlaßt, meinen Singsang abzukürzen und die Tür rasch wieder zuzumachen. Jetzt ist es abends, früher sogar noch, doch die Luft ist nicht besser. Ich verstehe nun auch, warum diese Menschen morgens ziemlich apathisch auf das Wecken reagieren: Es ist ihnen in der Glory-hall die Lust selbst zum Fluchen und Schimpfen abhanden gekommen. Das mag auch der Grund sein, daß an den Eisenwänden nur ein paar jener beliebten, aus Zeitschriften ausgeschnittenen Bilder nackter oder spärlich bekleideter Mädchen kleben, die sonst in jedem Matrosenlogis in Überfülle zu finden sind.

Aus der Stickluft überfällt mich ein Gedanke und läßt mich nicht los: Wenn ich einen Bohrer nehme und durch die Decke der stinkenden Glory-hall ein Loch bohre, stoße ich in eine Kabine der richtigen Crew, und bohre ich weiter nach oben, so komme ich in eine der Luxuskabinen und weiter in den prunkenden Festsaal, den ich vorhin verließ und in dem Menschen die Zeit mit Tanzen, Trinken und Flirten verbringen, zwölf bis sechzehn Stunden am Tag, indessen hier unten Menschen, in zwölf- bis sechzehnstündiger Fron ausgenutzt, nicht einmal für acht Stunden eine Bleibe haben, um ihren geschundenen müden Körper auszuruhen. Wenn ich nun, um solche Zustände zu beenden, den Bohrer in umgekehrter Richtung ansetzte – nach unten zu –, aber das ist ein böser Gedanke, wie ihn Gott sei Dank kein seefahrender Kuli, höchstens mal ein deutscher Bäcker hat.

Was hier liegt, sind keine Mitglieder der eigentlichen Schiffsbesatzung, sondern Hilfsvölker: Stewards der dritten Klasse, Küchenarbeiter, Decksleute, Männer also, zu denen auch ich hätte gehören können. Vier Kohlentrimmer sind auch unter ihnen.

Ich habe aus dem Lesesaal ein Bild mitgebracht, das ich dort aufhängen wollte. Mir schien es richtiger, das Bild den freudlosen Männern der Unterwelt zu verehren. Das Bild ist eigentlich ein Plakat. Es zeigt im Dreifarbendruck ein gewaltiges Schiff, das die Wogen eines grünen Ozeans zerschneidet, mit einem Bug scharf wie ein Messer, und an dem als weitere Hauptmerkmale ein paar große Schornsteine und ein paar noch größere Fahnen ins Auge fallen. Die Fahnen zeigen das Sternenbanner. Ein schön geschriebener Text besagt:

„Leviathan", das größte und schnellste Schiff der Welt. Alles, was Menschengeist ersinnen konnte in Stahl, Holz und Stein, in Edelstein und Stoffen, in Luxus und Komfort, das finden Sie auf diesem Dampfer. Leviathan ist das schnellste, größte und schönste Schiff der amerikanischen Regierungsflotte, der Riese des Ozeans, das schwimmende Weltwunder!

Ich erinnere mich gut, daß, als dieses Schiff zuerst genannt wurde, eine Begeisterung durch die ganze Union gegangen war, ein Rausch des Machtgefühls von New York bis Frisko. Alle Blätter hatten seitenlange Artikel gebracht mit großen Bildern. In den Schaufenstern der großen Städte waren riesige Schiffsmodelle ausgestellt, und in den Kinos wurden die Triumphe amerikanischer Technik und Prunkentfaltung verkündet. Das hatte so lange gedauert, bis die Engländer mit Inseraten in den amerikanischen Zeitungen antworteten. Denn sie konnten sich diese Herausforderung nicht gefallen lassen. Und so antworteten sie:

„Majestic“ ist das größte, schönste und schnellste Schiff der Welt, das großartigste Wunder der Meere. Majestic ist drei Meter länger als Leviathan und tausend Tonnen größer.

Als ich den Leuten in der Glory-hall den ihnen zugedachten Bildschmuck zeige, wird bei vielen die Erinnerung an jene Monate des Reklamerummels wieder wach, und als ich nun nach einer Aufhängemöglichkeit für das Bild suche, fällt plötzlich die Faust eines Küchenheizers mitten in das Bild und zersplittert Glas und Rahmen. Eine Begründung gibt der Mann nicht für sein Tun. Er wendet sich ab und zieht gelassen seine verschwitzte und verdreckte Hose aus. Da sagt mir ein anderer: „Mensch, willst du uns veräppeln? Oder bist du bloß dämlich? Die ‚Leviathan‘ hieß doch früher ‚Vaterland‘, nicht wahr? Und die ‚Majestic‘ hieß ‚Bismarck‘. Und die beiden waren doch Schwesterschiffe der Hapag. Weißt du das nicht? Nach dem verfluchten Krieg sind wir sie losgeworden.“

Ein paar Augenblicke steht die Glory-hall einmütig in Aufruhr gegen mich und die amerikanisch-britische Schiffspolitik. Was die Ausnutzung der Menschen durch Menschen, die schlechte Behandlung nicht erreicht hatte, das ist durch die Empörung über den Presseschwindel möglich geworden: eine ganz allgemein gefühlte Empörung über den Schwindel mit Werten, welche die Schwindler gar nicht geschaffen haben.

Aber die Empörung hält dafür auch nur ein paar Minuten an. Der Faustschlag des Heizers konnte sie wohl entzünden; dann flackerte sie hin und her und drohte zu erlöschen. Da nimmt auch schon einer den Wassereimer und gießt die rötliche Flamme aus. Er sagt: „Laßt solche Reden nur mal unsern Ersten Offizier hören, dann könnt ihr in eurem gepriesenen Deutschland aussteigen und sehen, wo ihr zu einer so guten Heuer kommt. ‚Leviathan‘ und ‚Majestic‘ sind für uns Schiffe, die von Amerikanern und Engländern gebaut wurden. Damit haben wir uns abzufinden. Basta!“

Er meint es ironisch, doch nun bestätigt es ihm ein Deutscher, und der tut es aus ehrlicher Liebedienerei, wenn es so etwas gibt. Mein kleiner Feind, der Kartoffelschäler, ist nämlich auch da, und er bringt seine zufriedene Überzeugung an: Die Deutschen hätten Schiffe mit guten Mannschaftsquartieren, aber diese Schiffe lägen still; da wolle er lieber schlecht schlafen und gut verdienen. Und außerdem sei es gar nicht so schlimm! Schlimmer sei das Aufputschen, und am schlimmsten, daß man nicht wisse, ob solche, die das täten, nicht von der Reederei gekaufte Subjekte seien. So mir nichts, dir nichts würden ja die guten Posten und Quartiere nicht vergeben, das wisse man doch!

Ein paar sehen mich fragend an, es liegt noch kein Mißtrauen darin, geschweige denn Feindseligkeit, aber ich fühle doch, wie diese Blicke sich an meiner sauberen Uniform und meiner Gewaschenheit vergiften. Als Gegengift hilft da nur eine Ohrfeige, daß der Kleine gleich durch die ganze Glory-hall fliegt. Ich mache ein paar Schritte auf ihn zu; er scheint nicht zu ahnen, was ihm bevorsteht. Die Männer hier unten, das weiß ich, werden Verständnis für mein Vorhaben aufbringen und sich nicht als Zeugen hergeben, wenn der Kleine Anzeige macht. Lohnt es sich denn aber?

Es lohnt sich nicht, denn nun ich vor dem Kleinen stehe und die Hand hebe, sehe ich ein tödliches Erschrecken in seinem Gesicht.Er will zurück, doch ich habe ihn schon mit festem Griff an der Hemdbrust und reiße ihn zu mir heran. Da platzt ihm das Hemd auf dem Rücken, und er kann sich tatsächlich durch den Riß zurückziehen. Das sieht so komisch aus, daß die meisten lachen. Ich wechsele daher meine Absicht und begnüge mich, ihm das gespaltene Hemd aus der Hose und über den Kopf zu ziehen. An dem allgemeinen Gelächter sehe ich nun, daß seine Verdächtigung ohne Wirkung geblieben ist, und werfe ihm das Hemd an den Kopf.

Bisher war die Geschichte schweigend abgerollt, nun er

die Gefahr als vorübergegangen erkennt, macht er den Mund wieder auf, kreischt hysterisch und droht mit den wildesten Anzeigen wegen tätlichen Angriffs. Aber sie lachen ihn aus, und als er nicht nachläßt mit seinen Verdrehungen des Vorgangs, faßt ihn der Küchenheizer in die Hose und stellt ihm den Verlust auch noch dieses Kleidungsstückes in Aussicht und außerdem eine ordentliche Wucht auf den Blanken. Er läßt jedoch die Hose wieder los, und der Kleine begnügt sich, schweigend das Hemd vom Boden aufzunehmen und resigniert den Riß zu betrachten.

„Ich geh an Deck“, sagt der Heizer, „nu grade! Geht wer mit?“ Es meldet sich keiner. „Armleuchter!“ Er knallt die Tür zu.

Ich weiß, er macht fast jeden Tag den Versuch, in der Freizeit auf irgendein Deck zu gelangen, um frische Luft zu schöpfen. Er sollte eigentlich schlafen nach zwölf oder sechzehn Stunden Arbeit, aber die Luft in der Glory-hall treibt ihn und ein paar andere immer wieder nach oben. Dabei ist das streng verboten. Auch in sauberer Kleidung dürfen diese Auch-Seeleute nicht an Deck, nicht einmal auf die Decks der dritten Klasse. Den Heizer habe ich schon öfter getroffen, aber nicht gesehen. Daher wohl sein Eintreten vorhin für mich. Nur das vordere Ladedeck ist den Glory-hall-Leuten freigegeben. Aber da ist es in der Nacht bitterkalt, und es fehlt auch jede Sitzgelegenheit, man muß sich schon auf die eisernen Planken hocken.

Einer erinnert sich auch, daß er mal auf einem ähnlichen Schiff wie unserem eine richtige Messe angetroffen habe, eine Messe auch für diesen armseligen Teil der Besatzung. Jawohl, auf der „President Harding“ müsse es gewesen sein.

Er kommt nicht weit in dem befriedigenden Gefühl, das seine Erinnerung auslöst. Ein fröhliches Lachen von einer Pritsche herab scheucht sein Jawohl zurück. Der da lacht, richtet den nackten Körper auf und stützt den Kopf in die linke Hand. Er weiß zu berichten, daß man die Freizeiträume, die sogenannten Messen, auf der „President Harding“ sowohl wie auf der „President Wilson“ zwar eingebaut hatte, aber bereits nach zwei Reisen wieder herausgerissen und zu Massenschlafräumen für die Hilfsmannschaft gemacht habe. Weil man aus den eigentlichen Schlafräumen dieser Mannschaft noch nutzbare Plätze für Zwischendecker schaffen konnte. „Rechnet doch mal nach: Hier bei uns konnten auf diese Art 36 Kojen neu geschaffen werden. Das sind 36mal 105 Dollar, macht 3780 Dollar Mehreinnahme auf einer Fahrt. Drei solcher Messen wurden rausgerissen. Macht dreimal 3780 Dollar. Oder insgesamt 11340 Dollar pro Fahrt mehr. Zieht das bißchen Fressen für die 36 Passagiere der dritten ab, so bleiben mindestens 10000 Dollar Mehrgewinn auf jeder Reise. Was geht es denn die Schiffsgesellschaften an, daß diese 10000 Dollar aus unserem Dreck und aus unsrer Gesundheit rausgeschunden sind! Einen Dreck geht es sie an. Uns aber geht es auch nichts an, der Kleine von vorhin hat ja so recht: Wir sind doch im Grunde alle froh, überhaupt hier liegen zu dürfen!"

„Woher hast du denn die Zahlen?" frage ich. „Und warum bauen sie denn erst die Messen ein, wenn sie sie nachher doch wieder rausschmeißen?"

Er schüttelt den Kopf. „Sie bauen die Messen ein, weil sie das müssen. Messen sind nämlich behördliche Vorschrift. Sonst wird das Schiff nicht abgenommen. Aber dann werden Fehler in der Konstruktion festgestellt, und das Schiff wird umgebaut. Alle Schiffe werden umgebaut. Erstens verdienen die Werften daran und zweitens die Reedereien. Wie ich dir ja soeben vorgerechnet habe." Er läßt sich auf die Pritsche fallen.

„Was bist du denn, wenn du nicht gerade fährst?" frage ich.

Erst nach einer Weile kommt die Antwort. „Du meinst, was ich in Deutschland war? Arbeitsloser Schiffbauingenieur. Good night!"

Ich frage nach dem Stow-away aus dem Wellentunnel. Sie wissen nur, daß man ihn verarztet hat. Aber es rührt sie weiter nicht an, es ist nichts Neues für sie.

„Wenn man nun den Kapitän und den Ersten in New York melden würde", frage ich erregt.

Da richtet sich der nackte erwerbslose Schiffbauingenieur wieder auf. „Das tu, Mensch, das tu. Die haben dir nämlich auch in New York schöne Hospitäler!"

Jetzt sind sie alle richtig vergnügt.

Mit jeder Treppenstufe entrinne ich der Unterwelt und nähere mich dem Leben, das sich lohnt, wenn es sich gelohnt hat. Nun höre ich schon Musik aus dem großen Festsaal, und auf der nächsten Treppe erkenne ich sie auch: Es ist wieder deutsche Musik, die sie da oben spielen und auf deren Klängen Stimmengewirr, Lachen und Gläserklingen durch das Schiff schäumt, das Schiff, das durch die tiefe Nacht und durch den noch tieferen Ozean pflügt. Johann Strauß spielen sie jetzt, die Fledermaus: „Brüderlein, trink mit mir, sing mit mir –"

Sink mit mir, würde mein Bäcker denken, kennte er die Fledermaus und schliefe er jetzt nicht. Er ist nun mal nicht für Brüderlichkeit auf diesen Schiffen. Der Kerl würde bei einem gemeinsamen Sinken am Ende gar versuchen, sich allein zu retten.

19

Der Mann aus dem Wellentunnel

Am andern Morgen eile ich zu Bill und Mac, wir müssen dem Preester helfen. Zu meiner Überraschung ist Bill gar nicht mehr aufgebracht. Er macht vielmehr ein gleichgültiges Gesicht und sagt: „Der Kerl ist zu frech geworden."

Ich sehe verständnislos von ihm zu Mac. Der zuckt nur wieder die Schultern: „Ich sagte es gleich zu Bill, diese Deutschen sind zu dumm."

In ihrem sogenannten Quartier auf den Planken der vorderen Ladeluke sind die Stow-aways nicht. Ich eile an Deck.

Wir haben schlechtes Wetter bekommen, es ist grau und regnerisch, mitunter fegt die See über das Vorderschiff. Mich wundert, daß ich bei solchem Wetter ein halbes Dutzend Männer finde, die auf den Knien liegen und die Decks scheuern. Als ich näherkomme, sehe ich, es sind die Stow-aways, die ihre Überfahrt, von der sie nichts haben, abarbeiten müssen. Drei Gesichter tragen noch die Spuren der Fäuste des Kapitäns und des Ersten. Dahlberg ist nicht unter den Männern.

Sie haben kein Lederzeug und keine Wasserstiefel. Ihre abgetragenen mürben Zivilkleider sind naß. Drei von ihnen haben keine Stiefel und keine Strümpfe an. Ihr Reiseanzug ist ihr Arbeitsanzug. Ich frage den ganz Ausgemergelten, wo der Mann sei, der im Wellentunnel gesteckt hat. Der liege im Hospital, und es gehe ihm schlecht. Ob er krank sei oder verunglückt oder –

Der Mann sieht mich prüfend an, dann sagt er: „Sie sagen, er ist verunglückt. Wir sind alle verunglückt." Seine Kameraden haben gar nicht aufgesehen.

Als ich ihnen die Geschichte der Sammlung erzähle, hundertzweiundzwanzig Dollar soll der Mann im Wellentunnel bekommen, da unterbrechen sie doch ihre Arbeit und können weder das Märchen noch die Wirklichkeit fassen. Nur einer, der Ausgemergelte, hebt abwehrend die Hände: Er wisse schon, was es noch setzen werde, bevor der das Geld ausgezahlt kriege. Er läßt alle Vorsicht fallen: „Wissen Sie, was der Kapitän zu uns gesagt hat? ‚Daß man euch verhungerte deutsche Schweine auch noch füttern muß', hat er zu uns gesagt, ‚ich will es euch anstreichen, ihr sollt euch den Fraß sauer verdienen!' Wie er es uns angestrichen hat, können Sie ja sehen!" Und er erzählt, was ich eigentlich schon weiß: Sie müssen morgens um vier Uhr aufstehen und haben abends bis zehn Uhr zu arbeiten, immer in ihren dünnen, zerrissenen Kleidern. Und in den nassen Lumpen müssen sie ohne Matratze und Decken auf bloßer Planke schlafen. Und sind nach ihrem Geständnis noch froh darüber, daß man sie nicht ins Meer geworfen hat. Und hegen noch immer die Hoffnung, in New York an Land zu kommen, dann wird alle Not und Schmach rasch vergessen sein. Dies hier, das ist ja noch nicht Amerika.

Auf dem Wege zum Hospital treffe ich erneut Bill, der mit einem kleinen Topf weißer Farbe auf die Brücke will. Er sieht sich um, nimmt mich beiseite, und ich denke, er will mir nun Genaues über den Preester berichten. Doch Bill wehrt ungeduldig ab, klopft mir auf die Schulter und bittet mich schließlich flüsternd, eine Zeitlang nachts den vorderen Laderaum nicht zu betreten. Er habe nämlich –

und er blickt wieder sichernd umher und besonders sorgsam den Aufgang zur Brücke empor – er habe nämlich …, es müßte da Klarheit geschaffen werden, auch Mac und Harry wären dafür. Yes. Sein Gesicht kommt dicht vor meins, und seine Stimme zischt wie ein schadhaftes Dampfrohr: „Wenn du es dir einfallen läßt und sagst –", doch da hat der Druck nachgelassen, und die Spannung verfaucht kraftlos: „Aber das ist ja Unsinn!" Und wieder nach scheuem Umherblicken, jetzt dicht an meinem linken Ohr: „Also wir haben letzte Nacht die große Kiste aufgemacht, du weißt doch!" Und anscheinend noch nachträglich verwundert: „Es ist tatsächlich ein Sarg drin!" Er nimmt den Kopf zurück, und auf sein Gesicht legt sich Genugtuung, daß er sein schreckliches Geheimnis hat anbringen können. Es ist das Gesicht eines Kindes, eines Lausejungen allerdings.

Ich bin zurückgefahren und starre ihn an. Da fragt er, unbekümmert um Kapitän und Ersten: „Nun sag, sollen wir auch noch den Blechtopf aufmachen? Was meinst du?"

Blechtopf sagt er für Zinksarg, Tin-pot, und ich sehe ihm an, er will keineswegs frivol sein.

Mich erfüllt wirklich ehrliches Entsetzen, denn bisher habe ich ihren Detektivrummel für eine Verulkung Macs gehalten. „Seid ihr denn verrückt, Jungs", stoße ich so leise wie möglich hervor und sehe dabei, fraglos ängstlich, umher, „natürlich ist in solcher Kiste ein Sarg. Was ihr da gemacht habt, ist nicht nur ein tolles Vergehen, das euch verflucht was kosten kann, es ist sogar Leichenschändung!"

Es macht keinen Eindruck auf ihn. „Erstmal war das gar nicht sicher, daß da ein Sarg drin war. Und dann bezweifle ich, daß in dem Sarg ein Toter drin liegt. Und wenn einer drin liegt, dann wollen wir erst mal sehen, ob der tote Kerl wirklich der Gentleman ist, mit dem die schwarze Dame und unser Erster am Tage vor der Ausfahrt im Tivoli zusammengesessen haben. Nämlich, wenn er's ist, dann haben sie ihn umgebracht. Und wenn er's nicht ist, dann ist er auch nicht ihr Mann. Wenn es nämlich ihr Mann aus dem Tivoli ist, dann müßte er doch erst nach der Tanzerei gestorben sein, also zehn Stunden vor der Abfahrt. Mensch, so rasch bringen wir nicht mal in den Staaten eine Überseeverpackung zustande. Ist's aber ein anderer als der aus dem Tivoli, dann ist's auch nicht ihr Mann, und sie haben den Kapitän und eure Behörden beschwindelt. Warum aber wohl?" Er sieht mich triumphierend an.

Ich erkenne, daß ich ihn mit meinen ethischen Argumenten von dem verrückten Vorhaben nicht abbringe, und versuche praktische. „Und wie wollt ihr den Sarg wieder zumachen? Und den Zinksarg erst? Sie müssen es doch merken. Und dann Gnade euch Gott!"

Aber Bill kann darauf nur lachen. Ganz unbekümmert lacht er da am Fuße der Brücke. Wahrscheinlich hat er in seinem Leben schon andere Dinger auf- und zugemacht als einen dünnen Zinksarg. „Und wenn da wirklich ein kleines Ventilationsloch in der Blechschachtel übrigbleibt, dann wird der Mister über ein bißchen frische Luft auch nicht grad böse sein!" Er sieht mich verschmitzt an und macht das rechte Auge zu. Der ganze Riese ist eine einzige Gutmütigkeit, wie er da steht. „Weißt du, darling, ich glaube, der Onkel in der Kiste da unten, der wird uns allen noch einen mächtigen Jokus machen!" Damit haut er mir noch mal kräftig auf die Schulter, lacht und geht die Treppe hinauf.

Ist es wirklich möglich? Natürlich ist es nicht möglich, ist eine Fopperei, und sie gilt mir. Wahrscheinlich haben die andern Burschen irgendwo auf der Lauer gelegen und zugesehen, wie Bill mich bearbeitet. Ich schaue umher, erblicke aber keinen von den Brüdern. Dafür sehe ich, wie der Kapitän mit dem Arzt aus dem Hospital kommt. Soviel ich weiß, haben wir nur diesen einen Kranken im Hospital. Dann hat ihm der Kapitän also einen Besuch gemacht und ihm wohl die hundertzweiundzwanzig Dollar gebracht. Vielleicht ist auf der Familyparty gestern abend die Sammlung noch vergrößert worden, diese Amerikaner sind, einmal angestochen, unerschöpflich im Wohltun.

Mit Schwester Maud, wie wir die Nurse nennen, stehe ich, seit sie mir am dritten Tag der Reise die Hand verbinden mußte, sehr gut. Ich verdanke das aber wohl nur der Art meiner Verletzung, die mich sogar für eine Stunde in den Mittelpunkt des Schiffslebens stellte. Und wäre es mir gelungen, den Urheber meiner Verwundung lebend in meine Hände zu bekommen, wer weiß, ob nicht das empfindsame Herz irgendeiner reichen Amerikanerin die Steuerung meines Schicksals übernommen hätte. So ist von der Geschichte nur meine Freundschaft zu der Nurse Maud übriggeblieben.

Wir hatten gerade den Ozean gewonnen und eine ziemlich grobe See, als eine letzte, allerletzte Möwe unser Schiff umflatterte und immer wieder Anstalten machte, sich niederzulassen; im letzten Augenblick jedoch strich sie stets ab. Der Vogel war ermattet, hatte sich zweifellos verflogen und fühlte, er würde das Land nicht wieder erreichen. Beim letzten Anflug kam die Möwe gerade noch über die Reling, dann fiel sie wie leblos auf das Vorderdeck und kroch hinter die Winsch.

Es war eine große Mantelmöwe, sonst ein gewandter, kühner Flieger, jedem Sturm gewachsen. Sie war besonders schön, ihr Rücken hatte das leuchtende stählerne Schieferblau der Jugend, das übrige Kleid strahlte in einem blendenden Weiß. „Das wird ein feiner Hut für Nelly", rief einer der Matrosen und stürzte der Möwe nach. Der todesmatte Vogel rutschte auf den Planken weiter, rührte auch die Schwingen, war aber zu schwach, sich bis über die Reling zu erheben, oder er hatte Furcht vor dem Meere. So vertrat ich ihm denn den Weg und griff ihn. Auf dem Hute von Nelly sollte er nicht enden, dann lieber in meinem Logis, es wäre unterhaltsam, könnte ich die Möwe zähmen. Auf einem Fischdampfer hatten wir mal eine große Mantelmöwe, die nahm gern Brot und Fleisch und war zahm geworden wie eine Elster.

Dies aber war eine argwöhnische Kreatur, und wenn ich mich immer über die großen und kleinen Brehms geärgert hatte, die von der Möwe als von einem zänkischen, neidischen und heimtückischen Vogel reden, so war ich nun gewillt, noch ärger zu schimpfen. Das Vieh versetzte mir einen derartigen Hieb auf den Rücken der linken Hand, daß das Blut nur so herunterlief. Wäre sie nicht entkräftet gewesen, sie hätte mir die Hand zerschlagen. Ich bekam einen mächtigen Schreck und warf sie fort. Worauf sie in ihrer Todesangst, die der Mensch wohl mehr als das Wasser gestärkt hatte, bis über die Reling kam, aber nach zwanzig Metern ins Wasser fiel. Sie machte noch den Versuch zu schwimmen, doch eine größere Woge schlug sie in die Tiefe, und sie kam nicht wieder hoch.

Es war eine richtige Sensation auf dem Schiff: Eine Möwe, „die einen Matrosen totgebissen hat“ und dann ertrunken war. Sogar der Kapitän sah sich meine Hand an, und der Arzt verband sie. Miss Maud, die Nurse, erneuerte den Verband und unterhielt sich immer gern mit mir über Deutschland, denn dies ist ihre erste Reise, und sie hat Bremen gesehen und Hamburg. Es war alles very nice, obwohl es soviel Not im Lande geben soll. Schwester Maud ist erst zwanzig Jahre alt und hat eine einfache liebe Seele; es ist nur jammerschade, daß ihr Gesicht so ungewöhnlich häßlich ist. Vielleicht mag sie deshalb das amerikanische Studentenleben nicht leiden, denn sie möchte lieber in Deutschland ihr ärztliches Studium fortsetzen. Es wäre dort auch billiger, da sie nicht vermögend sei; um sich die Mittel zu verdienen, fahre sie ja als Pflegerin auf dem Schiff. Das ist Schwester Maud, vor deren pockennarbigem Gesicht mit dem breitlippigen großen Mund die Patienten erschrecken würden, überstrahlten nicht die schönsten blauen Augen und eine leise, warme Stimme die aufkommende Ablehnung.

Heute ist sie gar nicht mitteilsam, und wenn sonst ein inneres Blühen das Distelbeet ihres Gesichts verschönte, so ist diesmal wirklich nur stacheliges Unkraut zu sehen. Sie will mich wieder in dem kleinen Vorraum abfertigen und ist geradezu erschrocken, als ich sage, ich möchte den Mann aus dem Schraubentunnel sehen. Sie redet auch etwas von Isolierung, schwindelt das aber, denn lügen kann sie noch nicht, und sagt schließlich, es sei schrecklich. Ja, und dann weint sie. Ich denke, daß es aus Mitleid mit dem Stow-away geschieht, und frage, ob er sich eine gefährliche Verletzung oder hoffnungslose Krankheit zugezogen habe und nun auf den Tod liege, jetzt, da ihm ein paar hundert Dollar und vielleicht das Glück in Amerika, dargestellt von einer reichen Dame oder gar von Mr. Springfield, winkten. Da sagt sie es, und ihr hagerer Körper schüttelt sich vor echtem Mitgefühl: Der Mann sei ins Hospital gekommen, weil er bis zur Ankunft des Schiffes in New York wieder hergestellt sein müsse, jedenfalls so weit, daß ihn die Behörden sehen könnten, ohne zu merken – und nun erkenne ich, daß außer dem Mitgefühl noch ein anderes Gefühl durchstößt: Erschrecken vor Menschen oder gar vor bisher angebeteten Zuständen. Der Mann aus dem Schraubentunnel ist nicht eigentlich krank, er ist nur schrecklich geschwächt. Aber sein Gesicht – das ist geschwollen – verunstaltet – der rechte Kiefer – die Zähne – auch die Zunge – der Mann ist schwer gefallen – er war einen ganzen Tag bewußtlos – sein Blutverlust – und unter Schluchzen endlich das Geständnis: Der Kapitän hat ihn so furchtbar zusammengeschlagen.

Also doch.

„Sagen Sie, Miss Maud, ist in Ihrem Lande oft solch Unterschied zwischen Reden und Handeln?"

Sie antwortet nicht, sie weint.

Darum also der Besuch des Kapitäns bei einem kranken Stow-away. Aus Angst. Ich rechne: Wir haben noch vier Tage bis New York – viel Aussichten hat der Kapitän nicht.

„Wird er wieder werden?"

Sie antwortet nicht.

„Was wird der Kapitän in diesem Falle tun?"

Schwester Maud weiß es nicht, sie hat so etwas noch nicht mitgemacht. Wird man den Mann während des Aufenthaltes in New York verstecken? Das ist gefährlich, denn es erfordert Mitwisser, nicht nur einen von den Offizieren, sondern auch einige von den Mannschaften. Oder wird man den Kranken vorher sterben lassen? Dazu braucht man einen Mitwisser: den Doktor.

Ich frage Schwester Maud nach ihrer Ansicht. Sie ist entsetzt über einen solchen Verdacht, der Doktor sei ein Ehrenmann. Zugleich aber fällt ihr ein, daß sie ihre Stellung aufs Spiel setzt, weil sie das alles einem Fremden erzählt, und sie bittet mich, zu gehen. Ich beschließe, die Geschichte Bill und seinen Kameraden zu erzählen und ihre Detektivspielerei somit auf ein wirkliches Verbrechen zu lenken. Denn ich bezweifle nicht mehr, daß man auf einen namenlosen Stow-away keine Rücksicht nehmen wird.

Schwester Maud scheint meine Gedanken erraten zu haben, sie erzählt noch rasch, der Kapitän sei gekommen, um dem Kranken einhundertzweiundzwanzig Dollar zu bringen, die für ihn gesammelt worden seien. Das würde er doch nicht getan haben, wenn er die Absicht hätte ..., aber da stockt sie wieder, und nun wird ihr Gesicht blutrot. In die großen, tränenfeuchten Augen tritt ein rätselhafter Glanz, ein Leuchten, das mehr und mehr ein Flammen wird, ein Zürnen und Empören. Es ist das alles nacheinander abzulesen, deutlich, unverkennbar, aus dem Innern eines von falschen Göttern gescheuchten jungen Menschen scheint elementar der Wille zur Wahrhaftigkeit hervorzubrechen und wie ein Feuerbrand die trügerischen Bilder zu verzehren. Schwester Maud erstrahlt in einer Schönheit, so über alle äußerlichen Maßstäbe erhaben, daß Miss Springfield und auch meine Prinzessin wie Schatten daneben verfinstern müssen.

Und da spricht sie, sich überhastend und gar nicht besorgt, daß der Doktor zurückkommen könnte: „Beinahe hätte ich es falsch gesehen! Er hat ihm die hundertzweiundzwanzig Dollar wirklich geben wollen. Das sagte er dem Doktor. Sicher nur aus Angst und schlechtem Gewissen. Als er dann vom Doktor hörte, der Mann würde bis New York gesund werden, da hat er siebzehn Dollar genommen und sie dem Doktor gegeben, der solle sie dem Mann geben. Die andern hundertfünf Dollar beschlagnahme er für die Reederei, sagte der Kapitän, als Fahrpreis für die Rückfahrt. Ich habe mir nichts dabei gedacht. Nun sehe ich es anders."

„Und der Doktor?"

„Der Doktor – der hat die siebzehn Dollar dem Mann gegeben."

„Weiter geschah nichts?"

Sie sieht mich verwundert an. „Nein, weiter nichts." Und als ich lächle, fragt sie hilflos: „Was soll denn auch –" und bricht jäh ab.

Ich sehe, wie in ihrer feuerroten Empörung nun auch der Schiffsdoktor versinkt.

In diesem Augenblick fühle ich das Verlangen, sie zu streicheln. Aber wäre ich auch mehr als nur der Nachtmann, ich könnte es ihr nicht einmal sagen, denn ich weiß, sie würde es als Verspottung ansehen, so häßlich ist sie eben. Und so arm dazu, und darum hat ihr wohl noch nie jemand von Liebe gesprochen, und sie hat sich ein Gefühl für die Ungerechtigkeit im Leben bewahren können. Doch einen Lohn verdient sie, und es fällt mir der Weg ein, der unbedenklich ist: Ich nehme ihre rechte Hand in meine beiden Pranken und sage: „Schwester Maud, wegen dieser zornigen Tränen könnte ich Sie lieben!"

Sie entzieht mir rasch ihre Hände, und die Röte ihres Gesichtes wird, wenn das geht, noch dunkler. Jedenfalls scheint es so, denn das Flammen ihrer Augen wandelt sich in Leuchten und Glänzen zurück und schließlich in richtige Mädchenhaftigkeit.

Soll ich ihr sagen, daß ich den Mann kenne? Da sagt sie, und es klingt wie eine Mahnung: „Wollen Sie ihn sehen? Es ist ja schließlich Ihr Landsmann!"

Er liegt in einem weißen Bett und schläft. Das Gesicht ist von der Nasenhälfte ab nach unten ganz in weiße Binden gewickelt, schwarzes wirres Haar kriecht nach allen Seiten über das Kopfkissen fort. Die bleiche Stirn ist mager, an den Schläfen sind Kuhlen ausgegraben, hart und kantig wie an einer stilisierten Holzplastik. Der Kopf könnte Riemenschneider als Modell für einen Jesusjünger gedient haben.

Da schrecke ich zusammen und trete hastig an das Bett heran: Der Mann, der da liegt, scheint gar nicht der Preester zu sein, so verwandelt ist das Gesicht, vielleicht ist er schon gestorben. „Was haben Sie", fragt die Schwester, „kennen Sie ihn?"

Mein Verhalten hat sie wohl so überrascht, daß sie es laut sagt. Der Kranke macht die Augen auf und sieht mich an. An dem Blick erkenne ich, daß er nicht geschlafen hat, er ist wohl nur müde gewesen, teilnahmslos vor Schmerzen, oder er hat, da er ja nun für mich wieder der Preester ist, Aphorismen gedacht.

Seine Augen zeigen keinerlei Überraschung.

„Herr Dahlberg", sage ich und merke gar nicht, daß ich Sinnloses rede, „wie kommen Sie denn hierher?"

Da geht doch wahrhaftig ein Leuchten aus seinen Augen heraus und wird zu einem richtigen Schelmengruß. Er hebt die rechte Hand und deutet auf seinen zugebundenen Mund.

„Ich komme wieder. Es ist da viel zu erzählen. Sehen Sie zu, daß Sie bald gesund werden, in vier Tagen sind wir in New York."

Das hätte ich wohl nicht sagen sollen, denn nun beschattet sich sein Gesicht, und die Augen schließen sich wieder.

„Kommen Sie jetzt", sagt Schwester Maud. Draußen fragt sie mich, woher ich den Mann kenne und wer er sei.

„Ein ehemaliger Theologie- und Geschichtsstudent", antworte ich.

Sie wird blaß und starrt mich ungläubig an. In ihrem Gesicht malt sich das ganze große vielfältige Amerika. Nackt und bloß steht sie dazwischen. Dann wendet sie sich von mir ab und geht den Weg zurück zum Hospital. Doch vor dem Eingang bleibt sie stehen und streckt den Kopf lauernd vor, und es ist, als blicke sie durch das Holz der Tür.

20

Deckball

Die Geschichte mit Dahlberg hat Bill und Mac und noch einige andere Matrosen nun doch aufgebracht. Sie waren zuerst so gleichgültig, weil er schuld an seiner Entdeckung hatte. Es wäre nach ihrer Ansicht alles gut gegangen, aber der Preester hatte anscheinend die Ruhe verloren, und sich eine andere Bleibe gesucht, dabei wurde er erwischt. Die Sachen und das Kistchen habe man erst nachher gefunden. Darum haben Bill und Mac kein Interesse mehr an ihm, und auch mein Bericht über seinen traurigen Zustand konnte zunächst nichts daran ändern.

Bis ich die Geschichte von den hundertzweiundzwanzig Dollar erzähle, die sich auf siebzehn Dollar verringert haben. Da sind sie wieder bei der Sache, sogar mehr, als mir lieb ist. Es steht für sie fest, daß der Kapitän die hundertfünf Dollar in seine Tasche steckt. Das gönnen sie ihm nicht, und sofort ist der Beschluß da, dem Stow-away in New York von Bord zu helfen. Wie das jedoch geschehen soll, wissen sie nicht. „Ich werde nachdenken", sagt Mac, „wir haben ja noch vier Tage Zeit." Ich bin froh, daß sie eine neue Aufgabe haben und darüber den toten Mister Brown vergessen.

Heute abend ist großer Deckball. Das ist das ausgelassenste Fest auf der Reise, hat mir der Steward Wilhelm Schönberg versichert. „Nachtwächter, da kannst du dir Tips verdienen!" Ich verstehe ihn nicht, denn wo wirklich Trinkgelder zu verdienen sind, stehen immer Stewards bereit, das ist in der ersten Klasse sowie in der dritten, und sie lassen keinen andern heran. Schönberg ist zwar eine Ausnahme, aber auf Trinkgelder verzichtet auch er bestimmt nicht. Er meint es auch anders, er erwartet von mir ein paar Dollar für den Hinweis und den Unterricht, den er mir gegeben hat. „Du mußt nach Mitternacht, je später je besser, immer in den Kabinengängen sein, in denen bestimmte Nummern liegen. Wenn dann Pärchen kommen, die nicht zusammengehören, stellst du dich dumm. Sie schicken dich fort, aber vorher ...", und er reibt die Fingerspitzen.

„Warum machst du denn das Geschäft nicht selbst?"

Schönberg ist verblüfft von meiner doch nicht unbekannten Harmlosigkeit in solchen Dingen. „Menschenskind, uns ist in dieser Nacht der Aufenthalt in den Gängen verboten. Meinst du, die Reederei will sich bei ihren Reisenden in Verruf bringen?"

Ich sehe wieder, wie schwer es drüben ist, tüchtig zu sein. Doch die Geschichte hat einen Haken, muß einen haben. „Aber Schönberg", sage ich, „wie soll denn der Nachtwächter wissen, bei welcher von hundertfünfzig Kabinen er Posten stehen muß?"

Der Steward quittiert die Frage mit dem resignierten Hinweis, aus mir werde drüben nie etwas werden. „Er bekommt doch jedesmal, wenn ein Paar oben soweit ist, von uns einen Wink. Einfach die Kabinennummer. Dafür hast du ja später an uns abzuladen. Am besten fifty-fifty!"

Meine Herren, ich werde euch etwas pfeifen, ich weiß Besseres: Ich werde heute abend in die dritte Klasse gehen und beobachten, wie man dort den Glanz des Deckballs aufnimmt. Gestern habe ich einen netten Mann kennengelernt mit seiner Frau, einen Zahnarzt aus Berlin, der sich drüben eine Existenz schaffen will. Mit diesen Menschen werde ich eine angenehme Stunde verbringen, ich habe mir in der Pantry eine Ananas schenken lassen und in der Bar eine große Schachtel Camelzigaretten gefunden. Auf dem Bootsdeck der dritten Klasse treffe ich die Lehrerin. Sie hat mich nicht kommen hören. Das Gesicht dem Mittelschiff zugewendet, versucht sie, zwischen zwei Booten hindurch, etwas von dem Leben auf dem hellerleuchteten Promenadendeck zu erhaschen. Ich überlege, ob ich ihr nicht den Durchgang zur ersten Klasse öffnen und ihr wenigstens einen besseren Blick auf das anscheinend doch so begehrte Leben der reichen Leute verschaffen soll. Als ich sie aber anspreche, schrickt sie zusammen, und ich sehe, daß sie geweint hat. „Sind Sie krank?" frage ich, „oder haben Sie jetzt schon Heimweh?"

Sie schüttelt den Kopf und sieht mich verwundert an. Ich fühle, sie kramt in ihrem Gedächtnis, wer dieser bemützte Mann wohl sein mag. Dann geht ein Leuchten über ihr Gesicht, sie hat mich erkannt. Und nun sehe ich, wie sie über und über rot wird. Da weiß ich Bescheid, und es ist, als sähe nun auch sie das Bild, das ich vorgestern abend vor Augen hatte: Herr Menzel aus Bielefeld, wie er im Frack an der Treppe steht und erst meiner Prinzessin nachstarrt und dann nicht weiß, ob seine Blicke und sein Herz hinter Miss Ethel oder hinter ihrem Vater herziehen sollen. Aber das kann sie ja nicht gesehen haben, und es ist wohl besser, ich bringe sie gar nicht näher mit meinen Gedanken über Herrn Menzel zusammen. Da faßt sie sich ein Herz und fragt mich nach ihm. Sie sei in Sorge, denn sie habe ihn seit einigen Tagen nicht wiedergesehen, und er habe doch versprochen, sich jeden Tag um sie zu kümmern.

„Er wird wohl durch Verpflichtungen abgehalten worden sein", versuche ich abzulenken.

„Verpflichtungen? Er kennt ja keinen auf dem Schiff!"

„Doch – er scheint sogar den mächtigsten und reichsten Mann auf dem Schiff kennengelernt zu haben." Sie schlägt ihre großen braunen Augen voll zu mir auf. Und dann kommt der Satz, der ihr kleines Innere enthüllt: „Ist das der Millionär, der mit seiner Tochter reist?"

Als sie es gesagt hat, wendet sie den Blick ein wenig beiseite. Und nun scheint mir, als kämpfe sie mit der Frage, soll sie Herrn Menzel das Glück der Bekanntschaft mit den reichen Amerikanern gönnen oder nicht.

„Wenn ich ihm begegne, werde ich ihm sagen, daß ich Sie getroffen habe", antworte ich. Aus ihrem Blick strahlt mir ein heißer Dank entgegen. So ist das also. Die Liebe, zu dreiviertel versunken, ist auf diesem Schiff lebendig geworden und hat die Schranke zwischen der dritten und der ersten Klasse übersprungen. Anscheinend allerdings nur, um einer ärgeren Enttäuschung als das erstemal ausgesetzt zu sein. Ich beschließe, auf meinen Zahnarzt zu verzichten, und gebe ihr die Ananas. Sicher finde ich einen Vorwand, um über das Promenadendeck und, wenn es geht, auch durch den Speisesaal zu kommen. Jungen Mädchen, die ein liebendes Herz haben, soll man helfen.

Herrn Dr. Menzel kann ich im Speisesaal nicht finden, und da ich gewiß bin, er hätte sich bei seinem Eifer, mit amerikanischen Verhältnissen vertraut zu werden, und bei seiner Angst, durch seine Schüchternheit aufzufallen, vor Beendigung des Dinners nicht vom Fleck gerührt, bin ich direkt besorgt um ihn. Ich weiß, wo er wohnt, und will doch mal hinunter in seine Kabine gehen.

Das Promenadendeck strahlt in hellem Licht. Vereinzelt sind auch schon Gäste aus dem Speisesaal gekommen und gehen, ihre Zigarette rauchend, auf und ab. An einem kleinen Tisch, dicht an der Reling, sitzt zu meiner Überraschung meine Prinzessin mit einem Herrn. Ich fühle etwas wie Eifersucht auf diesen Kerl und weiß doch, daß es lächerlich ist. Denn was geht einen Nachtmann eine reisende Dame der großen Welt an? Aber neugierig bin ich doch, den Mann zu sehen, der es fertiggebracht hat, dieses Stück Eis anzutauen. Der englische Journalist ist es nicht, das sehe ich schon von weitem. Schon die ganze Haltung deutet nicht auf einen der üblichen Anglikaner hin.

Darauf freilich war ich nicht vorbereitet, daß es ausgerechnet Herr Dr. Menzel ist, der hier mit der Dame zusammensitzt. Ich mache mir an einem der Nebentische zu schaffen, indem ich die Stühle anders stelle, ich will mir das Wunder dieser Bekanntschaft durch ein paar aufgefangene Brocken der Unterhaltung erklären lassen.

Die leise Bewegung mit den Stühlen hat schon genügt, um Herrn Dr. Menzel nervös zu machen. Er wendet den Kopf und sieht mich unwillig an. Vielleicht ist er auch gar nicht so ärgerlich auf mich, weil ich da an den Stühlen hantiere, und ist nur in Unsicherheit gekommen durch die Schwierigkeiten, die ihm die Unterhaltung macht. Sehr lange besteht die Bekanntschaft zwischen den beiden jedenfalls noch nicht, denn die Prinzessin scheint ihren unmöglichen Versuch, sich mit Herrn Menzel französisch zu unterhalten, soeben erst aufgegeben zu haben. Sie schweigt eine Weile, und dann spricht sie englisch, und da kann Herr Dr. Menzel folgen, wenn ihm auch das noch Anstrengungen macht.

Etwas überrascht mich an der Dame: Sie spricht ein ausgesprochen amerikanisches Englisch, nicht das gewöhnliche aus Pennsylvania, aber doch ein amerikanisches. Als mir das zum Bewußtsein kommt, muß ich ein wenig über mich lachen, denn sie kann ja eine Amerikanerin sein. Wer in der Welt hat mir denn gesagt, daß es sich um eine französische Prinzessin handele? Eine Prinzessin würde wohl auch nicht das prunkvolle Deckfest fliehen, um sich mit Herrn Dr. Menzel aus Bielefeld zu unterhalten. Aber welche verborgenen Qualitäten muß dieser Bursche haben, um auf eine Dame von Welt solchen Eindruck machen zu können.

Sein Gesicht ist rot, sein Haar mit dem rötlichen Blond unterstreicht noch das Schulbubenmäßige der ganzen Erscheinung. Der Kragen ist auch heute wieder zu hoch und zu eng. Und obwohl der Frack sitzt, versuche ich doch immer mir einzureden, die Hände müßten aus den gestärkten Manschetten rot und prankenartig wie winterliche Landburschenfäuste hervorstehen. Gesund freilich sieht der Junge aus, und an Entschlossenheit, auf jeden Fall Anschluß an das große amerikanische Leben zu bekommen, scheint es ihm nicht zu fehlen. Arme kleine Lehrerin! Dies also wird der Grund sein, warum Herr Dr. Menzel den Weg in die dritte Klasse vergessen hat.

Als erstes Paar kommen Mr. Springfield und eine sehr einfach gekleidete ältere Dame auf das Deck. Ihnen folgt der Kapitän mit Miss Ethel. Die Stewards reihen sich auf. Es ist, als solle ein Krönungszug begrüßt werden.

Seltsame Paare scheint dieser Abend zusammenführen zu wollen. Denn nun kommt, wahrhaftigen Gott, der saloppe englische Journalist mit der dicken französischen Madame. Gewandt ist der karierte Bursche, das muß man ihm lassen. Er parliert französisch, als wäre er nicht an der Themse, sondern an der Loire geboren. Die Art, in der er der dicken Madame den Hof macht, geht sogar weit über die galante Verpflichtung eines vielleicht zufälligen Tischherrn hinaus. Dieser schnurrige Reporter mit der Boxergestalt will etwas von seiner bejahrten Begleiterin, das ist mir klar. Und da er sich wohl nicht gerade verliebt haben wird und ein Interview mit der Großhändlerin aus der Halle wohl auch nicht so interessant sein dürfte, um diese Unkosten zu rechtfertigen, bleibt nur anzunehmen, daß er hier eine private Kampagne führt und daß der Ertrag in irgendeiner Form in gemünztem Gelde zu bestehen habe.

Es geht sehr laut und sehr lustig zu auf dem Deck. Die Verpflichtung, alle mitgebrachten alkoholischen Getränke bis New York vertilgen zu müssen, scheint stimmungfördernd zu wirken. Der Tanz wird das übrige besorgen. Wenn wir auch jeden Tag Tanz an Bord haben, nachmittags, abends und mitunter bis spät in die Nacht, so soll sich doch nach Schönberg auch das Tanzen heute anders gestalten.

Ich sehe es schon an der Art, wie die Kapelle der Filipinos sich anders gruppiert hat. Sie steht aufgelockert, so, als wolle jeder einzelne besser zur Geltung kommen. Ihre schmachtenden Blicke sind freigebiger. Es hat den Anschein, als wollten sie den Acker, den diese Nacht auch ihnen bietet, gründlich abernten. Sechzehn solcher kleinen, schlanken, dunkelhäutigen Knaben haben wir als Musicband auf unserm Schiff. Studenten an amerikanischen Hochschulen, die sich auf diese Weise das Colleggeld verdienen. In faden Tänzen die süßen Melodien ihrer Volksgesänge prostituierend, sind sie – immer nach der Aufklärung, die mir der Kabinensteward Schönberg gab – Lieblinge mancher reisenden Damen. Und werden gern für ein verschwiegenes nächtliches Duett engagiert.

Als ich sie mal in ihrem Quartier besuchte und mich mit ihnen über ihre Heimat unterhalten wollte, fielen wie auf einen Schlag über die sonst in japanischer Höflichkeit ständig lächelnden Gesichter richtige Rolläden. Bis sie hörten, ich sei kein Amerikaner und kein Engländer, sondern ein German. Da erfuhr ich immerhin, daß die auf einer Reise verdienten Trinkgelder für ein halbes Studienjahr ausreichten. Und was sie nicht sagten, erkannte ich so: daß keine Gefahr für diese jungen Menschen besteht, durch die Eingewöhnung in das amerikanische Leben zu Amerikanern zu werden. Ich bin fest überzeugt: Ganz unter sich trinken sie auf den Tag, an dem die Philippinen ein freies Land sein werden.

Daß die französische Prinzessin mit dem unbeholfenen deutschen Jüngling tanzt, ist anscheinend die Sensation des Schiffes. Ich muß sagen, auch ich verstehe diese Dame nicht. Erkennt sie denn nicht, daß durch ihre demonstrativ zur Schau getragene Abneigung gegen die übrige Gesellschaft und die Bevorzugung dieses simplen und nur durch einen Zufall in die erste Klasse gerutschten Passagiers die Aufmerksamkeit erst recht auf sie gelenkt wird?

Schon die Art, wie der Bursche sie hält und wie er nun keinen Blick von ihrem Gesicht läßt, ist geradezu widrig. Ich könnte ihm ein Bein stellen, daß er lang hinfällt, und hätte nichts dagegen, risse er die Französin mit zu Boden. Noch lieber wäre mir, ein plötzlicher Sturm käme auf und rollte das Schiff, daß die ganze Bagage gegen die Reling purzelte.

Und tanzen kann der Kerl überhaupt nicht. Er stampft umher wie ein Bär. Ich will ja nicht, daß er tanzt, wie sie in Wien oder in Paris tanzen. Aber das bißchen Bewegung, das sie in England und Amerika Tanz nennen, das sollte auch ein deutscher Student gelernt haben. Was gehört denn schon dazu? Da wird eine Dame, die vorn und hinten so tief ausgeschnitten ist, daß man sich über ihr Innenleben genau orientieren kann, dicht herangezogen, wobei nur zu beachten ist, daß die beiden Oberkörper in einem bestimmten Grad auseinandergebogen werden müssen, so daß solch tanzendes Paar aussieht wie eine aufgeblühte Knospe. Diese seltsame Haltung bedingt bei der Bewegung, daß die Unterleiber um so enger aneinandergepreßt werden. Dann macht man alle Minuten einen Schritt oder eine Vierteldrehung und nennt dieses langsame und schweigende Hin- und Herrücken auf dem Fußboden Tanz. Ich meine, ein junger Mensch von fünf-, sechsundzwanzig Jahren sollte so etwas auch ohne Anleitung verstehen. Schade, daß ich nicht Reisender der ersten Klasse bin, sondern Nachtwächter. Ich möchte mich erbieten, Herrn Dr. Menzel aus Bielefeld als Lehrmeister zu dienen.

Gott sei Dank scheint meine französische Prinzessin auch schon genug von ihm zu haben, wahrscheinlich hat er ihr die Zehen zerschunden. Denn sie bedankt sich ziemlich pikiert und läßt sich zu ihrem Platz zurückführen. Und nun sehe ich sogar zu meiner Freude, wie sie sich nicht wieder hinsetzt, sondern Herrn Dr. Menzel mit einem leichten und hoheitsvollen Kopfnicken stehenläßt und ernst und gemessen das Deck verläßt.

Das ist die zweite Sensation, und ich kann Herrn Dr. Menzels Kummer verstehen und habe nun schon wieder etwas Mitleid mit ihm, da er nicht weiß, wo er hinblikken soll. Denn von überallher leuchten ihn ungeniert schadenfreudige Männeraugen an.

Nun wäre es Zeit, ihm das Mädchen aus der dritten Klasse in Erinnerung zu bringen. Aber es wäre auch wieder das Verkehrteste, denn bisher hat er sie nur vergessen; erinnerte man ihn aber daran, jetzt, möchte er sie am Ende gar hassen. Im übrigen bin ich überzeugt, Herr Dr. Menzel wird seinen Weg machen. Sehen Sie doch nur: Er gibt sich einen Ruck, läßt sich ziemlich unflätig in einen Sessel an seinem Tisch fallen, streckt die Beine lang aus und zündet sich eine Zigarette an. Alles Dinge in einer betont burschikosen Art, die bestimmt nicht bei ihm gewachsen ist, die er geübt hat. Noch vier Wochen, ein anderer Kragen, eine andere Hose und ein anderer Haarschnitt, etwas besseres Englisch, und der Junge beginnt es mit Mr. Springfield aufzunehmen.

Bedenken scheint er jedenfalls nicht zu haben. Und es ist seltsam, und mir scheint, ich bin der einzige Mensch hier auf diesem Deck, der erkennt, daß der Junge nur Theater spielt. Und daß er sich in der Rolle noch lange nicht wohlfühlt. Ich weiß sogar: Ginge ich jetzt hin und sagte ihm auf den Kopf zu, daß er das alles in seiner Kabine vor dem Spiegel eingeübt habe, so würde er so verlegen sein, daß er sich nicht einmal mehr von seinem Tisch quer über das Deck begeben könnte. Alle andern Männer aber, die soeben noch in dem hilflosen Manne ein willkommenes Objekt für ihren Spott zu sehen glaubten, einen Spott, der um so billiger war, als sie damit alle deutschen Männer zu treffen vermeinten, von diesen allen durchschaut keiner das Unwahre in der nunmehrigen Haltung meines Landsmannes. Ja, es ist geradezu so, als gelte er, nun er ein paar amerikanische saloppe Manieren nachäfft, nicht mehr als ein zu belächelnder Deutscher, sondern schon als ein ausgesprochener Amerikaner. Wenn ich es drüben zu nichts bringe, setze ich mich hin und schreibe für deutsche Einwanderer besserer Stände ein „Lehrbuch zum Erfolg". Ich werde viel Geld damit verdienen und brauche doch keinen zu betrügen, denn ich kann jeden Eid darauf leisten, daß meine Methode für die Belehrten von Erfolg sein wird.

Herr Dr. Menzel muß gefühlt haben, wie rasch die Stimmung, die da gegen ihn zu herrschen schien, umgeschlagen ist. Er steht lässig auf, gibt sich einen Ruck und schert quer über das lange Deck zu der Ecke hin, in der an einem größeren Tisch Mr. Springfield mit seiner Tochter, dem Kapitän, dem Ersten Offizier und etwa zehn anderen Personen sitzt. Ich bewundere den Jungen schon und bin neugierig, wie Miss Ethel, auf die er es nun doch wohl abgesehen hat, die Annäherung aufnehmen wird. Denn neulich bei der Familiengesellschaft ist er nicht an den Millionärstisch gekommen. Das Tun des Jungen wirkt so ungewöhnlich, daß sogar das Gespräch an dem Tisch verstummt, als er dort anlangt. Aber er hat es nicht auf Miss Ethel abgesehen. Er nickt nur zu dem Tisch hinüber und macht dabei ein richtig gönnerhaftes Gesicht. Kennte ich ihn nicht, würde ich es für eine Unverschämtheit halten, aber es ist wohl nur ein Ausfluß des Willens, um jeden Preis ein nebelhaftes Ziel zu erreichen. Jawohl, Dr. Menzel, ein junger Mann Mitte Zwanzig, mit einer geschenkten Fahrkarte, einem vorgestreckten Visum und ein paar geborgten Dollars in der Tasche, nickt wohlwollend einem gewichtigen Vertreter der amerikanischen Wirtschaft zu und enttäuscht den Herrn und seine Begleitung auch noch dadurch, daß er das von ihnen Erwartete nicht tut, sondern etwas anderes. Denn das, was sie erwarteten, war das verlegene oder gar stotternde Ersuchen dieses Mr. Menzel, am Tische der oberen Gesellschaft Platz nehmen zu dürfen. Sie hätten es ihm wohl oder übel gestatten müssen, aber, wie es in den Gesichtern schon geschrieben stand, Herr Dr. Menzel wäre bei einer Unterhaltung nicht auf seine Kosten gekommen. Er hätte ein paar nichtssagende „Yes, Sir" oder „No, Sir" geerntet, und Miss Ethel verzichtete bestimmt darauf, sich ihre Goldkäferschuhe zertreten zu lassen.

Herr Dr. Menzel nun tut etwas anderes: Er geht an dem Tisch vorbei, nickt sogar ein zweites Mal gönnerhaft und macht erst halt an dem Nebentisch, an dem neben Mister Winter noch ein Platz frei ist. Ich sehe, wie er sich verbeugt, er stellt sich wohl nach alter deutscher Sitte dem griesgrämigen Reisenden noch einmal vor und setzt sich dann. Und eine Überraschung erleben wir alle: Der trübselige und ewig verstimmte Nachbar der französischen Prinzessin läßt sich herbei, mit Herrn Dr. Menzel eine Unterhaltung zu führen. Eine Unterhaltung, die – das sieht man auf die Entfernung – sogar lebhaft wird, so daß sie schließlich die Aufmerksamkeit des großen Tisches zu erregen vermag. Ein Teufelsbengel, dieser Junge aus Bielefeld, er findet sich zurecht.

Ich kann nun hier in meiner Ecke nicht mehr länger stehenbleiben, Mr. Wilkinson ist aufgestanden und wird sich nicht genieren, mich vor allen Leuten fortzuweisen. Ich mag aber auch nicht in die dritte Klasse zurückkehren, ich habe Angst vor den traurigen Augen der kleinen Lehrerin; ich werde Bill und seine Kameraden besuchen, in ihrer Freiwache.

21

Der tote Mister Brown

Als ich in das Logis komme, ist keiner der Matrosen da. Sie sind also wohl auf das Vorschiff gegangen, um von dort aus etwas von dem prunkvollen Deckfest und der Musik zu erhaschen. Wirklich, auf dem Vordeck sitzen sie nebeneinander auf dem Boden. Sieben Mann, drei davon kenne ich nicht weiter. Sie sind sämtlich angetrunken, und als sie mich in dem schummrigen Licht, das vom Mittelschiff herüberfällt, erkennen, steht Bill auf, wankt mir entgegen und hält mir eine Flasche hin. Ich drehe sie gegen das Licht und lese „Pinet, Castillon & Co., Cognac"; fünf Sterne unterm Flaschenhals kennzeichnen eine ungewöhnlich teure Marke. Und jeder der sieben Männer hat eine solche Flasche in der Hand, und Bill kann mir sogar noch eine volle anbieten.

Sie amüsieren sich köstlich über mein verdutztes Gesicht. Bill ist mir um den Hals gefallen. „Sagt ich's nicht", lallt er so laut, daß einer der Matrosen zuspringt und ihm von hinten die Hand auf den Mund legt. Er stößt die Hand beiseite und grölt: „Keiner kann uns was, keiner. Auch der Präsident nicht. Es ist ein Verbrechen aufgedeckt. Eine Belohnung ist fällig."

Verbrechen und Belohnung – ich fahre zusammen –, steht dieses Gelage etwa mit der Sarggeschichte in Verbindung? Aber Bill brüllt weiter: „Alle mitkommen ins Hospital! Wir bringen dem Stow-away eine Flasche Brandy!" Für ihn ist der teure Kognak einfach Brandy.

Auf dem Mitteldeck werden sie auf uns aufmerksam, ein Mann in einer weißen Uniform tritt an die Reling und sieht zu uns herunter. Bill hebt die Flasche gegen ihn und will etwas sagen. Da kommt ihm Mac zuvor: „Allright, Sir", ruft er gedämpft, „wir sind schon ruhig!" Dann schüttelt er Bill: „Willst du uns um alles bringen? Jetzt, wo wir es aufgedeckt haben?"

Der Trunkene will noch protestieren, doch sie nehmen ihn in die Mitte und führen ihn nach unten. Ich folge, die Flasche Pinet, Castillon & Co. in der Hand. Keiner von uns denkt daran, was geschieht, wenn diesem seltsamen Zug einer der Offiziere begegnet, am Ende gar der Alte oder Wilkinson. Aber die Matrosen rechnen wohl mit dem Alkoholzauber des Deckballes.

Ich brenne vor Neugier, doch Mac, an den ich mich wende, lehnt jede Auskunft ab. Erst als wir Bill in der Koje haben, nimmt mich der Melancholische beiseite. „Du gehörst ja gewissermaßen mit dazu“, beginnt er. „Es ist alles so gekommen, wie ich angenommen habe. Wenn ich solche Anzeichen bemerke, weißt du, da bringt mich keiner mehr aus der Spur. Beinahe hätten wir es noch aufgegeben. Sogar Bill wollte nicht mehr. Aber da sagte ich: Und wenn es mein Unglück ist, die Sache wird zu Ende geführt. Weißt du, wenn ich ein Verbrechen rieche, dann stößt mich mein Inwendiges so lange dahin, wo es geschehen ist, bis ich es aufgedeckt habe. Was sagst du dazu?“

„Wozu?“ frage ich ärgerlich. Doch ich kenne ihn und weiß, ich darf ihn nicht reizen. Wenn Mac erzählen will, muß man ihn erzählen lassen, dann kann man alles von ihm erreichen.

„Ich sagte ja von Anfang an, ein Mord wird nicht vorliegen. Gewisse Anzeichen zeigten mir das. Aber Bill war dadurch nicht zu überzeugen. Bill ist ein gerechter Mann, aber er ist stur.“ (Es war umgekehrt gewesen, Mac hatte immer stur von einem Mord gesprochen und Bill mit Lachen von einem besonderen Verbrechen.) „Heute, sagte ich, müssen wir die Kiste aufmachen, heute abend, wenn sie da oben Deckball feiern. Erst wollten wir dich dazu holen. Aber Bill traute dir nicht ganz. Wegen dem Stow-away, weißt du.“

„Was ist mit dem Stow-away und mir?“ fragte ich verwundert.

„Der hat doch mal gesagt, er hat vor dir Angst. Darum wollte er doch lieber im Schraubentunnel bleiben. Er kennt dich von früher, hat er gesagt. Du sollst da mal eine schlechte Sache mit einem Amerikaner in Indien gehabt haben. Oder in Chile. To make away …“, und Mac macht eine Handbewegung, die etwas wie Beiseiteschaffen von Menschen bedeuten soll oder heimliches Umbringen. „Let go!“ Er ist also nicht moralisch entrüstet, daß auch ich einen

Mord auf dem Gewissen haben soll. Verwunderlich ist nur, warum er noch keine Untersuchung zur Aufdeckung meines Verbrechens angestellt, statt dessen mich in sein Geheimnis eingeweiht hat.

Es kommt schon: „Bill wollte dich ausschließen. Ich bewies ihm aber, daß es besser ist, dich mitschuldig zu machen. Da kann er uns nicht verraten, wenn die Sache schiefgeht, sagte ich. Nun weißt du alles!"

Ich wußte gar nichts, aber Mac war zufrieden.

„Was habt ihr denn nun wirklich gemacht? Ich muß doch wissen, woran ich beteiligt bin, damned!"

Mac ist ein Seemann, der nicht flucht und Fluchen nicht hören kann. So etwas gibt es auch. Flucht jemand in seiner Nähe, geht er fort oder versucht den andern zu besänftigen. Fluchen zieht den Tod an. Wahrscheinlich wäre Mac auch jetzt weitergegangen, aber wo soll er hin mit der Kognakflasche? So betrachtet er mich denn eine Weile forschend und hat es dann. Seine linke Hand liegt auf meiner Schulter, in der rechten hält er die Flasche, sein Kopf nickt vorwurfsvoll: „Habe ich dich gefragt, was du da in Indien mit dem andern gemacht hast? Du hast es vorhin nicht abgestritten, daß du so was gemacht hast. Wahrscheinlich hast du dir gesagt, der Mac durchschaut dich doch, streite lieber nicht erst ab. Das ist edel von dir. Es hätte dir auch nichts genützt. Wenn der aus dem Schraubentunnel wieder gesund ist, werde ich ihn wegen dieser Geschichte da in Indien oder Chile verhören." Er schweigt und sieht mich an. Dann wird er noch deutlicher: „Möchtest du mir nicht lieber freiwillig ein Geständis machen?"

Es lockt mich verdammt, dem guten Trottel MacPherson einen Bären aufzubinden. Doch die Stunde ist nicht geeignet dazu, ich muß wissen, was die Kerle mit der Kiste gemacht haben. Und so sage ich denn: „Wenn du mir nicht sofort sagst, was mit der Kiste los ist, gehe ich in den Laderaum und sehe nach. Dann habt ihr die Folgen zu tragen."

Das habe ich wohl etwas zu laut gesagt, einer der Matrosen kommt zu uns und sieht mich forschend an. Darauf stellt er sich so dicht vor mich hin, daß ich sein Gesicht nicht richtig erkennen kann. Ich stelle nur rasch für mich fest, daß es ein sehr gewöhnliches Gesicht ist, unrasiert, mit einer eingeknickten Nase, fahlen kleinen Augen und einem Walroßschnauzbart. Der Mann sagt mit einer weichen Stimme, und es klingt, als erzähle er einen harmlosen Spaß: „Der Mac ist ein fool. Was stehst du da und hörst dir das an? Noch drei Reisen, und er sitzt im Drallkasten. Sure. Wenn Bill nicht gewesen wäre, hättest du keine Buddel in der Hand. Schade, daß er sich immer gleich besäuft. Sonst hätten wir schon öfter ein Ding geschafft. Aber der da –“ Damit sieht er verächtlich auf Mac und geht wieder in seine Ecke.

Und als habe uns niemand unterbrochen, setzt Mac seinen Vortrag fort. „Die Kiste war nicht so leicht aufzukriegen. Da hatten sie Eisenbänder herumgelegt, und wir durften doch nicht schlagen. Die Bänder mußten so aufgemacht werden, daß sie nachher wieder zugemacht werden konnten. Bill konnte das nicht, Tom auch nicht – sag mal, heißt du nicht auch Tom? Ich werde den andern vorschlagen, daß wir Dick zu dir sagen, well?“

Ich merke, er ist betrunken, und lasse ihn stehen. Nun kommt er mir nach und spricht auch schon wieder. „Wir nehmen den Deckel ab von der Kiste, weißt du, nehmen ihn so ab. Den hatte Bil nämlich schon in der letzten Nacht locker gemacht.“ (Das paßt nun zwar nicht zu den von ihm, Mac, mühsam gelösten Eisenbändern, dürfte aber die Wahrheit sein.) „Wie wir nun nachgucken, wie der Sarg am besten aufzukriegen ist, da raschelt was auf der Treppe, und es kommen welche. Ein Sarg war nämlich wirklich in der Kiste. Und Nacht war es auch, verstehst du. Ein Toter aber, wenn du ihn störst, und es liegt kein Verbrechen vor, dann bist du geliefert. Wir flitzen also wie die Ratten weg von der Kiste. Es waren die vier Mann, die du vorhin auf dem Vorschiff getroffen hast. Der dich vorhin bedroht hat, der ist ihr Anführer. Ein dummer Kerl und ein Strolch dazu, laß dich nicht mit ihm ein. Sie hatten uns belauscht, all die Tage schon, und waren uns nachgeschlichen. Bill kann doch nicht leise reden. Denk dir aus, was geschehen wäre, hätten wir hier kein Verbrechen aufgedeckt. Aber ich wußte das ja und blieb deshalb auch ruhig. Hole also die vier Mann heran und mache sie mit den Indizien bekannt. Der Holzsarg ist dir doch nur so mit Zierschrauben verschraubt. Wir heben den Deckel hoch, und ich überlege, an welcher Seite wir am besten den Zinksarg anschneiden. Da ist dir doch gar kein Zinksarg in dem Holzsarg. Wo das doch Vorschrift ist für Leichentransport über See. Es war da überhaupt keine männliche Leiche in dem Sarg, also konnte es auch nicht Mister Brown sein. Weißt du, wer in dem Holzsarg lag? Das wirst du nie rauskriegen!" Er sieht mich ermunternd, ja herausfordernd an. „Nun los, versuch mal, ob du kriminalistisches Talent hast."

„Eine Frau", sage ich und tue ihm damit einen großen Gefallen, denn nun lacht der Griesgrämige ehrlich erfreut.„Es lag da drin – du findest es von selbst nie! Oder glaubst du, daß du es findest?"

„Nein, denn ich habe ja nicht deinen Scharfsinn, Mac."

„Flaschen lagen da drin", triumphiert Mac, „volle Flaschen, außen hatten sie Strohhülsen und innen – na, du wirst ihn ja probieren. Die andern waren so überrascht, daß sie nichts tun konnten. Ich zähle erst mal oberflächlich. Bis hundert, sage ich dir. Mehr als hundert, und die feinsten Sorten. Sie können sich nicht einigen, was zu machen ist und wer das Geschäft geschoben hat. Unser Erster ist mit von der Party, sure. Na, sage ich, ihr mit eurer Leiche. Schöne Leiche, auf Flaschen gefüllt. Wer hat nun recht? Wir beschließen, erst mal ein paar Flaschen beiseite zu bringen und uns in Ruhe zu überlegen, wie wir den Toten da unten am besten umbetten. Yes."

„Und der Sarg? Und die Kiste?"

„Da siehst du nichts dran. Anheben wird sie ja keiner. Bloß der Bill redet zuviel. Er hat dir eine Flasche gegeben. Er hat von sich aus gar nichts zu verfügen. Warte, ich gebe dir auch eine."

So stecke ich denn in jede Hosentasche eine und ziehe ab. Vom Alkoholschmuggel auf amerikanischen Schiffen hatte ich manches gehört, dies hier aber war wohl die Spitze des Turms.

Vom Promenadendeck schallt Musik und helles Lachen über das nächtliche Meer, über das Schiff, über die dritte Klasse und über alle Menschen dieser sonderbaren Gemeinschaft.

Ich beschließe, eine von den Flaschen den Stow-aways zu bringen. In ihrem Quartier – wenn man die kahle Ladeluke so nennen will – wird kein Wort gesprochen, es ist wie in einer Totenkammer. Als ich näher komme und sie meinen Schritt hören müssen, wendet keiner von den sechs auch nur den Kopf. Es war den armen Kerls gelungen, sich von mitleidigen Matrosen ein paar Decken und Planen zu besorgen. Aber Mr. Wilkinson hatte sie ihnen wieder fortnehmen lassen, sie sollten nun einmal in ihrem nassen Zeug auf der nackten Planke schlafen. Gestern habe ich ihnen leere Säcke bereitgelegt; sie haben sie nicht angerührt, aus Angst vor neuen Mißhandlungen durch den Ersten. Die Flasche Kognak starren sie an wie eins der sieben Weltwunder, aber es will ihnen nicht in den Sinn, daß der Schnaps für sie sein soll. Nur zwei Mann richten sich auf. Und als ich ihnen die Flasche hinstelle, können auch diese beiden sich nicht entschließen, sie aufzumachen, so daß ich auch das noch besorgen muß. Das Unheimliche aber ist: Es sagt noch immer keiner ein Wort, keine Verwunderung, keinen Dank, keinen Fluch. Die fünf Tage haben genügt, aus Menschen, die immerhin noch eine kleine Hoffnung und ein Ziel hatten, leere Lumpenbündel zu machen. Und mehr noch als die Mißhandlungen, die schwere Arbeit und die Entbehrungen hat das die Enttäuschung vermocht, daß sie das Gelobte Land nicht sehen sollen. Ich stelle die Flasche vor ihnen auf die Planke und gehe wieder nach oben.

Während ich es immer noch nicht fassen kann, daß eine solche Schiebung möglich und, wie es den Anschein hat, sogar nicht ungewöhnlich ist, daß selbst der Erste Offizier einer Staatslinie sich nicht scheut, sie zu decken, vielleicht gar selbst sie zu unternehmen, denken meine Freunde nur an die Auswertung der Entdeckung. Das Ungewöhnliche eines Leichentransportes über den Ozean, der Spuk und Spaß mit dem stillen Gst, alles dies, was Seeleute sonst so scheuen, ist für sie nicht mehr da, seit in dem Sarg nicht Mister Brown, sondern Mister Brandy liegt.

Nach seinem ersten Rausch hat Bill wieder die Führung übernommen, Mac ließ sie ihm freiwillig, er schüttelt nur wehmütig den Kopf, wenn Bill prahlt, wie er das alles schon von der Ausfahrt ab sozusagen gewußt habe. Was sie jetzt plagt, ist die Frage: Wie kann man Geld aus der Sache schlagen? Ich mache sie darauf aufmerksam, daß der Kreis der Mitwisser immer größer geworden sei, aus uns sieben oder acht Mann seien durch den großzügig verteilten Kognak mindestens zwanzig geworden; wenn die Sauferei so weitergehe, werde bald die ganze Crew um die Geschichte wissen. Und ebenfalls Mister Wilkinson oder gar der Alte.

„Uns kann nichts passieren", prahlt Bill, „der Erste, der Schuft, kann uns nicht anzeigen! Und der Alte? Der hat den Sarg und die Trauerlady auch begrüßt."

„Doch kann er euch anzeigen", warne ich, „denn ihr dürft keine Kiste im Laderaum aufbrechen, auch nicht, wenn sie geschmuggeltes Gut enthält."

Nun ja, ganz sicher bin ich in der Sache nicht, und Mac nimmt auch sofort, wie ich befürchtete, das Wort, um mir zu beweisen, daß die Aufdeckung eines Verbrechens nicht strafbar sei, daß sie ihnen vielmehr eine hohe Belohnung einbringen müsse. Zwar nicht vom Kapitän, aber von der Reederei oder vom Shipping Board. Nun ist Mac zwar ein geborener Amerikaner, aber von dem Mißverhältnis zwischen einem Gesetz und seiner Durchführung scheint er keine Ahnung zu haben.

„Ist es nicht besser", frage ich, „ihr laßt das mit der Belohnung und begnügt euch auf dem Schiff mit einer oder zwei Flaschen und schafft das andere in New York von Bord? Das bringt doch eine Menge Geld?"

Aber da schüttelt nicht nur Bill seinen Kopf. Das gehe nicht, sie könnten wohl die eine oder andere Flasche an Land bringen, aber niemals die ganze Bescherung. Denn gleich nach der Ankunft würde das Schiff von den Agenten der Prohibition bis in den letzten Winkel durchsucht. Es bliebe also nur übrig: erstens, entweder den Kognak in der Sargkiste zu lassen und die Sache anzuzeigen; oder zweitens den Sarg wieder zuzumachen und damit diesem verfluchten Hund, dem Wilkinson, das Geschäft zu garantieren; oder drittens den Kognak auszutrinken. Und dafür sei er, Bill Stone.

„Und das wollt ihr schaffen, innerhalb von drei Tagen?"

„Yes, Sir!" Bill ist seiner Sache ganz sicher.

„Hast du noch eine Flasche übrig, Bill?" frage ich.

„Oh", antwortet Bill, „für dich, mein Freund, habe ich noch drei Flaschen übrig!" Er sucht hinter seinem Rücken herum, und da er nur eine findet, macht er Miene fortzugehen. Ich ahne Unheil, denn geht er jetzt in den Laderaum, wird er ganz gewiß so laut sein, daß die Wache kommt. Ich begnüge mich also mit der einen Flasche, die Bill noch bei sich hat, lasse die Brüder allein und bringe die Buddel in das Quartier der Küchenaufwäscher zu meinen mit mir angemusterten deutschen Kollegen.

Ich hätte es nicht tun sollen. Sie sind zwar nicht so apathisch wie gestern die Stow-aways, aber sie sind genauso mißtrauisch. Vielleicht ist es ja auch etwas nicht nur Ungewöhnliches, sondern geradezu Unmögliches, daß abends um elf Uhr ein Mann in dem üblen Logis armseliger Auch-Seeleute erscheint und eine Flasche teuersten französischen Kognak als Geschenk bringt, noch dazu auf einem trockenen amerikanischen Dampfer. Drei der Leute sitzen noch auf und spielen Skat. Der ehemalige Lloydoffizier greift sofort nach der Flasche, liest die Marke und lacht vergnügt. Dann macht er die bekannte Handbewegung, mit der er andeuten will, daß eine Sache auf nicht geradem Wege erworben worden ist. „Bar oder Kabine?“ fragt er schließlich.

„Nein“, sage ich, „nicht gestohlen. Wo sollte ich sie auch stehlen? Was zu stehlen ist an solchen Sachen, das nehmen die Tellerlecker. Ich habe sie von den Matrosen geschenkt bekommen.“

Mit einemmal kräht eine Stimme von einer der oberen Pritschen herab: „Und dann bringst du sie ausgerechnet uns her?“ Es ist mein kleiner Feind, an den ich gar nicht mehr gedacht hatte. Er redet auch gleich weiter: „Ich nehme nichts von dem Zeug. Er will es doch bloß in Sicherheit bringen, er will sich damit bloß ein Alibi beschaffen oder Mitschuldige. Wer gibt denn schon eine Flasche Kognak weg?!“

Auf was doch ein Mensch alles kommen kann, wenn er Händel sucht. Da sitze ich nun eigentlich schön drin, habe dem kleinen Halunken Gelegenheit gegeben, mich zu melden. Aber immerhin, ich kann ja sagen, ich habe mir die Flasche aus Deutschland mitgebracht.

„Wollt ihr den Kognak nun haben, oder wollt ihr ihn nicht haben? Woher ihn die Matrosen haben, weiß ich nicht. Die erste Flasche habe ich den Stow-aways gebracht, die zweite solltet ihr haben. Wenn ihr nicht wollt, so gebt sie wieder her."

Nun werden sie lebendig, und trotz des Protestes des kleinen Mannes wird die Flasche entkorkt. Und seltsam: es dauert nicht eine Minute, da sind alle Pritschen leer. Nur der Kleine bleibt oben hocken, er verzichtet auf den Kognak. Allerdings nicht auf das Reden. Wenn es sich jetzt auch nur um die Beteuerung dreht, daß er „von so einem nichts annehme". Und das alles nur, weil er mich bei unserer Anmusterung zurückgedrängt und mit dem Ellenbogen in die Seite gestoßen hat.

22

Der Einfache

Was machen wir bloß mit der Kiste? Sie wiegt, wenn sie in New York von Bord kommt, schätzungsweise hundert Kilo weniger als angegeben, es muß auffallen. Solange die Absicht vorherrschte, die Sache anzuzeigen, war die offene Kiste sozusagen eine Voraussetzung dafür; jetzt, da alle mir beipflichten, daß wir die Hineingefallenen sein werden, ist der Gewichtsverlust der Kiste die Bedrückung unserer Gemüter. Über Bord werfen können wir sie nicht, und zum Auffüllen haben wir auch nichts, denn Steine wachsen nicht auf Schiffen, und Steinkohlen können wir nicht in den Laderaum schaffen.

Doch können wir es. Auf Bills Vorschlag erbietet sich jeder, der nachts Wache hat, einen Klotz Steinkohle aus dem Bunker zu holen und in die Kiste zu legen. Nötig ist nur, dafür ein paar Buddeln für den Trimmer zu opfern. Im Opfern sind wir groß, ich wundere mich, daß der tote Mister Brown noch nicht verzehrt ist und daß noch keiner der Offiziere die Fahne bemerkt hat, die die meisten von uns vor sich hertragen. Der Erste hat zwar den Schrank und das Gepäck von Bill durchsuchen lassen, und wir hatten schon alle einen ziemlichen Bammel, aber Bill berichtet strahlend: „Gefunden hat er nichts, nicht mal 'ne leere Buddel. Aber vielleicht hat er was gerochen." Und darum hätten er und Mac dem toten Mister Brown rasch noch ein paar Besuche abgestattet und den Rest seines Leichnams in sichere Verstecke geschafft. Bill behauptet jetzt, daß es ihnen möglich sein wird, die Flaschen in New York von Bord zu bringen. „Auch die Agenten von der Prohibition trinken mal gern einen guten Brandy." Sie werden allerdings nicht dazu kommen, bei dem Tempo, das bei uns herrscht.

Heute hatte der Mann mit dem Walroßschnauzbart einen brauchbaren Gedanken. Er sagt: „Ihr Idioten! Warum sollen wir uns denn erst mit den Steinkohlen abschleppen und uns am Ende noch schnappen lassen? Der Brandy ist alle, der Sarg ist leer, was geht denn uns die Kiste an? Wir wissen von nichts. Wir machen sie schön zu, und wenn sie denen in New York zu leicht ist, dann können sie sie ja aufmachen. Was finden sie da? Lauter leere Strohhülsen. Ich schlage vor, wir legen ein paar leere Flaschen mit rein. Und vielleicht einen Zettel: Gruß an Mister Wilkinson. Die Prohibition!"

Der Mann hat recht, was geht uns die Kiste an. Bill spendiert dem Walroß für seine Idee sofort eine Flasche. „Gib ihm zwei", sagt Mac, „wir sparen noch immer, nun brauchen die Trimmer keine." Mac ist nun mal für Gerechtigkeit.

Da das Problem mit der Kiste sie nun nicht mehr zu beschäftigen braucht, suchen sie sich sofort ein anderes. Es liegt parat und muß wirklich, dafür bin ich auch, gelöst werden: Wie bringen wir in New York den Preester von Bord? Daß er dem Kapitän entrissen werden muß, ist für alle eine Ehrensache. Mac murmelt etwas von Verpflichtung und sozialem Kampf, er war mal kleiner Gewerkschaftsfunktionär gewesen. Ob der Preester aber will? Ich werde beauftragt, mich nach seinem Zustand zu erkundigen und seine Wünsche zu erfragen.

Er sitzt bei Schwester Maud im Vorraum des Hospitals und wartet auf seine Entlassung, die er betreibt und die sie hinauszögern will. Die Verbände sind zur Hälfte schon abgenommen, dafür sitzt auf dem Nasenrücken und am linken Mundwinkel ein großes Pflaster. Wir begrüßen uns wie alte Kameraden, und Schwester Maud strahlt. Seine Stimme hat sich ganz verändert, er spricht langsam und leiser, und all das Laute, Scharfe und Ätzende, das dieses Organ so unangenehm machte, ist verschwunden. Das liegt aber nicht allein an den ihm ausgeschlagenen Zähnen und der noch immer geschwollenen Zunge, es hat auch innere Gründe: Die Seele des Preesters ist verändert. Dieser unbegreifliche Mensch gibt dem Kapitän recht, so sehr Schwester Maud und ich auch dagegen protestieren. Wer herrscht und sich behaupten will, müsse hart sein. Man dürfe politische, wirtschaftliche und soziale Fragen nicht mit ethischen Grundsätzen beurteilen oder gar lösen wollen. Ethiker seien verdienstlich wie Geist und Kultur, aber führen und herrschen könnten sie nie, wenn sie die Anwendung von Gewalt und Macht ablehnten. Das aber wäre so, als maße sich ein keuscher Mensch an, die Menschheit der Zukunft keusch zu machen und verböte ihr daher in der Gegenwart die geschlechtliche Vereinigung.

Reden und Dozieren muß er also noch immer, aber es geschieht nun ohne Sarkasmus. Es fällt auch kein Wort mehr gegen die Menschen der Hände, so daß ich bestätigt finde, was ich immer vermutete: Seine ganze Voreingenommenheit gegen den Proletarier war nur Ausdruck eines verschmähten Liebhabers, eine Art Haßliebe. Und es ist, als hätte diese Wandlung auch äußerlich sich ausdrücken müssen oder als habe eine Verwandlung seines Äußerlichen die Änderung bewirkt: Das zwiefache Gesicht scheint verschwunden, jedenfalls zeigen oft Stellen der beiden Hälften, die der Verband freiläßt, eine Art Übereinstimmung.

Als ich ihn so betrachte, errät er, was ich denke, und lächelt: „Das Leben hat mich zurechtgestaucht. Ich weiß nur noch nicht, ob Herrn stud. Dahlberg oder Herrn Dreher Schmidt. Vielleicht beide, und drüben kriecht ein Dritter ans Tageslicht."

Er will also noch immer rüber. Die siebzehn Dollar hat er erhalten, um die ihm vorenthaltenen hundertundfünf Dollar grämt er sich nicht. Ich mache ihn auf die Schwierigkeiten aufmerksam, die einem Entweichen vom Schiff in New York entgegenstehen. Da nimmt Schwester Maud meine Hand, und ihre großen Augen betteln mehr als ihre Worte: „Sie werden es machen für ihn, yes?"

Sieh einer an. Ich sehe sie wohl wirklich allzu verwundert an, denn sie wird wieder rot. Und ich bemerke weiter, wie seine Blicke mit Wärme auf ihr ruhen. Ist es denn die Möglichkeit?

Es geschieht, was früher bei diesem Manne niemals geschehen wäre: Er erklärt sich. „Schwester Maud hat mir die Adresse ihres Vaters gegeben und ein paar Worte an ihn. Ich will ihm aber nur meine Adresse mitteilen, wenn ich einmal eine habe."

Mich bedrängt etwas. „So hat die Behandlung durch den Kapitän Ihre Schwärmerei für den amerikanischen Menschen in keiner Weise beeinträchtigt?"

Er lächelt überlegen. „Vielleicht Herrn Dahlberg und Herrn Schmidt in mir, diese beiden Deutschen und Europäer. Je früher die beiden in mir schweigen, desto rascher wird der Amerikaner in mir wachsen."

„Trotz der Faustschläge ins Gesicht?"

„Die gab ein Individuum einem anderen. Was hat das mit einem Volke zu tun? Auch der Frieden muß erkämpft werden. Ich glaube an die Weltmission dieses Landes."

„So geben Sie alles preis, was in der Nacht unterm Sternenhimmel von Ihnen als zwangsläufige Entwicklung der Menschheit prophezeit wurde? Ich meine das Schicksal des Individuums, im Volke aufzugehen?"

„Sie sollen doch nicht immer Volk sagen, Sie alter Romantiker." Er ist ganz Wohlwollen. „Nichts gebe ich preis. Nur ist meine Vorstellung vom Volke anders als Ihre. Sie fordern vom Volke und damit auch vom Staate letzten Endes das Bekennen zu den Auffassungen von der Wahrhaftigkeit und Sittlichkeit, die der einzelne hat, und halten diese Einheit des privaten und öffentlichen Lebens sogar für nützlich und möglich. Ich halte auch eine Einheitlichkeit für möglich, aber nur dann, wenn der einzelne seine privaten Vorstellungen von Moral, Freiheit und Unabhängigkeit aufgibt und die Grundsätze des öffentlichen Lebens annimmt. Was ja ohnehin jeder Mensch schon heimlich tut. Es ist für die Menschen besser, Recht und Unrecht, Reichtum und Armut, Gutes und Böses zu erleben als die ausgeglichene Sattheit, diese Kampflosigkeit des Lebens, diesen ersehnten Fürsorgestaat der erzwungenen und ungeliebten

Gleichheit und Brüderlichkeit, dessen Voraussetzung doch das Aufgeben der Reste der persönlichen Freiheit ist."

„Der persönlichen Freiheit, zu hungern, zu verhungern und im öldreckigen Wellentunnel zu fahren! Für welche Anmaßung einem dann noch das Gesicht zerschlagen wird." Ich breche ab, denn ich fühle, daß ich erregt werde.

„Ich klage, zum Unterschied zu Ihnen, für Zahnschmerzen nie die sozialen Verhältnisse an. Sie werden sich ändern, weil sie sich in aller Welt ändern müssen. Und wenn sie in der Zukunft die Menschen als eine Masse aus gleichen echten sozialistischen Einzelwesen sehen, so sehe ich sie als eine Masse von Individualitäten, die als das gleiche nur das Vertrauen zur eignen Kraft haben."

„Mir scheint", antworte ich boshaft, „die Kraft der Kapitäne wird noch auf lange Zeit stärker sein als die der blinden Passagiere und der Zwischendecker. Warum haben Sie denn nicht wiedergeschlagen?"

Er schließt die Augen und schwimmt in beglückender Gewißheit davon. Ganz leise nur, aber fest kommen die Worte aus dem Verband: „Ich schlage wieder, warten Sie nur ab."

„Aber nur als Konkurrent, nicht als Kämpfer gegen die Rechtlosigkeit!"

Schwester Maud fürchtet wohl, er könne zuviel verraten von dem, was sie miteinander besprochen haben. So wird sie denn wieder Nurse: „Mister Dahlberg darf noch nicht soviel sprechen." Sie begleitet mich hinaus und drückt mir warm die Hand. „Nicht wahr, Mister Trimm, Sie schaffen ihn in New York von Bord, yes?"

Meinen Namen weiß sie also auch von ihm.

In der Nacht halte ich mich öfter als erforderlich im Laderaum auf. Es war mit ziemlicher Sicherheit anzunehmen, Mister Wilkinson würde sein einmal gewecktes Mißtrauen auch auf die Kiste mit dem Sarg erstrecken.

Ich treffe ihn jedoch nicht an.

Die Stow-aways haben die Flasche Kognak ausgetrunken, sind aufgemuntert und machen Pläne, wie sie in New York trotz aller Fehlschläge von Bord kommen wollen. Es ist schon ein tolles Schiff, die „President Wilson".

23

Farewell

Der Kabinensteward Schönberg muß heute wieder mitbedienen, er ist gerade dabei, mit zwei Kollegen den großen Eiszauber, den der Konditor gebacken hat, in den Saal zu fahren. Da kann ich in meinem weißen Rock sozusagen als Gehilfe schön mitgehen, ohne das Mißfallen des Chiefstewards oder des Kapitäns zu erwecken. Als wir hineinkommen, müssen wir stehenbleiben, denn Mr. Springfield hält gerade die Festrede. Es ist das Farewelldinner, das heute vor sich geht, ein Zeichen, daß wir der amerikanischen Küste nahe sind. Gewöhnlich findet es am zweiten Abend vor der Ankunft statt, beginnt immer sehr feierlich und endet in der Regel sehr vergnügt. Heute will ich auch die Stewards nicht wieder enttäuschen, sondern die Kabinengänge kontrollieren.

Neben mir, auf der Anrichte, liegt die Speisenkarte. Ich sehe, man hat die Liste noch um das Doppelte verlängert. Schade, daß ich die große Kapitänsrede, die an einem solchen Abend fällig ist, nicht gehört habe. Nun muß ich mit Mr. Springfield zufrieden sein, der dem Kapitän dieses Prachtschiffes dankt für die herrlichen Unterhaltungen unterwegs. Dies alles geschehe für das Ansehen des freien Landes Amerika, des Landes der Demokratie und der Menschenrechte, zu dem jeder, der einmal auch nur ein paar Wochen von ihm getrennt sei, rasch wieder zurückkehre. Betrete er im fremden Land ein Schiff der Regierungslinie, so sei er gewissermaßen schon in der Fremde wieder zu Hause, und außerdem reise es sich mit diesen Schiffen am besten, und jeder Bürger und jede Bürgerin gehe mit Stolz auf ein solches Schiff, da es gewissermaßen jedem zum Eigentum gehöre; außerdem fühle jeder die Sicherheit des Staates, den es verkörpere. Das sagt Mr. Springfield. Und dann hebt er sein Glas mit Sekt und trinkt auf das freieste Land der Erde: die Vereinigten Staaten von Amerika.

Mr. Springfield findet mit seiner Rede begeisterte Zustimmung. Von überallher werden ihm die Gläser entgegengehalten, es sind Wein- und Likörgläser durcheinander.

Heute wird es wohl gerade mit diesen Sachen noch hoch hergehen, denn offiziell ist das Schiff trocken, weil doch das freieste Land der Erde auf demokratisch gefaßten Beschluß den Alkohol für einen der bösesten Feinde der Menschheit erklärt hat. Es ist also nötig, die aus dem rückschrittlichen Europa mitgebrachten Weine und Schnäpse bis morgen abend auszutrinken.

Das Trinken erinnert mich an meine Freunde im Matrosenlogis, und ich gehe zu ihnen. Wir haben noch immer keinen Weg gefunden, den Preester in New York von Bord zu schaffen, und ich fürchte, das anfängliche Gerechtigkeitsfeuer meiner Freunde ist wieder einmal heruntergebrannt.

Es ist anders, ganz anders, als ich gedacht: Sie haben den Weg gefunden, den einzig sicheren Weg, der außerdem noch ein Joke ist und für den Ersten und den Kapitän ein Schabernack. Dies haben sie ausgeheckt: Der Stow-away wird in der letzten Nacht in den Sarg gelegt, in den man Luftlöcher gebohrt hat; die Kiste erhält seitlich Risse.

Und wenn er nicht will? Daran zu denken, halten sie für unwürdig. Und was geschieht, wenn die Kiste von Bord gebracht ist? Das weiß Mac. „Wir legen in Hoboken am Schuppen IV an, der Lademeister dort ist mein Freund. Der Stow-away hat also nur eine Nacht in der Kiste zu liegen. Sobald die Passagiere der ersten Klasse von Bord sind, wird mit dem Löschen begonnen; zuerst selbstverständlich die Leichenkiste. Ich werde in den Schuppen gehen und meinen Freund, den Lademeister, instruieren. Sie werden die Kiste erst mal beiseite stellen. Nachher werden sie sie öffnen, das geht leicht, da sie nur provisorisch zugemacht ist. Ist der Vogel raus, werden sie die Kiste wieder vernageln. Ist der Stow-away erst mal im Schuppen, ist er so gut wie frei. Ich und Bill, wir werden uns einen Passierschein vom Alten geben lassen. Einer wird auf dem Schiff bleiben, der andere den Stow-away im Schuppen abholen, ihm den Passierschein von dem andern aushändigen, mit ihm durch die Sperre gehen und ihn in der Barkley-Ferry über den Hudson bringen. In New York kümmert sich kein Teufel um ihn. Der Alte aber und der Erste werden platzen."

In der Tat eine großartige Idee. Ich erbiete mich, noch

heute ins Hospital zu gehen und die Zustimmung unseres Schützlings einzuholen.

Das Hospital ist abgeschlossen, und auf mein Klopfen antwortet keiner. Das ist seltsam. Dahlberg muß doch im Bett liegen. Maud wird am Ende ein wenig Farewelldinner nassauern gegangen sein.

Am Niedergang zur dritten Klasse, am Gatter, steht ein Mädchen und starrt zum lichtflutenden Deck der ersten Klasse. Ich weiß, wer es ist, und schäme mich, daß ich sie die letzten Tage vergessen habe. Sie schämt sich noch mehr, als ich am Gatter auftauche. Aber sie gibt sich keine Mühe, ihre Traurigkeit und ihren Schmerz zu verbergen. Ein kleiner Versuch langt noch nach einer Selbsttäuschung: Sie fragt mich, ob Herr Dr. Menzel krank sei. Sie hat ihn nicht mehr gesehen. „Und übermorgen sind wir da! Er wollte doch meine Adresse haben und mir seine geben!"

„Ich werde ihn erinnern, gleich heute abend, Fräulein – wie war doch gleich Ihr Name?"

„Bentolf – Irmgard Bentolf." Diesmal hat sie nichts dagegen, daß ich ihn hole. Sie ist blaß, und ihre Augen sind verweint. Da hat sie nun wohl alle die Abende gestanden, ein Aschenputtel, und in die glänzende Welt geschaut, die ihren Prinzen gefangenhielt.

Als ich mich auf dem Promenadendeck umwende und zum Hospitaldeck zurückschaue, sehe ich, daß sich da ein Schatten bewegt. Das ist seltsam, und ich entschließe mich rasch, zurückzugehen. Wahrscheinlich treibt sich Dahlberg dort umher und sucht ein Versteck in einem der beiden Rettungsboote. Das wäre der erste Platz, an dem er gesucht würde.

Die Nacht ist sternenhell, aber der übermäßige Lichtschein auf dem Promenadendeck läßt alles, was dieses Licht nicht direkt empfängt, nachtschwarz erscheinen. So trete ich bis an das Boot heran, bevor ich bemerke, daß der Schatten ein Doppelschatten ist. Meine Gummisohlen haben den Hockenden hinter dem Kahn meine Annäherung nicht verraten, und so stehen wir uns plötzlich gegenüber: ich und der Schatten, der nun aufspringt und sich dabei teilt. Doch nicht lange, dann fließt er wieder zusammen:

Schwester Maud und der Stow-away Dahlberg stehen dicht nebeneinander, ganz dicht.

Er hat drei Pflaster im Gesicht.

Da ist wenig zu sagen, und das Wenige sagt dieses seltsame Mädchen nicht verschämt, sondern ziemlich fest. „Mister Dahlberg wurde heute abend auf Anordnung des Kapitäns plötzlich aus dem Hospital entlassen. Er ist dann noch einmal wiedergekommen. Wir haben uns verabschiedet."

Ich entschuldige mich und frage, ob ich ihnen etwas Wichtiges sagen darf, und so sitzen wir nun zu dritt im Schatten des Bootes. Es ist mir peinlich, die Sarggeschichte vor den Ohren des Mädchens zu erzählen, und so rede ich nur von einer Kiste. Beide sind sie begeistert und sehen ein, daß es dann freilich erforderlich sei, keinerlei Aufsehen mehr zu erregen.

Wo man ihn denn untergebracht habe, frage ich Dahlberg.

„Bei den andern Stow-aways, auf der Ladeluke."

Es tut mir leid, aber ich muß ihm raten, nicht länger hierzubleiben und auch morgen sehr vorsichtig zu sein; erwische ihn der Erste oder der Alte, käme er in Arrest, und dann sei es aus mit der Kiste.

So stehen sie denn auf und reichen sich die Hände. Ich gehe rasch voraus.

In dieser Nacht des großen Farewelldinners gibt es lange keinen Schlaf. Ich gehe hinauf auf das Bootsdeck, stopfe mir meine Pfeife und hocke mich hin.

Unermeßlich weit und tief ist heute der Ozean. Er liegt da, ein gespanntes schwarzes Seidentuch, und sein rotgelb-brauner Rand ist ein ferner Himmel. Tausend Arten von Tieren sind wohl unter diesem Dach, in ihrem Kampf gegeneinander verwirrt durch das große helle Unbekannte, das schicksalhaft über ihre Welt gleitet.

Prahlerische Geschmeide eifern im Musiksaal gegen das Gefunkel der venezianischen Kronleuchter und gegen das sprühende Lachen der eleganten Frauen. Große echte Perlen blicken sanft in die schreiende Welt des Scheins. Das Licht fällt aus Hunderten von Kerzen auf das weiße Deck, springt wieder auf, rast an den blitzenden Wänden entlang, entzündet an den unebenen Stellen der Lackflächen einen wahren Veitstanz und stürzt, als wolle es vor den wirbelnden Florettstichen der Brillanten fliehen, auf Geigenschreien und Saxophonseufzern durch die Öffnungen der Reling in die Nacht. Liegt dann ermattet auf dem schwarzen Meer wie weiße rechteckige Tafeltücher, und die Schatten der Menschen torkeln darauf umher wie betrunkene Weinflaschen und Suppenterrinen.

Zum erstenmal fühle ich, daß wir ohne festen Halt sind, daß wir schwimmen. Losgelöst, ein Krümchen nur, in einem grenzenlosen Raume schwimmen. Und daß wir eine verteufelt enge Schicksalsgemeinschaft bilden, vom schmierigen Bunker da unten bis zum lichtüberfluteten Promenadendeck. Vom freundlich strahlenden Kapitän, der soeben Miss Ethel die Hand küßt und wahrscheinlich mit ihrem Vater über das Geschäft mit der Überholung des Dampfers einig geworden ist, bis zum verschwitzten und erschlafften Aufwäscher in der stinkigen, fensterlosen Schlafstatt, bis zu dem erregten Mädchenherzen im Hospital und jenem unten an der Schranke zwischen der dritten und ersten Klasse, und bis zum fettfleckigen Koch des Achterschiffes, der auf dem Auswandererdeck einem rundlichen ostpreußischen Mädchen einen derben Klaps auf das Hinterteil gibt und der Empörten die Anständigkeit mit einer hingehaltenen Ananas abkauft.

Ich sitze ganz im Dunkel hier oben und sehe außer diesen Paaren noch viele andere. Alles, was heute abend an Deck ist, scheint sehr vergnügt zu sein. Das kommt wohl daher, daß im Westen der Himmel offen ist wie ein goldenes Tor und ein leuchtender Weg zu uns her führt, auf dem unser funkelndes Schiff schwimmt. Mitunter hebt es sich, als wolle es auffliegen, und es würde wohl auch fliegen, mitten hinein in das goldene Amerika, wenn es nur die Lustgefühle der ersten Klasse und die Hoffnungen der Auswanderer zu tragen hätte.

24

Der letzte Tag

Das ganze Schiff ist in fiebriger Aufregung. In der dritten Klasse berechnen sie ebenso wie in der ersten mehrmals am Tag die Seereise, die wir noch zu machen haben, nach Stunden. Vierundzwanzig, zwanzig, sechzehn, zwölf – morgen vormittag um diese Zeit sollen wir schon in Amerika sein. Ich kann nicht leugnen, ich bin auch erregt, und es ist eine Ausrede, wenn ich mir sage, es komme von der Geschichte heute morgen mit dem Steward.

Ich habe mich vergessen, und das ist unangenehm, weniger wegen der wahrscheinlichen Folgen als wegen der Tatsache, daß es geschehen konnte. Eine Entschuldigung finde ich nur in der Feststellung, daß der Nachtwächter auf einem Schiff nicht notgedrungen ein Mensch von geistiger Disziplin sein muß. Der Chiefkoch sagte auf meine Frage, ob er in diesem Falle anders gehandelt hätte, immer vorausgesetzt, er wäre Cakes-Bäcker und nicht Chiefkoch, er könne darauf nicht antworten, denn Tätlichkeiten seien nun mal streng verboten; manches könnten die Amerikaner entschuldigen, Tätlichkeiten niemals. Ich werde darüber die Stow-aways befragen, antwortete ich und ließ ihn stehen. Darauf rief der Koch mir nach: „Hören Sie mal, Watchman, von mir aus. Der Kerl ist eine Großfresse. Aber der Chiefsteward weiß es bereits. Und darauf kommt es an!"

Es war so: Ich muß jeden Morgen für die Offiziere, die Dienst haben, und für die Ingenieure die Buchweizen-Cakes zum Frühstück backen. Warum das der Nachtwächter machen muß, weiß ich nicht, es ist nun mal so. Die Cakes für die Passagiere bäckt ein Küchengehilfe. Er könnte nun die sechs, acht oder zwölf Cakes, die ich brauche, mitbakken, aber es ist nun mal Brauch, daß er lediglich für den Speisesaal da ist.

Am ersten Morgen schon hatten wir einen Zusammenstoß, da er mich nicht an den Ofen ließ, sondern unentwegt für die Passagiere buk. Ich kam reichlich spät mit meinen Cakes zu den Ingenieuren und wurde angeschnauzt. Sie betonten, sie gingen vor, der Chiefkoch wisse das. Dennoch versuchte der Küchengehilfe mich weiterhin beiseite zu schieben. Bis ich den Grund erkannte: Er bekommt von den Stewards nach jeder Reise ein paar Cent zugesteckt dafür, daß er sie rasch bedient. Als ich ihm dieses Trinkgeld auch versprach, verstanden wir uns sofort, und alles ging reibungslos. Nur die Stewards quakten jeden Morgen, weil sie etwas warten mußten, die verwöhnten Herren.

Bis heute. Da kommt, als ich mitten im Backen bin, meine Cakes sind eigentlich schon fertig, ein Steward und verlangt sofort vier Cakes. Ich stehe einige Meter von dem Herd entfernt und trinke meinen Kaffee. Nimmt der Kerl doch vier von meinen Cakes von der Herdplatte und packt sie sich auf einen Teller. „Halt", rufe ich, „leg sofort die Cakes wieder hin, die sind für den Ersten Ingenieur." Der Küchengehilfe bestätigt es. „Ach was", sagt der Steward, „mein Passagier geht vor!" Er will abgehen.

Da bin ich heran und halte ihn fest. „Hast du nicht gehört", wiederhole ich, „daß diese Cakes von mir für die Offiziere gebacken wurden?"

Er piekt mit der freien rechten Hand auf die Stirn. „Mensch", sagt er dazu, „ich bediene den reichsten Mann auf dem Schiff. Einen Mann, der sogar seinen Chauffeur erster Klasse fahren läßt. Das geht vor."

„Bei mir nicht", antworte ich und nehme ihm mit hartem Griff den Teller aus der Hand. Er ist sprachlos, dann droht er mit Beschwerde. Aber der Zweite Koch, an den er sich wendet, gibt mir recht. Wütend und nervös tanzt der Serviettenschwenker hin und her und hetzt nun den Küchengehilfen, rasch zu machen, sein Fahrgast sei nicht gewöhnt zu warten. Nun ja, sie sind heute alle aufgeregt.

Der Meßboy kommt und fragt, wo die Cakes für den Ersten Ingenieur bleiben. Der Dritte Offizier wolle ebenfalls seine sofort haben. Er nimmt die Cakes mit, und ich warte, daß ich wieder an die Reihe komme. Mittlerweile ist ein anderer Steward hinzugetreten, der gleich sechs Cakes haben will. Er müßte nun warten, bis ich meine zweite Sendung habe, er weiß das auch, aber der Bediener von dem reichen Mann behauptet plötzlich, er habe außer den vier, die auf dem Herd brutzeln, noch sechs andere bei dem Küchengehilfen bestellt. Der weiß von nichts, es ist ja auch Schwindel; er hat sich das soeben ausgedacht, um seinem Kollegen zu imponieren und mich zu ärgern. Jetzt wird der Bursche laut und behauptet, wir lögen, er werde es melden, und es sei überhaupt eine Schande für einen Amerikaner, daß er hinter einem deutschen Hungerleider zurückstehen müsse.

Damit bin ich gemeint, und er, ein deutscher Kellner und amerikanischer Katzbuckler, zieht damit wie seine Kollegen eine unüberschreitbare Grenze zwischen uns.

Der Küchengehilfe ist von dem forschen Ton beeindruckt und schickt sich an, nachdem der Aufgeregte seine ersten vier auf dem Teller hat, auch noch die zweite Serie von sechs für ihn zu backen. Ich sage gar nichts, sondern nehme ihm die Speckschwarte aus der Hand und reibe die Herdplatte neu ein. Jetzt kreischt der Steward förmlich, und wieder sagt er das von den deutschen Hungerleidern.

„Geh", sage ich, „und laß deine Cakes nicht kalt werden, sonst kürzt dir der reiche Mann das Trinkgeld."

Unsere Unterhaltung war deutsch. Er geht wirklich. Nach einigen Metern aber bleibt er stehen und schreit durch die Pantry: „Focken son of a bitch – dirty German –"

Die Speckschwarte ist keine Schwarte, sondern ein fünfzehn bis zwanzig Zentimeter langes und breites Stück Speck, vier, fünf Zentimeter stark, mit Schwarte, in die eine Schlaufe zum Anfassen eingeschnitten ist. Es wiegt, ist es noch nicht abgeschmolzen, gut seine zwei Pfund. Ich habe es noch in der Hand, doch im Nu macht es sich selbständig und saust durch die Pantry. Und trifft den Burschen gerade, als er mit dem Fuß die Tür zum Speisesaal aufstoßen will. Trifft ihn zwischen den Schultern im Nacken mit solcher Wucht, daß ihm der Teller mit den Cakes und das Tablett mit der Teekanne aus den Händen fällt, auf dem Fußboden zerschellt und er selber der Länge nach hinfällt.

Im Nu stehen alle Köche, Aufwäscher und Stewards um ihn herum. Ich angele mit einem Schrubberstiel meine Speckschwarte unter einem Schrank hervor und gehe zu meinem Cakesherd. Indessen der fassungslose Millionärbediener langsam zu sich kommt und alle zu Zeugen meiner Handgreiflichkeit anruft. Es sind aber nur einige seiner Kollegen, die sich erbieten, seine Unschuld zu beweisen;

mein Küchengehilfe und der Zweite Koch haben seine Beleidigungen gehört. Da sagt der Steward, um dessen sechs Cakes die Sache gekommen war: „Nun mach bloß, daß du in den Speisesaal kommst." Ja, und dann packen sie ihm die vom Boden aufgepolkten Cakes auf einen neuen Teller, bringen ihm eine neue Kanne Tee und wollen ihn in den Speisesaal schieben. Doch es geht noch nicht. Er hat wohl gefühlt, daß sein Nacken feucht geworden ist, wischt und reibt ihn mit seiner Serviette, zieht dann aber sein weißes Jackett aus: Mein schön braungebranntes Speckstück hatte ihm die Jacke auf einer Fläche von Tellergröße nicht nur mit Fett aufgeweicht, sondern auch braun gefärbt. So kann er wohl wirklich nicht im Speisesaal erster Klasse einen Millionär bedienen, wenn auch keiner etwas dabei findet, daß der reichste Mann des Schiffes die so bös mißhandelten, vom Boden aufgelesenen Cakes essen soll. Einer der Stewards erbietet sich, dem Kollegen für den Gang bis zum Tisch die eigene Jacke zu leihen, und so löst sich die Versammlung endlich auf.

Ja, und nun ist es dem Chiefsteward gesagt worden, und der will es dem Kapitän melden. „Tätlicher Angriff auf ein Besatzungsmitglied im Dienst." Sehr schwer. „Und noch dazu auf einen Brillenträger." Verflucht – der Kerl trägt wirklich Gläser. Das verschärft in Amerika die Sache ganz gewaltig, da gibt's überhaupt keine Entschuldigung. Jeder weiß einen Fall zu berichten, sie freuen sich alle, nicht in meiner Haut zu stecken.

Da fällt es mir ein: „Wo habe ich ihn denn mißhandelt? Ich meine, gegen welchen Körperteil bin ich tätlich geworden?"

Sie verstehen nicht, was ich will, und so beantworte ich die Frage selbst und sage: „Gegen seinen Rücken, fast schon gegen seinen Hintern! Trägt er da eine Brille? Na also!"

Da lachen sie zwar, allein es wird mir nicht wohler dabei, denn ich weiß, meine Speckschwarte wiegt auf der amerikanischen Gerechtigkeitswaage schwerer als die Faust des Kapitäns. Und dann noch die aufregende Geschichte mit Dahlberg und der Sargkiste. Sie muß heute nacht vor sich gehen und kann einem schon Gedanken machen. Bill, Mac und die andern, die um das Geheimnis wissen und sich mit ihm befassen müssen, Dahlberg einbegriffen, sind allerdings gar nicht aufgeregt. Dahlberg war imstande, heute nachmittag, als er nach dem Deckscheuern so etwas wie eine Freiwache hatte, mit mir ein Gespräch über die Brutalität als Zeiterscheinung zu führen. Sie sei nicht, wie ich und meinesgleichen annehme, eine Folge des Krieges, sondern eine Folge der Kultur. Diese europäische oder abendländische Kultur nämlich, das habe er mir doch damals unterm Sternenhimmel bewiesen, habe sich im Mittelalter von den Völkern der alten Welt abgelöst, sei sogar aus den Körpern der einzelnen Menschen herausgewachsen und werde von ihnen nur noch als eine Art Uniformrock mit Tressen und Sternen getragen, meistens nur noch bei Paraden.

„Wie die Religion etwa", werfe ich ein.

„Nicht ganz wie die Religion. Die Religion wuchs zwar auch aus dem Inwendigen der Menschen heraus, durch die Haut hindurch, aber sie gedieh nur bis zu einer Art von Hemd. Die Kultur jedoch entwickelte sich weiter, trennte sich immer mehr vom Menschen und wurde in den letzten hundert Jahren wirklich zum Uniformrock."

„Und was hat das mit der Brutalität als Zeiterscheinung zu tun?" frage ich.

„Früher, ganz früher waren Religion und Brutalität Bestandteile des Menschen, die er in seinem Innern trug. Sie waren ihm eigentümlich, glichen sich aus, dadurch war der Mensch echt. Mit der Entwicklung seiner Umwelt erfand er die Kultur und verlor langsam diese Echtheit, die beiden Äußerungen seines Wesens: Religion und Kultur auf der einen Seite und der Machtwille auf der anderen Seite machten sich zu selbständigen Gebilden, sie objektivierten sich und benutzten den Menschen als Instrument."

„Was hat denn das aber mit der Kultur an sich zu tun? Ich frage so, weil Sie vorhin die Kultur für die wachsende Brutalität der Menschen verantwortlich machten."

Er hielt die Frage wohl für naiv, denn er lächelte. „Weil es die Kultur in der Gestaltung der alten Geschichtsschreiber war, die den Krieg als Zeitenformer auf den Thron setzte und die großen Irrtümer der Weltgeschichte, die auf der Verherrlichung oder Übertreibung der Bedeutung der

Kriege basieren, zu Kulturwahrheiten umfälschte. Muß ich Sie an Namen wie Herodot, Thukydides und Polybios und an ihre Enkelkinder Schlosser, Ranke oder Mommsen erinnern? Sie alle, diese Kulturattentäter, führten im Grunde selbst Kriege und priesen die Brutalität. Wenn die Kultur, einschließlich Religion und Kunst, einmal völlig abgelöst ist durch die Zivilisation – Zivilisation als Ausdruck eines einigermaßen behaglichen und gesicherten Lebens –, besteht die Möglichkeit, jene dritte Erscheinungsform der geistig-seelischen Kräfte zu schaffen, die den Krieg, seine Vergötterung und damit das Brutalitätsgelüst des einzelnen überwinden wird."

Ich habe zwar nicht ganz verstanden, wohin er steuert, glaube aber den Versuch einer Annäherung an meine Worte beim Beschluß der letzten Sternennacht annehmen zu können. So sage ich denn: „Da jene Kreise, denen ich mich verbunden fühle, das gleiche wollen, was Sie bewegt, und es auch erreichen werden, müßten wir beide uns eigentlich doch auch einig werden können?"

„Worin einig?" fragt er lauernd.

„Darin etwa, daß die Kultur, also auch die Kunst und die Bildung, in Zukunft nicht mehr feudalistisch und kapitalistisch beherrscht, aber auch nicht anarchisch-nihilistisch bewegt in einem Gemeinwesen umhergeistern darf, sondern sich im Geiste dieses Gemeinwesens betätigen muß."

Er senkt den Kopf. Dann sagt er, und es klingt echtes Bedauern aus seinen Worten: „Schade. Aber immer, wenn wir beide einander nähern, stoßen wir einander ab. Jetzt sehe ich schon, wie Sie mir einen demokratischen oder gar proletarischen Sonnenaufgang im Gemälde vorsetzen. Mit der Bildung und der Religion, das mag zusammengehen mit dem politischen Charakter. Aber die Kunst? Kunst ist durch den Geist geadeltes Menschentum, und Adel ist Vereinzelung, Einzelung. Kunst will Verehrung und Anbetung durch die Nichtkünstler und Eifersucht durch die Mitkünstler; niemals aber will Kunst Gemeinschaft. Stellt man sie in die Gemeinschaft, so wird sie einfach Dekoration des Lebens dieser Gemeinschaft, angesteckter Sonntagszierat. Soll die Kunst gar die Lebensinhalte des kleinen Mannes nachbilden oder so beschaffen sein, daß jeder Pferdeknecht und Weichensteller sie, wie sagt man doch, versteht, dann ist sie keine Kunst mehr, sondern bestenfalls ein Handwerk. Wahre Kunst jedoch ist Geist! Beide sollen dem Volke zugänglich gemacht werden, gewiß, aber zugänglich gemacht werden zum Anbeten, nicht zum Verstehen und zum Bekritteln."

Es führt wohl doch kein Weg zueinander. Ich versuche es noch einmal. „Die einfachen Menschen haben Lesen gelernt und können die Bibel, Goethe und Gorki lesen. Sie werden auch lernen, Rembrandt, Liebermann und Käthe Kollwitz zu lesen. Und gibt es erst eine Kunst, die ohne Geheimschrift geschrieben ist und einfach, natürlich und heiter wie ein Sonnenaufgang, ein Vogellied, ein Bergsee oder wie eine mütterliche Gebärde einherkommt, dann werden die einfachen Menschen diese Kunst sogar auswendig lernen. Wie Sie Ihren Horaz oder Ihren Raffael."

„Geben wir es auf, mein Lieber. Wahre Kunst ist Geist, und dem Geist wird die Masse immer feindlich gegenüberstehen, auch in einer sozialistischen Welt, mag er als Geist oder Kunst hundertmal unschuldig und unfeierlich, mag er selbst werbend daherkommen. Weil sich die Dummheit und Beschränktheit rascher vermehrt als die Bildung und sich gegen den Geist erheben muß, immer. Eher ist der Hang zur Brutalität auszurotten, als der Berg der Dummheit abzutragen. Der Geist kann diesen Berg mit Wein oder, wenn Ihnen das besser ins Programm paßt, mit Kartoffeln bepflanzen und so für alle nutzbar machen. Aber er kann es nur so lange, wie ihr es unterlaßt, dem Berg der Dummheit einzureden, er könne Feuer spucken und mit Lavaströmen die Kultur an seinen Abhängen vernichten. Ist er sich dessen erst bewußt, daß er vernichten kann, wird er es tun. Mein Gott, ich habe doch die Menschen nicht gemacht, ich hätte sie anders gestaltet."

„Und die Voraussetzungen dazu hoffen Sie in Amerika zu finden?" frage ich ironisch.

„Nur in Amerika", antwortet er selbstsicher.

„Ich wüßte einen anderen Weg."

„Ich weiß, ich weiß." Sein Gesicht wird wieder überheblich. „Mann, ich will ja sogar den Sozialismus. Aus Erkenntnis schon, weil ich weiß, daß meine bisherige Welt im Untergehen ist. Aber muß man zur Beseitigung sozialer Ungerechtigkeiten, muß man zu einer wirtschaftlichen Demokratie nun auch von einer Demokratie des Geistes reden und darunter nicht die Bereitstellung aller Bildungsmöglichkeiten für alle verstehen, sondern den schaurigen Irrtum, auch der Geist ließe sich sozialisieren und sogar das Gefühl und Verständnis für Kunst? Ihr habt mit eurem falsch gedeuteten Marxismus eine Masse geformt, nicht gut und nicht schlecht, eine Masse aus gleichen Mauersteinen. Damit könnt ihr Wohnhäuser bauen; euch aber gelüstet, einen neuen Tempel zu errichten für eine neuen Gott. Und Paläste für seine Propheten und Hohenpriester. Ich aber will keinen neuen Gott, keine Hohenpriester und keine uniforme Masse, ich will ein Millionenheer von lebensfrohen Individualitäten, von denen jeder als sein eigener Gott den Teufel des Neides in sich im Zaume hält."

„Sie haben mich überzeugt", sage ich.

Er strahlt auf.

„Sie haben mich überzeugt, daß Sie nach Amerika müssen. Sie werden drüben Erfolg haben. Sei es auch nur als Sektengründer. Es ist Ihr Pech, daß Sie sich ein gedankliches Zerrbild vom Sozialismus geschaffen haben, das Sie daran hindert, den Beginn sozialistischer Wirklichkeit in Sowjetrußland überhaupt zur Kenntnis zu nehmen."

„Ich werde an den Universitäten lehren", lacht er fröhlich. „Besuchen Sie mich, wenn Sie Ihres leiblichen und geistigen Nachtwächterdaseins überdrüssig sind. Miss Maud wird meine Adresse haben. Grüßen Sie die alte Welt und sagen Sie ihr, sie könne mich –"

25

Die letzte Nacht

Als ich nachts gegen zwei Uhr den Korridor zwischen den Luxuskabinen passiere, öffnet sich die Tür von Nummer 16, und heraus tritt Herr Dr. Menzel aus Bielefeld. Ich bin auf diesem Schiff an manche Extravaganz einer reisenden Dame gewöhnt worden. Aber dies hier ist doch zu ungewöhnlich. Da verläßt um zwei Uhr des Nachts nicht nur ein Herr die Kabine einer fremden alleinreisenden Dame, es ist diese Dame sogar die stolze eigenartige Mademoiselle, die ich wegen ihrer ganzen Art für eine französische Prinzessin gehalten habe. Und wenn auch das noch angehen mag, so will mir nicht in den Sinn, daß dieser Eroberer ausgerechnet Herr. Dr. Menzel sein soll. Aber es stimmt. In der rechten Hand trägt er einen kleinen Koffer, den ich bisher im Zimmer der Französin gesehen habe.

Und als sollten die seltsamen Überraschungen in dieser Nacht kein Ende nehmen, stoße ich nun auch noch in die alte Bekanntschaft zweier Passagiere, von denen weder ich noch irgendein Reisender hat annehmen können, sie hätten bisher auch nur ein Wort miteinander gewechselt.

Es ist auf dem Promenadendeck. Ich komme von Deck C herüber, und eigentlich nur, weil mir in dieser letzten Nacht vor der Landung in Amerika etwas seltsam zumute ist, überquere ich das Deck. Da sitzen unterhalb der Brücke im Schatten des Aufbaues der griesgrämige Mr. Winter und der englische Journalist und unterhalten sich. Ich bleibe stehen, nicht um zu lauschen, sondern nur, weil mir meine Eigenschaft als Nachtmann schon so weit ins Blut gegangen ist, daß ich Passagiere nicht durch rücksichtsloses Erscheinen stören will. Als ich aber den Schritt verhalte, muß ich auch hören, was da zu erzählen ist. Die beiden Männer reden sich mit ihren Vornamen an. Es sind also alte Bekannte, und sie haben aus irgendeinem Grunde auf dieser Reise eine Komödie gespielt. Ganz deutlich vernehme ich den Journalisten: „Ich halte diesen Deutschen zwar für dumm genug, die Sache zu machen, aber auch wieder für so dumm, daß er sie verpfuschen kann.“ Worauf der Griesgram Mr. Winter etwas verärgert fragt: „Warum hast du keinen geeigneteren Mann gefunden?“

Und dann scheinen sie, obwohl ich mich nicht bewege und sogar den Atem angehalten habe, mißtrauisch geworden zu sein. Katzen, Füchse und aus Beruf unredliche Leute haben nun mal ein feines Ohr für Dinge, die eigentlich gar nicht da sind. Jedenfalls halte ich es für das richtige, unbefangen hervorzutreten. Prompt schreit mich

Mr. Winter an, was ich hier herumzuschleichen habe. Das ist seltsam. In den drei, vier Minuten vorher habe ich ihn für einen ausgekochten Dunkelmann gehalten; die Tatsache aber, daß er dies so plump verrät, läßt auch wieder meine Vermutung als nicht allzu begründet erscheinen.

Vielleicht birgt der Bauch eines Ozeanschiffes, der einige tausend Menschen beherbergt, nicht mehr Geheimnisse als eine Stadt gleicher Größe. Doch sind die Geheimnisse komplizierter oder gefährlicher, da die Menschen, die sie haben, andere Geschäfte zu machen pflegen als die Einwohner einer Kleinstadt.

Ich ersehe das aus der unterschiedlichen Wirkung auf mich selbst. In einer Kleinstadt könnte ich zehn Jahre leben, ohne daß ich auch nur hinhören würde, wenn zwei Menschen sich unterhalten; ja, ich glaube, ich hörte über alle Eheirrungen, Geschäftstragödien und kleinen Skandälchen hinweg, in der aus Erfahrung berechtigten Annahme, auch nicht eine von ihnen böte den geringsten Stoff, in einer Novelle eine Nebenrolle zu untermalen. Hier nun habe ich den smarten Mr. Wilkinson und seine unbedenklichen Gegenspieler aus der Crew; Mr. Springfield und seine Verhandlungen mit dem Kapitän; das seltsame Freundespaar, das ich soeben gestört, und schließlich als Krönung Herrn Dr. Menzel aus Bielefeld, der nachts mit einem Köfferchen, das ihm nicht gehört, aus dem Zimmer einer zurückgezogen reisenden Dame tritt und der in dieses Abenteuer anscheinend doch nur hineingeschoben wurde. Zu welchem Zwecke aber?

Ja, und dann habe ich auf diesem Schiff noch Schwester Maud und Dahlberg. Wo gibt es in einer Stadt gleicher Größe ein solches Paar und eine solche Liebe?

Er war heute abend noch einmal im Hospital und hat Abschied genommen. Nun ich ihn aus seinem Quartier bei den Stow-aways auf der Planke der Ladeluke holen soll, denn es ist soweit, finde ich ihn schreibend. Seine Leidgenossen schlafen oder stellen sich schlafend, denn ich mag nicht glauben, daß sie zehn Stunden vor dem Augenblick, der über ihr Entweichen entscheidet, schlafen können. Dahlberg sitzt abseits, mit dem Rücken gegen eine Tonne, auf der eine weiß der Himmel wo gestohlene Stablaterne brennt, hat die Knie als Pult hochgezogen und schreibt einen Brief, neben ihm liegt ein zerdrücktes und nicht sehr sauberes Schriftstück in Maschinenschrift.

Als er mich kommen sieht, macht er ein verdrießliches Gesicht, schreibt noch ein paar Zeilen, steht dann auf und rollt das Geschriebene mit dem Manuskript zusammen. „Schade", sagt er, „daß es nicht mehr komplett ist. Wollen Sie das Päckchen morgen früh Miss Maud bringen? Sie können es vorher lesen, wenn Sie wollen." Er sieht mein Lächeln und lächelt nun auch. „Ein verdrehter Kerl, dieser Dahlberg, denken Sie, nicht wahr? Kommt der Mensch soeben von seiner – von seiner Braut, und nun schreibt er ihr schon wieder einen langen Brief. Aber Sie übersehen, daß er im Begriffe steht, eine nicht ganz gewöhnliche Reise anzutreten, mein Lieber. Ja, und da habe ich eben mein Testament gemacht. Ich vermache der Menschheit das irdische Glück, wirklich. Gern würde ich dieses Vermächtnis selbst vollstrecken; ich hoffe auch noch immer, es tun zu können, doch für alle Fälle habe ich an einen Vertreter gedacht. Sie sind ja leider nicht dazu geeignet."

Ich nicke zustimmend.

„Das Testamentmachen gehört sich doch für einen ordentlichen Bourgeois, wenn er – hm, wenn er vor seiner Einsargung steht, nicht?" Er nimmt eine alte, abgeschabte Ledermappe und die Laterne, die er ausknipst. „Allright, Sir, I'm ready!"

Bill und Mac warten schon und sind nun doch reichlich aufgeregt. Ich auch. Nur der Preester ist ruhig. Er bezieht sein Quartier, rückt sich die Strohhülsen unter den Kopf, legt die Mappe zwischen seine Füße, die elektrische Laterne zu seiner Rechten und sieht mich an. Es ist ein verfluchter Augenblick. Beinahe vergesse ich die beiden Schachteln Cakes und die Tüte mit den geschälten Orangenteilen.

Wir geben uns die Hand. „Es ist schon ein verrücktes Land", sage ich.

„Wieso?" fragt Bill und ist beleidigt. Dann wendet er sich an Dahlberg: „Zwölf – höchstens zwanzig Stunden – wir vergessen dich nicht!" Er bückt sich zum Sargdeckel, doch Mac ist noch nicht soweit. Aus seiner Hosentasche holt er eine Flasche Kognak und legt sie Dahlberg an die linke Seite. „Ich habe sie schon aufgezogen. Am besten, du trinkst sie aus, dann wird dir das Warten nicht lang. Good bye!“ Er ist ebenso aufgeregt wie gerührt, seine sonst schon salbungsvolle Stimme will vor Ergriffenheit versagen.

Es ist bei allem Ungewöhnlichen, meinetwegen auch Grausigen, komisch. Das fühlt auch Bill, den mit einem Schlag wieder der Lümmel gepackt hat. Als der Sargdeckel zuklappt und Mac schon die Zierschraube anfaßt, hebt Bill den Deckel am Fußende noch einmal etwas an und steckt sein Gesicht in den Spalt: „Iß und trink nicht zuviel, boy! Du bist zwar eine Leiche, aber eine, die wieder ausgebuddelt wird. Da brauchst du nicht zu stinken!“

Während die beiden die Eisenbänder der Kiste befestigen, wobei sie doch hämmern müssen, stehe ich im Niedergang Wache. Es geht alles gut. Es hat in dieser letzten Nacht da oben jeder seine eigenen Sorgen, auch von den Seeleuten, so seltsam das ist.

Im Hospitalvorraum brennt noch Licht, obwohl es nach Mitternacht ist. Da wir keinen Kranken haben und der Doktor dort nicht wohnt, kann nur Schwester Maud noch auf sein. Es ist auch nur natürlich, daß sie in dieser Nacht nicht schlafen kann. So kann ich ihr noch heute den Brief bringen.

„Ich habe Sie erwartet“, sagt sie, als ich, mich entschuldigend, eingetreten bin. Sie ist erregt, aber beherrscht, fragt auch nicht, wie es gegangen ist, sieht mich nur mit ihren Wunderaugen an, mit Blicken, die wohl von den Urgeschöpfen schon getragen wurden. „Es ist alles in Ordnung, Schwester Maud. Wahrscheinlich nur zwölf Stunden. Zwischenfälle sind ausgeschlossen, Mac geht morgen sofort in den Schuppen.“

Nun bricht Stolz aus ihren Augen. „Er ist ein großer Mann. Ihm kann nichts Übles mehr geschehen. Wissen Sie, woran er denken will da in seinem – in dem Dunkeln?“

Wie harmlos ist sie doch, daß sie so von sich und seiner Liebe zu ihr sprechen kann.

„Er hat es mir gesagt, als er sich verabschiedet hat. Hat er es Ihnen auch gesagt?“

„Aber Schwester Maud, das ist doch nicht schwer zu erraten. An Sie will er denken, und er tut recht daran. Einen Brief hat er Ihnen auch noch geschrieben, einen sehr langen sogar, und Ihnen sein Testament geschickt."

Da geht wieder die andere Röte über ihr Gesicht, doch wandelt sich die Scham oder die Verlegenheit rasch in laute Fröhlichkeit über meinen Irrtum: „Er will, hat er mir zum Abschied gesagt, sich in der Kiste überlegen, wie man die Weltgeschichte ändern kann! Yes, da staunen Sie! Und mit Amerika will er anfangen. Oh, er ist köstlich, er ist stark, er wird es ganz gewiß auch tun!"

Sie macht die Rolle auf, und ihr Gesicht wird blaß und traurig. So wendet sie Blatt um Blatt, ohne zu lesen. Es sind, ich zähle sie, einige zwanzig. Dann erst nimmt sie den Begleitbrief und muß etwas sehr Beglückendes finden; sie liest die paar Zeilen wieder und wieder, rollt die Bogen zusammen und gibt sie mir zurück. „Es ist Deutsch, und ich kann es nur schlecht verstehen. Aber im Brief schreibt er mir englisch, ich soll es ihm aufbewahren, es sei sein Testament oder auch sein Geburtsschein. Das verstehe ich nicht. Wenn Sie wollen, können Sie es lesen, Mister Trimm; er schreibt, ich soll Sie fragen. Wollen Sie?"

Ich habe keine Lust, noch einmal eine lange Epistel des Preesters über mich ergehen zu lassen, aber wenn ich ablehne, kränke ich Schwester Maud. So verspreche ich denn, es in der Nacht zu lesen und ihr morgen in der Frühe wiederzugeben.

Im Niedergang zum Logis der nächsten Maschinenwache, die ich wecken muß, brennt eine helle Lampe. Ich setze mich auf die eiserne Treppe. Die Blätter sind schon oft aufgerollt und auch zusammengefaltet worden, die meisten ausgefranst und fleckig. Das Manuskript ist seine Doktordissertation, von der er wiederholt gesprochen hat und die er im Vaterlande nicht losgeworden ist, oder doch der Entwurf dazu. Wahrscheinlich hat er die Arbeit gar nicht vollendet.

Ein seltsames Gefühl beschleicht mich, als ich zu lesen beginne, sitzend auf der Treppe des Niederganges in einem amerikanischen Passagierschiff, das durch den nächtlichen Ozean eilt und mit all dem Menschengewimmel auch in einem Sarg einen jungen deutschen Menschen trägt, der vier Tage und vier Nächte im Wellentunnel des Schiffes im Dreck gesteckt hat, dabei über die Kultur und die Sterne philosophierte, vom Kapitän ins Hospital geschlagen wurde und einige Stunden, bevor er, noch nicht genesen, auf eine lebensgefährliche Art an Land geschmuggelt werden soll, davon träumt, die Weltgeschichte zu ändern. Ich überfliege die Seiten, und da ich befürchte, meinen Dienst zu versäumen, beschließe ich, sie nachher gründlich zu lesen.

So sitze ich nun im Lesezimmer der dritten Klasse. Es ist ganz leer, sie haben in dieser letzten Nacht vor Amerika andere Aufregungen, als sie von den Büchern hier zu erwarten sind. „Die Überwindung der Historie" ist das Manuskript überschrieben und hat den seltsamen Untertitel „Vom Diesseits jenseits des Diesseits", Inauguraldissertation zur Erlangung der Doktorwürde der Philosophischen Fakultät der Friedrich-Wilhelm-Universität zu Berlin. Von Alexander Dahlberg aus Dessau, Friedrichstraße 17.

Ausgehend von dem Nietzsche-Zitat „Die Historie ist etwas, das überwunden werden muß", versuchte ein junger Student der Geschichtswissenschaft, der Geschichtsschreibung aller Zeiten die großen Irrtümer nachzuweisen, die zur falschen Einschätzung der Bedeutung der Kriege und damit zu ihrem verhängnisvollen Einfluß auf die Entwicklung der Menschen und besonders der abendländischen Kultur geführt haben. Das begann mit Herodot und ging über Schlosser, Mommsen und Ranke bis in die Gegenwart. Sie alle hätten, so unterschiedlich ihre Methoden auch seien, die von ihren Vorgängern fixierte Historie für das wirkliche Weltgeschehen genommen und seien somit unfruchtbar geblieben und mitschuldig geworden an der Entwicklung der Menschheit zum anscheinend unentrinnbaren Zwang zur Selbstvernichtung. An einer Fülle von Material wies er in scharfen logischen Folgerungen nach, daß kein Unterschied bestehe zwischen der wissenschaftlichen Unzuverlässigkeit der Herodot, Thukydides, Polybios, Ktesias, die Geschichte zur Verherrlichung ihrer königlichen Auftraggeber schrieben, und dem Verfahren der Schlözer, Weber, Schlosser, Ranke und Mommsen, die auf den Alten fußten, obwohl sie von deren absichtlichen Beschränkungen des Stoffes und von den Fälschungen wußten, und ihre eigenen Stoffbegrenzungen und willkürlichen Auslegungen vornahmen, damit, wie die pragmatische Geschichtsschreibung das fordere, ihre moralischen, politischen, geistigen, historisch-kritischen, religiösen, vaterländischen, künstlerischen Betrachtungslinien eingehalten werden konnten. Ihre „Mitwisserschaft des Alls" sei zu lückenhaft, um damit eine fortschrittliche, dialektische oder eine die Kreislaufform des Weltgeschehens beweisende Betrachtung rechtfertigen zu können.

Tatsächlich bestehe ein einheitstrebender Zug im Weltgeschehen und sei erwiesen in allen Völkern aller Epochen: der Drang der Menschen zum Dienst an der Dauer des Lebens. Er erhebe sich dadurch, daß er seinen Trägern bewußt werde, vom Inhalt zum Sinn des Lebens sowohl für den einzelnen wie für das Volk und den Staat und zum Inhalt der Geschichte.

Der Dienst an der Dauer des Lebens sei gleichzeitig immer ein Drang zur Sicherung des Lebens und seiner wohligeren Ausgestaltung. Das sei auch bei den Geschichtsschreibern aller Betrachtungsarten unbestritten, obwohl sie das einheitstrebende Prinzip verschieden sähen. Sie irrten sich jedoch in der Bewertung der die Sicherheit gewährenden Kräfte und in der Einschätzung der Gefahren, welche diese Kräfte bedrohen; mit einem Worte, sie irrten sich über die weltgeschichtliche Bedeutung von Krieg und Frieden. Darum müsse die Historie überwunden oder zum mindesten entlarvt werden.

Auf mehr als zwanzig Seiten versuchte der Verfasser bei seinem Gang durch die Jahrtausende nachzuweisen, daß Krieg nicht Kampf sei, sondern Selbstvernichtung. Entspräche die Bedeutung der Kriege dem Umfang der Seiten, die ihnen in der Geschichtsschreibung eingeräumt werden, so gäbe es heute keine Menschen und keine Geschichtsschreiber mehr. Aber weder die Kriege noch ihre Verherrlichung oder Begründung als Notwendigkeit hätten den natürlichen Selbsterhaltungs- und Fortschrittswillen der Menschen aufhalten und somit auch nicht seine leuchtendste Bekundung zerstören können: den menschlichen Kulturwillen. Gäbe es also eine wirkliche Weltgeschichte, so müßte sie, wolle sie der Wirklichkeit nahekommen, inhaltlich und in der Raumbemessung für die Geschehnisse durch Krieg und Frieden ganz anders angelegt sein, als das bisher der Fall war. Sie müßte in folgender Reihenfolge die Kräfte der Völker als Lebensauswirkungen darstellen:

a) als Geschichte der menschlichen Willensbetätigungen im Dienst an der Dauer des Lebens;

b) als Geschichte des menschlichen Freiheitsverlangens, Fortschritts- und Kulturwillens;

c) als Geschichte der menschlichen Versuche, durch geistige Erkenntnisse und ihre vernunftgemäße Anwendung die sozialen Lebensbedingungen im Diesseits zu bessern;

d) als Geschichte der menschlichen Versuche, durch Gewalthandlungen die sozialen Ungerechtigkeiten zu beseitigen;

e) als Geschichte der menschlichen Willensbetätigungen zur Verhinderung des Lebens-, Kultur- und Gerechtigkeitswillens, also die Geschichte der Knechtungen, Grausamkeiten, Ausbeutungen, Verbrechen, Kriege und Zerstörungen.

Nur in dieser Reihenfolge hätten sich die Kräfte des Lebens in den Völkern entwickelt, nicht umgekehrt, wie es die Geschichtsschreibung verzeichne, verleitet durch eine oberflächliche Angleichung an die biologische Entwicklungsgeschichte. Nur so sei es möglich gewesen, den Krieg zum Kampf zu erheben und zum „Vater aller Dinge" zu machen und dadurch den Willen zur Kriegsvorbereitung dem Willen zur Verteidigungsbereitschaft gleichzusetzen.

In dieser Weise ging es weiter, klargesichtig gefolgert und wissenschaftlich geformt. Da der Verfasser jedoch auch das herrschende Wirtschaftssystem und die Kirche einbegriff, war es wohl nur ein natürlicher Vorgang, daß die Dissertation keinen Erfolg hatte und ihr Urheber nunmehr von einem Sarg aus die Menschen der alten und neuen Welt durch das verzerrende Glas einer Kognakflasche ansehen mußte.

Ich habe mir einige Stellen des Manuskriptes notiert, als ein Herr in das Lesezimmer tritt, der sichtlich erstaunt ist, mich dort mit soviel Papier sitzen und schreiben zu sehen. Es ist Professor Dr. Rickman von der Universität in New York. Ein langer, hagerer Mann, Mitte Vierzig, der ein vorzügliches Deutsch spricht, mit leichtem niedersächsischem Klang, und es sehr gern spricht. So benutzt er auch diese Gelegenheit zu einer Unterhaltung und fragt, ob ich einen Roman schreibe. Er weiß, daß ich Deutscher bin und nicht eigentlich Nachtmann aus Beruf. Er kommt von einem längeren Trip aus Europa zurück und hat sich in der Hauptsache in Deutschland aufgehalten. Dennoch will er wissen, warum ich in dieser Eigenschaft hier auf dem Dampfer bin. Ich bin verstimmt, daß er mich stört, und antworte: „Aus demselben Grunde, aus dem Sie, Mister Rickman, dritter Klasse fahren: um Dollars zu sparen."

Er nimmt es keineswegs übel, im Gegenteil, er setzt sich zu mir, und so erfahre ich denn, was ich schon weiß, nämlich daß er sparen muß. Außerdem fährt er ja nicht eigentlich dritter Klasse, er ißt nur dort, aber er schläft in der Kabine des Zweiten Arztes, der ihm diesen Platz für fünfzig Dollar überlassen hat und selbst in einem der kleinen Krankenräume des Hospitals schläft, obwohl das streng verboten ist. Doch sie machen es alle so, Chiefkoch, Stewardeß und Secondsteward, Ärzte und Offiziere.

„Zwei Dinge sind doch seltsam und wollen mir nicht in den Kopf", sage ich, „nämlich daß ein amerikanischer Universitätsprofessor dritter Klasse fahren muß und daß alle sogenannten strengen Verbote, wie das Benutzen von Hospitalräumen zu Schlafräumen für Ärzte und Offiziere, so selbstverständlich übertreten werden."

Er findet an der ersten Sache überhaupt nichts Besonderes, denn warum solle ein Professor der europäischen Geschichte nicht dritter Klasse fahren, wenn er sparen müsse und außerdem Gelegenheit bekomme, sein Wissen um das Wesen europäischer Menschen umsonst bereichern zu können? Und das andere, das Übertreten der Verbote – wer werde denn dadurch geschädigt?

Ich sehe, daß er bemüht ist, zu lesen, was ich da für eine seltsame Papierrolle habe. Da durchzuckt mich ein heiterer Gedanke. „Ich habe hier die Doktordissertation eines jungen Deutschen über die großen Irrtümer der Weltgeschichtsschreibung. Es steht allerhand Rebellisches darin, das einen Geschichtsprofessor schon interessieren könnte. Wollen Sie es lesen?"

Er langt schon herüber.

„Ich werde inzwischen meinen Rundgang machen. In einer dreiviertel Stunde komme ich zurück. Sie müssen mir nur versprechen, solange hierzubleiben."

Er verspricht es bereitwillig, und ich gehe. Ich bin neugierig, was ein amerikanischer Geschichtsprofessor zu Dahlbergs Betrachtungen sagt.

26

Amerikanismus

Als ich nach einer halben Stunde in das Lesezimmer trete, finde ich den Professor beschäftigt, sich eifrig Notizen aus dem Manuskript zu machen. Nun scheint er über die Störung verstimmt zu sein. Doch er beherrscht sich und reicht mir die Rolle zurück. Dann bietet er mir eine Zigarette an und sagt: „Eine sehr kluge Arbeit. Sind Sie dieser Dahlberg?"

„Nein", sage ich, „der Verfasser liegt in einem Sarg."

Ein paar Augenblicke überlegt der Professor. „Er war ein Freund von Ihnen?"

„Freund nicht gerade, aber ein guter Bekannter."

„Wollen Sie mir die Arbeit verkaufen?"

Donnerwetter, darauf war ich nicht gefaßt.

„Es ist ein sehr schöner Stoff", sagt der Professor, „obwohl die meisten Schlüsse fehlgehen. Ich würde sie ergänzen und widerlegen. Schade, daß der Verfasser nicht mehr lebt."

Ich überlege, was ich antworten soll. Da geht der Professor schon weiter: „Was wollen Sie denn damit? Ich werde den Autor voll zitieren, und so tun Sie Ihrem toten Freund den besten Dienst. Wo hat er damit promoviert?"

„Er hat nicht promoviert, und er ist auch nicht tot. Er lebt in Amerika. Und das mit dem Sarg – ich meinte damit, sein Geist wird in Ihrem Lande sicher in einem Sarg liegen."

„Haben Sie seine Adresse?" fragt der Professor erregt.

Ich gebe ihm die Anschrift von Schwester Mauds Vater, der wüßte in vier Wochen Näheres.

Er bietet mir noch eine Zigarette an und lehnt sich zurück. „Ihre Bemerkung vorhin mit dem Sarg für den Geist Ihres Freundes – gehört er auch zu den Europäern Ihres Schlages, die im Amerikaner lediglich den geistlosen Moneymaker sehen?“ Dahlberg? Nein, da kann ich ihn beruhigen, Dahlberg sieht im Amerikanertum die fast vollkommene Lebensform.

„Dann irrt er sich von seiner Seite aus ebenso, wie Sie und die meisten Europäer sich bei der Beurteilung des Amerikanertums von dieser Seite aus irren.“

„Ja, aber –“, ich fühle, daß ich erregt werde, „was zum Teufel ist denn dann eigentlich Amerikanismus?“

Er lacht und zeigt dabei – ein Mensch deutscher Herkunft – das typisch amerikanische Gebiß. Im Lachen die festen guten Zähne zeigen, das ist am Ende schon die Antwort.

„Amerikanismus – es ist nicht leicht, das zu definieren, man hat ihn, oder man hat ihn nicht. Darum auch ist er nicht zu exportieren, nicht einmal die Engländer können ihn einführen.“

„Kann man ihn erlernen?“

„Erlernen, ja. Aber nur in den Staaten. Es ist so mit dem Amerikanismus: Alle Bürger der Staaten fühlen oder sollten fühlen oder sind bemüht zu fühlen, daß sie eine gemeinsame Verpflichtung haben. Nur eine einzige. Die besteht darin, den Staat zu stärken dadurch, daß man durch persönliche Tüchtigkeit sich nützt und der Allgemeinheit nicht schadet. Praktisch gesehen bedeutet das, man tritt miteinander in den schärfsten Wettbewerb, bringt aber dabei die eigenen Forderungen mit den Forderungen der Gesellschaft in Übereinstimmung.“

„Das verlangt man in anderen Ländern auch“, werfe ich ein, „nur, es wird nicht befolgt.“

„Es ist anders als bei uns. Bei uns sorgt der Staat dafür, daß das Individuum in größtmöglichem Maße frei ist, um jede Gelegenheit ausnutzen zu können, von seinen persönlichen Fähigkeiten zu seinem Nutzen und dem seiner Familie Gebrauch zu machen. Die vom Staate garantierte

Freiheit des einzelnen zur Ausnutzung seiner persönlichen Fähigkeiten und seiner Tüchtigkeit ist das Evangelium des Amerikanismus; diese Freiheitsgarantie ist aber auch gleichzeitig das Band, das diese Millionen Individuen zusammenhält und die Gesellschaft vor Umsturzversuchen schützt."

„Und Sie meinen, für diesen Traum von persönlicher Freiheit und für diesen Stolz auf eine doch nur im Wähnen bestehende Gemeinschaft würden die Massen Entbehrungen, Hunger und Elend für die Dauer freiwillig auf sich nehmen?"

„Diese Frage ist typisch europäisch, Mister Trimm. Die europäische Masse sieht ebenso wie die europäische Geschichtsschreibung – die pazifistische wie die kriegerische – nur immer Gewalthandlungen als die verwirklichende Kraft vernünftiger Entschlüsse an. Das ist falsch. Es gibt in der Geschichte unzählige vernünftige Dinge, die ohne Gewalt durchgesetzt wurden, die sich von selbst durchsetzten. Dazu gehört die amerikanische Lebensform."

Ich zeige auf die vor ihm liegende Rolle. „Weder Dahlberg noch ich haben bestritten, daß die Kräfte der Vernunft, sind sie anfänglich auch nur bei wenigen oder gar nur bei einem, daß diese Kräfte doch ausreichen, eine ganze Gesellschaft zu ändern. Wenn die letzte Anstrengung dann eine brachiale ist, so besagt das nichts gegen die Urheberschaft der Vernunft. Diese letzte Gewaltanwendung kann sogar ein Gebot der Vernunft sein."

Der Professor sieht sich um. „Nun müßten wir eigentlich etwas zu trinken haben." Und blinzelt mich an.

Ich zucke die Achseln. „Die vereinigte Vernunft der Staaten verhindert es seit gestern mit Gewalt."

„Rauchen wir also. Eure europäischen Historiker sagen mit Vorliebe, daß es für eine Gesellschaft nur zwei Daseinsformen gebe, entweder die der Expansion oder die der Kontraktion. Wir verneinen das, und wenn die europäische Entwicklung Ihren Historikern anscheinend recht gibt, so gibt unsere Entwicklung uns recht. Ihre Völker leben in einer immer größer werdenden Lebensangst, weil sich die mit Hilfe der Technik ständig vergrößernde Produktion plus ständig sich vermehrender Bevölkerung die

Schreckbilder einer rapid sich steigernden Raumnot heraufbeschwört und damit Kriegsgefahren; wir kennen weder Raumnot noch Lebensangst. Nein, bitte, unterbrechen Sie mich jetzt nicht, denn ich weiß, was Sie sagen wollen. Sie wollen Wohnelend und Hunger bei uns als Beweise für Lebensangst und als Motivierung für kriminelle Vergehen und Gewalttätigkeiten anführen. Ich bestreite das Vorhandensein dieser Zustände auch bei uns nicht, aber auch diese Dinge sind anders zu bewerten. Sehen Sie, in Europa und besonders bei Ihnen in Deutschland haßt der Hungernde den Satten, der Arme den Reichen, macht den Staat oder die Regierenden oder die Nachbarvölker oder den lieben Gott für das persönliche Elend verantwortlich; bei uns macht man sich selbst verantwortlich, sieht die Ursachen in fehlender Tüchtigkeit, vielleicht auch im Verpassen oder Fehlen der Gelegenheiten. Und man versteht unter Chance heute nicht mehr die handgreiflich zu packende Gelegenheit, sondern eine im rechten Augenblick funktionierende Entschlossenheit zum Denken und Handeln. Noch der letzte Arbeiter denkt und fühlt so. Darum ist der Neid bei uns keine politische Kraft, er äußert sich als Verlangen, es, wenn nicht ebenso zu haben wie der Reiche oder Satte, so doch wenigstens ähnlich. Er will nicht wegnehmen, sondern erwerben. Das ist der Unterschied."

„Sie müssen aber doch zugeben, daß die geflissentliche Nährung dieser falschen Zufriedenheit der großen Menge durch Presse, Literatur und –"

„Sagen Sie ruhig Hochschulen! Ich weiß, wie man drüben von uns denkt."

„Daß diese Nährung der Zufriedenheit der Masse geschieht, um den herrschenden ungesunden Zustand zum Besten einer kleinen herrschenden Schicht zu erhalten."

„Ich könnte es ruhig zugeben", antwortet der Professor, „aber es trifft nicht zu. Weil es die sogenannte kleine herrschende Schicht als Dauerzustand nicht gibt. Sie verändert sich nämlich täglich von unten her und von oben her so, daß in spätestens drei Generationen in jeder oberen Familie wieder der Anschluß an die mittleren und unteren Schichten erreicht ist. Dann beginnt der Kampf aufs neue, ein Kampf, in dem immer noch die Intelligenz, das Können und die Tüchtigkeit des einzelnen entscheiden. Sehen Sie, darum lehnt auch der amerikanische Arbeiter das meiste Ihrer Sozialgesetzgebung ab und jene europäische und besonders deutsche Staatsfürsorge, welche den Staat als Amme für Erwachsene ansieht und die Trägheit und Untätigkeit des Individuums fördert. Ich bin überzeugt, haben Sie einmal in Europa einen vollendeten sozialistischen Staat, so wird er als erstes ein geistiges Umlernen seiner Bürger arrangieren und ihnen eine neue Arbeitsethik beibringen. Diese aber wird auf der Wertbemessung der persönlichen Leistung beruhen und von der unsrigen gar nicht so sehr verschieden sein."

„Sie wird sich sehr von der amerikanischen unterscheiden, Verehrter. Denn die gesteigerte technische und merkantile Tüchtigkeit Ihres Volkes und die Beschränkung des Vorwärtsstrebens der Masse auf die Mehrung dieser Tüchtigkeit als die einzige Anerkennung der Qualifikation des Bürgers muß zu einer seelischen Verarmung und geistigen Oberflächlichkeit führen, durch welche die Menschen gleichermaßen zu Maschinen oder zu Arbeitsbienen werden. Ist das der Sinn des Lebens? Ist das der Inhalt der Kultur? Ist das etwa eine Weiterentwicklung?"

„Ich weiß es nicht. Ich weiß nur, daß es der Weg der Zivilisation ist."

„Ihrer Zivilisation, Mister Rickman. Die europäische wird andere Wege gehen."

„Alle Völker und alle Zivilisationen müssen diesen Weg gehen."

„Alle nicht, Gott sei Dank."

„Dann können sie es jetzt noch nicht und müssen später hinterherhinken. Übrigens wollen wir Amerikaner gar nicht, daß sich nun alle Völker auf unseren Weg drängen. Ich habe das alles nur gesagt, weil Sie wissen wollten, was das ist: Amerikanismus."

Mir wird immer mehr, als redete ich mit Dahlberg, und es ist mir unbegreiflich, daß auch dieser Amerikaner nicht sehen will, was für unsereinen das Wesentliche ist. „Die Wirtschaft wird nicht mehr gesteuert durch Profitsucht, sondern sie wird planvoll gelenkt nach den Bedürfnissen der Menschen. In einem weiteren wird sich ein sozialistischer Staat in seinen Beziehungen zu seinen Bürgern stets von einem kapitalistischen unterscheiden, Herr Professor, in seinem Verhältnis zu den Schwachen, Kranken und Alten, den nicht mehr Leistungsfähigen, die ohne Schuld leiden müssen."

Der Professor verneint lächelnd. „Ich halte es wie Hegel mit den Griechen: Kein Leiden ohne eigenes Verschulden."

„Hegel meinte das aber nur geschichtlich. Sie sollten es eigentlich wissen, Herr Professor: Für jene Krankheiten, die aus der sozialen Notlage der Menschen entstehen oder darin ihren Herd haben, machen wir die Gesellschaft verantwortlich."

„Wir vertreten zwei getrennte Welten", sagt er resigniert und steht auf.

Ich erhebe mich auch. „Nur so lange, bis Ihr Amerikanismus durch seine gepriesene Produktion erstickt wird."

Er tritt dicht vor mich hin. „Wie nun, wenn die tüchtigen und erfolgreichen Kapitalisten die Einsicht, die sie in der Regelung ihres privaten Lebens zeigen, ich meine diese weise Selbstbeschränkung auf das Nützliche, Bekömmliche, wenn sie diese Einsicht auch auf das Leben der Wirtschaft anwendeten? Etwa so, daß sie nicht mehr wahllos darauflos fabrizieren, sondern sich zusammensetzen, beraten, planen, mäßig sind und dem Wirtschaftsmagen nur so viel einverleiben, wie er vertragen kann? Auch dies wäre nur wieder amerikanisch."

Er reicht mir die Hand.

„Diesen Wahrheitsbeweis müssen die amerikanischen Kapitalisten aber erst antreten." – „Schade, Sie werden es schwer haben in den Staaten. Gute Nacht."

An der Tür dreht er sich noch einmal um. „Wenn Sie Ihren Freund treffen, so schicken Sie ihn zu mir. Professor Rickman, 81 Washington Square, New York. Haben Sie?"

Ich habe. Ich habe die Überzeugung gewonnen; erstens, daß in den Staaten mancherlei möglich ist, was anderswo unmöglich wäre; zweitens, daß Dahlberg recht behalten könnte mit seiner Trompete: „Ich werde an einer Universität lehren ..." Dann kann er stolz dritter Klasse fahren. Das ist gegen das Fahren im Wellentunnel bestimmt ein Fortschritt. Wenn er dann Miss Maud heiratet und sparsam ist – aber er wird Miss Maud nicht heiraten, denn sie ist arm, und Dahlberg wird auf seine Chance warten –, nun, so behält er die Aussicht, späterhin erster Klasse nach Europa fahren zu können. Auf welcher Reise er bestimmt ganz unamerikanisch den Steward anfährt, wenn der ihm den Scherbett unpünktlich auf das Deck bringt, und ihn ganz amerikanisch mit Trinkgeldbeschränkung bestraft.

27

Die Goldene Spinne

Dies geschieht zwischen Nacht und Morgen. Blasser Nebel liegt rings, doch irgendwo muß die Sonne aufgegangen sein und brennt langsam, unmerklich fast, rote Stellen in den Dunst. Heller werden sie und größer, nun sieht man schon Brücke, Masten und Heck unseres Schiffes, seitwärts blitzt einen Augenblick lang Wasser auf, da erkenne ich, daß wir stilliegen. Alle Passagiere kommen rasch herauf, so dicht beisammen habe ich sie auf der ganzen Fahrt nicht gesehen. Sie drängen an die Reling und starren durch den Dunst auf das Wasser. Alle, Millionäre, Geschäftsreisende, Künstler, Defraudanten, Auswanderer, Vielgereiste und Neulinge, alle sind sie des größten Eindrucks der Reise gewärtig: Land! Amerika!

Gelber wird der Nebel und dünner, bald ist das ganze Schiff zu sehen, Wasser wächst in die Breite, verscheucht die Stille und gebiert unter Wimmern, Heulen und Pfeifen plumpe Ozeanriesen, die leblos liegen, und zierlich rennende Flußzwerge. Dann reißt, nach einer Viertelstunde erregten und fast stillen Starrens, der mürbe Vorhang aus Wasserdunst jäh auseinander und hebt sich, und aus den Fetzen schälen sich, leuchtender mit jeder Sekunde, die ersehnten Küsten Amerikas.

Nun scheinen sie alle vom gleichen Eindruck zum gleichen Gefühl gewandelt: Die oft hier eingelenkt haben, genießen wieder neu das großartige Bild, wie schmutziger

Nebel zu farbigen Gestalten sich ballt, sich auflöst zu luftigem Gold und endlich spukhaft sich scheidet zwischen Wasser und Amerika. Wieder landnahe zu sein, ist eben auch den Vielgereisten köstliches Gefühl. Ergriffen aber wie Kinder, wenn unterm Weihnachtsbaum die erhoffte Puppe größer liegt als erwartet, stehen die andern, die nie Hinausgekommenen, denen beim langen Dahingleiten zwischen Himmel und Wasser der Begriff Erde verwischt worden war, und starren auf den grünen Streifen. Das also ist Amerika! Der grüne leuchtende Streifen.

Und wie Pfeile, denen für die auf der langen Reise abgebrochenen Spitzen rasch Widerhaken wachsen, schwirren von den nun plötzlich gestrafften Gesichtern die Blicke der aus Europas Dreckwinkeln gekommenen Zwischendecker durch den goldenen Schimmer und klammern sich fest am grünen Saum da drüben. Das ist Amerika. Nun wird er beginnen, der große Kampf, und sie, sie werden ihn gewinnen. Ist doch in diesem Lande ein Mensch wie der andere, ist frei und unabhängig.

Wie selten ist das doch: Bis ins letzte Dorf Galiziens und Rumäniens wissen sie um die riesengroße Figur, die als Freiheitsgöttin vor Amerika steht und die man als erstes bei der Ankunft zu sehen bekommt.

Wo aber ist sie? Es hat den Anschein, als habe einer laut und erschrocken nach ihr gefragt; es kann auch sein, der Gedanke hat sie alle zu gleicher Zeit getroffen. Die Blicke wandern und suchen die grünen Streifen an Backbord und an Steuerbord ab. Liegt sie versteckt unter dem letzten Barren des luftigen Nebelgoldes dort hinten, oder ist man geblendet von der funkelnden Verheißung des neuen Tages? Da spricht es einer aus: Die Freiheitsgöttin!

„Ist sie das?" fragt laut ein dunkelhaariger Mann auf polnisch und zeigt nach rechts. Ein Deutschsprechender übersetzt den andern die Frage. Die Auswanderer reißen die Blicke zurück und schicken sie fort in die Richtung, in der fern ein bizarres Ding grau in den Himmel stößt.

Was einer alles für die Freiheitsgöttin ansehen kann, wenn sie das erste von Amerika sein soll und man von Europas Schuttplätzen kommt! Was der Mann dort fern sieht, was alle jetzt als erstes von Amerika sehen müssen, ist das

Riesenrad vom Rummelplatz in Coney Island, die große Luftschaukel. Grau, starr, wie das Geflecht einer ausgebrannten Sonne, steht sie gegen den leuchtenden Himmel und blickt über den grünen Saum der Küste nach Osten.

Ein Matrose klärt lachend den törichten Sucher auf. Und nun überschütten ihn seine Genossen mit Spott und Hohn. Ich muß auch lächeln, aber ich kann es nicht fortsetzen. Ich finde plötzlich eine unheimliche Verbindung zwischen dem von allen gesuchten Gegenstand und dem grotesken Irrtum des Polen. Da sind wohl im Laufe der Jahrzehnte Tausende und aber Tausende hier vorbeigefahren und haben eine Stärkung ihrer Hoffnung und Zuversicht aus der Statue der Freiheitsgöttin geholt und sind sich unbewußt geblieben, in Wirklichkeit die Riesenschaukel eines Rummelplatzes gesehen zu haben. Und die vielen Tausende, die auf der Heimfahrt von diesen Gestaden das Bild einer Schaukel auf dem Rummelplatz als Symbol ihres mißglückten Daseinskampfes im Lande der Menschenrechte und der Freiheit davontrugen, hätten das Gelächter nicht berechtigt gefunden, das nun über das ganze Schiff quillt. So groß ist das Gelächter auf dem Achterdeck, daß die Herrschaften der ersten Klasse auf dem Promenadendeck neugierig werden, nach der Ursache fragen und mitlachen. Aber ein älterer Herr hat wohl nicht so unrecht, als er den Kopf schüttelt und sich für weitere Beschränkung der Einwanderung ausspricht. Denn man kann Menschen nicht gut die Möglichkeit einer Einwanderung in Amerika geben, welche die geheiligte Statue of Liberty mit der profanen Luftschaukel eines Rummelplatzes verwechseln. Obwohl diese Schaukel immerhin die größte der Welt ist.

Das Schiff erzittert neu. Die Blicke der Reisenden gehen über seinen Bug, wir fahren langsam weiter. Die Luftschaukel bleibt zurück, und es kommt linker Hand wirklich die patinierte Freiheitsstatue heran, auf hochgetürmtem Gemäuer eine gewaltige erzene Phrase, die das ritterliche und freiheitliebende Volk der Franzosen dem ritterlichen und freiheitliebenden amerikanischen Volke geschenkt hat. So sagt es der offizielle Führer, der in den Lesesälen unseres Schiffes ausliegt. Hoch reckt sich die Hand mit der Fackel.

„Da habt ihr die grüne Mary mit der Klopfpeitsche!“ ruft

ein Matrose den Auswanderern zu. Sie verstehen nicht, was er meint, und es ist auch nicht wahr, daß das, was die Figur in der Hand hält, eine Klopfpeitsche ist. Es ist eine Fackel, und wenn man sie auf die Entfernung verwechseln kann, so doch höchstens mit einer Keule, bestimmt, ihre Feinde zu zerschmettern.

Aber die Auswanderer haben keine Zeit, solche Vergleiche zu machen, in ihrem Blickfeld ragen nun Hunderte von rauchenden Fabrikschloten auf. Da vergessen sie die Figur, alle, und reden nur von Arbeit, von Dollars und Verdienen, laut, hastig, fiebernd schon, als seien sie in diesem Lande groß geworden. Und so übersehen sie die drohenden Gebäude, die halbrechts aufsteigen wie eine Festung: Es ist Ellis Island, die Einwandererinsel.

Es ist ihnen, die fremd sind, kein Vorwurf daraus zu machen, denn auch die Göttin, die hier wohnt, übersieht die Träneninsel zu ihren Füßen, wie die Amerikaner selbst dies Ellis Island nennen. Die Göttin muß unverwandt ihren Blick himmelwärts ins Blaue richten, Jahr um Jahr, Jahrzehnte nun schon, kühl und starr. Da hat sie nicht Zeit, hinzuschauen auf das Leben zu ihren Füßen, und sähe sie es auch, dieses Leben auf der Träneninsel, so würde sie es nicht anders kennen und auch nicht anders haben wollen, denn es gehört ja nicht zu ihren Aufgaben.

Auf dem Promenadendeck der ersten Klasse sehen sie nicht nach Ellis Island, sie sehen auch nicht nach den Fabriken, sie sehen die fern ragenden Gebäude von Manhattan, die himmelstürmend ihnen tröstlichere Sinnbilder der Freiheit, Unabhängigkeit und des Erfolges sind. Nur Herr Dr. Menzel aus Bielefeld läßt den Blick länger auf der Statue ruhen. Er hat den kleinen Koffer in der Hand, den er gestern nacht aus der Kabine Nr. 16 geholt hat. Neben ihm steht die französische Prinzessin. Und dicht neben ihnen ragt der englische Journalist auf, hat die Hand erhoben und erklärt Herrn Dr. Menzel die Eigenart der Statue of Liberty. Ja, sie hält eine Fackel, die brennt nachts und leuchtet viele Meilen weit; die Göttin selbst ist fünfzig Meter hoch und birgt in sich ein Restaurant.

Wie sie hergrüßt zum Schiff, Hail Columbia, Liberty und Prosperity! Unvergeßlich!

Nun wenden auch die drei ihren Blick voraus wie alle auf diesem Schiff. Die Ufer engen die Bai, und überm Bug steht Manhattan auf; zyklopenhaft geblockt kommt es näher, urgewaltig, himmellangend, fiebernd und sicher auch lärmend und schreiend, bar aller nüchternen Zweckmäßigkeit, und funkelt im Morgenlicht: eine Gralsburg, eine Schauburg der Riesen.

Hinter uns schrumpft die Göttin der Freiheit mehr und mehr zusammen, wird mißgestaltet und grau, nun kann einer wirklich nicht mehr erkennen, ob das, was sie in der hochgereckten Hand hält, eine Fackel ist oder eine Klopfpeitsche. Da steht das Riesenrad von Coney Island, diese gigantische Luftschaukel, besser da: Das gelbe Morgenlicht überflutet das Gebilde und überläßt es dem Fremden, zu raten, ob es sich um das Geflecht einer ausgebrannten Sonne handelt oder um das Netz einer riesigen goldenen Spinne.

28

Nachrufe

Die Passagiere der ersten Klasse haben das Schiff verlassen. Ich mußte helfen, Gepäckstücke an Land zu bringen, und versäumte so, zu beobachten, wer sich wohl auf dem Pier befinden mochte, um meine französische Prinzessin abzuholen. Nun ist sie verschwunden, und ich werde sie nie wiedersehen.

Meine Blicke suchen in der laut redenden und wild gestikulierenden Menge dort unten. Junge Frauen fallen ihren Ehemännern um den Hals, würdige Väter schließen ihre Töchter, die von dem Trip nach Europa angeregt heimkehren, in die Arme. Stattliche, mit Schmuck behängte Damen begrüßen mütterlich den Ehemann. Es ist alles ein genormtes Familienleben, sehr herzlich, aber sehr betont, sehr laut, sehr banal. Das finden auch die drei Reporter, die in meiner Nähe stehen. Sie sind heute früh mit dem Zolltender an Bord gekommen und haben den Kapitän, den

Chiefsteward und die einzelnen Stewards nach großen und kleinen Sensationen ausgefragt. Es war ein erbärmliches Ergebnis, denn Mr. Springfield reist zu oft, als daß seine Heimkehr zu einem aufregenden Ereignis zu gestalten wäre. Als sie ihn fragten, was Europa mache, antwortete er lächelnd: „Schulden."

„Und was haben Sie gemacht, Mr. Springfield?"

„Geschäfte." Der Millionär wendete sich an die Reporter. „Und wenn Sie nun noch wissen wollen, was ich in Zukunft bei solchen Geschäften machen werde, so antworte ich jetzt schon: Pleite. Nun wissen Sie alles."

Von der französischen Prinzessin haben die Reporter nichts gemerkt. Sie ist an ihnen vorbeigegangen: eine schlanke, brünette junge Dame in einem einfachen Reisekostüm, und keiner der Kellner konnte etwas Aufregendes von ihr berichten. Ich wundere mich, daß die drei Reporter sich nicht auf Mr. Winter gestürzt haben. Seine ganze Art mußte ihnen doch den weitgereisten und durch seine Verschlossenheit und Grobheit interessanten Geschäftsmann verraten. Und warum haben sie sich nicht an ihren englischen Kollegen gewendet? Aber das ist wohl der Konkurrenzneid auch unter den Herren der Presse.

Nun ich meinen Blick noch einmal über den sich langsam lichtenden Pier gleiten lasse, erkenne ich Herrn Dr. Menzel. Er steht anscheinend etwas benommen von dem Lärm und Drängen und sieht sich um. In jeder Hand trägt er einen Koffer. Den in der rechten kenne ich. Er gehört ihm nicht, er hat ihn vorgestern nacht aus der Kabine der Französin geholt. Da ist in mir wieder dieses lächerliche Gefühl einer noch lächerlicheren Eifersucht. Und zugleich das Verlangen, zu ergründen, welches Band wohl diese beiden Menschen verbinden mag. Nun ist es doch erwiesen, die Bekanntschaft hat mit der Ankunft in New York kein Ende gefunden. Der Koffer in der Hand des jungen Mannes ist der Beweis dafür, daß die Beziehungen in Amerika enger geknüpft werden sollen. Arme kleine Lehrerin in der dritten Klasse! Der so romantisch wieder aufgeblühte Jugendtraum ist der amerikanischen Luft nicht gewachsen.

Die Stewards der ersten Klasse kommen vom Pier zurück. Das Promenadendeck ist leer, und die nun Herren gewordenen Bediener haben Zeit, ihre Erfahrungen auszutauschen. Es hört sich an, als wäre eine Börse in Betrieb. Immer nur Zahlen werden laut. Aber die Zahlen sind unterschiedlich und werden so gesprochen, daß ich am Ton des Redenden bald den Kurswert heraushöre. Nur drei Stewards sind da, die einigermaßen zufrieden sind. Bei den andern ist die Enttäuschung groß. Ja, da haben sie nun zehn Tage lang alle Launen und Seekrankheiten dieser Passagiere ertragen, immer in der Hoffnung, das versprochene besondere Trinkgeld werde besonders hoch ausfallen, und mußten nun erleben, es überstieg den üblichen Satz in keiner Weise. An sich ist die Empörung eher belustigend, denn da sie die Erfahrung fast auf jeder Reise machen, kann sie eigentlich nicht mehr so überraschend wirken. Aber so ist nun mal der Mensch, daß er immer wieder neu sein Schicksal beklopft und von jeder neuen Fahrt das endlich fällige besondere Trinkgeld erhofft. Und daß er, erhält er es nicht, im Verein mit der Mehrzahl seiner Schicksalsgenossen den Blick auf den einen Begünstigten richtet und sagt: „Ja, du hast Glück, du hattest Mr. Springfield!" Nach der Stewardsauffassung hätte die Welt eben nur aus Springfields und den sie bedienenden Menschen zu bestehen. Es wäre für sie anscheinend die beste Lösung der sozialen Frage. Doch da sagt der von mir vorgestern in der Pantry mit der Speckschwarte gespickte Steward, eben der Bediener von Mr. Springfield: „Wißt ihr, was ich gekriegt habe? Zehn Dollar. Dafür von seinem Chauffeur und der alten Schraube von Sekretärin nichts. Für drei Personen also zehn Dollar. Man müßte diesen großkotzigen Halunken in den Hintern treten."

Schadenfreude breitet sich über alle Gesichter, auch über meins. Sie bleibt auf meinem auch liegen, als sie bei den andern sich in Erstaunen und dann in Neid verwandelt, weil ein Steward erzählt: „Der Mr. Winter, dieser gnietschige Hund, den ihr alle mir gegönnt habt, drückte mir heute dreißig Dollar in die Hand. Ich war platt."

Die Stewards sind es auch, so sehr, daß sie ihre Börse abbrechen und ich nun nicht erfahre, was Herr Dr. Menzel und die französische Prinzessin gegeben haben.

Auf dem Hudson heulen die Sirenen der kleinen Flußdampfer, auf dem Pier tuten die letzten Autos davon. Die Versammlung der Stewards schließt den Appell mit der einmütigen Feststellung, eine powere Gesellschaft bedient zu haben, und geht auseinander.

Es kommt erneut Leben auf das Promenadendeck. Zwei der kleinen Filipinos sind es und drei Kabinenstewards, die sich vergnügt unterhalten, unter ihnen Freund Schönberg. Es geht zwar um die gleiche Frage, die vorhin so unliebenswürdig beschlossen wurde, aber diesmal scheint sie eine befriedigende Antwort gefunden zu haben. Es ist nicht zu leugnen, die jungen Männer haben die Beweise für ihre Ansicht in Händen. Es sind Dollarscheine, Fünf-, Zehn-, ja sogar ein Fünfzig-Dollar-Schein ist darunter. Dieses Dokument wird von allen beschaut, und der es präsentieren kann, ist ein knabenhafter Geiger der Filipinos. Diskret, wie diese Jünglinge sind, gibt er den Namen der Spenderin preis: Es ist eine Mrs. Garrick, die an Zurückhaltung eigentlich nur von meiner französischen Prinzessin übertroffen wurde. Was den Jünglingen aber besondere Freude macht, ist die Feststellung meines Freundes, des Kabinenstewards Schönberg, er habe vorgestern morgen zwanzig Dollar von Mrs. Garrick lediglich dafür erhalten, daß er zufällig den französischen Diplomaten aus Kabine 8 bei ihr getroffen habe. Sie müsse aber ihren Mann dennoch sehr lieben, denn unten auf dem Pier habe sie ihm minutenlang am Halse gelegen. Er habe mit den Koffern dabeistehen müssen.

Nun muß einer etwas besonders Amüsantes erzählt haben. Sie lachen auf einen Schlag, und dieses Lachen ist so laut, daß auch einige der vergrellten Speisesaalkellner herankommen, um wenigstens durch die Schlafzimmergeschichten ihrer Reisenden eine kleine Entschädigung für das knappe Trinkgeld zu erhalten.

Auf dem Vorschiff werden die Ladeluken geöffnet. Der Kai ist gerade leer, das letzte Auto hinter den Schuppen verschwunden, da rattert auch schon die Winde und hebt die längliche Kiste aus dem Laderaum, der Ladebaum schwenkt sie über Bord und und setzt sie etwas zu hart für solche Fracht auf einen großen Elektrokarren. So hart und ungenau, daß der Karren seitlich kippt und den Karrenführer zum Abspringen zwingt. Er antwortet mit einem lauten lästerlichen Fluch, in den sich vom Schiff her ein leichter Aufschrei mischt. Ich beuge mich über die Reling des mittleren Decks und schaue nach oben, denn der Schrei ist von dort gekommen. Auf dem Bootsdeck steht, den Oberkörper weit vorgestreckt, Schwester Maud und hält die linke Hand vor den Mund. Ich will ihr etwas zurufen, da sehe ich, daß unter mir auch jemand steht, der bei dem Aufschrei nach oben gesehen hat: der Erste Offizier, Mister Wilkinson. So gehe ich denn lieber zum Bootsdeck hinauf.

Schwester Mauds angstvolle Augen beruhigen sich, als sie mich erkennt. Dann fragt sie leise: „Wird alles gut gehen?"

Eigentlich kann nichts mehr passieren, ich zeige ihr den Lademeister, der an der Kiste steht und nun den Karrenführer anschreit: „Damned, man geht respektvoll um mit einem Toten!" Der Kranführer weist nach oben, zur Winsche, und schreit: „Die dreckige Eule da oben ist anscheinend besoffen. Hiv an, son of a bitch!"

So wird der tote Mr. Brown in die richtige Lage gebracht, der Lademeister springt mit auf den Karren, und die Fuhre verschwindet in der Halle.

29

Der Fund

Kaum hatte die „President Wilson" am Pier von Hoboken festgemacht, da stürzten sich die Agenten der Prohibition auf das Schiff. Nur ein paar Minuten stand das Rudel an Deck, und schon war es durch die einzelnen Niedergänge weggetropft und verschwunden.

Sie haben Overallanzüge angezogen und kriechen wie Ratten durch das Schiff. Da ist kein Gang, kein Winkel, kein Kanalisationsrohr, das nicht abgeklopft wird. In jeden schmalen Schlitz stecken sie die Hände; jedes Logis wird auf den Kopf gestellt. Laderaum und Bunker, sogar hinter die Räder im Maschinenraum klemmen sie ihr Gesicht. Spionengreifer können in Kriegszeiten von keinem so heiligen Eifer für die Sicherheit ihres Vaterlandes beseelt sein wie diese Schnapsriecher. Das Schauspiel, das sie bieten, fesselt mich so, daß ich mein Vorhaben vergesse, mich von der Lehrerin in der dritten Klasse zu verabschieden.

Bill Stone ist sorglos. „Sie finden nichts. Und dann ist Mondschein-Henry ein alter Freund von mir." Mondschein-Henry ist der Chiefagent der Prohibitionsleute. Aber Mac verfolgt mit unruhigen Blicken die schnüffelnden Agenten. Seine großen Hände zucken, mitunter spreizen sich die Finger und greifen ins Leere. Ich sehe ihm an, er möchte sie am liebsten um eine dieser Ratten schließen. Da erhellt sich sein Gesicht. Einer nach dem andern der blauen Kerle kriecht aus der Arbeitshaut heraus und kommt an Deck. Sie haben nichts gefunden, das Schiff ist rein. Schon steht der Chiefagent beim Kapitän, der ihn herablassend anhört.

Da kommt aus dem Maschinenraum ein schriller Pfiff, dem ein langgezogener Ruf folgt. Als hätten Pfiff und Ruf Greifhaken, so werden die Agenten auf einen Ruck wieder in das Innere des Schiffes gerissen. Selbst ihr Häuptling bricht die Antwort, die er dem Kapitän gerade geben will, ab und läuft seiner Truppe nach. Beunruhigt ruft der Kapitän nach dem Ersten Offizier, der auch schon die Treppe heraufgehetzt kommt.

Die Lage ist selbst für einen Fremdling, wie ich es bin, eindeutig: Die Kerle müssen etwas gefunden haben. Aber im Maschinenraum? Da stürmt auch schon einer herauf, in jeder Hand hält er eine Flasche. Ich kenne diese Flaschen. Sie sehen auf zehn Meter nach Mr. Brown aus. Über den Kapitän bin ich mir nicht im klaren. Er scheint ehrlich empört zu sein, denn nun kann er wohl um eine Meldung an die Direktion der Schiffahrtslinie nicht herumkommen. Fünfundsechzig Flaschen Kognak sind in letzter Minute im Maschinenraum gefunden worden, alle von der gleichen Sorte.

Es ist klar, daß hier ein größerer und gut geleiteter Schmuggel vorliegen muß. Fünfundsechzig Flaschen kann man nicht im Maschinenraum eines Schiffes verbergen, ohne daß das Maschinenpersonal davon weiß. Vergebens versucht der Erste Ingenieur dem Kapitän klarzumachen, daß von seinen Leuten keiner in Frage komme, der Alkohol könne erst in der letzten Nacht in den Schraubentunnel gebracht worden sein. Allein der Kapitän ist von diesen Beteuerungen nicht überzeugt, und seine Gegenfrage hat schon ihre Berechtigung: „Wer soll die Flaschen denn, unbemerkt vom Maschinenpersonal, versteckt haben können?" Er ist jetzt ehrlich aufgebracht, denn es ändert ja nichts für den Kapitän, ob Matrosen oder Heizer als Schuldige in Frage kommen.

Nur für Mr. Wilkinson, den Ersten Offizier, ändert sich die Sache etwas. Obwohl weder der Kapitän noch der Chiefingenieur, der auch geholt worden ist, ein Wort an ihn richten, ist er doch am unruhigsten von allen. Immer wieder nimmt er eine der Flaschen zur Hand, liest aufmerksam das Etikett und stellt sie wieder weg. Es ist ein schönes Gefühl für mich, daß ich, der letzte Mann auf diesem Schiff, als einziger von allen, die nun hier stehen, weiß, wie die Flaschen in den Schraubentunnel gekommen sind. Ja, daß ich sogar weiß, wie sie auf das Schiff gekommen sind.

Von den Matrosen ist keiner zu sehen. Der Chiefagent hat inzwischen etwas geschrieben, wohl ein Protokoll oder so. Er reicht es dem Kapitän zur Durchsicht und Unterschrift hin. Doch der weigert sich, es anzuerkennen, etwas scheint ihm noch unklar an der Geschichte zu sein.

Mir ist nichts mehr unklar. Ich kann selbst von meinem entfernten Standpunkt aus die Angaben des Chiefagenten nachprüfen, die er mit einer Armbewegung unterstreicht. Fünfundsechzig Flaschen französischen Kognaks. Ja, da stehen sie, schön nebeneinander hingestellt. Und nun der Erste Offizier den Blick auf diese Flaschen richten muß, verliert er seine Überlegung und schreit nach dem Matrosen Stone. Er erinnert sich wohl an den Alkoholgeruch, den Bill vor einigen Tagen ausströmte und der Mr. Wilkinson aufgefallen war. Aber sein Tun ist unbegreiflich: Ein Mann, der seine Hand zu einem Schmuggelgeschäft gibt, wie es hier vorliegt, darf nicht eine solche Dummheit machen und sich durch seinen Ärger selbst verraten. Denn woher soll der Matrose Stone den Kognak anders haben als vom seligen Mr. Brown? Und von wem hat ihn Mr. Brown? Von Mr. Wilkinson und der schwarz gekleideten Dame aus Bremerhaven.

Ich bewundere meinen Freund Bill. Gelassen kommt er daher, grienend umfängt sein Blick die Batterie der Flaschen. Ja, er ist sogar frech genug, sich zu bücken, eine um den Hals zu fassen, hochzuheben und aufmerksam das Etikett zu prüfen, so, als sehe er sie zum erstenmal. Und er kann doch kein Wort von dem französischen Text lesen.

„Haben Sie die Flaschen in den Wellentunnel gebracht?" herrscht ihn Mr. Wilkinson an. Bill grient der Reihe nach den Ersten Offizier, den Chiefingenieur, den Kapitän, den Chiefagenten, seinen sogenannten Freund, an und läßt dann wieder den Blick auf Mr. Wilkinsons Gesicht fallen.

„Ich? No, Sir, wo soll ich sie denn hergenommen haben?"

Ja, das ist eine berechtigte Frage. Und Kapitän, Chiefingenieur und Chiefagent sehen das ein und können Mr. Wilkinsons törichte Frage ebensowenig begreifen wie seine Beunruhigung, die nun auf einen Schlag geradezu in Verwirrung übergegangen ist. Wo soll ein Matrose fünfundsechzig Flaschen teuersten französischen Kognaks hernehmen?

Bill holt noch einmal aus und sagt feierlich, das Gesicht zu Mr. Wilkinson gewendet: „Ich will tot sein und im Sarg liegen, wenn ich den Brandy an Bord gebracht habe."

Bei dem Wort Sarg fährt der Erste zusammen.

Der Chiefagent wirft einen prüfenden Blick auf Bill. Dann sagt er: „Es ist eine ganz teure Marke. Wenn der Matrose sie schon in Deutschland an Bord gebracht hat, dann ist er ein Idiot, wenn er sie am letzten Tag in den Wellentunnel bringt, nachdem er sie bisher sorgfältig hat verbergen können. Nicht wahr? Außerdem ist das Objekt für einen Matrosen zu groß."

„Ich möchte wissen, Mr. Wilkinson", fragt der Kapitän, „warum Sie gerade diesen Mann in Verdacht haben?"

Wilkinson wird immer mehr klar, welche Dummheit er gemacht hat, als er den Bill holen ließ. Ja, warum hat er gerade diesen Mann verdächtigt?

„Weil er“, der Erste stottert es geradezu, „weil er vor einigen Tagen nach Alkohol gerochen hat.“

Daraufhin kann Bill wirklich ein lautes Lachen riskieren. „Mr. Wilkinson“, sagt er, „dann müssen Sie alle Passagiere der ersten Klasse verdächtigen, die haben fast alle, sogar zehn Tage lang, nach Alkohol gerochen. Sie auch mitunter.“

Mit einer harten Handbewegung schiebt der Kapitän den vorlauten Matrosen beiseite. Bill geht, aber er weiß, der Erste wird ihm die Geschichte niemals verzeihen. Er kennt diesen Wilkinson, wie sie ihn alle kennen. Diesen hageren Streber, der durch Forsche andere Seemannseigenschaften ersetzen will.

Ich haste hinunter, um Bill abzufangen. Er flüstert mir zu: „Ich lasse den Hund hochgehen, das wird das beste sein.“

Er scheint größenwahnsinnig zu sein, wie will er, ein einfacher Matrose, den Ersten Offizier seines Schiffes verschüttgehen lassen, ohne selbst in eine noch bösere Klemme zu geraten?

„Warte wenigstens“, bitte ich ihn, „bis der Stow-away aus dem Sarg heraus ist. Sie beschlagnahmen den Sarg, und dann wird der arme Kerl wieder an Bord gebracht und obendrein bestraft.“

Das sieht Bill ein, er will sofort zu Mac, damit der bei seinem Freund, dem Lademeister, Dampf hinter die Geschichte macht. Bill glüht von Rachegelüsten gegen den Ersten, er will ihn zur Strecke bringen und wenn seine Verdächtigungen ihm selber schaden sollten. Aber schließlich sei er auch nicht dumm, er werde nur solche Dinge erzählen, für die er Zeugen habe. Der Abend im Tivoli, die Witwe am Tisch des Ersten – Bill strahlt geradezu vor Freude.

Doch nun kommt Mac angerannt, und wir sehen ihm schon von weitem an, es ist etwas Schlimmes passiert. Er ergreift Bill am Arm und stottert wie aus einem Grabe heraus: „Die Kiste ist schon abgeholt!“

Ich fasse vor Erregung Macs Arm: „Mit dem Stowaway?“

Mac nickt, und sein Gesicht wird noch düsterer. „Als ich

das erstemal rüberkam", er deutet zur Halle hinüber, „war Jack nicht da. Einem andern konnte ich doch nichts sagen." (Jack ist also der Lademeister.) „Das zweitemal war Jack da. Aber da war der Sarg nicht mehr da." Der Düstere schweigt.

„Aber was soll denn nun werden, Mensch?"

„Es ist schade, daß Jack nun nichts mehr mit der Sache zu tun haben will. Er sagt, er hätte sowieso abgelehnt. Das hat er aber nicht. Bloß jetzt hat er seine Gründe. Er sagt, er hat eine Sargkiste von soundso viel Gewicht abgenommen, wenn er nun eine um fünfundsiebzig Kilo leichtere Kiste abliefert, kann er selber in Verdacht kommen. Er sagt –"

Doch ich unterbreche ihn erregt: „Aber die Kiste ist doch gar nicht mehr da!"

„Ist auch Quatsch!" unterbricht Bill unwirsch, „wer wiegt denn eine Sargkiste nach?"

„So, sieh mal an!" Mac wird einen seiner Vorträge halten, indessen der arme Dahlberg weiß Gott wohin schaukelt. „Wer die Kiste nachwiegt? Die Beerdigungsfirma, die den Sarg abgeholt hat, selbstverständlich."

„Du Rindvieh", schreit Bill ihn an, ganz laut, unbekümmert um die Folgen, „warum hast du dir die Adresse von der Firma nicht geben lassen? Wenn die den Sarg an die Bootleggers abliefern und die finden statt der Flaschen Brandy den Stow-away da drin, die schlagen ihn tot. Soll ich sein Mörder sein?"

Mac zuckt die Achseln. „Du hast jedenfalls den Plan ausgeheckt mit dem Stow-away im Sarg. Ich habe euch gleich gewarnt."

„Shut up!" Bill ist nicht mehr aufgeregt, er ist wie tobsüchtig, und seine Augen rollen. Es ist, als stoße sein schwerer Geist gegen die eisernen Schranken seines Kopfes. Dann spricht er es aus, er glaubt vielleicht, er flüstere es, aber es hallt nur so übers Deck: „Da kann nur Moonshine-Henry helfen. Ich sag ihm alles. Und wenn wir alle dabei zur Hölle gehen."

Damit läßt er uns stehen und rennt zurück.

30

Mondschein-Henry

„Er wird alles verderben“, sagt Mac und sieht Bill mit zusammengezogenen Brauen nach. „Er mit seinem Moonshine-Henry.“

Mir ist lieber, daß Bill die Sache retten will, wenn sie überhaupt noch zu retten ist, als daß dieser schreckliche Mac es unternimmt. Aber ich will ihn nicht erzürnen, denn wir brauchen wahrscheinlich bald alle Mitwisser.

„Wer ist denn dieser Moonshine-Henry?“ frage ich, weniger aus Neugier und mehr, um Mac einen Gefallen zu tun.

Allerdings wundert mich auch, daß ein großmächtiger Chiefagent der Prohibition von einem einfachen Matrosen als Freund angesehen werden kann, in so starkem Maße sogar, daß Bill ehrlich zu glauben scheint, der Agent werde uns aus der Patsche helfen in einer Angelegenheit, in der seine eigenen Interessen betroffen sind.

„Der?“ Mac wollte wohl Verachtung in seine Züge legen, es wirkt aber, als habe ihn einer verprügelt.

Ich bitte ihn, doch noch einmal zu seinem Freunde, dem Lademeister, zu gehen und sich wenigstens die Adresse der Bestattungsfirma zu holen, damit wir von uns aus etwas unternehmen können, wenn der Lademeister wirklich nicht will und Bill etwas zustoßen sollte. Es wäre doch unkameradschaftlich von uns, den Mann in der Kiste seinem Schicksal zu überlassen.

Mac antwortet nicht gleich, er denkt nach. Als er den Kopf hebt, sieht er erleichtert aus. „Umkommen tut er nicht, den holt schon einer raus. Glaubst du denn, die Bootleggers lassen den Sarg lange stehen, bevor sie ihn aufmachen?“

„Aber sie werden ihre Wut, daß sie keinen Schnaps finden, an dem Mann im Sarg auslassen.“

„Der Kerl im Sarg ist kein Greenhorn. Der wird ihnen schon was erzählen. Aber du hast mich nach Moonshine-Henry gefragt.“ Und nun erzählt mir Mac, was er von dem Vorleben des Chiefagenten weiß, verbrämt mit seinen moralischen Zutaten und seinen kriminalistischen Betrachtungen. Es bleibt als Kern ungefähr dies übrig:

In allen Hafenstädten der Welt stehen an den Docks Hunderte von beschäftigungslosen Männern umher, die der Bürger der Binnenstädte als den trüben und gefährlichen Satz des Hafenlebens anzusehen geneigt ist. Neben stellungslosen Stewards, Köchen und Matrosen, die auf Heuer warten, sind es hauptsächlich Schauerleute, Gelegenheitsarbeiter weniger aus Neigung als aus Beruf, denn sie laden und löschen und wissen nie, wie lange die Arbeit dauert.

Unter diesen braven Bürgern im Overall und Lederschurz befinden sich natürlich auch solche, denen es weniger auf den Stundenlohn und mehr darauf ankommt, Gelegenheiten für lohnendere Geschäfte zu erspähen. Einer von diesen war Moonshine-Henry von den Piers in Hoboken, fast jedem Schiffer jeder Nationalität bekannt seit Jahren; denn er wußte für einen Tip immer, wo es in dem trockenen New York gerade den besten Whisky und das stärkste Bier gab. Seinen Namen hatte er vom heimlich gebrannten Schnaps, den der Amerikaner Moonshine nennt, weil er in der Prohibition zuerst in den Wäldern Tennessees bei Mondschein hergestellt worden sein soll.

Henry, bieder aussehend, aber gerissen, wie nur ein Rumschmuggler sein kann, lag seit Jahren in erbittertem Kampf mit Zollwächtern, Polizisten und Prohibitionsagenten. Manches gute Geschäft hatte er früher mit ihnen gemeinsam gemacht, dann hatten sie ihn verraten, dann er sie, und schließlich war er Schauermann geworden, um wenigstens in Beziehungen zu Gelegenheiten zu bleiben. Alle Versuche der Beamten, ihm das Betreten der Docks unmöglich zu machen, scheiterten: Er fand immer wieder einen Boß, der ihn in seine Kolonne nahm. Dann sah Henry seine Aufgabe darin, den Beamten auf die Finger zu sehen, ihnen ihre Privatgeschäfte zu verderben oder ertappten Schmugglerneulingen seine Entlastungszeugenschaft anzubieten. Es war allgemein bekannt, daß die Agenten oft dicke Dollarnoten springen ließen, damit ein Boß den gefürchteten Henry wieder aus der Rotte tat. Von solchen Geschäften verlangte Henry dann von dem Boß fifty-fifty!

Eines Tages sah Henry, der scheinbar Kisten verlud, wie zwei Agenten der Prohibition einen eleganten hilflosen Herrn zausten und über zwei große Lederkoffer verhandelten. Es kam der Prohibitionsinspektor höchstpersönlich dazu, guckte in die Koffer, beschlagnahmte sie kurzerhand und ließ sie in das Bretterzimmer des Dockwächters stellen. Verärgert zogen die geprellten Agenten ab, sie hätten dieses Geschäft gern privat erledigt.

Henry ließ die Wächterstube nicht aus den Augen. Den ganzen Vormittag lungerte er um die Bude, denn er witterte ein Geschäft, wußte er auch noch nicht, welcher Art es sein könnte. Gegen Mittag sah er plötzlich den Prohibitionsinspektor ernst, streng und amtlich auf eine soeben eingetroffene Dame einreden, die erregt erwiderte und schließlich vom Inspektor in das Wächterhaus geführt wurde. Die Dame kam wieder heraus, winkte einem Taxifahrer und ließ die beiden Koffer des fremden Herrn in die Droschke laden, wobei der Wächter half und der Inspektor zusah. Dann stieg die Dame zu den Koffern in den Wagen.

Blitzschnell arbeitete Henrys Gehirn: Die Dame sollte also für den Inspektor die Koffer in Sicherheit bringen. Er eilte über den Platz ans äußere Tor. Als der Chauffeur hielt und dem Zollwächter den Passierschein des Inspektors vorwies, stieg Henry mit den Worten: „Inspektor Rinkley schickt mich nach, ich soll Ihnen helfen abladen!" zu dem Chauffeur in den Wagen. Ein wenig beunruhigt hatte die Dame das mit angesehen, aber da es ein Schuppenarbeiter war, der außerdem den Namen des Inspektors nannte, legten sich rasch ihre Bedenken, und sie wiederholte: „New Jersey, Central-Avenue 17!"

Nach zehn Minuten, während welcher Zeit Henry mit dem Chauffeur geflüstert hatte, kam der Dame der Weg verdächtig vor, und sie verlangte, daß gehalten werde. „Stop", sagte Henry frech, „steigen Sie aus, Madam!" Die Dame weigerte sich. Da kam ein Polizist um die Ecke, die Dame wollte ihn anrufen. Henry aber war schneller: „He, boy, wo ist die nächste Polizeistation?"

Bevor die entsetzte Dame noch etwas gesagt, erklärte

Henry dem Polizisten: „Wir haben da eine Rumschmugglerin, wir sollten sie listig in die Wohnung des Prohibitionsinspektors Rinkley bringen, aber sie hat Verdacht geschöpft und will aussteigen!“

Der Polizist stellte sich aufs Trittbrett, wies die Dame zur Ruhe, bald war die Wache erreicht. Aber während der Polizist die protestierende Schmugglerin hineingeleitete, die immer beteuerte, sie heiße Betty Rinkley und sei die Schwester des Prohibitionsinspektors, wollten zwei andere Polizisten die Koffer abladen. Verdammt! Henry ließ durch den Chauffeur den Passierschein vorzeigen, unterschrieben vom Inspektor und lautend auf „Central-Avenue 17“. Dorthin seien die Koffer zu bringen, es sei amtlich; die Schmugglerin könnte man freilich gleich auf der Wache behalten, sie würde in der Central-Avenue ja doch festgenommen werden.

Ärgerlich ließen die Polizisten die Koffer im Wagen, sie hätten zu gern nach Whisky gesucht. Und während die Droschke der Central-Avenue zurollte, wo sie natürlich nie eintraf, stellte sich durch telefonische Anfrage heraus, daß die Dame wirklich des Inspektors Schwester war. Daß sie einem Gaunerstreich zum Opfer gefallen war, während sie selbst bei solchem Streich behilflich sein wollte, stellte sich offiziell nicht heraus, denn dann hätte sich auch herausstellen müssen, was die Koffer mit dem amtlich beschlagnahmten Whisky in der Privatwohnung des Inspektors sollten.

Henry blieb acht Tage auch für seine intimsten Freunde verschwunden. Als er wieder auftauchte, hatte er dicke, verquollene Augen und ein etwas hinkendes Bein. „Hallo, old boy, what is the matter?“

„Ach“, erwiderte Henry, „ich hatte neulich vergessen, ein Geschäft mit den Agenten des Inspektors Rinkley zu verrechnen – da haben sie das nachgeholt!“

Vier Wochen später war Mondschein-Henry Agent der Prohibition. Es war das für alle die beste Lösung. Das ist jetzt zwei Jahre her, und Moonshine-Henry ist Chiefagent. Bald wird er Prohibitionsinspektor sein.

Und mit diesem Mann will nun der unbeholfene Bill ein Geschäft machen.

Er hat anscheinend eins gemacht, denn Mac hat seine Erzählung gerade beendet und muß zum Dienst, da kommt Bill an, vergnügt über die Maßen. „Es hat alles geklappt, boys. Moonshine-Henry ist schon hinterher."

„Und der Kognak?" fragt Mac besorgt und zeigt auf unsern Dampfer.

„Den hat er abtransportieren lassen. Ich bat Henry direkt vom Alten weg zu einer Aussprache. Muß eine Anzeige machen, Chief, sagte ich. Ihr hättet das Gesicht vom Ersten sehen sollen. Blauweiß wie eine Leiche auf Eis. Ich habe Henry alles erzählt. Auch von uns und dem Stow-away. Henry ist ein Gentleman. Nichts passiert uns, gar nichts. Wird gar nicht nach den Tätern gesucht. Ich meine nach den Tätern, die den Sarg aufgemacht haben. Henry hat nämlich noch eine alte Sache mit dem Wilkinson zu verrechnen. Der hat ihm mal ein Geschäft verdorben und ihn obendrein gemeldet. So was vergißt Henry nicht." Bill strahlt vor Genugtuung.

„Und was macht er mit dem Stow-away?"

„Da wollte er zuerst nicht ran. Das sei Menschenschmuggel, und er sei Staatsbeamter. Er hat es mir aber doch zugesagt, denn er mußte ja damit rechnen, daß der Kerl in dem Sarg erzählt, wenn er ausgeliefert wird, wer ihn in die Kiste gepackt hat. Also Henry holt sich die Kiste von der Jenseitsfirma ab und nimmt sie in Privatbewahrung. Da wird der Stow-away rausgelassen, und dann bringt Henry die Kiste wieder hierher in den Schuppen, damit der Erste und der Alte Zeugen sein müssen, wenn sie aufgemacht wird. Paßt auf, in einer Stunde ist er wieder da."

„Und wo läßt er den Dahlberg?"

Darüber kann Bill nur breitmäulig lachen. „In Amerika, boy, wo er hinwollte. Wo denn sonst?"

31

Die Träneninsel

Auf dem Achterdeck drängen sich noch immer die Reisenden der dritten Klasse. Sie haben es als ganz in der Ordnung liegend gehalten, daß sie warten mußten und zunächst die Passagiere der ersten Klasse an Land durften. Sicher sind auch viele unter ihnen, die wissen, es würde auch danach nicht so schnell mit ihnen gehen. Die meisten aber verstehen nicht, warum sie noch immer warten müssen. Sie sind doch angekommen in Amerika, und das Schiff liegt im Hafen. Eine kleine hölzerne Brücke nur trennt sie vom festen Land. Und dieses Land ist Amerika, wenn es auch nur ein gepflasterter Pier ist, der von Schuppen eingerahmt wird. Sie wollen auf diesem Pier stehen, denn er ist amerikanischer Boden, und jede Minute, die sie versäumen müssen, brennt in ihren Eingeweiden. Da werden nun schon Kisten, Fässer und Ballen ausgeladen, und sie, die Menschen sind, müssen immer noch warten.

Die Unruhe unter ihnen wächst. Sie laufen hinter den Stewards der dritten Klasse her, aber die haben keine Zeit. Sie sind, seit das Schiff angelegt hat, unbeteiligt an den Menschen, die sie bisher bedient und beraten haben. Lieber Himmel, was ist für die paar Trinkgelder, die noch dazu in nichtamerikanischer Währung gegeben werden, auch mehr zu verlangen. Und nun ist der Vertrag, den der Bediener mit der Reederei abgeschlossen hat, beendet. Alle Verpflichtungen sind erfüllt, man hat diesen Menschen zu essen gegeben, hat die muffigen Kabinen aufgeräumt, hat ihnen Auskunft über alle möglichen Fragen gegeben. Jetzt wäre es gut, sie kämen von Bord, damit man die Räume reinigen und an eine kurze Erholung gehen kann. Diese verfluchte Schnapsgeschichte hält sowieso den ganzen Betrieb auf.

Es scheint, die da auf dem Achterdeck haben mehr und mehr begriffen, daß sie so schnell nicht an Land kommen. Und daß, sollte es in den nächsten Stunden der Fall sein, dieses Land durchaus nicht der Pier von Hoboken sein wird. Ich habe nichts zu tun und gehe hinüber. Es interessiert mich zu erfahren, ob Herr Dr. Menzel aus Bielefeld sich von seiner Jugendfreundin, der Lehrerin, verabschiedet hat.

Neben dem Deckhaus steht Schwester Maud. Als sie mich da unten erkennt, winkt sie mir kameradschaftlich zu. Ich sehe, sie weiß nicht, was inzwischen geschehen ist. Wir sind alle in Unruhe, denn der Chiefagent ist mit der Kiste noch nicht zurückgekehrt, und es sind schon drei Stunden vergangen, seit er davongerast ist.

Ich finde die Lehrerin, es ist nicht schwer. Sie steht abseits von dem großen Haufen und ist, so weit ich mich auch umblicke, die einzige, in deren Gesicht kein Verlangen brennt, so schnell wie möglich vom Schiff zu kommen. Zweimal allerdings bin ich an ihr vorbeigegangen, weil sie den Blick nicht dem Lande zudreht, aber auch nicht hinübersieht nach Manhattan, nein, achteraus hat sie das Gesicht, nach Osten, dorthin, woher wir gekommen sind. Erst als mir diese schweigende Frau in dieser ungewöhnlichen Stellung aufgefallen ist, erkenne ich sie.

Ein mattes Lächeln geht über ihr Gesicht: Ja, nun habe das Heimweh sie gepackt! Sie sagt es leise, ein wenig verschämt. Aber ich merke, sie lügt. Es ist nicht das Heimweh, das sie belastet, es ist die Enttäuschung über eine brutal zerschlagene Hoffnung oder doch über eine zerstörte Freude. Vielleicht liebt sie diesen Jugendbekannten gar nicht mehr, und es war nur die Erwartung, einen Freund in dem fremden Lande zu haben, die sie wieder zu ihm trieb. „Kann ich Ihnen in etwas behilflich sein?" frage ich, da sie nichts sagt. Es dauert noch ein wenig, doch dann weiß ich um das Geheimnis dieses einfältigen Herzens. Ja, Herr Dr. Menzel hat ihr seine Adresse gegeben, das heißt, er hat ihr gesagt, er könne sie leider in New York nicht erwarten, da sie als Reisende der dritten Klasse zuerst nach Ellis Island komme. Er selbst werde drei Tage in New York im Central-Hotel wohnen, dann müsse er weiter. Er habe von den interessanten Bekanntschaften erzählt, die er auf dem Schiff gemacht habe: von der französischen Dame und sogar von Mr. Springfield und seiner Tochter. Und er werde sich bestimmt melden, sobald er nur in Detroit angekommen sei. Nur solle sie nicht von sich aus schreiben, sein

Onkel könne sonst annehmen, er habe sie mit herübergebracht, und das könnte ihn verstimmen. Aber er, der Dr. Menzel, werde sich bestimmt melden.

Eigentlich müßte das die kleine Lehrerin freudig stimmen, aber sie ahnt wohl den billigen Trost des Mannes, der da auf anderen Gewässern fährt. Aus den drei oder vier Unterhaltungen, die ich mit ihr gehabt habe, weiß ich auch, es ist nicht die Enttäuschung über einen allzu geschäftsbeflissenen Streber, die ihre Augen trübt, sondern das schmerzliche Ahnen einer Gewißheit. Mit einemmal auch beginnt sie zu weinen. „Er ist überhaupt nicht mehr wiedergekommen." Und als Selbsttrost gleich hinterher: „Er wird doch nicht krank sein?" Und dann wieder unter Tränen: „Er hat nicht mal meine Adresse. Daran dachten wir gar nicht, als –"

„Es ist verkehrt, liebes Fräulein", sage ich hilflos, „die Fahrt in ein neues Leben mit Ballast aus der Vergangenheit anzutreten. Ihr Freund handelt da amerikanischer. Die Frage ist nur, ob er in seiner Gier nach Erfolg nicht schlechter dran ist als Sie. Wohin wollen Sie denn?"

Sie nennt mir einen Ort in den Catskill-Mountains, dort wohne die Frau mit den Kindern den ganzen Sommer über, im Winter dann in Yonkers. Ich wundere mich und sage es ihr auch, warum denn keiner sie abhole. Yonkers sei doch eine Vorstadt von New York. Sie weiß es nicht, es scheint sie aber auch schon beschäftigt zu haben. Bei einer Legitimierung durch einen amerikanischen Bürger läßt sich der Aufenthalt in Ellis Island nämlich abkürzen. Da nun amerikanische Familien deutschen Hausmädchen geradezu nachlaufen, ist die Geschichte seltsam.

Das aber sage ich ihr nicht. Ich frage sie, ob ich mir die Adresse notieren darf, und fühle dabei, daß ich mich über meine Frage im Grunde ebenso verwundere, wie sie das wohl tut. Doch ich sehe auch, wie sie eine leichte Freude verspürt, wahrscheinlich tut es ihr wohl, daß irgendein fremder Mensch so viel Interesse an ihr nimmt, um sich ihre Anschrift zu notieren. Nun, ich kann mir auch nicht erklären, wie ich dazu komme. Denn im Grunde interessiert mich dieses kleine Fräulein in keiner Weise. Ich habe da wohl nur wieder meiner alten Schwäche nachgegeben und aus dem Gefühl heraus die Frage getan, um einem bedrückten Menschen etwas Angenehmes anbieten zu können, etwas, das mich nicht weiter belastet. Und nun steht in meinem Notizbuch dieser Name, der, besehe ich es recht, eine Verpflichtung enthält. Eine Verpflichtung, von der ich nicht weiß, wie ich ihrer einmal ledig werden soll. Und da ich auch nicht die Absicht habe, mich weiter damit zu befassen, handle ich im Grunde nicht anders als Herr Dr. Menzel aus Bielefeld.

Wir haben Glück. Gerade, als ich die Lehrerin verlassen will, kommen die Tender und holen unsere Reisenden der dritten Klasse nach Ellis Island. Dreizehnhundert Menschen haben wir an Bord, und ihre Ausschiffung ist unvergleichlich fesselnder als die der zweihundert der ersten Klasse. Dreizehnhundert Menschen, die erst noch auf Herz und Nieren geprüft werden sollen, deren Papiere aber eigentlich in Ordnung sein müssen, denn sonst hätte die Regierungslinie ihnen doch keine Fahrkarte nach Amerika geben und ein amerikanisches Konsulat ihnen durch ein Visum nicht die Unbedenklichkeit bekräftigen können. Der ganze Vorgang, der ihrer Reise voranging, hat sich im Grunde genauso abgewickelt wie der bei den Passagieren der ersten Klasse. Vielleicht, daß er etwas länger gedauert hat. Mit der Übernahme auf das Schiff aber waren sie Reisende der Staatslinie geworden und somit den vornehmen Reisenden der ersten Klasse gleichgestellt. Und dies ist nun seltsam: Unter der erhobenen Fackel der Göttin im Hafen von New York, im Angesicht der schimmernden Küste des Landes der Freiheit und der Menschenrechte, der Gleichheit und der Demokratie können die Passagiere der ersten Klasse frei und unbehindert vom Schiff gehen, indessen die andern, nur weil ihre Fahrkarte einen geringeren Preis hat, in Tender verfrachtet und auf eine Insel inmitten der Bucht von New York gebracht werden. Man sagt ihnen, es handele sich um eine Quarantänestation, es sei nur eine Formsache, sie seien ja gesund, sonst wären sie überhaupt nicht auf das Schiff und nach Amerika gekommen. Nein, nein, sie brauchten nichts zu befürchten, sie stünden im Schutze der demokratischen Republik.

Und sie sehen sich an, diese dreizehnhundert Reisenden

der dritten Klasse des schönen Dampfers, und stellen fest, guten Willens wie sie sind, daß sie schon etwas wie eine demokratische Einheit darstellen, so verschieden sie in ihrem Wesen, ihren Berufen und in ihrer körperlichen und seelischen Verfassung auch sein mögen. Stünden sie sonst alle so beieinander, des gleichen Loses gewärtig, sie, die man doch auch ohne Schiffsliste unterscheiden kann: gescheuchte Juden aus Rumänien und Polen, Handwerker und Fabrikarbeiter aus Galizien, ungarische Dorfmädel, Bauern aus Frankreich, Zigeuner aus der Slowakei, Studenten und Bürgertöchter aus Deutschland, Professoren aus Skandinavien, wohl auch einige Geschäftsreisende, deren Nationalität nicht zu bestimmen ist, sicher auch Defraudanten und Schieber, die in der dritten Klasse reisen, weil sie glauben, sich dort besser verstecken zu können – eine Schar unterschiedlicher Menschen, und doch eine Gemeinschaft von Amerikagläubigen. Da wird sie auch das leise Gemunkel von den Überraschungen und Schrecken der Quarantäneinsel Ellis Island, für die es sogar in Amerika den Namen „Die Träneninsel" geben soll, nicht beirren.

Der Insel, von der ich durch Bill und Schönberg hörte, daß dort jeder ohne Ausnahme hinmüsse, der nicht in erster oder zweiter Klasse in Amerika ankomme. Schmutzige, kranke und verlumpte Menschen lägen dort hinter Gittern, monatelang, weinten, jammerten und wüßten doch, daß sie weiter nichts verbrochen hatten, als daß in ihren Papieren ein Wort nicht stimmen solle. Kranke, Diebe, Dirnen, Arme, Redliche, Alte, Kinder. Denn Amerika müsse sich schützen.

Als ich es so leichthin gesagt hörte, ließ ich es gelten, bis mir die Begründung dieser Einrichtung mit dem Wort: es stimme etwas in den Papieren der Festgehaltenen nicht, doch sehr unzureichend vorkam. Amerika muß sich schützen, schön, aber warum haben dann die Agenten der amerikanischen und englischen Schiffahrtslinien, auch der Regierungslinien, warum haben die Agenten dieser großen Schiffahrtsgesellschaften die elende Menschenfracht erst aus den galizischen und polnischen Winkeln herausgeholt? Es haben doch amerikanische Vertrauensärzte und Beamte alle diese Reisenden der dritten Klasse vor Antritt der Reise für gesund und ihre Papiere für in Ordnung erklärt? Nun schön, Menschen können in vierzehn Tagen krank werden, es können auch Seuchen sich auf solcher Fahrt entwickeln, aber wir haben doch Ärzte an Bord, das festzustellen. Und die Papiere, die nach amtlicher Prüfung vor vierzehn Tagen in Ordnung waren, können doch von selbst nicht ungenügend werden, da keiner der Reisenden einen Anlaß hat, seine Ausweise zu verschlechtern?

Bill stieß damals den Steward in die Seite, als ich so argumentierte. Aber das störte mich nicht. „Letztes Hab und Gut haben die meisten dieser Armseligen verkauft, um das Fahrgeld und die Garantiesumme aufzubringen, die sie brauchen, um in Amerika hineingelassen zu werden. Und dann bleiben sie in Ellis Island sitzen, zusammengepfercht, und werden wieder abgeschoben, weil etwas in den Papieren nicht stimmen soll?“

„Das wäre noch nicht das Schlimmste“, klärte mich Schönberg auf, „aber sie sind, wenn sie abgeschoben werden, auch vollständig mittellos und kommen ohne einen Pfennig wieder in der Heimat an.“

Ich dachte an die Garantiesumme, die sie mitbringen müssen und die sie nun doch behalten könnten. Doch da lachten der Amerikaner und der Halbamerikaner über das Greenhorn, und Schönberg sagte, und es war kein Vorwurf über ein solches Tun in seinem Wort, nur Verwunderung über einen Mann, der nach den Staaten wollte und so schwer imstande war, deren Geschäftsgeist zu begreifen: „Aber Menschenskind, die Garantiesumme wird doch zur Bezahlung der Rückfahrt verwendet! Soll denn die Reederei die Brüder umsonst zurückfahren? Wegen der Garantiesumme wird doch der ganze Käse mit den Papieren, die plötzlich nicht stimmen, gemacht.“

Und da ich es noch immer nicht ganz verstand, erklärte Bill es mir: „Dritte Klasse und Zwischendeck sind auf allen amerikanischen Schiffen auf der Fahrt zurück nach Europa halb leer. Da sind sie eben auf den Gedanken mit den Papieren und der Garantiesumme gekommen.“ Bill, der ein amerikanischer Proletarier ist, fand bei dieser Sache nichts dabei. „Busineß first!“ sagte er und lachte.

Das ist natürlich Verleumdung. Jedenfalls, ich will es inmitten dieses strahlenden Frühlingstages und der hoffnungsfrohen Menschen nicht glauben. Die nun auf den Tendern nach Ellis Island fahren, die brauchen es auch nicht zu glauben, denn sie wissen nichts oder nur wenig von dem bösen Ruf der Träneninsel, die so schön daliegt. Die meisten werden in den gefängnisartigen Bauwerken etwas wie Hotels oder Kasernen erkennen und dann die Blicke wieder auf die beiden Zeichen richten, die sie als erstes heute morgen von Amerika sahen: das Riesenrad von Coney Island und die Freiheitsstatue. Das Rad ist nun wieder zwischen sie und den leuchtenden Himmel gestellt, kein graues Geflecht einer ausgebrannten Sonne, kein flimmerndes Netz einer riesigen Spinne, sondern das himmelanschwingende Rad eines lichtumfluteten Schicksals. Und solange sie an ihren Erfolg in diesem Lande glauben, ist das, was die Göttin dort auf der andern Seite der Bucht hoch gegen den Himmel reckt, auch keine Klopfpeitsche, sondern wirklich die bis in Europas Dreckwinkel leuchtende Fackel der Freiheit.

32

Exhumierung

Eine Ankunft wie diese hat die „President Wilson“ noch nicht gehabt, darüber sind sich alle Matrosen, Stewards und Schiffsarbeiter einig, die den Kapitän toben hören. Zuerst der Skandal mit den versteckten fünfundsechzig Flaschen Kognak, an welchem Schmuggel ohne Frage einer der Offiziere oder höheren Angestellten beteiligt sein muß; dann das Weglaufen dieses ekelhaften Chiefagenten, von dem man weiß, daß er sich ebensogut schmieren läßt, wie er imstande ist, auf Schweigegeld zu verzichten und Anzeige zu erstatten; sein Wiederauftauchen mit der Sargkiste und seine höhnische Meldung, der Sarg sei wahrscheinlich auf dem Schiff erbrochen und beraubt worden; und nun das Ärgste: Von den sieben Stow-aways ist einer in der Nacht verschwunden. Und zwar gerade der Kerl, der im Wellentunnel gesteckt und dem er, der Kapitän, die schönen Tage im Hospital verschafft hatte. Als die dirty fellows, diese Deutschen, kurz vor dem Anlegen eingesperrt werden sollten, stellte sich heraus, daß einer fehlte. Alles Suchen war vergebens. Die Ladung und dann der Kognakskandal hatten die Meldung an den Kapitän und damit das rechtzeitige Suchen auf dem Pier und in den Schuppen verzögert, und jetzt ist kein Zweifel möglich, der Kerl ist einfach von Bord gegangen und hält sich im Hafengebiet versteckt. Man wird ihn schon kriegen, aus dem Tor kommt er ohne Papiere nicht hinaus. Oder sollte der Bursche noch auf dem Schiff sein und Mitwisser haben? Es ist schon eine Schweinerei, die so ein dreckiger deutscher Hungerleider anrichten kann. Hätte man nicht die Zahl Sieben ins Journal eingetragen, man ließe den Hund lieber entwischen, als daß man auch diese Sache noch ausbadete.

Verfinstert, das starke Kinn vorgestreckt, die Schultern hochgezogen und die Hände zu Fäusten geballt, stürzt der Alte die Gangway hinunter zum Pier und von dort in den Schuppen IV: Er will erst einmal feststellen, was es mit der verdammten Leiche auf sich hat. Einen Schwanz von Männern zieht er hinter sich her: den Chiefingenieur, den Ersten Offizier, den Purser, den Ersten Bootsmann, die Matrosen William Stone und MacPherson. Andere gehen freiwillig mit, so der Chiefkoch, der Secondsteward, der Dritte Ingenieur, der Nachtmann. Während alle diese Männer gehen, wie Männer eben gehen, scheint mit dem sonst so forschen Mister Wilkinson etwas nicht in Ordnung zu sein. Ich habe einmal in einem Boxkampf einen schwer angeschlagenen Kämpfer gesehen, dessen Körper eigentlich nur noch an den pendelnden Boxhandschuhen zu hängen schien. So ähnlich kommt mir Mister Wilkinson vor, wie er da langsam die Gangway hinuntersteigt und sich von den meisten überholen läßt. Nun hält er gar beide Arme gebreitet und faßt mit den Händen rechts und links die Geländer. Anders würde er wohl auch gar nicht hinunterkommen. Er sieht auch kleiner aus als gewöhnlich. Das kommt, ich sehe es nun, daher, daß er in den Kniekehlen etwas einknickt. Unten, auf dem Pier, rafft er sich aber zusammen, er hat sich anscheinend wiedergefunden und geht aufgerichtet in den Schuppen.

Bill hat noch ein paar ihm bekannte Schauerleute durch lauten Zuruf aufgefordert, mit in den Schuppen zu kommen und sich das Theater anzusehen, sie brauchten dann ein halbes Jahr lang in kein Kino zu gehen. Anscheinend haben sie schon gehört, daß da eine Sargkiste auf der „President Wilson“ aus Europa angekommen ist, mit der es nicht richtig sein soll, denn sie sei vom Bestattungsinstitut in Hoboken, andere wußten sogar: vom Friedhof, wieder in den Schuppen zurückgeholt worden. Und sonderbarerweise vom Chiefagenten der Prohibition. Es muß also schon etwas ganz Ungewöhnliches sein, und so fällt es auch keinem auf, daß nun sogar die Entladungsarbeiten eingestellt werden.

Im Schuppen steht die Kiste, um sie herum die Herren, die etwas zu sagen haben, auch fremde Personen, anscheinend von der Hafenverwaltung. Ich halte es für richtig, mich nicht zu weit vorzuwagen, die unheimliche Geschäftigkeit, die Bill erfüllt, könnte auch mich in das Geschehen, das hier anläuft, hineinwerfen. Auch von meinem Posten aus höre ich, wie der Chiefagent berichtet, er wisse noch nicht und wolle es somit auch nicht behaupten, daß die Kiste mit dem Alkoholschmuggel in Verbindung stehe, mit einem Schwindel aber habe sie zu tun, denn für eine Kiste mit Sarg, Zinksarg und Leiche sei sie viel zu leicht.

Ein beglückendes Gefühl durchflutet mich: Gott sei Dank, Dahlberg ist heraus, hoffentlich hat der verrückte Moonshine-Henry es mit ihm gnädig gemacht.

Ich sehe, wie Mac seine traurigen Augen beschwörend auf den Lademeister richtet, den Mund fest zupreßt und noch den Zeigefinger drauflegt. Ich verstehe ihn nur zu gut: Von diesem Lademeister hängt es jetzt ab, ob wir alle mit in des Teufels Küche kommen. Wie aber soll er es verhindern, er muß sich doch darüber äußern, was die Kiste vorhin gewogen hat und wie es kommt, daß sie jetzt fünfundsiebzig Kilo weniger wiegt. Er will auch schon den Mund aufmachen, doch da fassen zwei neugierige Schuppenarbeiter zu und heben die Kiste an. Worauf der eine sagt: „Da ist gar nichts drin!“

„Lassen sie sofort die Kiste öffnen!" befiehlt einer der fremden Herren dem Lademeister. Ich suche das Gesicht des Ersten, es ist mir leider abgewendet. Aber Bills Gesicht sehe ich, es strahlt in reinster Schadenfreude. Daß die Kiste so lotterig zugemacht ist, merkt in der allgemeinen Aufgeregtheit kein Mensch; auch nicht, daß der Sargdeckel ganz locker sitzt. Die beiden Schauerleute heben ihn ab, in welchem Augenblick einige der ganz nahe stehenden Herren sich zurückdrücken. Aber in dem Sarg ist wirklich keine Leiche, er ist zur Hälfte mit Strohhülsen angefüllt, wie sie zum Verpacken von Flaschen benutzt werden.

Einige der Männer wollen lachen, doch unter den wilden Blicken des Kapitäns vergeht es ihnen sofort. „Protokoll!" sagt da einer von der Hafenverwaltung. Schön, Protokoll, aber was soll protokolliert werden? Daß in der Sargkiste sich zwar ein Sarg befunden habe, in dem Sarg jedoch keine Leiche, sondern leere Strohhülsen und eine einzige leere Flasche. „Weiter geht uns von der Hafenverwaltung die Sache nichts an", höre ich die energische Stimme erneut. Es klingt wie eine Erleichterung.

„Erlauben Sie mal", beginnt da unser Kapitän, „Sie haben die Kiste ordnungsgemäß übernommen und sogar an den Empfänger ausgeliefert. Warum lassen Sie es zu, daß sie Ihnen wieder in das Hafengebiet zurückgebracht wird?"

Das ist richtig. Doch der Hafeninspektor hat auch recht, als er sagt: „Weil hier ohne Frage ein Verbrechen vorliegt. Der Sarg ist erbrochen und beraubt worden, so oder so!"

Der Alte fährt auf. „Was heißt so oder so? Ich verwahre mich dagegen, daß einer meiner Leute etwas mit der Geschichte zu tun haben soll. Wer bürgt Ihnen denn dafür, daß die Beraubung nicht in den Stunden vor sich gegangen ist, in denen die Kiste sich außerhalb des Hafengebietes befand?"

Hätte er sich doch nur nicht hinreißen lassen. Denn nun tritt Moonshine-Henry heran, nimmt die leere Flasche in die Hand und sieht den Kapitän höhnisch an. „Dafür verbürg ich mich, Kapitän, ich und meine Leute. Wir haben uns diesen leeren Sarg zurückgeholt, weil wir ja die Flaschen schon hier haben, die zu den Hülsen in dem Sarg gehören. Die Flaschen haben wir nämlich auf Ihrem Steamer im Schraubentunnel gefunden. Es handelt sich um dieselbe Marke wie diese hier!“ Damit hält er dem Kapitän die leere Flasche hin. „Übrigens eine ganz teure Sorte.“ Er riecht an der leeren Flasche. „Ich habe auch bereits einen Verdacht, wie die Flaschen in den Wellentunnel gekommen sind. Ich wollte sagen, wie sie in den Sarg gekommen sind. Der Matrose William Stone hat beobachtet –“

„Stop!“ Das Wort des Alten ist so gebieterisch, daß auch der gewiß nicht leicht verlegene Moonshine-Henry aufhört. „Der Matrose Stone untersteht mir, und alles, was Sie von ihm wissen, untersteht mir auch. Kommen Sie, bitte, mit mir auf das Schiff zurück. Mister Wilkinson, bitte!“

Er grüßt keinen, sieht sich auch nicht mehr um, er stürmt wie vorhin davon. Der Erste kann diesmal jedoch schneller laufen als auf dem Herweg, er legt offenbar Wert darauf, vor Moonshine-Henry beim Alten zu sein. Er braucht sich gar nicht so zu beeilen, der Chiefagent ist unterwegs von Bill aufgehalten worden, der mit ihm flüstert. Es sind nur ein paar Worte, die sie wechseln, ich sehe aber an Bills heiterem Gesicht, daß unsere Sache nicht schlecht steht, wenigstens nicht, soweit sie Dahlberg betrifft.

Nun der Alte nicht mehr da ist, kann auch ich an den Sarg treten, um den die Männer diskutierend stehen, die einen, die irgend etwas Leitendes darstellen, ärgerlich, die andern vergnügt. Alle sind sie mit Rätselraten beschäftigt. Oder damit, das Etikett der leeren Flasche zu lesen und an ihrem offenen Hals zu riechen. Es ist zweifellos die Flasche, die Dahlberg als Wegzehrung mit in den Sarg bekam.

Eine wirklich leidtragende Miene trägt nur MacPherson zur Schau, und es ist nicht sein übliches nachdenkliches Gesicht; Mac hat einen Grund für seine Traurigkeit, der auch mich überzeugt. Er nimmt mich ein wenig beiseite und flüstert mir zu: „Wären wir nicht in Amerika, würde ich dich bitten, mir eine Backpfeife zu hauen! Aber hier sind ja Gewalttätigkeiten verboten. Du darfst es aber nachholen, drüben, in deinem Lande. Und weißt du warum? Wegen meiner Dummheit!“

„Nimm die Backpfeife als gehauen hin, Mac, aber sage mir, worin deine Dummheit besteht. Es scheint, sie hängt mit der Kiste zusammen.“

Er nickt schwer. „Es ist mir etwas leichter zumute, weil es eure Dummheit genauso wie meine ist. Eure eigentlich sogar mehr, denn Bill ist zuerst draufgekommen. Nämlich auf den Wellentunnel. Wenn wir die Flaschen in der Kiste gelassen hätten, der Stow-away hätte wohl auch so noch Platz gehabt. Nun sind sie verloren." Es scheint ihm schier das Herz abzudrücken. „Eigentlich müßten wir uns gegenseitig welche runterhauen."

Wider meinen Willen muß ich über Macs Sorgen nachdenken. „Aber Mac, auch in dem Fall, den du nennst, hätte der Moonshine-Henry doch die Flaschen geschnappt!" Zuerst ist er ablehnend, dann denkt er nach, und nun geht direkt etwas wie Erleichterung über sein Gesicht. Und zum zweiten Male seit unserer Bekanntschaft bekomme ich das Lob: „Die Deutschen sind eigentlich ganz gescheite Leute!"

Doch das enthebt mich nicht des sorgenvollen Nachdenkens, wie diese verfahrene Geschichte wohl beglichen werden soll.

33

Das Einmaleins der Nemesis

Die Geschichte wird auf eine Art beglichen, wie sie in der Welt üblich ist, wenn Große und Kleine, Mächtige und Geringe eine unredliche Handlung begehen und erwischt werden: Entgegengesetzt dem Ausmaß der Bedeutung ihrer Person, ihrer Schuld und des Gewinnes ihres unredlichen Tuns ist immer das Maß ihrer Strafe.

Als ich noch in Gerichtssäle ging, um Beobachtungen und Berichte zu machen, erlebte ich vor einem preußischen Landgericht einmal an einem Vormittag hintereinander zwei unredliche Männer. Sie hatten nichts miteinander zu tun und ihre Straftaten nur insofern, als es sich beide Male um Diebereien handelte. Der eine Angeklagte, ein arbeitsloser Schlosser, hatte in einem großen Ladengeschäft an der Kasse einen Fünfzigmarkschein genommen, den die Kassiererin, die Frau des Inhabers, neben dem Zahlbrett liegengelassen hatte. Der Mann erhielt einen Monat Gefängnis. Der andere Angeklagte war Direktor einer Mittelstandsbank und hatte über eine Million Mark veruntreut. Er bekam zwei Jahre Gefängnis. Den Verlust des Fünfzigmarkscheins würde das große Geschäft nicht einmal bemerkt haben, und die Geschichte wäre unbekannt geblieben, hätte ein junges Mädchen den Dieb nicht zufällig beobachtet. Die veruntreute Million Mark brachte mehrere hundert kleine Geschäftsleute um ihre Existenz. Aber sieht man auch von diesen eigentlich strafverschärfenden Folgen der Tat des Bankdirektors ab und rechnet in beiden Fällen nur das gestohlene Geld gegen die verhängte Strafe auf, so hätte bei einem Satz von einem Monat Gefängnis für fünfzig Mark Diebesgut der Bankdirektor statt zu 2 Jahren zu 1666 Jahren und 8 Monaten Gefängnis verurteilt werden müssen. Oder umgekehrt durfte der Schlosser, legt man den Wert des gestohlenen Gutes der Strafbemessung zugrunde und nimmt die Strafe des Bankdirektors als Norm an, nur zu 52 Minuen und 33 Sekunden Gefängnis verurteilt werden. Er erhielt aber 43 200 Minuten, wurde also 822mal härter bestraft als der Bankdirektor. Und das auch noch, obwohl man ihm die fünfzig Mark wieder abgenommen, von der Million Mark des anderen Spitzbuben jedoch nichts mehr vorgefunden hatte. Ich glaubte, als ich die Straftaten und Strafbemessungen zum ersten Male gegeneinander verrechnete, und glaube es auch noch heute, den großen Spitzbuben kein Unrecht zu tun, wenn ich wegen der strafverschärfenden Momente ihrer Taten den Multiplikator der Strafen für die Kleinen von 822 auf 1000 erhöhe. Es rechnet sich dann leichter.

Damals, als ich in meinen jungen Jahren den Versuch unternahm, die irdische Gerechtigkeit in Zahlen zu fixieren, begegnete ich dem größten Kopfschütteln gerade bei den Juristen und Morallehrern. Ja der Verleger der Zeitung, in der ich die schöne Rechenarbeit mit Billigung des Lokalredakteurs, der sie sehr amüsant fand, veröffentlicht hatte, kanzelte den Redakteur böse ab, mich aber entließ er fristlos. Die mir bekannten Juristen meinten zwar, zur fristlosen Entlassung läge kein ausreichender Grund vor, und ich könnte klagen auf Weiterzahlung des Gehaltes bis zum

Termin, der die Kündigungsfrist berücksichtige; ich glaubte jedoch zu sehr an die Richtigkeit meiner Justizarithmetik, als daß ich den Versuch einer Klage unternommen hätte. Ich hatte da, wenn auch wirklich ohne jede böse Absicht, allzusehr an den Grundfesten der bürgerlichen Moral und des bürgerlichen Rechts gerüttelt. Für mich aber behielt ich den aus den beiden Verhandlungen gewonnenen Schlüssel und berechnete nach ihm seither die Gefahren des Lebens für Arme und Reiche, Geringe und Mächtige: Kleine Leute werden 1000mal härter bestraft als große Leute!

Ich weiß, der Schlüssel ist ungenau. Ich weiß, es gibt berechtigte Differenzierungen, und sie umschwirren meine Tausend nach unten und nach oben wie ein Schwarm Planeten die Sonne. Doch wie der Astronom die Bahn dieser Planeten berechnet und auch die dem bloßen Auge unsichtbaren noch bewerten kann, so kann man auch nach ein paar Dutzend Lebensjahren ebenso mühseliger wie liebevoller Beobachtung der kreisenden Phantome der Moral- und Rechtsbegriffe dieser Welt die Ergebnisse der Strafverfahren bestimmen. Sie sind bedingt eben durch die soziale Stellung des Schuldigen: Die zwar in keinem Strafgesetzbuch der Welt festgelegte, aber in jeder bürgerlichen Gesellschaft gefühlte Zahl, mit der Strafwürdigkeit und Strafmaß geteilt werden muß, wächst mit der Stellung des Angeklagten. Und es ist zweifellos, weil aus der Geschichte bewiesen, daß sie bei Ministern statt 1000 bis zu 1000 mal 1000, also bis zu 1 Million gedeihen kann, so daß solch ein Regierender, wenn er eine Million Mark Schaden verursacht hätte, nur 2.59 Sekunden zu brummen brauchte. Bei Staatsbürgern gar, bei denen der angerichtete Schaden meist nicht mehr in Geldeswert zu berechnen ist, würde der Divisor über die Teilungsmöglichkeit des einen Monats Gefängnis überhaupt hinausgehen, er würde die Grenzen zwischen Schuld und Verdienst sogar überschreiten und auf der anderen Seite die Zeit ins Unzeitliche stoßen, bis das eigentliche Vergehen oder Verbrechen als Verdienst angesehen wird, so daß der einstmals Angeklagte sich zur geschichtlichen Persönlichkeit wandelt und seine Lebensdauer mit der Unsterblichkeit verquickt sieht.

An diese moralisch-arithmetische Spielerei meiner jungen Jahre wurde ich erinnert, als ich am andern Morgen erfuhr: Bill ist abgeheuert, desgleichen Mac, und sie sind froh, so billig davongekommen zu sein.

Mac ist ein Opfer seines Gerechtigkeitswahns geworden. Er hatte den Versuch unternommen, den Kapitän ungefähr nach dem Maßstab meines soeben vorgeführten Schlüssels davon zu überzeugen, daß Bills Mißtrauen gegen den vermeintlichen Sarg doch im Grunde zur Aufdeckung nicht nur einer großen Schiebung, sondern sogar eines Verbrechens geführt habe. Und wenn Bill dabei auch ungesetzliche Wege gegangen sei, so müsse doch zugegeben werden, daß ihm ein anderes Mittel nicht zur Verfügung gestanden habe. Bills Tat verdiene also nicht nur nicht eine Bestrafung, fordere vielmehr eine Belohnung.

Es ist richtig, Mac hat bei seiner entlastenden Rede die ausgetrunkenen fünfzig Flaschen Kognak nicht erwähnt, mit denen Bill vorweg selbst seine Tat belohnt hat, und es mag Mac in der Erregung wohl auch nicht recht zum Bewußtsein gekommen sein, daß die Verbringung der anderen fünfundsechzig Flaschen in den Schraubentunnel nicht gerade der Aufdeckung eines Verbrechens dienen sollte. Im Prinzip aber hatte Mac recht. Möglicherweise wäre er bei unserem Alten, dem sehr viel an der Vertuschung der Angelegenheit lag, auch auf Verständnis gestoßen, aber in seinem Eifer nannte Mac den Hauptschuldigen mit Namen, und dieser Name umzirkte einen sozial Höherstehenden als Bill, belastete sogar den Stellvertreter des Regierenden unseres kleinen Gemeinwesens. Mac fragte: „Wenn Bill Stone dafür, daß er bei der Aufdeckung eines Verbrechens sich in den Mitteln etwas vergriffen hat, abgeheuert wird, was muß dann erst mit Mr. Wilkinson geschehen, der dieses Verbrechen verübt hat und kein einfacher Matrose, sondern der Erste Offizier auf der ‚President Wilson' ist?" Mac wird es bis an sein Lebensende nicht einsehen, daß diese Worte es waren, die ihm schadeten. Er weiß wohl aus Erfahrung, die Welt rechnet Schuld und Sühne nach meinem Tausendschlüssel, weiß aber nicht, was ich weiß: daß der Mensch, der solche Zustände benennt, sofort nach demselben Schlüssel behandelt wird, sofern er ein Mensch geringen Ranges ist. Was er ja auch ohnehin sein muß, denn ein Mensch, der zu den Oberen gehört, nennt solche Dinge eben nicht. Es liegt nun einmal eine stählerne Fessel um die eingebildete Handlungsfreiheit der Menschen, und so kann ich unserem Kapitän keinen Vorwurf daraus machen, daß er, auch nur ein Planet im kreisenden Strudel, nach Bill nun auch noch Mac abheuern ließ. Und berücksichtigt man, daß Mr. Wilkinson Erster Offizier bei der Staatslinie ist und Bill und Mac nur gewöhnliche Matrosen, so muß man anerkennen, daß der Kapitän und mit ihm seine Reederei in diesem Falle sogar mit der Schlüsselzahl ungemein nach unten gingen, also das Strafmaß des mächtigeren Schuldigen dem der geringeren mehr annäherten, als es üblich ist. Denn auch Mr. Wilkinson wurde seinen Posten los. Er wurde zwar nicht abgeheuert, mußte aber von Bord der „President Wilson" gehen und Dienst auf dem Schwesterschiff „President Harding" nehmen. Selbstverständlich wieder als Erster Offizier. (Der Erste von der „Harding" hatte gerade auch gesündigt, er mußte zur Strafe als Erster auf die „Wilson" gehen. Denn Strafe muß sein, und die Gerechtigkeit kann nicht halt vor den sozial Höherstehenden machen, was sollten sonst die Geringfügigen denken?)

Nun, bei dem Mangel an Seeleuten in den Staaten haben auch Bill und Mac die Möglichkeit, bald wieder auf einem Schiff angeheuert zu werden. Es sei denn, der Kapitän sorgt noch dafür, daß der Heuerboß über Bill und Mac und über ihre Beteiligung an einem Diebstahl unterrichtet wird und, falls dies nicht schwer genug wiegt, noch über eine verdächtige politische, weil aufsässige Gesinnung. Im Augenblick wissen wir das noch nicht, denn die beiden haben geschworen, bei dieser gottverfluchten Staatslinie nicht mehr fahren zu wollen. Bill hat sogar die Absicht geäußert, ein halbes Jahr lang keinen Fuß auf einen Kahn zu setzen. Er wisse wunderbare Verdienstmöglichkeiten bei den Bootleggers auf der Eastside, und er schlägt mir vor, mit ihm zu gehen.

Als Bill mir gestern diesen Vorschlag machte, lehnte ich ihn ab, doch heute haben sich auch meine Aussichten geändert. Auch ich bin nun abgemustert worden, und das ging weniger aufregend vor sich als bei den beiden Matrosen oder gar bei Mister Wilkinson. Mich ließ einfach der Purser rufen, schob mir meine Papiere hin, meine Heuer von 20,50 Dollar für zwölf Tage, und sagte mir, ich könne gehen. Der Vierte Offizier, der mich damals als Nachtmann verpflichtet hatte, zuckte mit den Achseln, es hänge mit der Kognakgeschichte zusammen, und ich hätte viel Glück gehabt, da ich doch nur ein Deutscher sei.

Wenn mich die Sache auch nicht weiter beeindruckt, so interessiert mich doch der Umstand, der zu dieser verspäteten Aktion geführt haben mag. Hängt es schon mit dem vermaledeiten Sarg, mit Bill, Mac und Mr. Wilkinson zusammen, so hätte mich die Strafe auch zugleich mit ihnen treffen müssen. Der Chiefkoch meint, da wären noch andere Geschichten gewesen, beispielsweise der Wurf mit dem Speckstück in das Kreuz des Stewards in der Pantry. Gewalttätigkeiten würden nun mal auf amerikanischen Schiffen sehr geahndet. Auch auf dem Lande, was ich mir merken sollte, diesen Rat gebe er mir als Landsmann.

Ich muß sagen, daß mich die Aussicht, meine Abmusterung könne einen anderen Grund haben als die von Bill und Mac, freudig stimmt. Und frohgemut gehe ich ins Logis meiner Bekannten, um mich zu verabschieden.

Da kommt dann die schönste Überraschung dieser keineswegs aufregungslosen Fahrt heraus. Und wenn sie mein Frohgefühl auch zu dämmen versucht, so nährt sie doch auch meine Genugtuung über eine große Bereicherung meiner Kenntnisse vom Menschen.

Meine deutschen Fahrtgenossen sitzen bis auf einen, der lang liegt, auf den Pritschen und haben gerade das Ereignis meiner Abmusterung besprochen. Der eine, der dabei zu schlafen scheint, ist mein kleiner Feind. Der ehemalige Lloydoffizier und jetzige Aufwäscher wirft einen bösen Blick auf ihn und sagt: „Es werden auch wieder mal Gelegenheiten kommen, wo man es ausgesprochenen Lumpen besorgen kann!“

Als ich ihn verständnislos, wenn auch leise die Zusammenhänge ahnend, ansehe, berichtet er: „Der Zwerg da oben ist nach der Entlassung des Ersten Offiziers und der beiden Matrosen zum Kapitän gelaufen und hat ihm erzählt, auch der Nachtmann hänge mit der Kognakgeschichte zusammen, er habe eines Nachts eine Flasche Kognak zu uns ins Quartier gebracht und damit doch bewiesen, daß er sein Amt als Wächter mißbraucht habe; sei er vielleicht auch nicht selbst der Täter gewesen, so habe er doch mitgemacht und Schmiere gestanden und seinen Anteil an der Beute bekommen!" Er macht eine kleine Pause, schnauft und fährt mit angeekeltem Gesicht fort: „Der Schuft muß das sehr überzeugend vorgetragen haben, denn von der nächsten Fahrt ab ist er als Nachtmann angemustert! Wir sind froh, ihn dann aus dem Quartier rauszuhaben. Na, es wird sich schon eine Gelegenheit finden, ihm seine Gemeinheit heimzuzahlen!"

„Woher wißt ihr denn das alles so genau?" frage ich.

Nun rufen sie aus allen Ecken: „Er hat es selbst erzählt!"

Und warten nun alle, ich sehe es, daß ich mir den Kleinen herunterlange. Aber so entrüstet bin ich gar nicht, wenn ich auch versuche, mir die Motive klarzumachen, aus denen der Angeber gehandelt haben mag. Rache ist es wohl nicht mehr, denn im Grunde ist ja zwischen uns nichts vorgefallen, als daß ich seinerzeit sein unberechtigtes Vordrängen verhindert, ihm eine Unwahrheit nachgewiesen und ihn mal geschüttelt habe. Aber das sind in Kreisen, wie wir sie vorstellen, Ereignisse, die jeden Tag passieren und mit einem groben Wort, vielleicht auch mal mit einem Schubs erledigt sind. Es bleiben, soviel ich auch denke, nur die zehn Dollar Mehrverdiensst im Monat übrig, die diesen ausgehungerten und wahrscheinlich verschuldeten und verelendeten Mann zu seiner Angeberei getrieben haben können. Das Bewußtsein für die Grenzen zwischen Erlaubtem und Unerlaubtem seines Tuns und der Schlechtigkeit scheint ihm, wie wohl bei so vielen, vom Hunger getrübt worden zu sein. Hat er es doch fertiggebracht, von seinem Besuch beim Kapitän den Kameraden selbst zu berichten und mit Stolz zu verkünden, wie er mich hinausgedrängt und sich an meine Stelle gesetzt habe.

Hinwiederum aber kann nicht alles in ihm vor die Schweinehunde gegangen sein, denn nun sie ihn da unten zurechtgestaucht haben, ist er in seinen Bunker gekrochen und hat die Vortäuschung, zu schlafen, wie eine Decke über seine Handlungsweise gezogen. Vielleicht ist es auch nur die Furcht vor einer Abreibung. Ich darf ihm nichts tun: Es steht einem Menschen, der sich als Kenner des Einmaleins der Nemesis fühlt, nicht an, nach diesem Einmaleins zu richten.

34

Pläne

Der Bäcker, mit dem ich im Logis lag, verläßt mit mir das Schiff. Er hat von sich aus abgeheuert und dadurch den Chiefkoch und den Chiefsteward in große Verlegenheit gebracht. Ein guter Bäcker ist für ein Passagierschiff wichtiger als ein Nachtmann und zwei Matrosen, ja selbst als ein Erster Offizier. Und in New York gibt es keine guten Bäcker, die Lust haben, auf einem Schiff zu arbeiten.

Mein Bäcker hatte durch eine unvorsichtige Bemerkung des Chiefkochs erfahren, was ihm bei der Ankunft in Deutschland bevorstehe: Abmusterung wegen seiner frechen Äußerung über die Passagiere der ersten Klasse, die ruhig versaufen könnten, damals, beim Bootsmanöver, als sie vom Promenadendeck aus sich bei Scherbett und Eiskaffee über den Schiffbruchzauber amüsierten. Mr. Wilkinson hatte ihn daraufhin gemeldet, denn Mister Wilkinson verstand Deutsch, hatte er sich doch alle seine Orden im Kriege gegen Deutschland verdient und trug sie in Deutschland, das er haßte, sogar im Tanzetablissement „Tivoli" und wohl auch beim Einkauf von Schmuggelkognak. Mr. Wilkinson wußte, was er seinen Passagieren der ersten Klasse schuldig war, wenn sie einen abgearbeiteten und in seiner dünnen Arbeitskleidung frierenden Schiffskuli verlachten, weil der eine schwere Kurbel nicht drehen konnte. Und so sollte der Bäcker entlassen werden, aber nicht in New York, wo er sofort wieder Arbeit gefunden hätte, sondern in Deutschland, wo es hundert gute Bäcker für einen gab, aber keine Arbeit. So hatte Mr. Wilkinson sich das ausgedacht und sicher auch den Kapitän von der Richtigkeit seiner Absichten überzeugt, und nun verdarb ihnen der verdammte Bäcker die schöne Rechnung und machte seine eigene. Der Chiefkoch hatte zu vermitteln gesucht und vom Kapitän die Zusage erhalten, der Bäcker würde auch in Deutschland nicht abgemustert, er solle also bleiben. „Wenn der Alte die Sache beigelegt hat", sage ich zu ihm, „so ist es doch besser für dich, du bleibst auf dem Schiff! So kannst du doch alle vier Wochen deine Familie sehen."

Er weiß es anders und wohl auch richtiger. „Ich kenn die Smilingbrüder besser. Nee, Heinrich Oldenbüttel läßt sich auch von Amerikanern nicht verkaufen. Ich werd todsicher in Bremerhaven abgemustert. Und sitz dann da. Nu sitzen sie da. Das ist gerechter!"

Alle haben es mit der Gerechtigkeit, es ist schrecklich. Der Bäcker schlägt mir vor, mit ihm zusammenzubleiben, ein Logis für zwei sei billiger als zwei einzelne. Wer zuerst einen Job erwische, solle den anderen so lange unterhalten, bis auch der etwas gefunden habe. Das ist nicht nur kameradschaftlich von ihm, das ist nobel, denn er als Bäcker bekommt sofort Arbeit, während ich als ungelernter Arbeiter wahrscheinlich auch in diesem Lande lange warten muß.

Da wird mir eigentlich zum ersten Male das Wort „ungelernter Arbeiter" klar. In der Tat, was kann unsereiner schon, wird er aus seiner Umwelt gelöst? Alle Handarbeit gilt international, alle Geistesarbeit ist eng begrenzt. Was will ein Philosoph, ein Jurist, Maler, Bildhauer, Schriftsteller in einem fremden Lande, wenn er ohne Mittel und ohne Beziehungen dorthin kommt? Er hat weniger Aussichten als selbst der ungelernte Arbeiter, denn auch ungelernter Arbeiter muß man gelernt haben.

Der Bäcker hat meine Gedanken erraten, es war nicht schwer, da ich auf sein Angebot schweige. Er hat inzwischen auch weitergedacht und fragt nun: „Du kannst doch sicher Klavier spielen? Ich kenne deutsche Lokale, da singen sie gern, wenn sie in Stimmung sind. Kann auch sein, daß sie die Musik brauchen, um in Stimmung zu kommen, denn von selbst kommt bei dem Dünnbier wohl kein ‚Deutschland über alles' heraus. Ich meine, da könntest du fürs erste unterkommen, bis du was Richtiges gefunden hast."

Ich muß ihn enttäuschen: „Ich bin leider beim Klavierspielen nicht weit gekommen. Weißt du, ich war ein frommer Junge und lebte immer nach dem Bibelwort: Laß deine linke Hand nicht wissen, was deine rechte tut!“

Es enttäuscht ihn wirklich, doch er gibt es nicht auf. „Bist du schwindelfrei?“

Wieder versuche ich es mit einem Scherz, ihn von seiner Hilfsbereitschaft abzubringen. „Aber, Bäcker, ich war doch Journalist!“

Das versteht er nicht.

„Nämlich Fensterputzer sind immer gesucht. Die werden sehr gut bezahlt.“

„Laß man, Kamerad! Du bist ein anständiger Kerl. Aber da unten wartet Bill Stone, der will, daß ich mit ihm zusammenbleibe.“

Er sieht hinunter und sieht dann mich an und ist richtig bekümmert, daß er sich nicht mit mir belasten kann. In mir jubelt es, daß es so etwas gibt. Und gerade mit diesem Bäkker habe ich mich so gut wie gar nicht abgegeben, obwohl er mein Schlafgenosse war. Und warum nicht? Weil er kein geistiger Mensch war und nicht so interessant wie Bill und Mac.

Bill Stone wohnt, wenn er in den Staaten ist, zusammen mit Mac in Hoboken, unten, dicht an den Docks. Es ist eine ziemlich schmierige Schlafstelle. Die Wirtin, eine fette Italienerin, begrüßt mich mit gewaltiger Liebenswürdigkeit, aus der immer wieder das Wort Gentleman hervorsprudelt. Ich übersetze es mir so, daß sie sich freut, einen wirklichen Gentleman beherbergen zu dürfen, Bill hat ihr wohl von mir erzählt. Wenn ich auch nicht zu erkennen vermag, wie sie das Beherbergen machen will. Die kleine Stube ist ein Durchgangszimmer zu zwei anderen Räumen, die ebenfalls vermietet sind, hier aber stehen nur zwei Betten, und für ein drittes sehe ich keinen Platz. Über die Eigenart eines Durchgangszimmers tröstet sie mich mit der Erklärung, die Männer in den beiden hinteren Stuben schliefen am Tage, es seien Nachtarbeiter, Autowäscher, und ich würde des Nachts in keiner Weise gestört. Im übrigen würde sie es mir angenehm machen, denn sie freue sich, einen Gentleman zu bekommen und es nicht mehr nötig zu haben, nach

Mietern auszuschauen, wenn ihre beiden Herren auf dem Schiff sind.

Da ich das alles nicht verstehe, hält Bill es endlich für nötig, mir zu erklären, daß er und Mac der Wirtin gestattet hätten, während ihrer Abwesenheit die Stube zu vermieten; auf diese Weise wohnten sie billiger als sonst, denn sie zahlten zwar die volle Miete, die Wirtin müsse jedoch von den inzwischen eingenommenen Beträgen fifty abgeben.

Mir ist das sonderbar, Matrosen, die sich im Heimathafen für die paar Tage, Stunden eigentlich, eine Privatwohnung leisten, und noch dazu auf diese komplizierte Art. Auch weiß ich noch immer nicht, wie ich nun hier als Dritter unterkommen soll. „Weißt du", unterbricht Bill mein Nachdenken, „man will doch auch sein Home haben." Er stellt das Radio ein und zieht das Grammophon auf. „Das sind meine eigenen Sachen, auch die Bilder." Die Bilder sind zwei zuckersüße bunte Drucke, rosa gerahmt. Das eine stellt eine junge Frau dar, mit vielen Kindern im Grase ruhend, umtanzt von drei jungen Hunden, einigen Rehen und Kaninchen, umblüht von Bäumen, die Blätter, Blüten, Früchte und bunte Vögel tragen. Das andere Bild zeigt den General und späteren Präsidenten Grant, wie er, ganz Napoleon, nach der Eroberung von Richmond die Kapitulation seines Gegners Lee entgegennimmt und damit den Bürgerkrieg beendet. (Das steht unter dem Bilde, sonst wüßte ich es nicht, Bill zeigte mit dem Finger hin, und ich las es.) „Stell dir vor, was ohne ihn aus den Staaten geworden wär." Ich stelle es mir vor und lese nun auch noch gleich, was unter dem anderen Bilde steht: „Gott wollte die Erde lieblich, darum schuf er Frauen, Kinder und Tiere." Sieh an, gar nicht falsch, und das in Amerika.

Aber wie alles im Leben anders ist, als es in Bildern dargestellt wird, so auch hier. Sora Cipolla, die so ungemein fette und schlampige Italienerin, erscheint mit einer großen Terrine, und mit ihr kommen zwei dünne, schmutzige Mädchen von etwa acht und zehn Jahren mit verfilzten schwarzen Haaren, die jüngere trägt ein kleines mageres Kätzchen. Was sonst noch an Tieren fehlt, um die Unterschrift des Bildes ins Leben zu übertragen, das wird wohl in Maus- und Rattengestalt unter den gebuckelten Dielen hausen oder in flacheren Formen unter den rissigen Tapeten, auf denen eingetrocknete Blutspuren sein Dasein verraten.

Mac sieht, wie meine fragenden Blicke die Wände entlanggehen, und deutet auf die rechte Wand, die kahl ist. „Meine Sachen habe ich schon fortgeschafft. Das sage ich, damit du nicht glaubst, ich habe nichts Eigenes." Und nun erfahre ich, daß die beiden sich getrennt haben. Mac ist zu einem Mädchen gezogen, das er schon lange kennt. Bill gibt dafür eine reichlich derbe Erklärung. Aber der andere überhört es und spricht weiter zu mir: „Ich wollte dir helfen, damit du hier wohnen kannst."

Da ich nun wieder die bildergeschmückte Wand ansehe, bezieht Bill das auf die anderen Bilder, die dort noch angenagelt sind. Ausschnitte aus Zeitschriften, farbige und schwarze. Fast alles halb und ganz nackte Mädchen und die bekannten Filmstars.

„Nehmen Sie einmal Harleys Lippenrot", brüllt das Radio dazwischen, „und Sie nehmen es nie wieder!"

Donnerwetter, eine seltsame Art, für eine Ware Reklame zu machen. Oder ist da ein Konkurrent am Werke? Die kleine Pause ist um, der Lautsprecher brüllt weiter: „Warum nehmen Sie es nicht wieder? Weil Sie es nicht nötig haben! Jeder Mann nämlich, der eine Dame mit Harleys Lippenrot geküßt hat, heiratet sie sofort, da er immer diesen köstlichen Genuß haben will. Sind Sie aber verheiratet, brauchen Sie keinen Mann mehr durch Harleys Lippenrot zu fangen. Dennoch sind es nur Dumme, die so denken. Denn die kluge Frau will einen Mann nicht nur haben, sie will ihn auch behalten. Also behält sie auch Harleys Lippenrot."

Bevor ich mich über diese Art der Reklame noch äußern kann, brüllt mich das Radio schon wieder an: „Lassen Sie sich begraben!"

Ich muß schon sagen, Gemüt haben die Leute. „Lassen Sie sich begraben", plärrt jetzt der Lautsprecher, „so überlegen Sie: Einen Tod können Sie nur sterben, aber Sie können mehrmals begraben werden. Und das würden Sie versuchen, wendeten sich Ihre Hinterbliebenen nicht gleich an die Bestattungsfirma Brinkfield & Co. Wir geben Ihrer

Leiche jeden gewünschten Gesichtsausdruck ..." Da ich so aufmerksam zuhöre und den Kopf schüttele, ist Bill ganz begeistert. „So was habt ihr da drüben nicht, was?"

Nein, so was haben wir noch nicht, aber ich fürchte, wir werden es bei unserer Amerikaschwärmerei bald haben.

Die dicke Italienerin füllt uns eine italienische Spaghettisuppe ein, in der Fleischknödel schwimmen. Die Nudeln, die über den Rand der Terrine fallen, schnipst sie mit dem Daumen der rechten Hand wieder zurück. Bis auf eine ganz lange Nudel, die wickelt sie sich zur Hälfte über den Zeigefinger und läßt die Katze daran lutschen. Sie sieht dabei wie eitel Liebe aus, und ich bin überzeugt, sie würde auch die Wanzen füttern, äßen die Makkaroni.

Dabei erzählt sie ununterbrochen in einem italienischen Slang-Amerikanisch, von dem ich kein Wort verstehe. Um höflich zu sein, frage ich, aus welchem Teile Italiens sie stamme, sage, daß ich ihr Heimatland liebe und oft dort gewesen sei.

Hätte ich das nur nicht gemacht: Sie schleudert den Makkaroniring vom Finger, springt an meine Seite, dressiert das zerfließende Gesicht zu einem ganz süßen Lächeln und sagt, nein, singt mit einem adriablauen Mezzosopran: „La bella Venezia, Signor!" Und dreht sich um, schnattert etwas zu dem ältesten Mädchen, gibt ihm, als es nicht gleich versteht, einen Klaps und eilt mit einer Fixigkeit, die ihr keiner zugetraut hätte, aus der Stube.

Ist aber sofort, bevor ich Bill noch etwas fragen konnte, zurück mit einem eingerahmten Bilde, das auf der einen Seite den Canale Grande mit seinen Palästen und geschmückten Barken zeigt. (Auf der andern Seite zwei der von mir gefürchteten Tierchen, hierorts Bed-bugs genannt.) Doch dann schreit die Signora auf, legt das Bild auf eins der Betten, so daß die rückwärtigen Bewohner gleich Bescheid wissen, und rennt wieder hinaus. Diesmal die Kinder ihr nach.

Ich höre, wie draußen gejammert und geflucht wird, und erfahre den Grund durch Mac: „Nun hat sie die Steaks verbrennen lassen, die Dreamtante! Geschieht ihr recht!" Daß es unsere Steaks sind, bekümmert Mac nicht weiter. Er holt unter dem Bett drei Flaschen Bier hervor und entkorkt sie.

„Heavy", brummelt er dazu, „Vollbier, 10%, Bottle einen Dollar!"

Die Suppe ist gut, aber heiß, und so habe ich Zeit, von dem General Grant noch einige Male zu dem Bild von Venedig zu schauen und mich über die Menschen der beiden Länder zu wundern. Da ist also diese ausgewanderte Frau, die an ihrem Venedig mit seinen romantischen, wenn auch muffigen Wasserstraßen hängt, so sehr hängt, daß das bloße Erwähnen des Namens Venezia sie aus ihrem gewohnten Leben in Amerika stoßen kann, und da ist dieser weltberühmte Feldherr und Präsident der Vereinigten Staaten mit dem bombastischen Namen Ulysses Simpson Grant, der nicht nur durch seine Waffentaten und seine Staatsführung in der Welt bekannt geworden ist, sondern auch durch seinen Yankeeismus. Als einer der wenigen Amerikaner seiner Zeit hatte er nach seiner Präsidentschaft eine Europareise unternommen, um darzutun, wie er bekannte, daß er die Alte Welt nicht mißachte, obwohl sie hinter der Neuen Welt zurückgeblieben sei. Und er hatte auch Italien bereist und Venedig gesehen und sich sehr lobend über diese Stadt ausgesprochen. Welches Lob ihn noch weltbekannter gemacht hat als sein Kriegsruhm. Er hatte gesagt: „Venedig, das ist eine wunderschöne Stadt mit herrlichen Marmorgebäuden. Sie wird noch schöner und vor allem praktischer sein, wenn es einmal gelingt, die Kanäle trockenzulegen und ordentlich zu pflastern."

Bill freut sich über mein Vergnügtsein. Signora Cipolla, die uns, wieder begleitet von ihren beiden Mädchen und dem Kätzchen, die Steaks bringt, strahlt, denn es ist nichts verbrannt. Und Mac freut sich, daß er noch eine Flasche Kognak Pinet, Castillon & Co. hervorholen kann. So essen wir denn, indes die Wirtin mit Töchtern und Kätzchen zuschaut.

Ich habe ein paarmal versucht, mich nach dem Verbleib Dahlbergs zu erkundigen, doch Mac hat mir jedesmal, zum Schluß ziemlich energisch, das Wort abgeschnitten. Bis ich verstehe, daß ich von dieser Sache nicht reden soll, solange die Wirtin bei uns ist. Warum schicken sie sie denn nicht hinaus, sie sind doch sonst nicht so rücksichtsvoll? Doch, sie sind es, denn sie respektieren Donna Cipollas Wunsch, bei dem von ihr bereiteten Essen zuschauen zu dürfen, das sei ihr schönster Lohn. Weil es doch ein italienisches Essen sei, von Ausländern gegessen. Der Patriotismus offenbart sich eben verschieden.

Ein Mann in einem schmutzigen Overall kommt, ohne anzuklopfen, ins Zimmer, sagt mit einem Blick auf unsern Tisch – wohl mehr auf die Getränke als auf die Speisen – „Morning!“ und öffnet die Tür zu einem der nebenan liegenden Zimmer. Also wohl einer der Autowäscher.

„Come on, old boy!“ ruft Bill und zeigt dem Zurückblikkenden die Flasche.

Der Mann läßt die Klinke los und kommt zurück an unsern Tisch. Mac schiebt ihm sein Glas mit Kognak hin, und der Mann leert es auf einen Zug. Darauf schütteln sie sich die Hände, auch ich bin einbegriffen.

„Mein Freund Tom, ein Deutscher“, stellt Mac mich vor. Und setzt hinzu: „Die Deutschen sind gescheite Leute.“

Bill hat auch sein Glas dem Mann hingeschoben. Ich weiß nicht, ob das des Landes so der Brauch ist, und um keinen Fehler zu machen, biete auch ich mein Glas dem Fremden an. Doch der schiebt es zurück und sagt: „Ich kenne Sie ja noch nicht.“

„Er wird hier wohnen. Mac zieht aus“, sagt Bill.

„Do you like this Country?“ fragt der Mann mich und sieht mich prüfend an.

Es ist eine schreckliche Phrase, aber was soll man machen, wenn sie einem sogar von einem Arbeiter vorgesetzt wird. Ich ziehe die Schultern hoch: „Ich kenne Ihr Land noch nicht. Aber ich liebe die Amerikaner.“ Um das Bekenntnis zu beschränken, deute ich auf meine beiden Freunde.

Der Blick, mit dem der Fremde die beiden Matrosen streift, scheint etwas belustigt zu sein. Dann sagt er: „Das sind ein paar gute Burschen, aber Matrosen sind nur halbe Amerikaner.“

„Ich habe auf dem Steamer auch Voll- und Übervollamerikaner kennengelernt“, antworte ich. „Das waren allerdings keine Matrosen, sondern Schiffsoffiziere und Passagiere der ersten Klasse.“

Der Mann lacht. „Wenn Sie das soeben im Scherz gesagt

haben, mögen Sie wirklich ein gescheiter Deutscher sein. Im andern Falle – nun, da werden Sie hier schon durch Schaden gescheit gemacht werden.“

Ich blicke ihn ehrlich erstaunt an, und er bemerkt es.

„Damit Sie es leichter haben, Mister German: Außer Ihren Voll- und Übervollamerikanern da auf Ihrem Schiff und den Halbamerikanern hier in der Stube und auf dem Lande gibt es nämlich auch noch wirkliche Amerikaner. Und es werden immer mehr. Und wissen Sie, wie die aussehen? Die sehen genauso aus wie die Arbeiter und fortschrittlichen Menschen in aller Welt! Einmal werden das auch die Übervollen und die Vollen und Halben bei uns bemerken müssen.“

Er trinkt das Glas aus. „Good bye, ich bin müde. Wenn Sie wollen, können wir uns mal darüber unterhalten.“

Als er in seinem Zimmer verschwunden ist, sagt Bill:„ Er ist ein Politischer, ein Internationaler. Aber recht hat er!“

Mac spricht von weit her: „Mal schnappt ihn die Polizei. Hüt dich vor ihm!“ Und wohlgefällig setzt er hinzu: „Unsereins hört sich das an, aber mitmachen? No, Sir! Sie wollen das alte Amerika abschaffen, weißt du! Dafür sollen die freien Amerikaner dann so werden wie ihr und die andern in dem alten Europa. Am Ende wie die Russen!“ Er lacht. „Schmeißt ein gescheiter Mann seinen Kuchen weg, um schwarzes Brot dafür zu kriegen? Na also!“

Sora Cipolla hat nichts verstanden, sie schüttelt den Kopf und starrt benommen auf die Tür, hinter der ihr Mieter verschwunden ist. Dann wendet sie sich an uns: „Polizei? Was hat er denn gemacht?“

Bill ist sehr vergnügt. „Mac sagt, er will den Amerikanern den Kuchen wegnehmen und ihnen schwarzes Brot dafür geben. Ist aber nicht wahr, Madame Cipolla, er will, daß alle Menschen auf der Erde nur noch chocolate-tartlets essen sollen. Recht hat er.“

Als auch die Frau draußen ist und wir ein paar weitere Kognaks getrunken haben und Camelzigaretten rauchen, läßt Bill das Grammophon los. Ich will die Hände abwehrend heben, denn ich denke an den schlafenden Mann nebenan, doch ich höre, daß das Geschmetter mir zu Ehren vor sich geht. Bill hat in Deutschland Platten gekauft, weil sie dort so billig sind und weil die Deutschen so gute Musik können. Der Gedanke, meinetwegen das Grammophon spielen zu lassen, ist jedoch von Mac, wie er mir nun erzählt. „Bill kommt auf so was nicht. Schnaps und Essen und Bier, ja. Aber das Seelische? No, Sir! Na, er wird sich noch wundern, wenn er ohne mich sein muß!"

Das ist nun mal so mit den beiden. Sie fahren schon sechs Jahre zusammen, zanken sich und vertragen sich. Es machte ihnen daher nicht viel aus, abgeheuert zu werden, da es ja beide traf. Sie wären auch zusammen zu den Bootleggers gegangen, obwohl Mac keine unredlichen Geschäfte machen kann, wie er betont. Und mich hätten sie mitnehmen wollen zu den Schnapsschiebern, jawohl, Sir! Doch da sei Bill mit seiner neuen Sache gekommen. Das heißt, mit einer Sache nur für ihn allein. Bill will ausbrechen, will allein etwas unternehmen? Und dazu etwas, was dem Plan mit den Bootleggers direkt zuwiderläuft, so daß Mac und ich die Sache gar nicht mitmachen könnten? „Was sagst du dazu, sprich!"

Ich zucke die Achseln, da ich ja Bills neue Sache noch nicht kenne.

„Es freut mich, daß du meiner Ansicht über Bills Benehmen bist. Er will sich von mir trennen, gut. So trenne ich mich von ihm und ziehe aus. Ich brauche ihn nicht, aber er?" Und Mac nickt schadenfroh und sieht dann mich wieder an.

„Du denkst, du darfst nicht sagen, was du denkst? Weil du in seiner Stube sitzt und von seinem Essen ißt und von seinem Brandy trinkst, yes? Das ist Unsinn, das alles habe ich genausogut bezahlt wie Bill. Wenn du also über Bills Benehmen jetzt nichts sagst, um ihn zu schonen, so kränkst du mich, denn du zeigst damit, daß du ihn vorziehst. Das ist doch logisch, nicht? Nun sprich, du bist jetzt in einem freien Land!"

Bill erklärt den langjährigen Genossen für einen dreckigen Stänker. „Die Sache ist nämlich so. Ich bin zuerst gern für die Party mit den Bootleggers gewesen, ich habe sie doch angeregt. Nun hat mir Moonshine-Henry einen anderen Job angeboten: Er will mich als Prohibitionsagenten mit in seinen Trupp nehmen. Dann bin ich sozusagen Staatsangestellter. Ich hätte, sagt Henry, meinen Posten geopfert, um ihm einen Gefallen zu tun. Das verpflichte ihn, sagt er. Und ich wüßte sicher noch andere gute Occasions. Ich wollte zuerst gar nicht. Ich habe, mußt du wissen, öfter mit den Bootleggers so kleine Geschäfte gemacht. Dabei wollten sie mich reinlegen." Er lacht fröhlich. „Da hab ich sie reingelegt." Doch nun wird er ernst. „Ich fürchte ein bißchen, die Brüder lassen mich bei Gelegenheit hochgehen."

„Dann laß mich doch auch zur Prohibition gehen", sagt Mac. „Für den Deutschen werden wir schon etwas finden." Der Deutsche bin ich.

„Ich habe Moonshine-Henry das doch schon vorgeschlagen! Er will dich aber nicht haben!" Und nun wendet Bill sich an mich: „Er ist ihm zu umständlich, weißt du! Er ist ihm zu gerecht!"

Zum ersten Male erlebe ich, daß Mac ironisch werden kann. „Haha", lärmt er auf, „als ob es für einen Staat zuviel Gerechtigkeit geben kann!" Er ist eben doch ein seltsamer Amerikaner, dieser traurige Ire.

Bill sinnt eine Weile, dann teilt er uns Moonshine-Henrys ganz großen Plan mit: Bill soll Prohibitionsagent werden, Mac und der deutsche Stow-away sollen bei den Schnapsschmugglern Arbeit annehmen. Und dann sollen alle drei zusammenarbeiten, mal nach dieser Richtung hin, mal nach jener. Er, Henry, müßte nur von allem unterrichtet werden. So wäre dafür gesorgt, daß weder zuviel Betrug, noch zuviel Gerechtigkeit geübt werde. Zu dem deutschen Stow-away habe Moonshine-Henry das größte Vertrauen. Es sei nicht jedermanns Sache, sich in einen Sarg zu legen und zu warten, daß alles gut ablaufe, der Junge habe hierzulande seine Chancen.

Mit einem Male wird Bill laut. „Aber das Tollste ist nun, daß der Stow-away nicht will! Denk dir, hat nichts zu fressen und keine Bleibe, hat kein Visum und kein Einwanderungsgeld, hat überhaupt kein Geld, ist auch noch in den Händen von einem Staatsbeamten, denn das ist Henry, und sagt zu einem so glänzenden Job, er will nicht! Sagt es auch noch, als Henry ihm droht. Droht sogar zurück. Ist das nicht ein fool?"

Ich will wissen, wo sich der Preester jetzt befindet.

„Henry hat ihn auf die Eastside in ein Speak-easy gebracht. Weißt du, wo sie zu bestimmter Zeit Vollbier und Whisky verschänken. Henry kennt doch alle die Flüsterkneipen. Da muß der Kerl Gläser waschen und mal ein Rührei braten. Macht er auch. Will er auch. Gefällt ihm sehr, sagt er, er wohnt da auch. Clinton-Street 15. Wir wollen ihn nachher mal besuchen. So 'n fool, so eine Chance!"

„Die Deutschen sind gescheite Leute", wiederholt Mac, ein Bekenntnis, das ich nun schon kenne.

„Und da haben Moonshine-Henry und ich nun gedacht, daß ihr beide, du und Mac, bei den Bootleggers die Sache machen sollt und ich das Ding bei der Prohibition. Ich habe für dich gebürgt. Siehst du, bin ich ein Kamerad oder bin ich kein Kamerad?"

Mir ist nicht wohl bei der Sache, ich suche nach einer Ausrede. „Da Mac nicht mitmacht, wird es ja sowieso nichts. Die nehmen doch auch einen Fremden gar nicht auf!"

Doch Bill kann dazu nur lachen. „Wenn Mac sich ausgebockt hat, frißt er schon. Das kenn ich nun schon jahrelang."

„Er hat doch aber die Wohnung bei dir aufgegeben, Bill!"

„Aber nur wegen seiner Zicke!" Und Bill macht wieder eine unanständige Bemerkung. „Sieh mal, auch so ein altes castrated horse braucht das alle Jahre einmal!"

Mac erhebt sich, ernst und verletzt. Seine Stimme bebt vor sittlicher Empörung. „Er hat es mit dem Girl der Madame hier. Sie ist erst fünfzehn, aber schon verdorben wie – wie – darum wohnen wir doch hier. Wenn sie da ist, muß ich immer fortgehen. Yes. Miss Keynes dagegen – Miss Keynes ist eine Lady! Nun kannst du dich entschließen, wen du vorziehst von uns beiden."

Eine Minute wohl sieht er mich starr an. Auch Bill lauert, er verbeißt sich sogar das Lachen, das in ihm ist. Ich möchte am liebsten auch lachen, fühle aber, ich darf es Mac nicht antun, er würde es als eine Kränkung seiner Dame ansehen. Vielleicht ist sie das wirklich, Mac ist es zuzutrauen, während ich bei Bill überzeugt bin, daß seine Geschichte mit der jungen Italienerin stimmt. So zucke ich nur wieder mit den Schultern.

Über Macs schon so trauriges Gesicht breitet sich schmerzliche Enttäuschung. Dann nimmt er seinen Koffer auf und geht ohne ein Wort aus dem Zimmer.

35

Das Geheimnis

Drei Tage sind vergangen, ich muß mich entscheiden. Die Sache mit den Bootleggers kommt schon deshalb nicht in Frage, weil Mac festgeblieben ist und wieder Heuer auf einem Dampfer genommen hat. Zwar wieder auf einem Schiff der United States Lines, aber auf einem Südamerikafahrer, auf der „American Legion". Er teilt es uns bei einem Besuche schadenfoh mit und macht dazu ein Gesicht, als sei ein Schiff der Staatslinie, das nach Südamerika fährt, etwas ganz anderes als ein Europafahrer. Und er fragt mich, ob ich mitwolle. Nightman könnte ich zwar nicht werden, den hätten sie schon, aber als Steward dritter Klasse wäre noch eine Möglichkeit.

Er ist rührend in seiner Vorliebe für die gescheiten Deutschen und in seiner Fürsorge ganz besonders für mich. Doch ich muß ihn enttäuschen: Steward, nein, das könnte ich nicht! Ich versuche es ihm zu erklären, doch er begreift es nicht, und ich sehe, wie sich seine Ansicht von der Gescheitheit der Deutschen zu ändern beginnt. Auch ist er verstimmt, denn Bill lacht ihn aus, und der Melancholische, der nun zwei Freunde zu verlieren hat, wird erst freundlicher, als ich ihm sage, daß ich auf keinen Fall zu den Bootleggers ginge. „Ich werde sehen, ob ich nicht doch noch was für dich finde, boy!" Mit diesen väterlichen Worten verläßt mich Mac. Von Bill nimmt er überhaupt keine Notiz. Doch der ruft ihm fröhlich nach: „Good bye, old boy! Grüß Madame Ruby in Buenos Aires!"

Als Mac draußen ist, erfahre ich, daß diese Madame Ruby einen diskreten Saloon für Seefahrer unterhält und wegen ihrer Spezialitäten berühmt ist. Mac sei gern Gast in solchen Stätten. Seine Miß stamme aus solchem Saloon, Mac habe sie vor einem Jahre mitgebracht, sozusagen gerettet, denn er habe alle seine Ersparnisse ausgegeben, um sie loszukaufen. Wobei das Verrückteste sei, daß er bestimmt gar nichts mit ihr habe.

Nun Mac fort ist, nimmt Bill mir auch die Ablehnung seines Bootleggerantrages nicht mehr übel, auch nicht, daß ich keine Lust habe, mit ihm den Preester zu besuchen. Er versteht meine Gründe nicht, aber er billigt sie. Ich mag den Preester nicht sehen, obwohl ich neugierig bin, wie er sich eingewöhnt hat. Aber wenn ich ihn treffe, beginnt dieses entsetzlich geistreiche Reden wieder, die geistigen Überanstrengungen, die weder ihm noch mir nützen. Wahrscheinlich würde er mir noch in seinem Speak-easy die Berechtigung seiner Hoffnungen beweisen, die amerikanische Kulturauffassung zu veredeln, und die Notwendigkeit, den Weg zum Hochschulprofessor bei den Bootleggers beginnen zu müssen. Da ist Bill schon der richtigere Umgang für mich.

Noch besser, noch richtiger wäre freilich, ich ginge ganz allein meinen Weg. Jawohl, mit nur zwanzig Dollar in der Tasche. Nun ich weiß, daß Bill niemals dulden wird, daß ich hungere oder ohne Obdach bin; da er aber ebenso wie Mac keine Hindernisse auf seiner Dollarjagd kennt, ist mir diese Fürsorge zuwider, ganz abgesehen davon, daß ich niemals allein bin. Ist er auswärts, kommt Sora Cipolla zu mir in die Stube und erzählt mir von Italien und von ihrem Mann, der irgendwo im Westen der Staaten ist. Oder sie spricht von ihrer ältesten Tochter, die eine Schönheit und augenblicklich auf Tournee sei. Bill sei ein guter Junge, aber als Gatte käme er für Miss Elena nicht in Frage. Er hat mich zu einem Besuch auf Coney Island eingeladen, das müßte ich sehen, das gäbe es nicht wieder auf der Welt. Nachher will ich ihm sagen, daß ich fort muß. Bill Stone liebt, wie alle Seeleute, Hafenschenken, Saloons und Rummelplätze. Mir fällt dabei das Riesenrad ein, und ich halte es für eine gar nicht so üble Laune des Schicksals, daß ich meine ersten Schritte auf amerikanischem Boden zu der Riesenschaukel eines Rummelplatzes tun soll.

Auf der Barkley-Ferry, die von Hoboken über den Hudson nach Manhattan fährt, kaufe ich mir eine Zeitung. Denn ich will in Coney Island, während Bill sich amüsiert, den Anzeigenteil durchsehen, ob da nicht irgendeine Arbeit ausgeschrieben ist, die ich leisten könnte. Ich hatte es mir so ja schon vorgenommen, als ich noch in Deutschland war.

Bill hat eine muntere Unterhaltung mit einem kecken Girl angefangen, ich kann schon jetzt ein paar Blicke in die Zeitung tun. Es werden allerhand Hände gesucht. Der Bäkker scheint New York zu kennen, ich ertappe mich dabei, wie ich schon wählerisch bin, ob ich als Fensterputzer gehen soll oder als Hilfe in einem kleinen Restaurant oder in einer Fruchthandlung. Schön wäre es, man hätte Maurer gelernt. Das scheint in dieser Stadt New York das einträglichste Handwerk zu sein. Da stehen sie. Anzeige an Anzeige: Brick-layers gesucht, und der Wochenverdienst ist drei- bis viermal so hoch wie bei den anderen Berufen. Konditor müßte man sein, das ist auch eine gesuchte Branche. Oder Elektriker. Es stimmt schon: Alles, was ein Handwerk kann, hat eine Verdienstmöglichkeit, mag sie auch nach Angebot und Nachfrage gestuft sein. Mit den geistigen Berufen scheint nichts los zu sein, auch nicht für geborene Amerikaner. Auf hundert Anzeigen für Handarbeiter nicht eine für Menschen, die mit dem Kopfe arbeiten. Und rechne ich die Kaufleute dazu und unter ihnen noch die Verkäufer in den Lebensmittelgeschäften, so finde ich auch da nur einen einzigen ausgeschriebenen Posten. Da hat es meine kleine Lehrerin besser, ganze Seiten lang werden für überaus großzügig gepriesene Haushalte Mädchen gesucht.

Ob sie noch immer in Ellis Island sitzt und an ihren Dr. Menzel aus Bielefeld denkt? Ich habe die Zeitung zusammengefaltet und lese gelangweilt die Überschriften der ersten Seite. Die dickste Schlagzeile lautet:

„Heroinschmuggel in riesigem Ausmaße. Die beiden Hauptschuldigen entkommen. Als Mittäter ein deutscher Ingenieur und eine französische Schauspielerin verhaftet."

Und dann steht da, hundert Zeilen lang, wie die internationale Polizei schon lange hinter einer internationalen

Rauschgiftschmugglerbande her sei, die jedoch durch meisterhafte Verwandlung ihrer Haupttäter und durch ständige Neueinstellung von wissenden und unwissenden Mitbeteiligten verstehe, sich dem Zugriff zu entziehen. Nun habe man kürzlich in Konstantinopel den Inhaber eines großen und angesehenen Bankhauses verhaftet, der den über die ganze Erde verbreiteten Heroinschmuggel finanzierte. Nicht er selbst, aber ein ihm befreundeter Diplomat eines südamerikanischen Staates sei schließlich zum Verräter geworden. Aber obwohl die Polizei in Frankreich, England und Amerika gewußt habe, daß ein neuer Herointransport nach Amerika unterwegs sei, konnte man die Schmuggler nicht fassen. Einwandfrei sei nur erwiesen, daß sie sich als Reisende der ersten und dritten Klasse an Bord des Dampfers „President Wilson" der United States Lines befunden hätten. Der Hauptschuldige sei fraglos ein als Mr. Winter in die Schiffsliste eingetragener Kaufmann aus den Staaten, der deshalb nicht aufgefallen sei, weil er während der ganzen Fahrt mürrisch und abgesondert gelebt und eher den Eindruck eines verärgerten Geschäftsmannes als eines Hochstaplers gemacht habe. Sein Komplice sei ein Reisender, der als englischer Journalist in Southampton auf das Schiff gekommen sei, aber zweifellos aus den Staaten stamme. Die beiden hätten keinerlei Verkehr auf dem Schiff miteinander gehabt, nur ein- oder zweimal habe ein Steward sie in kurzen Gesprächen getroffen. Daß die Polizei zwei Mittäter gefaßt habe, sei nur auf die Ungeschicklichkeit des einen zurückzuführen, der sich als junger deutscher Ingenieur bezeichnet und angeblich eine Anstellung in Detroit haben will. Er sei durch sein Wesen den Angestellten des Central-Hotels aufgefallen. Mit ihm habe man eine junge französische Schauspielerin verhaftet, die jedoch behauptet, von der ganzen Angelegenheit nichts zu wissen. Sie sei als stellungslose kleine Schauspielerin in Paris von Mr. Winter engagiert worden. Obwohl es eine befremdliche Rolle gewesen sei, habe sie zugestimmt, denn man habe nichts Unrechtes von ihr verlangt. Sie sei lediglich verpflichtet gewesen, als Reisende der ersten Klasse in auffallender Einfachheit im Speisesaal und bei den Veranstaltungen an Bord zu erscheinen, sich im übrigen von allem Verkehr zurückzuhalten und nach der Ankunft in New York im Central-Hotel Wohnung zu nehmen. Als Honorar habe sie dafür dreihundert Dollar und freie Reise und Rückreise erhalten. Ja, noch eine andere Verpflichtung habe bei ihrem Engagement bestanden, nämlich unterwegs einen ihr zugewiesenen jungen Mann gewissermaßen in sich verliebt zu machen. Das sei auf der „President Wilson“ der junge deutsche Ingenieur gewesen, mit dem Mr. Winter sie zusammengebracht habe. Jawohl, auch das stimme, daß sie ihm vor der Ankunft in New York einen kleinen Handkoffer habe übergeben müssen mit der Bitte, ihn ihr ins Hotel zu bringen. Mit der Beschlagnahme und Öffnung dieses Koffers sei das Rätsel jedoch nicht gelöst worden, denn der Koffer habe nichts Verdächtiges enthalten, auch keinen doppelten Boden oder Deckel gehabt. Man stehe somit weiterhin vor einem Geheimnis. Vielleicht sei der Koffer, der schon an der Zollsperre des Hafens angehalten wurde, weil er auf dem Schiff der Durchsicht durch die Zollbeamten entzogen worden sei, lediglich als Ablenkung gebraucht worden, eben, um die Spur auf die beiden unwissentlich Mitschuldigen zu lenken und den Hauptschuldigen mit den Schmuggelwaren einen Zeitvorsprung zu verschaffen. Es sei aber auch möglich, daß der junge Deutsche ebenfalls ein Schauspieler sei, der die Rolle eines unbeholfenen Verehrers nur spiele, daß also die beiden Verhafteten sehr wohl wissende Mittäter seien. Wer über die beiden hier Abgebildeten etwas wisse, möge sich bei Inspektor Daniels, Head-Office, Franklin-Street 84, melden und sein Anrecht auf Beteiligung an der hohen Belohnung eintragen lassen.

Lieber Himmel, sieht er kläglich aus, der Herr Dr. Menzel aus Bielefeld! Während sie, meine Prinzessin, ihre wundervolle Sicherheit auch in dieser Situation nicht verlor. Ist das nun alles Schauspielerei, und ist sie Mitschuldige? Ich habe ein einziges Argument dafür, allerdings ein gewichtiges: ihre Bekanntschaft mit dem als Kavalier und Verehrer für sie unmöglichen Doktor Menzel.

Die Fähre läuft in die Barkley-Street ein, und Bill stößt mir freundschaftlich die Faust in die Seite. Das junge Mädchen, mit dem er vorhin geplaudert hat, steht noch neben ihm, und Bill fragt mich, ob ich etwas dagegen habe, wenn Lilly mit von der Partie sei.

Mir ist der Kopf noch benommen von der anderen Geschichte, und ich kann nicht gleich antworten, kann nur das fremde Girl anstarren, das mir dafür Flimmeraugen macht und mit dem Finger droht. Ich habe noch nie ein Jungmädchengesicht dieser Art gesehen, einen Porzellankopf, weiß lackiert und rot und schwarz bemalt, mit weißen, starren Locken. Keine Stelle des Gesichtes läßt auch nur eine Spur der wirklichen Haut ahnen. Eigentlich müßte diese Lilly auch den anderen Männern so auffallen wie mir. Woran es liegt, daß sie das nicht tut, erkenne ich, nun ich mich von ihr abwende: Die meisten der jungen Mädchen sind ähnlich zugerichtet wie Lilly, die mit uns kameradschaftlich umgeht, obwohl wir sie soeben erst kennengelernt haben. Sie reicht mir die Hand, glutet mich an und sagt, und es klingt ganz ungeziert einfach: „Ihr seid zwei nette boys. Ich habe aber an einem von euch genug. Welcher das sein wird, weiß ich noch nicht. Damit ihr euch nun um mich nicht verzürnt, schlage ich vor, wir holen meine Freundin Rutty ab. Sie hat heute auch frei. Sehr apartes Girl. Mit Rutty in Dreamland, das ist immer ein Joke for the heart. Wollt ihr?"

Bill gibt meinem Zaudern einen realen Hintergrund und flüstert mir zu: „Ich zahle alles. Jetzt, wo ich Staatsangestellter bin!"

Ich zeige ihm den Zeitungsartikel und erläutere ihm den Zusammenhang. Wir stehen auf der Barkley-Street, vor dem Eingang eines Fruchtspeichers, aus dem es nach faulen Orangen riecht. Während Bill den Artikel überfliegt, habe ich Zeit, mich zu wundern, daß die kleinen Transportkarren, mit denen die Apfelsinen-, Zitronen- und Grapefruchtkisten aus der Halle auf die Straße gefahren werden, immer in schönen Bogen um uns herumgondeln, ohne daß einer der Fahrer uns weiterscheucht.

„Das ist eine wichtige Sache", sagt Bill und gibt mir das Blatt zurück. „Wenn du es geschickt anfängst und nicht gleich zuviel sagst, kannst du einen hübschen Tip herausholen."

Als er mein abweisendes Gesicht sieht, fährt er eifrig fort: „Am besten ist, du nimmst mich mit hinein in das Geschäft. Du bist zu ungeschickt und könntest als Deutscher hineinsegeln. Wir sollten mal mit Henry sprechen. Der kennt sicher diesen Policeinspektor."

Lilly schmollt, daß wir in ihrer Gegenwart von Geschäften reden. Sie nimmt mir die Zeitung aus der Hand und liest aufmerksam den Artikel. Und ebenso aufmerksam sieht sie nachher mich an. „Der Deutsche, das ist ein – ein Bekannter von Ihnen?"

Ich verstehe nicht recht, worauf sie hinaus will, nicke aber.

Da rutscht ihr bisher abwägender Blick in Bewunderung hinein: „Seid ihr solche?"

Ich sehe, nun rechnet sie aus, was wohl am Rauschgiftschmuggel verdient werden muß, wenn man bloße Statisten Honorare zahlen kann, wie diese französische Schauspielerin eins erhalten haben will.

Es hilft nichts, ich muß sie enttäuschen. „Ich bin nur ein kleiner Seemann ohne Dienst", sage ich rasch. „Aber mein Freund Bill hier, der ist Staatsbeamter, er ist Agent von der Prohibition. Gerade vorgestern hat er einen guten Fang gemacht."

Worauf ihr Interesse wirklich wieder mehr für Bill geweckt ist, was er dankbar anerkennt, nun aber auch zu nutzen entschlossen ist. Und so trennen wir uns, nachdem Bill mir noch einmal geraten hat, die Sache am Abend erst noch mit ihm zu besprechen, da der verdammte Policeinspektor mich bestimmt um die Belohnung prellen würde. Als er abgeht, hat sich Lilly bei ihm eingehängt.

36

Haifische und Piloten

Die Straßen, die vom Hudson quer durch den unteren Zipfel Manhattans zum East-River gehen, sind ungemein häßlich und unsauber, ihre Gradlinigkeit ist die einer Kolonne alter, schäbiger und zerlumpter Arbeitshausinsassen; so riechen sie auch. Die einstmals roten Ziegelfassaden sind von Rauch, Ruß und Staub grauschwarz gefärbt und glänzen fettig; auf keinem der Fensterhölzer, die in allen Häusern die gleiche dünne Form haben, sitzt auch nur ein bißchen Farbe; ordinäre eiserne Treppen und Laufbalkone drängen die Gesichter dieser Häuser wie hinter Gefängnisgitter. Mit der übertriebenen Geschäftigkeit von Käfern laufen weiße und schwarze Menschen, die sämtlich in unförmigen und unfarbigen Leinenhäuten stecken, umher, indessen andere, dem demokratischen Arbeitsoverall seit längerer Zeit schon entstiegen, dem Gott des Geschäftes und der Hast mehr mit Bewegungen des Kopfes und der Hände huldigen.

In die Stille dieser schmutzigen alten Straßen leckt ein unferner Lärm; aus Rufen, Tuten, Klingeln und Kreischen zu einem Geräuschteig aus Lautabfällen geknetet und seltsam rhythmisch auf- und abschwellend. Ich kann seinen Herd nicht sehen, eine hohe Häuserreihe steht davor; wie eine Molenmauer oder wie die Felsenwand einer engen Schlucht, durch die ein brausender Wildbach schießt. Es ist ein ganz ungewöhnliches Geräusch, erregend und erschrekkend, anziehend und abstoßend, eine ungeheuerlich komprimierte naive Diesseitigkeit spricht aus ihm. Mein Vergleich mit einem gärenden Teig ist ebenso unsinnig, wie der Vergleich mit einem Meer an der Mole oder einem Sturzbach in der Schlucht europäisch bieder ist. Denn nun wird der Lärm, gerade als er am höchsten steht, mit einem Schlage hinweggewischt, überschrien und überkreischt: Die Hochbahn donnert über alle diese Straßen hinweg, auf riesigen Überführungen, aber sie sind aus rohen Eisenpfeilern und Trägern, und das Gefüge scheint locker zu sein, denn es schrillt, klirrt, rattert, kreischt und prasselt, als wehre sich die Konstruktion von vielen Kilometern Länge mit einem Male gegen eine technische Raserei, die sich selbst als Zivilisation der neuen Hauptstadt der Welt fühlt.

Ich nehme meine Uhr in die Hand und warte: Alle drei oder vier Minuten singt, plärrt, stöhnt, schreit, steppt und rast der Zeitgeist New Yorks vorüber, und die schmutzige Straße fällt wieder in eine unsinnige Stille, auf der sich, immer deutlicher werdend, der Lärm einer unfernen Hauptstraße entfaltet. Mitunter fällt er in sich zusammen, meist aber erschlägt ihn der Donnergott der Hast, der auf dem Gefüge der Hochbahn jazzt.

Ich gehe der seltsamen Lautballung entgegen und quere eine enge Straße aus hohen Geschäftshäusern, auf der Straßenbahnen, Autobusse und Droschken langsamer vorankommen als die Fußgänger, und nehme an, dies ist der sagenhafte Broadway. Hier wird sozusagen die Musik gemacht, von der diese Stadt und dieses Land erfüllt sind und die als Melodie unseres Jahrhunderts die ganze Welt zum Tanze, wenn nicht gar zum Marschieren anführen will.

Jenseits der Straße liegt ein viereckiger Platz, auf dem wenige Büsche, aber viele Bänke stehen. Auf der Seite des Platzes, mir gegenüber, wird durch ein niedriges, langgestrecktes und schönliniges Gebäude das Gewand einer Zeit festgehalten, die vor mindestens fünfzig Jahren gestorben ist, indessen der Geist jener Zeit ins Riesenmaß der Turmhäuser wuchs, die von allen Richtungen herunterschauen.

Auf einer Bank ist ein Platz frei, ich setze mich und nehme die dicke Zeitung, die verlassen auf dem grauen Rasen liegt, auf. Bevor ich sie entfalte, sehe ich die Menschen an, die hier eng bei eng sitzen, lesend, plaudernd oder grübelnd, und deren Ruhe so gar nicht zu der Hast passen will, die ich bisher gesehen. Männer und Frauen jeden Alters und, der Kleidung nach, jeden Standes, sitzen sie einträchtig nebeneinander in der Mittagssonne. Entweder Menschen, die nicht mehr zu arbeiten brauchen, oder solche, die nichts zu arbeiten haben. Vielleicht sind die meisten auch nur den riesigen Steinhöhlen für die Minuten der Mittagspause entflohen, um in grauen, dünnen Grasnarben, bestaubtem Buschwerk und einem viereckigen Stück fernen blauen Himmels europarückfällig zu werden.

Auch in dieser Zeitung werden wieder am meisten Maurer und Fensterputzer gesucht. Das ist seltsam, denn bei uns zu Hause soll doch gerade von ihnen am teuersten, weil am seltensten, ein Tropfen Schweiß sein.

Mein rechter Fuß wird vorsichtig hochgehoben und auf einen Untersatz gestellt. Ich schiele unter der Zeitung hindurch und sehe einen kleinen Kerl von etwa acht Jahren beschäftigt, meine Hose aufzukrempeln. Sein Gesicht ist ebenso schmierig wie seine Hände und sein Anzug, sein

Haar glänzt in tiefem Schwarz, und seine großen Augen blitzen und funkeln und lachen um die Wette mit einem Mund schlohweißer Zähne. Italiener, Ägypter oder Jude, der Knirps könnte bequem in seinen Kasten, den er an einem speckigen Riemen umherzuschleppen hat, gesteckt werden. Er hat gemerkt, daß ich ihn beobachte, lacht nun spitzbübisch und flötet: „First-class shoe-shine!"

Meine Schuhe sind nicht schmutzig, nicht einmal staubig, und ich muß eigentlich jedes Fünf-Cent-Stück bedenken, aber was soll ich hier tun? Ich nehme die Zeitung beiseite und sehe dem Burschen zu. Der prüft mit Kennerblick meine Schuhe, nickt zustimmend, murmelt etwas und sieht dann wieder prüfend zu mir auf und sagt: „Germany macht gutter Schuh!" Auf seinem Kasten steht „5 Cent". Ich gebe ihm zehn Cent, beschließe aber, mir, sobald es geht, einen amerikanischen Kragen und amerikanische Schuhe zu kaufen.

In einer schmalen düsteren Straße mit himmelhohen, gewaltigen Häusern bleibe ich stehen, denn diese Straße ist sauber und fast ohne jeden Verkehr. Läden sind kaum, nur Bürohäuser und dazwischen, fast platt zu Boden gedrückt, eine alte kleine Kirche. Mir fällt ein „Kindermund" ein, den ich mal gelesen habe: Klein-Lottchen aus Berlin O kommt zum ersten Male in den Dom und bestaunt die prunkvolle Ausstattung: „Mutti, der liebe Gott hat aber 'n großes Haus und ist so schön eingerichtet!" Der New Yorker Gott wohnt neben den Palästen seiner Geschöpfe sehr bescheiden, so mehr in der Portierstube. „Wall-Street" steht am letzten Haus dieser Straße.

Ich drehe mich um und sehe die beiden Straßenseiten auf und ab, und mir ist, als müßte einer der Götter dieser Welt sichtbar werden oder doch ein goldener Schimmer. Aber nichts ist zu sehen als ein finsterer, hochgestockter Palast neben dem anderen, zusammen eine enge Schlucht formierend, auf deren Grund niemals die Sonne fallen kann. Wo sie allerdings auch nichts zu suchen hätte, denn während der Geschäftszeit ist die Straße menschenleer und in den Pausen sicher so bevölkert, daß keiner der hastenden und sich stoßenden Menschen Zeit hätte, den Goldkringel auf dem Asphalt zu sehen.

Hinter mir dreht ein Mann in einem Overall einen Hydranten auf und läßt aus einem dicken Schlauch Wasser auf die Straße schießen. Der Hydrant ist ganz aus blitzendem Messing, der Schlauch hat einen Durchmesser von mindestens zehn Zentimetern, und bald überflutet das Wasser die ganze Straße und spült die paar weggeworfenen Zeitungen, Zigarettenschachteln und Bananenschalen in die Gullys. So fegen sie hierorts also die Straßen. Der Mann hat weiter nichts zu tun, als von Zeit zu Zeit den Schlauch zu verrükken. Das wäre ein Job für unsereinen.

In der South-Street komme ich an die Wallstreet-Ferry, die hinüber nach Brooklyn fährt. Das aus der Ferne zarte Filigrangespinst linker Hand muß demnach die berühmte Brooklyn-Bridge sein. Grauschwärzlicher Dunst hängt über dem breiten Fluß und verschleiert das Gesicht der gegenüberliegenden Stadt. Er sieht aus wie ein deutscher Frühnebel über einem Flußtal, riecht aber nach Rauch und Ruß. Und die Laute, die ihn durchdringen, sind nicht Vogelgezwitscher, Kuhglocken und Hundegebell, sondern das Pfeifen, Tuten und Fauchen von Dampfern, Fähren, Barkassen, Jachten und das Rufen und Schreien von Menschen. Hier, unmittelbar an der kirchendienst-ernsten Wall-Street, haben sie es wieder schrecklich eilig und laut. Es ist eine arme Gegend hier, die Anbetung der göttlichen Dreieinigkeit der Neuen Welt, die Chance-Success-Progression heißt, scheint an Lautstärke mit dem Grad der Aussichtslosigkeit zuzunehmen.

Eine große Limousine, dunkelblau, mit dicken silbernen Längsstreifen, hält am Kai. Vier Männer entsteigen ihr. Der alte große Dicke, den seltsam kantigen Kopf fast halslos zwischen den hängenden Schultern, ist fraglos der Besitzer. Der vorausgehende stramme Schwarze dürfte der Chauffeur sein, die beiden Mappenträger in grauen Sakkos, die geschäftig neben dem feierlich-lässig schreitenden alten Riesen trippeln und dummgewichtig die Passanten prüfen, sind wohl Clerks oder Detektive. Unbeachtet von der vorbeihastenden Menge geht der Zug über den Kai und einen hölzernen Landungssteg und verschwindet an Bord einer großen gedeckten Barkasse, mehr schon einer Motorjacht. Im Auto muß noch ein fünfter Mann gesessen haben, denn nun der Zug im Boot verschwunden ist, wende ich den Blick zu dem Wagen und sehe, daß er davonrollt.

Neben mir ist ein älterer Mann stehengeblieben und hat wie ich der Prozession zugesehen. Ich frage ihn, ob er wisse, wer der große alte Mann sei. Er keckert gehässig: „Irgendein Haifisch, Mister!" Und dreht sich um und geht weiter. Ich kann mit der Antwort nicht viel anfangen. Der Mann hat nicht auf deutsch „Haifisch" gesagt, sondern auf englisch: „Shark". Und Shark heißt hier sowohl Haifisch wie Gauner.

Etwas wie Mutlosigkeit kriecht mich an, nun ich hier zum ersten Male allein mitten in der Riesenstadt New York stehe, in der ich außer Bill keine Seele kenne, mit nur zwanzig Dollar in der Tasche, ein ungelernter Handarbeiter mit einem leider gelernten Kopf. Die Packer, die in den vielen Dutzend Hallen dieser Straße mit Kisten und Fässern hantieren, die Schwarzen, die auf den Lastwagen als Beifahrer sitzen, der Mann, der durch einen dicken Schlauch Wasser über das Straßenpflaster fluten läßt, die Zeitungsjungen und die Stiefelputzer – sie alle sind besser daran als ich.

Dann muß ich lachen, denn mir fällt ein Streit ein, den wir eines Abends auf der „President Wilson" hatten. Es war die Rede gewesen von den Sehenswürdigkeiten New Yorks, dabei war auch das Aquarium auf dem Battery-Platz genannt worden. Wegen seines größten Schaustücks, eines Menschenhais.

Mac wollte mal bei einem Schiffbruch eine halbe Stunde zwischen Haifischen umhergeschwommen sein. Nach dem Bezweifeln seiner Geschichte beschäftigten wir uns mit der Natur dieser unbeliebten Tiere, aber mehr noch mit jenen kleinen Fischen, die den Räuber ständig begleiten und die man Lotsen- oder Pilotenfische nennt. Warum frißt der Hai, der doch alles Erreichbare verschlingt, diese Fische nicht?

„Wir haben mal einen Hai gefangen", sagte Mac und war sehr ernst, „der hatte vier leere Cornedbeef-Büchsen im Bauch, dazu fünf Meter Ankertau, den vollen Seemannssack von einem Matrosen der königlich britischen Navy, eine alte Schiffsbibel, ein gerahmtes Bild von unserm Präsidenten Washington, einen ganzen Delphin, ein Dutzend Schafsbeine, einen Schweinskopf, sechsundvierzig Stockfische, die Heckflagge von einem deutschen Handelsschiff mitsamt dem Stock und den Unterschenkel von einem Neger. Wirklich!" Er sah uns vorwurfsvoll an, wir hatten gar nicht gewagt zu zweifeln. „Die Pilotenfische aber frißt der Haifisch nicht, weil sie eben seine Lotsen sind und ihn dorthin führen, wo es was zu räubern gibt. Sie selbst sind nämlich zu klein, um allein mit Beutefischen fertig zu werden, da nehmen sie das, was der große Räuber ihnen übrigläßt! Sure!"

Charley hatte beobachtet, daß die sogenannten Lotsenfische keine Pilotendienste tun, es seien lediglich Angsthasen, die fürchten, von größeren Fischen gefressen zu werden, und sich deshalb ganz dicht an den allergrößten Räuber anschließen. Dort seien sie sicher, denn er, der Große, verschmähe diese lächerlichen Happen, so daß sie sich unter seinen Bauchflossen verstecken könnten. Das habe er selbst gesehen, yes, Sir!

Bill war, wie immer, lächelnde Überlegenheit: „Ist ja alles Unsinn, boys! Diese kleinen sind keine Piloten und keine Angsthasen, das sind ganz einfache Dreckfresser. So 'n Hai ist ein Vielfraß, und da hat er auch einen raschen Abgang. Auf den haben die Kleinen es abgesehen, bloß darauf, jawohl, das habe ich selbst gesehen! Und wo? In New York. Könnt ihr jeden Tag auch da sehen. Was sich alles vom Abgang der Großen nährt und sich dabei noch stößt und beißt, das geht in keine Mitgliederliste von der Labour-Union rein. Na, und die Führer von unseren Gewerkschaften, und obenan die von der Seamen-Union, das sind noch wieder eine ganz besondere Sorte von Piloten. Die führen nicht den Hai zu ihren Kollegen, die führen ihre Genossen direkt dem Hai ins Maul. Das habe ich selbst erlebt, yes, Sir!"

Da Mac beleidigt aufstand, wendete sich Bill an mich: „Du kannst dir die Sache ja mal erst bei den Fischen ansehen, Tom! Du brauchst in New York bloß zum Battery-Platz zu gehen, da steht das große Aquarium, das ist eine Sehenswürdigkeit in der Welt. Da kannst du lebende Haifische und lebende Pilotenfische sehen. In einem großen

Glasbassin schwimmen die Biester, immer rundum, Tag und Nacht, immerzu; Mensch, müssen die einen Hunger haben. Und jeder ist begleitet von solch kleinen Hungerleidern, immerzu, Tag und Nacht, immer rundum mit ihm; Mensch, müssen die erst einen Hunger haben! Denn weißt du, allzuviel läßt solch Fischboß den Kleinen nicht übrig, und das meiste von dem, was er schließlich von sich gibt, das ist eben auch man bloß 'n dirt wert. Du kannst in New York untersuchen, ob ich recht habe mit den Sharks und den Muck-worms. Yes, darling!"

Rechter Hand, nach Süden, reißen die Häusergebirge, diese Felsenklippen in der Goldflut, auseinander und lassen den Blick frei auf eine blaue Ferne, die, ich kann es nicht ausmachen, Himmel und Wasser oder beides zusammen sein mag. Wenn ich die South-Street nur ein paar Blocks hinuntergehe, muß ich auf die Spitze von Manhattan kommen. Dort habe ich den Blick frei auf die schimmernde Silberbucht von New York, wie sie sich zum Ozean dehnt. Und ganz nach meiner Stimmung kann ich diese Bucht als ein herrliches Stück der Schöpfung sehen oder als ein weltweites Maul mit spitzen Reißzähnen, das die kleinen Länder Europas, die es aus strittigen Motiven umschwimmen, auf einen Schlag verschlingen kann, wenn es will.

Und dort, an der Bucht, ist auch der Battery-Platz mit dem berühmten Aquarium. Es kann nicht schaden, wenn ich mir die Sache mit den Haien und den Lotsenfischen einmal aus der Nähe ansehe.